La maison aux souvenirs

Nora Roberts

La maison aux souvenirs

Traduit de l'anglais (États-Unis)
par Joëlle Touati

Titre original : *Tribute*

PREMIÈRE PARTIE

DÉMOLITION

*Personne ne peut longtemps présenter un visage à la foule
et un autre à lui-même sans finir par se demander lequel est le vrai.*

Nathaniel Hawthorne

1

Selon la légende, Steve McQueen s'était baigné nu dans l'étang de Little Farm, entre *Les Sept Mercenaires* et *La Grande Évasion*. On racontait même qu'il y avait fait l'amour avec la grand-mère de Cilla. Tous deux étaient mariés, à l'époque, et la rumeur avait suscité du tapage. Aujourd'hui, ils n'étaient plus là pour la confirmer ou la démentir.

Debout, au bord de l'étendue d'eau envahie de nénuphars et de roseaux, dans le pâle soleil de mars, Cilla imaginait parfaitement la scène. Une chaude nuit de printemps. La lune bleutée et le ciel étoilé au-dessus du jardin. L'air chargé de fragrances capiteuses. Les corps ruisselants des deux acteurs au sommet de leur gloire. Les cheveux dorés de Janet sur ses épaules hâlées, ses yeux d'un bleu arctique pétillants de rire et d'alcool. La musique, les éclats de voix des invités, les lucioles scintillant dans les pelouses, les lanternes multicolores éclairant les patios et les galeries de la maison. Et les zones d'ombre…

Une soirée comme tant d'autres, à l'image de la vie de Janet, à la fois brillante et trouble. Toujours.

Cilla espérait que ce jour-là sa grand-mère avait connu un instant de pur bonheur, qu'elle n'avait pensé à rien d'autre qu'à s'amuser, ivre et insouciante, loin de se douter que dix ans plus tard elle ne serait plus de ce monde.

« Nettoyer l'étang et faire analyser l'eau, éventuellement la faire traiter », nota Cilla dans son calepin avant de poursuivre son tour du parc, qui n'était plus qu'un fouillis de branchages, de ronces et de plantes grimpantes. *Une autre métaphore de l'univers des stars*, songea-t-elle. Une jungle…

Elle aurait besoin d'aide pour réaménager le terrain. Elle était prête à s'abîmer les mains et à suer, mais, en dépit de sa meilleure volonté, il était clair qu'elle ne pourrait pas débroussailler seule un aussi vaste terrain.

« Devis paysagistes », griffonna-t-elle dans son bloc-notes. D'abord, elle regarderait sur les vieilles photos à quoi il ressemblait au temps de sa splendeur.

À l'origine, la propriété était une ferme avec des champs et un verger que Janet avait continué à faire cultiver. Elle avait aussi des poules et un couple de chevaux. L'écurie, autrefois peinte en rouge, n'avait plus vraiment de couleur. Les barrières de bois s'effondraient et les prés étaient envahis d'herbes folles. Mais, au printemps prochain, tout aurait retrouvé le lustre d'antan. Cilla restaurerait tout.

Cette idée avait germé en elle quelques années plus tôt, lorsqu'elle était venue voir la maison au détour d'une randonnée dans les Blue Ridge Mountains, qui se découpaient aujourd'hui sur un ciel sans nuage. C'était d'ailleurs à cette occasion qu'elle avait acheté les chaussures de marche qu'elle portait aujourd'hui, avec un jean usé et un sweat-shirt orange à capuche. Depuis, elle n'était pas revenue en Virginie. Mais elle avait harcelé sa mère sans relâche pour qu'elle lui cède la propriété.

Enfin, après presque cinq ans de discussions houleuses et stériles, Little Farm était désormais à elle. Cette vieille demeure où Janet Hardy avait donné des fêtes somptueuses… où elle s'était donné la mort, aussi, une nuit d'été de 1973.

Affronter les fantômes du passé était presque aussi épuisant que d'évaluer les travaux à entreprendre pour réparer l'effet du temps dans une maison à l'abandon. Néanmoins, il fallait reconnaître que c'était sans doute grâce au spectre de la légende que la ferme n'avait jamais été squattée ni saccagée.

Cilla avait fait remettre l'électricité et acheté des ampoules et des produits de nettoyage en quantité suffisante pour éliminer le plus gros de la saleté. Elle avait également demandé des autorisations auprès des services de l'urbanisme et de l'environnement et relevé les coordonnées de quelques artisans locaux.

À présent, elle pouvait retrousser ses manches. La priorité revenait à l'une des quatre salles de bains, qui n'avaient pas vu une brosse à récurer depuis six ans. Et Cilla soupçonnait que les derniers locataires n'étaient pas des maniaques du ménage.

Au bout de deux heures, après avoir vidé des seaux et des seaux d'eau noirâtre, elle redescendit à la cuisine. Qui avait eu l'idée de faire poser du Formica bleu ciel sur le comptoir en bois massif ? À côté de la cuisinière en fonte émaillée et du superbe réfrigérateur des années cinquante, l'effet était affligeant. Et tout était recouvert d'une épaisse couche de crasse.

Cilla ouvrit en grand la porte qui donnait à l'arrière de la maison, enfila des gants de caoutchouc et tira précautionneusement la porte du four. Laissant agir une bombe presque entière de mousse à décaper, elle frotta les grilles et les brûleurs, le dessus et le couvercle du fourneau, une photo de sa grand-mère flottant dans son esprit : Janet en tablier à froufrous sur une robe soulignant sa taille de guêpe, une queue-de-cheval insolente au sommet du crâne, tournant une cuillère dans une grosse marmite posée sur le feu, souriant à l'objectif, ses deux enfants levant vers elle des regards emplis d'adoration, sur une pub parue dans la presse féminine. La vieille cuisinière rustique était alors flambant neuve. Bientôt, elle reluirait comme aux premiers jours, et Cilla y ferait chauffer ses casseroles. Elle n'était pas un cordon-bleu, loin de là, mais Janet non plus ne devait pas savoir faire grand-chose.

Tandis qu'elle s'accroupissait devant le four, une voix la fit sursauter.

Il se tenait à la porte, ses cheveux d'un blond presque blanc auréolés de soleil. Un sourire chaleureux illuminait ses yeux noisette et creusait les rides d'expression de son visage encore plein de charme.

– Papa ! s'exclama-t-elle avec surprise.

Il s'avança vers elle en ouvrant ses bras.

– Ne m'embrasse pas, je suis toute sale, dit-elle en enlevant ses gants et en s'essuyant le front du revers du poignet.

Il lui fit néanmoins une bise sur la joue.

– Qu'est-ce que tu fais là ? lui demanda-t-elle.

– Une voisine a dit à Patty qu'elle t'avait aperçue en ville. Tu aurais pu nous prévenir que tu étais là !

– J'allais t'appeler, mais je voulais d'abord passer ici et… et je me suis lancée là-dedans, dit-elle avec un geste du menton en direction du four.

– Je vois ça. Quand es-tu arrivée ?

– Allons discuter dehors, suggéra-t-elle. On sera mieux sur la véranda. J'y ai laissé une glacière avec mon casse-croûte et quelques boissons fraîches. Je me rince les mains et je te rejoins.

Un instant plus tard, Cilla s'asseyait à côté de son père sur les marches branlantes de la galerie en bois courant devant la maison. Les mauvaises herbes grimpaient entre les planches. Les branches de trois poiriers Bradford s'étendaient par-dessus la rambarde. Les fenêtres de la ferme étaient à demi masquées par la glycine et les rosiers.

– Je suis désolée de ne pas t'avoir téléphoné, dit-elle en tendant à son père une cannette de thé glacé et la moitié de son sandwich à la viande froide.

Il lui tapota le genou.

Gavin McGowan prenait les choses comme elles venaient. Il n'était pas du genre à faire des histoires ni à se compliquer la vie. Cilla n'avait jamais compris comment il avait pu tomber amoureux d'une femme aussi tordue que sa mère.

– Je suis une mauvaise fille.

– La pire qui soit.

– Pire que Lizzy Borden ? répliqua-t-elle en riant et en mordant dans son pain.

– J'espère que non. Comment va ta mère ?

– Ça va. Numéro Cinq est en train de lui monter un spectacle de cabaret.

– Numéro Cinq ? répéta Gavin en arquant des sourcils interrogateurs.

Elle haussa les épaules.

– Comme ses mariages ne durent jamais plus de trois ans, je ne m'embête plus à retenir les noms de ses mecs. Cela dit, le dernier n'est pas trop mal. Beaucoup plus sympa que numéro Quatre et numéro Deux, et d'une intelligence largement supérieure à celle de numéro Trois. C'est grâce à lui que je suis là à partager ce frugal repas avec l'inégalable numéro Un.

– Comment ça ?

– Ils avaient besoin de fric pour monter ce spectacle. Comme j'en avais…

– Cilla…

– Attends. J'avais de l'argent, et elle avait quelque chose que je voulais depuis longtemps : cette maison.

– Tu…

– Oui, je lui ai acheté Little Farm. Ça faisait des années que je la tannais. Chaque fois que j'abordais le sujet, elle se mettait à pleurer. Elle prétendait ne pas vouloir se séparer de la maison de sa Maman chérie. Quelle tragédienne ! Je suis sûre qu'elle l'aurait vendue depuis belle lurette si sa mère n'avait pas établi une fiducie qui l'empêchait de céder la propriété à quelqu'un d'étranger à la famille. Elle n'y a pas mis les pieds depuis des lustres et elle a remercié tous les gardiens les uns après les autres. Elle se fiche de cette baraque comme de sa première chemise. Enfin, bref. Elle voulait que j'investisse dans son spectacle de cabaret. Je lui ai dit que si elle avait besoin d'argent elle n'avait qu'à me vendre Little Farm. Elle m'a traitée de tous les noms, elle m'a accusée de tous les torts, mais, finalement, numéro Cinq a réussi à la convaincre.

– Que vas-tu faire de cette maison ?

– La retaper. Janet n'aurait pas aimé qu'on la laisse tomber en ruine.

– La retaper ! s'exclama Gavin. Mais c'est un chantier énorme !

– Certes, mais c'est mon rayon. Tu sais, ça fait cinq ans que je rénove des maisons. J'ai commencé en amateur et depuis presque deux ans je suis une professionnelle. J'adore ce métier.

– Et tu comptes la revendre après ?

– Non. J'ai l'intention de m'y installer.

– Ça va te changer de Los Angeles. La vallée de Shenandoah est une région encore très rurale. Il n'y a que quelques milliers d'habitants à Skyline Village. Et Front Royal et Culpepper sont peut-être des grandes villes, mais tout est relatif.

– Justement. J'ai besoin de calme et d'authenticité. Et j'ai envie de renouer avec mes racines de la côte Est. Je ne supporte plus la Californie. Je ne suis pas Maman, tu sais.

– Je sais, ma chérie.

– Voilà pourquoi j'ai décidé de venir vivre à la campagne, dans cette maison que grand-mère aimait tant. Je n'ai jamais connu Janet, mais elle m'a beaucoup influencée. Elle était très attachée à Little Farm. Quelque chose m'y attire.

– Où vas-tu t'installer en attendant que la ferme soit de nouveau habitable ?

– Ici, déclara Cilla, déçue que son père ne se montre pas plus enthousiasmé par son projet. Tu vas peut-être me prendre pour une folle, mais ça ne me dérange pas de faire du camping pendant quelque temps. J'en ai pour neuf ou dix mois de travaux. Durant ce laps de temps, je verrai si je me plais ou non dans la région. Sinon, j'aviserai..

Gavin passa un bras autour des épaules de sa fille, un geste qui fit chaud au cœur de Cilla.

– Cette propriété était un vrai petit coin de paradis, dit-il. Les chevaux broutant dans les prés, le chien couché au soleil, des fleurs partout… Janet jardinait un peu quand elle était là. Elle disait qu'elle venait ici pour se ressourcer. N'empêche que la plupart du temps la maison était pleine de monde.

– C'est ici que tu as rencontré Maman, n'est-ce pas ?

– Oui. Nous étions encore gamins. Janet avait organisé une petite fête pour Dilly et Johnnie à laquelle elle avait convié presque tous les gosses des alentours. Ce jour-là, elle s'est prise d'affection pour moi, si bien que, par la suite, chaque fois qu'elle était là avec ses enfants, elle m'invitait à venir jouer avec eux. Je suis resté ami avec Johnnie jusqu'à l'adolescence. Quand il est mort, l'atmosphère a changé du tout au tout à Little Farm. Janet y venait de plus en plus souvent seule. En rentrant du lycée, j'escaladais le mur pour voir si elle était là, si Dilly était avec elle. Je ne lui ai parlé que trois ou quatre fois après le décès de Johnnie. Elle n'était plus la même… Et puis elle est morte, elle aussi. Et la propriété est peu à peu restée à l'abandon. C'est bien que tu aies décidé de la rénover. Je suis content.

– Merci.

– On te donnera un coup de main, avec Patty. Si tu veux, tu peux dormir chez nous pendant les travaux.

– C'est sympa, mais ne t'inquiète pas, je serai très bien ici. En revanche, si vous voulez m'aider, vous serez les bienvenus. Je vais faire appel à des professionnels, mais il y aura quand même du boulot pour toutes les bonnes volontés. À ce propos, pourrais-tu me recommander des artisans de confiance ? Un plombier, un électricien, un menuisier, un paysagiste. Et des gars costauds prêts à effectuer quelques travaux de force, moyennant salaire, évidemment.

– Va chercher de quoi écrire.

Cilla se leva.

– Papa, dit-elle avant de rentrer dans la maison, si ça avait marché entre toi et Maman, tu serais resté à Los Angeles ? Tu aurais continué à faire du cinéma ?

– Peut-être. Mais je ne me suis jamais vraiment senti à ma place, là-bas. Et je n'ai jamais été un bon acteur.

– Oh si !

– Tu es gentille. En tout cas, je n'ai jamais eu les mêmes ambitions que ta mère. Moi non plus, je ne suis pas comme elle. Je comprends tout à fait ce que tu as voulu dire, tout à l'heure.

– Et ici, tu te sens bien ?

– Oui. J'espère que toi aussi tu trouveras ce que tu cherches.

Que cherchait-elle vraiment ? Pendant plus de la moitié de sa vie, on l'avait manipulée sans se soucier de son bien-être. Cette part de son existence qu'on avait tracée pour elle, elle essayait aujourd'hui de la gommer de sa mémoire. Tout au moins, elle la considérait comme une aventure qui serait arrivée à quelqu'un d'autre.

Elle avait commencé à faire du cinéma avant même de savoir parler. Parce que telle était la volonté de sa mère, elle avait passé toute son enfance à jouer une fillette beaucoup plus mignonne, beaucoup plus intelligente et beaucoup plus docile qu'elle ne l'était en réalité. Puis elle avait traversé une période de vaches maigres, l'« âge ingrat », comme disaient les producteurs et les agents qui peinaient à lui trouver des rôles. Elle avait enregistré un album désastreux en duo avec sa mère et tourné quelques films d'horreur dans lesquels elle se faisait sauvagement massacrer bien avant la fin.

À dix-huit ans, elle était déjà une has-been, songea-t-elle en se laissant tomber sur le lit de sa chambre de motel. Sporadiquement, elle faisait encore des voix off pour des spots publicitaires, mais elle n'apparaissait plus à l'écran que sur les plateaux d'émissions pour ménagères de moins de cinquante ans.

Heureusement, l'interminable série télé dont elle avait incarné l'héroïne pendant toute son enfance lui avait rapporté un confortable pécule qu'elle avait eu la sagesse de ne pas dilapider et qui lui avait permis, après avoir été reléguée aux oubliettes du show-biz, de s'essayer à divers métiers en dehors de l'industrie du spectacle.

Au grand dam de sa mère, qui trouvait regrettable qu'elle n'exploite pas son talent. Son psy affirmait pour sa part qu'elle faisait un rejet. Elle estimait tout simplement avoir pris un tournant. Et sa route l'avait menée là, avec la perspective de plusieurs mois d'un rude travail physique. Elle avait hâte de s'y mettre.

Son calepin sur les genoux, elle s'installa en tailleur sur le lit au matelas défoncé et alluma la télé, histoire de ne pas entendre celle de la chambre d'à côté ni les cannettes qui tombaient dans le distributeur automatique du couloir. Les informations locales en bruit de fond, elle commença à lister ce qu'elle avait à faire le lendemain. En premier lieu, remettre une salle de bains en état. Dormir par terre n'était pas un problème, mais elle avait absolument besoin d'une douche. Avant toute chose, donc, s'occuper de la plomberie.

La fatigue ne tarda pas à alourdir ses paupières. Comme elle voulait être sur pieds à 8 heures, elle éteignit la télé et la lumière. Dans la chambre voisine résonnait la voix claire et mélodieuse de Janet Hardy, interprétant une chanson d'amour à faire pleurer dans les chaumières.

– Parfait, murmura Cilla en sombrant dans le sommeil.

Assise dans le patio, elle contemplait l'étang et, au-delà, les collines verdoyantes adossées aux Blue Mountains. Un soleil radieux brillait dans l'azur éclatant. Les oiseaux chantaient à tue-tête dans une harmonie disneyenne. Les abeilles bourdonnaient au-dessus des lis et des rosiers. Un colibri butinait de fleur en fleur.

– Il ne manque plus que Bambi, commenta Cilla.

– Cet endroit est merveilleux, n'est-ce pas ? lui répondit Janet, vêtue d'une délicate robe d'été blanche, un verre de limonade à la main. Tu as raison, on dirait un décor de cinéma.

– Tu étais heureuse, ici ?

– Little Farm était mon refuge, ma prison dorée, une illusion, un mensonge, soupira Janet en haussant les épaules avec grâce. Tout ce que je fuyais, je l'avais apporté ici.

– Pourquoi ?

– Je ne supportais pas la solitude. Mon existence était vide et j'avais besoin de la remplir. Les hommes, le sexe, la drogue, la musique… Je donnais des fêtes pour m'étourdir. Mais, parfois, je trouvais le calme, ici. J'avais l'impression de redevenir Gertrude Hamilton. Bien que Trudy soit morte quand Janet Hardy est née, à l'âge de six ans.

– Tu aurais voulu rester Gertrude ?

– Bien sûr que non ! s'exclama Janet avec un rire cristallin. Gertrude aurait sans doute été une meilleure mère et une meilleure épouse que Janet, mais une femme sans intérêt ! Qui se souviendrait d'elle, aujourd'hui ? Alors que personne n'oubliera jamais la grande Janet Hardy.

Elle inclina la tête et esquissa le sourire qu'elle avait sur toutes les affiches de ses films, un sourire à la fois candide et légèrement provocateur.

– C'est vrai, acquiesça Cilla. Mais quand j'y réfléchis je ne peux pas m'empêcher de penser que ta vie n'a été qu'un terrible gâchis. Regarde ce qu'est devenue Little Farm. N'est-ce pas dommage ?

– Tu ne peux pas me faire revenir, alors tu vas ressusciter Little Farm.

– Oui, répondit Cilla en regardant le verger en fleurs et les chevaux dans les prés parsemés de pâquerettes. Cette propriété, je la considère comme ton héritage. Je la retaperai pour te rendre hommage.

– Dilly déteste Little Farm.

– C'est ce qu'elle dit, mais je suis certaine qu'elle y a passé de bons moments.

– Elle n'aime qu'Hollywood. Elle est comme moi, elle ne se sent bien que sous les feux de la rampe. Malheureusement, elle n'a jamais eu beaucoup de talent ni de volonté. Quant à toi, tu es différente, tu me rappelles Gertrude.

Pensive, Janet porta son verre de limonade à ses lèvres.

– Qui as-tu tué cette nuit-là ? Janet ou Gertrude ?

– Bonne question, murmura Janet en renversant la tête en arrière et en fermant les yeux.

Qui pourra jamais me répondre ? songeait Cilla en route pour la ferme.

Mais, au fond, ai-je vraiment besoin de réponses à des questions formulées en rêve ? Ne ferais-je pas mieux de me concentrer sur le présent plutôt que de me tourner sans cesse vers le passé ? Janet est morte mais moi je dois construire ma vie.

En déverrouillant le vieux portail de fer forgé, elle se demanda si elle ne devrait pas le faire enlever. Ne serait-ce pas un geste symbolique que d'ouvrir un lieu qui avait toujours été fermé ? D'un autre côté, il était peut-être risqué de laisser la propriété ouverte à tout vent. Les lourdes grilles protestèrent lorsque Cilla les poussa.

Au diable les symboles et les craintes infondées ! se dit-elle en se frottant les mains pour en effacer la rouille. Pendant les travaux, ce portail allait l'enquiquiner plus qu'autre chose. Éventuellement, elle en remettrait un autre quand le chantier serait terminé.

Elle remonta dans sa voiture et la gara devant la maison, dont elle laissa la porte d'entrée grande ouverte. En attendant le plombier recommandé par son père, elle allait finir de nettoyer la cuisine. Elle transpirait à grosses gouttes lorsque celui-ci arriva et se présenta comme étant Buddy. Elle lui fit faire le tour du propriétaire. Il l'écouta lui exposer ses plans en se grattant le menton puis lui annonça un prix exorbitant pour les travaux qu'elle attendait de lui.

Elle le dévisagea d'un air sceptique. En frottant ses joues mal rasées, il dit, un sourire en coin :

– Bien sûr, ça vous reviendra moins cher si c'est vous qui achetez tout le matériel.

– J'achèterai tout.

– O.K., je vous établirai un devis.

– Très bien. Dans l'immédiat, pouvez-vous juste me dire combien vous me prendriez pour déboucher la baignoire de la première salle de bains de l'étage ?

– Allons jeter un coup d'œil.

Ses tarifs paraissaient soudain beaucoup plus raisonnables, ce qui rassura Cilla sur l'estimation qu'il allait lui fournir. Il avait sans doute besoin de travailler. Ne restait plus qu'à espérer que le menuisier et l'électricien ne se montreraient pas trop gourmands.

Quand Buddy fut reparti au volant de son camion, elle alla chercher une masse dans ses outils. Elle se sentait d'humeur à se défouler, et la galerie de la façade nécessitait d'être refaite. La démolir comptait parmi les tâches qu'elle pouvait entreprendre sans aide.

2

Sa masse sur l'épaule, à travers ses lunettes de sécurité, Cilla observait l'homme qui s'avançait le long de l'allée, un drôle de petit chien noir et blanc trottinant à ses côtés.

Elle aimait les chiens et espérait un jour en avoir un, mais force lui était d'admettre que celui-ci était vraiment vilain : court sur pattes avec une tête énorme, des gros yeux globuleux, des oreilles minuscules et un ridicule moignon de queue.

Son maître était, en revanche, nettement plus séduisant : grand et svelte, bronzé, en sweat-shirt gris et jean trop long déchiré au genou, lunettes de soleil à monture métallique, barbe de trois jours, cheveux bruns en bataille parsemés de mèches plus claires… Un look trop étudié pour être honnête, diagnostiqua Cilla. Le genre de mec dont il fallait se méfier.

Avec un sourire désinvolte, il s'arrêta au seuil de la véranda. Son chien grimpa en haut des marches et renifla les chaussures de Cilla avec des grognements de porcelet.

– Vous voulez un coup de main ?

– Pardon ? répondit-elle, sur la défensive, en resserrant les doigts autour du manche de sa masse.

– Vous êtes en train de faire quoi, avec ce marteau ? Vous savez que vous êtes dans une propriété privée, ici ?

Il cala ses pouces dans les poches de son jean.

– Cela dit, vous n'avez pas vraiment l'air d'une cambrioleuse, ajouta-t-il avec l'accent traînant de Virginie.

– Vous êtes flic ?

– À mon humble avis, je n'ai pas plus l'air d'un flic que vous d'une vandale. Écoutez, je n'aime pas me mêler de ce qui ne me regarde pas, mais je ne crois pas que ce soit une bonne idée de démonter cette maison pour la revendre en kit sur eBay.

Le poids de la masse lui meurtrissant l'épaule, Cilla l'abaissa. Mais ne la lâcha pas. On ne savait jamais…

– Franchement, poursuivit-il, personne ne gobera que ces planches vermoulues sont d'authentiques morceaux de la ferme de Janet Hardy. Si je puis me permettre de vous donner un petit conseil : laissez tomber. Je refermerai le portail et je ne dirai rien à personne.

– Vous êtes le gardien ?

– Non, les gardiens se sont tous fait virer. Je sais que la maison a l'air abandonnée, mais ce n'est pas une raison pour la mettre à sac.

Cilla remonta ses lunettes sur son crâne.

– Quelqu'un vous a demandé de la surveiller ?

– Absolument pas. La famille de Janet Hardy se soucie de cette baraque comme d'une guigne, mais, sérieusement, vous feriez mieux de remballer vos outils et de…

Le type s'interrompit soudain et enleva ses lunettes de soleil.

– Excusez-moi, bafouilla-t-il. Vous êtes Cilla McGowan ? J'aurais dû vous reconnaître, vous avez les mêmes yeux que votre grand-mère.

– Et vous, qui êtes-vous ?

– Ford Sawyer. Et l'animal qui vous lèche les bottes, c'est Spock. Nous sommes les voisins d'en face.

Du pouce, il indiqua la maison victorienne qui se dressait de l'autre côté de la route sur une butte aux pelouses manucurées.

– J'étais déjà là hier, lui dit Cilla. Vous ne m'avez pas vue ? Et Buddy, le plombier, est passé il y a à peine une demi-heure. Vous ne l'avez pas vu non plus ?

– J'étais aux Caïmans, hier. Et il y a une demi-heure je dormais encore comme un loir. C'est en prenant mon café dehors que j'ai remarqué que le portail était ouvert.

– C'est sympa de vous être inquiété, je vous remercie.

– Il n'y a pas de quoi.

Ford monta les marches.

– Qu'est-ce que vous faisiez, avec cette masse ?

– Je casse la galerie. Les planches sont complètement pourries.

– Vous restaurez la maison ?

– Oui. Vous cherchez du travail ?

– Oh, pas du tout. J'ai un bon job et je ne suis pas doué pour le bricolage. Mais je vous remercie. Spock, dis bonjour à la dame.

Le chien s'assit sur son arrière-train, inclina sa grosse tête et tendit la patte à Cilla.

– Il est rigolo, dit-elle en se baissant pour le caresser. C'est quoi, comme chien ?

– Race non identifiée. Ça fait plaisir de savoir que cette maison va de nouveau être occupée. Vous allez la revendre ?

– Non, je vais m'y installer.

– La région est très agréable, vous verrez. Vous êtes la fille de Gavin McGowan, n'est-ce pas ?

– Oui. Vous le connaissez ?

– C'était mon prof d'anglais en terminale. On ne rigolait pas avec lui, mais il m'a fait faire de gros progrès. Bon… je vous laisse bosser. Je travaille à domicile, je suis là presque tout le temps. Si vous avez besoin de quoi que ce soit, n'hésitez pas.

– O.K., merci.

Tandis que son voisin repartait, Cilla remit ses lunettes de sécurité.

– Eh ! lui lança-t-elle. C'est bizarre d'avoir un nom de voiture…

Ford se retourna et fit demi-tour.

– Il paraît que j'ai été conçu dans la Ford Cutlass de mon père. Ma mère a un sens de l'humour assez particulier.

– Ah, d'accord. À bientôt.

– À la prochaine.

De retour chez lui, Ford s'installa sur la véranda avec une tasse de café frais. Une nouvelle voisine. Voilà qui apporterait un peu de piquant dans son quotidien. Une belle blonde aux yeux bleus qui n'avait pas peur de s'attaquer à du gros œuvre. Cette masse devait être sacrément lourde… Jolie et musclée…

– Cilla McGowan va habiter en face de chez nous, dit-il à son chien.

Spock détala à la poursuite d'un chat invisible.

C'est Alice qui serait épatée quand il lui annoncerait ça. Petite, sa sœur était fan de Katie Lawrence, la gamine que Cilla avait incarnée pendant cinq ? six ? sept ans ? Elle avait la boîte à goûter *Notre famille*, le sac à dos Katie ainsi que la poupée. Comme elle gardait tout, elle les avait même peut-être encore. Il lui enverrait un mail dans la journée. Sûr qu'elle regretterait d'être partie dans l'Ohio.

Ford, lui, n'avait jamais aimé cette série. Trop mièvre pour les garçons. Il préférait *Les Transformers* et *K2000*. Un jour, pour se venger de Dieu sait quoi, il avait déshabillé et bâillonné la poupée Katie de sparadrap. Alice l'avait retrouvée ligotée à un arbre, gardée par une armée de Star Troopers.

Ford avait été puni par ses parents, mais il s'était bien amusé.

Un instant, il imagina la vraie Katie, l'actrice, adulte et nue, attachée à un arbre…

En quatre ans, depuis qu'il vivait là, c'était la première fois qu'il voyait quelqu'un de la famille Hardy. Il savait que la fille de M. McGowan passait dans le coin de temps en temps, mais il n'avait encore jamais eu l'opportunité de la croiser. Si elle s'installait là, il aurait tout le loisir de faire plus ample connaissance.

Un pick-up noir s'engagea dans l'allée de Little Farm. Il reconnut le véhicule professionnel de son ami d'enfance Matt Brewster, aujourd'hui menuisier. Une autre camionnette arriva peu après. Ford alla à la cuisine se servir un deuxième café et un bol de céréales puis ressortit prendre son petit déjeuner sur la véranda pour voir ce qui se passait de l'autre côté de la route, puisque, pour une fois, il s'y passait des choses.

Une heure plus tard, il était toujours assis dehors, incapable de se mettre au travail. Un troisième camion avait rejoint les deux premiers, celui de Brian Morrow, un autre de ses vieux copains, patron d'une petite boîte d'aménagements paysagers. De son poste d'observation, Ford regarda Cilla lui faire faire le tour du terrain en agitant un gros calepin.

Toute en jambes, elle avait une allure à la fois sportive et gracieuse. Et elle semblait déborder d'énergie. Sous son masque de poupée de porcelaine, ce devait être une boule de nerfs.

– Whouah, attends un peu, se murmura-t-il à lui-même.

Il se redressa, plissa les yeux et la visualisa avec sa masse sur l'épaule.

– Une masse à deux têtes, avec un manche un peu plus court… Ou une masse d'armes… Ouais, ouais, ouais.

Soudain inspiré, il monta dans son atelier chercher quelques crayons, son carnet de croquis et sa paire de jumelles, au travers de laquelle il observa longuement Cilla : la forme de son visage, la ligne de sa mâchoire, sa silhouette. Elle avait une bouche fascinante, terriblement sexy avec ce creux profond au-dessus de la lèvre supérieure.

Tout en crayonnant une première esquisse, il échafauda divers scénarios, dont aucun ne lui parut digne d'être retenu.

Mais chaque chose en son temps. Les idées venaient souvent en dessinant. Il voyait parfaitement le personnage... Diane, Maggie, Nadine. Non. Cass. Simple, légèrement androgyne. Cass Murphy. Oui, Cass Murphy. Intelligente, passionnée, solitaire, séduisante. Il posa son crayon et reprit ses jumelles. Oh oui, très séduisante.

Ses vêtements trop amples ne la mettaient pas en valeur, mais on devinait qu'elle avait un corps ferme et tonique. Il la dessina en pied, de face, de trois quarts et de profil. Puis il tailla son crayon en réfléchissant. Des lunettes feraient peut-être cliché, mais elles étaient l'attribut essentiel de l'intellectuelle. Et constituaient toujours un bon masque.

Il lui en traça une paire, à monture noire rectangulaire.

– Hello, Cass. Vous permettez que je vous appelle Cass, n'est-ce pas, professeur Murphy ?

Sur une page blanche, il ébaucha une nouvelle silhouette. Pantalon de treillis, chemise safari, rangers, chapeau à large bord. Hors du labo ou de l'amphi, le Pr Murphy sur le terrain. L'esprit en ébullition, il tourna encore une page. Cass corsetée de cuir, deux seins pointant tels des obus au-dessus de son bustier. Bracelets d'argent en haut des bras. Longues jambes fuselées. Crinière de lionne retenue par une couronne incrustée de joyaux. Une ceinture ? Peut-être. Il verrait plus tard. Une arme antique : une masse à deux têtes, fermement serrée dans le poing brandi de la guerrière descendant en droite ligne de la déesse...

Romaine ? Grecque ? Viking ? Celte ?

Celte.

Ford leva son carnet face à lui.

– Salut, beauté. On va faire un malheur, tous les deux.

Il jeta un coup d'œil de l'autre côté de la route. Les camions étaient repartis, la porte de la ferme était ouverte. Cilla avait disparu.

– Merci, voisine, murmura-t-il avec un sourire satisfait.

Surréaliste. Cilla ne voyait pas d'autre terme à appliquer à la situation. Assise dans le patio de la maison de brique coloniale de son père, elle sirotait le thé glacé que lui avait servi sa belle-mère avec mille manières. Une grande première.

Petite, elle ne rendait que très rarement visite à son père. Aux yeux de sa mère, le travail passait avant la famille. De temps en temps, il venait la chercher et l'emmenait au zoo ou à Disney-land. Où ils étaient immanquablement assaillis par les Paparazzis et les gamins réclamant des autographes, ce qui ne facilitait guère le dialogue.

Et puis il était parti refaire sa vie à l'autre bout du pays, où il avait rencontré Patty, avec qui il avait eu une autre fille, Angie. Pour Cilla, c'était comme s'il s'était exilé à l'autre bout de la terre. Elle n'avait jamais trouvé sa place dans le monde de son père.

– C'est magnifique, ici, dit-elle pour meubler le silence.

– Nous adorons ce patio, enchaîna Patty avec un sourire manquant cruellement de naturel. Tu n'as pas froid ? À cette époque, la fraîcheur tombe vite.

– Non, non, pas du tout.

Cilla se concentra. Que raconter à cette charmante femme pleine d'attentions mais au regard si nerveux ?

– Le jardin sera splendide, j'imagine, quand tout sera en fleurs, dans quelques semaines… Tous ces massifs, ça doit vous demander énormément de travail.

– Oh, c'est Gavin qui s'en occupe, déclara Patty en tripotant sa boucle d'oreille.

Cilla se tourna vers son père.

– C'est vrai ?

– J'aime bien avoir les mains dans la terre, répondit-il.

– Son grand-père était paysan, expliqua Patty. Il a ça dans le sang.

– Ah bon ? s'étonna Cilla. Ici, en Virginie ?

Personne ne lui avait jamais parlé de ses arrière-grands-parents paternels. Devant son expression effarée, Patty écarquilla les yeux de surprise.

– Je croyais que tu le savais, dit Gavin. Little Farm était la ferme de mon grand-père. Mon père et ses frères et sœurs ne voulaient pas poursuivre l'exploitation. Alors il l'a vendue à Janet, qui était venue y tourner un film, *Le Bal dans la grange*.

– Ça, je sais. Elle a eu le coup de foudre pour la ferme et elle l'a achetée cash avant la fin du tournage.

– C'est à peu près ça. Et mes grands-parents se sont payé un camping-car. Ils ont voyagé pendant six ou sept ans, jusqu'à ce que ma grand-mère meure d'une crise cardiaque.

– Je trouve ça super que tu aies décidé de venir y vivre, dit Patty en tapotant la main de Cilla. En quelque sorte, tu boucles la boucle.

Je me rappelle très bien Janet Hardy. Tu lui ressembles un peu. En été, il y avait toujours des fêtes chez elle. Avec mes copines, on allait espionner par-dessus le mur. On regardait les beaux garçons et on s'extasiait sur les tenues des femmes. De temps en temps, Janet allait faire des courses en ville ou se promenait au volant de sa décapotable. Elle faisait sensation, crois-moi !

Patty se saisit du pichet de thé glacé. Visiblement, elle ne pouvait pas rester les mains inoccupées.

– Un jour, elle est venue chez nous, poursuivit-elle. Nous avions une portée de chiots à vendre. Cinq dollars pièce. Elle s'est mise à quatre pattes par terre pour jouer avec les bébés chiens. Ils lui sautaient dessus et elle riait, elle riait ! Elle avait un rire si sensuel. Elle est repartie avec l'un des petits de notre Collie. Mais je te raconte des vieilles histoires qui ne t'intéressent pas…

– Oh si, ça m'intéresse, affirma Cilla. Je sais si peu de choses sur ma grand-mère. Ce chien, c'était…

– Hero. Un jour, le vieux Fred Bates l'a trouvé qui errait comme une âme en peine sur la route. Il l'a fait monter dans son pick-up pour le ramener à sa maîtresse. C'est lui qui a découvert le corps. Quelle tristesse ! Nous avons tous été bouleversés. Mais heureusement tu es là, maintenant. Il va de nouveau y avoir de la lumière et de la musique dans la maison.

– J'ignorais tout ça, murmura Cilla en regardant son père. Mais dis-moi, si tu aimes jardiner, tu pourras peut-être m'aider à réaménager le terrain ?

– Volontiers.

– J'ai engagé un paysagiste, aujourd'hui, mais il va falloir que je décide de ce que je veux planter. Tu me conseilleras ?

– Avec plaisir. Fais-moi penser à te prêter quelques bouquins, tout à l'heure. Ça te donnera des idées. Qui as-tu engagé comme paysagiste ?

– Brian Morrow.

– Un gars sérieux. Bon choix. Je l'ai eu comme élève. C'était un cancre, mais il a bien réussi.

– J'ai rencontré un autre de tes anciens élèves, aujourd'hui : Ford Sawyer.

– Bien sûr ! s'écria Patty. Il habite juste de l'autre côté de la route.

– Un garçon rêveur mais très intelligent, commenta Gavin. Lui aussi, il a bien réussi.

– Qu'est-ce qu'il fait ?

– Des romans graphiques. Il les écrit et les illustre lui-même, ce qui n'est pas courant, m'a-t-on dit. *Le Justicier invisible*, ça te dit quelque chose ? Il a fait un carton avec ça. Il faut dire que ce n'est pas mal du tout.

– *Le Justicier invisible…* Il me semble que j'en ai entendu parler, mais je ne suis pas très BD, tu sais.

– Attention, ce n'est pas de la BD mais du roman graphique, deux genres complètement différents. *Le Justicier invisible*, c'est l'histoire d'un privé qui tente de déjouer les sinistres desseins d'un savant fou qui veut détruire toutes les plus grandes œuvres d'art au monde au moyen d'une substance moléculaire qui les rendra invisibles. Dans la bataille, le Justicier est exposé à cette molécule. Tout le monde le croit mort mais…

– Mais, en fait, il est invisible, compléta Cilla. Ça me revient, maintenant. L'un des gars avec qui je restaurais des maisons était un grand amateur de romans graphiques. Tous les matins, il me racontait le bouquin qu'il avait lu la veille. Et, quand il venait à la maison, il passait des heures à discuter avec Steve des pouvoirs des X-men, des Quatre Fantastiques, du Chevalier noir. Si j'avais le malheur de leur faire remarquer qu'ils avaient des conversations de gamins de dix ans, ils me disaient que c'était moi qui étais inculte !

– Gavin lit aussi beaucoup de BD. Et il aime beaucoup ce que fait Ford.

– Parce que c'est un de tes anciens élèves ?

– Pas seulement. Objectivement, il a un grand talent. Ses intrigues te tiennent en haleine. Et ses personnages ont de l'épaisseur. Le Justicier, par exemple, est beaucoup plus complexe qu'on ne pourrait le croire. Au début, ce n'est qu'un pauvre type qui court après la gloire et la fortune. Puis il perd la femme de sa vie parce qu'il n'a pas su la protéger. Il va alors chercher la rédemption. Il l'atteindra, mais au prix de l'invisibilité. Tu vois la métaphore ? Le héros que personne ne voit… Franchement, j'ai trouvé cette histoire intéressante.

– Ford est célibataire, précisa Patty.

Ce qui fit rire Gavin.

– Je dis ça parce qu'il habite en face de chez Cilla et qu'elle est seule, elle aussi. Elle aura peut-être envie de compagnie, de temps en temps.

– Avec les travaux, je ne crois pas que j'aurai le temps de m'ennuyer, déclara l'intéressée avec un sourire amusé. D'ailleurs, il faut que je vous quitte. Je veux me lever tôt demain matin.

– Tu ne restes pas dîner ? protesta Patty. J'ai préparé des lasagnes, cet après-midi. Si tu ne veux pas partir trop tard, je les réchauffe tout de suite. Il y en a pour quelques minutes.

– Patty fait des lasagnes délicieuses, ajouta Gavin.

– Si vous me prenez par les sentiments, O.K. ! Je sens que je vais me régaler.

Patty se leva et disparut dans la maison.

– Je dois aller l'aider ? demanda Cilla à son père.

– Non, laisse-la faire. Elle adore cuisiner. Ça la détend. Chacun son truc. Moi, c'est le jardinage ; elle, la cuisine.

– Je la mets mal à l'aise.

– Un peu. Ça lui passera. Heureusement que tu n'as pas refusé son invitation. Elle aurait été vexée. C'est sa spécialité, les lasagnes. Elle prépare la sauce avec les tomates du jardin. On en a tellement en été, qu'elle fait des bocaux de coulis pour le reste de l'année.

– Ah oui ?

Devant la moue incrédule de sa fille, Gavin ne put réprimer un sourire.

– Eh oui, c'est un autre monde, ici, ma chérie.

Un monde où l'on mangeait des lasagnes et de la tarte aux pommes maison. Où les repas étaient considérés comme un moment convivial et non comme une simple formalité ou une débauche de chichis. Où les invités repartaient de chez leurs hôtes avec une part de chaque plat emballée dans du papier d'aluminium. Et où l'on n'insistait pas, au moment où vous vous apprêtiez à prendre le volant pour ouvrir une autre bouteille de vin.

Repue, elle consulta sa montre. 20 heures. Parfait. On pouvait donc passer de bonnes soirées sans se coucher au petit matin.

Chez elle, à la lueur des ampoules nues qui projetaient un éclairage cru sur le plâtre craquelé et les parquets rayés, elle constata que sa pauvre vieille bicoque avait grand besoin d'un lifting. Elle alluma sa lampe torche, éteignit les plafonniers puis s'arrêta devant la fenêtre avant de monter. Des petites lumières brillaient çà et là sur le flanc des collines. Les Mamans devaient border leurs enfants ou les aider à terminer leurs devoirs pendant que les pères de famille s'installaient confortablement devant la télé ou s'attelaient à de la paperasse administrative.

Personne, ici, n'avait à apprendre ses répliques pour le tournage du lendemain ni à étudier les changements de dernière minute dans son script. Cilla enviait ces gens pour ce qu'elle n'avait jamais connu.

Chez Ford aussi la lumière était allumée.

Était-il en train d'inventer une nouvelle aventure du Justicier ? De manger une pizza surgelée ? Comment se faisait-il, s'interrogea-t-elle, qu'un auteur de BD – pardon, de romans graphiques – ait élu domicile au fin fond de la Virginie ? En tout cas, c'était réconfortant de savoir qu'il était là, juste de l'autre côté de la route, tout près, mais pas trop. Cilla n'était pas peureuse, mais elle n'avait jamais passé une nuit seule dans une maison vide en pleine campagne.

La sonnerie de son portable la réveilla en sursaut. À tâtons, elle le chercha sur le plancher.

Quelle heure était-il ? 3 h 28. L'appel provenait de sa mère.

– Oh non, bougonna-t-elle. Qu'est-ce qu'il y a, Maman ?

– C'est une manière de répondre au téléphone ? Bonjour, c'est pour les chiens ?

– Bonjour, Maman. Que se passe-t-il ?

– Tu me fais beaucoup de peine, Cilla.

C'est pour ça qu'elle me dérange en pleine nuit ? songea-t-elle. *Encore bourrée ou défoncée. Comme d'habitude.*

– Maman, il est 3 h 30 du matin sur la côte Est, où je me trouve en ce moment, au cas où tu l'aurais oublié.

– Je sais parfaitement où tu es, rétorqua Bedelia d'une voix pâteuse. Oh oui, je ne le sais que trop bien. Tu es dans la maison de ma mère, que tu m'as sournoisement extorquée. Mais ça ne se passera pas comme ça. Ne crois pas que je vais me laisser faire !

– Je suis dans la maison de ma grand-mère et tu me l'as vendue, rappelle-toi. Où est Mario ?

– Mario n'a rien à voir là-dedans. Cette histoire se réglera entre toi et moi. Tu sais très bien que tu m'as eue dans un moment de faiblesse. Tu as profité de ma vulnérabilité et de mon chagrin. Je veux que tu reviennes immédiatement et que tu déchires l'acte de vente.

– Et tu déchireras le chèque que je t'ai signé ?

Long silence sur la ligne. Cilla se rallongea en bâillant.

– Tu es une fille ingrate et sans cœur.

Le trémolo dans la voix de sa mère la laissa de marbre.

– Je sais. Tu me l'as déjà dit mille fois.

– Après tous les sacrifices que j'ai faits pour toi, tout le temps que je t'ai consacré, tout l'argent que tu m'as coûté, c'est comme ça que tu me remercies, en me prenant la maison de ma mère, tout ce qu'il me restait d'elle ?

– Écoute, je t'ai acheté cette maison. De toute façon, tu ne l'aimais pas.

– Comment oses-tu me dire des choses aussi horribles ?

Cilla entendit un bris de verre. Sa mère avait dû jeter son whisky contre le mur.

– Tu devrais aller te coucher, Maman. Je t'ai déjà dit de ne pas me téléphoner quand tu avais bu.

– Tu as raison, larmoya Bedelia. Je vais aller me coucher pour ne plus jamais me réveiller.

– Ne dis pas d'âneries, s'il te plaît. Va te coucher. Ça ira mieux demain, après une bonne nuit de sommeil. N'oublie pas que tu dois être en forme pour répéter ton spectacle.

– Ton spectacle, ton spectacle… Vous n'avez tous que ce mot-là à la bouche. Je suis nulle, hein, c'est ça ?

– Mais non, Maman. Va te coucher.

– Mario. Je veux Mario. Il n'y a que lui qui me comprenne.

– Promets-moi d'aller te coucher. Je vais l'appeler. Il va rentrer, ne t'inquiète pas.

– D'accord. De toute façon, je n'ai pas envie de te parler.

Sur ces mots, Bedelia coupa la communication.

Dans l'état où elle était, elle allait sûrement s'endormir sur le canapé, si ce n'était pas sur le tapis. Il y avait peu de risques qu'elle commette une bêtise, Cilla en était à peu près certaine. Par acquit de conscience, elle appela néanmoins numéro Cinq.

– Mario ? Où es-tu ?

En quelques minutes, elle lui dressa le tableau de la situation et coupa court à ses lamentations. Elle le connaissait suffisamment pour savoir qu'il allait sauter dans sa voiture et apporter à Dilly le soutien et le réconfort dont elle avait besoin.

À présent complètement réveillée et passablement énervée, elle s'extirpa de son duvet et descendit chercher une bouteille d'eau dont elle but quelques gorgées sur ce qu'il restait de la véranda.

Plus aucune maison n'était allumée. Les collines étaient plongées dans une nuit d'encre, impénétrable, froide, silencieuse. Cilla frissonna. Tout était si calme qu'elle entendait presque la maison respirer.

– Amie ou ennemie ? demanda-t-elle à voix haute.

Mario devait être en train de foncer en direction de Bel Air. Dans quelques minutes, il murmurerait et cajolerait, caresserait et flatterait, et porterait son épave de femme jusqu'à son lit.

Dans ses bras musclés, jeunes et bronzés, Dilly gémirait, une fois de plus, qu'elle était seule, si seule, si malheureuse. Alors qu'elle avait tout pour être heureuse.

– Toi aussi, tu avais tout pour être heureuse, murmura Cilla à l'attention de Janet, et le destin t'a infligé le plus grand des malheurs. Comment ne pas se sentir seule quand on a perdu son fils ? Tu étais bien entourée, mais tu as dû traverser des moments terribles. Et moi aussi je suis toute seule, ce soir, mais c'est un choix. Et je suis bien mieux seule dans cette nuit calme et sereine qu'au milieu de la foule.

Sur ces réflexions, elle rentra dans la maison et verrouilla la porte. Autour d'elle, les vieux murs soupirèrent.

3

Ford passa plus de deux heures à observer Cilla à la jumelle et à la dessiner. Elle avait décidément un truc qui lui insufflait l'énergie créatrice. Sa façon de bouger. Distinguée et athlétique à la fois. Elle avait l'élégance d'une danseuse. Non. D'une sprinteuse. La force et la détermination plutôt que la beauté et la fluidité du geste.

La classe d'une guerrière. Économe de ses mouvements et meurtrière.

Il aurait aimé la voir avec les cheveux détachés. Voir ses bras, ses jambes et, éventuellement, plus encore…

Il avait fait des recherches sur Google et étudié attentivement plusieurs de ses photos. Il avait également téléchargé ses films. Le dernier, malheureusement, remontait à près de huit ans. Or ce qui l'intéressait, c'était la femme, pas la gamine.

Il avait déjà en tête les grandes lignes d'un scénario. La veille au soir, il avait laissé de côté son dernier opus du *Justicier* pour jeter ses idées sur le papier. Aujourd'hui, il espérait trouver le temps de faire une ou deux planches, mais il lui fallait d'abord plus de croquis détaillés.

Le problème, c'est que son modèle était trop couvert.

– Si seulement je pouvais la voir nue, grommela-t-il.

Spock lui répondit par un jappement réprobateur.

– En tout bien tout honneur, bien sûr ! Enfin…

En grognant, le chien roula sur le côté, attrapa son ours en peluche sérieusement mutilé et le déposa aux pieds de son maître. Puis il se mit à sautiller autour de sa chaise.

Ford l'ignora. Il allait rendre une nouvelle petite visite de courtoisie à sa voisine. Et, si les choses se présentaient bien, lui demander si elle accepterait de poser pour lui.

Dans sa sacoche, il fourra son carnet de croquis, deux crayons et un exemplaire du premier *Justicier*. Plus une bouteille de cabernet.

Spock délaissa son ours pour le suivre d'un pas guilleret.

Elle était en train de décharger une brouette de gravats dans la benne qu'elle avait louée lorsqu'elle le vit arriver. Que voulaient son frimeur de voisin et son drôle de compagnon à quatre pattes, cette fois ?

Il s'était rasé, remarqua-t-elle, ce qui lui donnait meilleur genre. Il portait une sacoche de cuir sur l'épaule. En remontant l'allée, il lui adressa un signe amical.

Spock fit le tour de la benne en la reniflant, jusqu'à ce qu'il ait trouvé l'endroit idéal où lever la patte.

— Bonjour. Vous n'avez pas chômé, depuis la dernière fois, à ce que je vois.

En souriant, Ford jeta un coup d'œil dans la benne.

— Vous cassez tout ?

— Tout ce qui est irrécupérable. C'est fou comme les choses s'abîment vite dans une maison inoccupée. Salut, Spock.

Le chien accourut auprès de Cilla et lui tendit la patte.

Vilain, mais charmant.

— Que puis-je faire pour vous, Ford ?

— Je vous ai apporté un petit cadeau de bienvenue.

De sa besace, il retira la bouteille de vin.

— C'est gentil. Merci.

— Plus ça…

Il lui tendit le livre.

— Un peu de lecture… C'est moi qui l'ai écrit.

— Mon père m'a dit que vous étiez auteur de romans graphiques.

— Vous connaissez un peu le genre ?

— J'ai lu quelques *Batman* avant d'aller passer le casting pour *Batgirl* dans la version avec Clooney. Mais c'est Alicia Silverstone qui a décroché le rôle.

— Vous n'avez rien à lui envier. Ce film était un navet.

Cilla haussa les sourcils.

— La performance de George Clooney est tout de même remarquable.

Ford secoua la tête.

— Il n'y a pas de meilleur *Batman* que Michael Keaton, avec son regard de doux dingue. Pour moi, toutes les autres adaptations de Batman sont ratées. Elles manquent de lyrisme. Et ne me demandez pas ce que je pense de Val Kilmer. Que du mal.

– Keaton était fabuleux, je vous l'accorde. Il paraît que vous illustrez vos bouquins, aussi ?

– Tout à fait.

Il l'observa pendant qu'elle regardait la couverture de son livre. Quelle bouche ! Et ce joli petit menton… Ses doigts le démangeaient. On ne dessinait jamais mieux un visage que lorsqu'on l'avait en face de soi.

– Je suis très perso, expliqua-t-il. Incapable de bosser en équipe. Quand j'invente une histoire, c'est *mon* histoire. Je préfère que personne ne vienne y mettre son grain de sel.

Pendant qu'il parlait, Cilla tournait les pages.

– Il y a beaucoup de texte. J'aime bien le graphisme, tous ces aplats de noir.

– Le Justicier est un personnage très sombre. Je suis en train de terminer un nouveau titre. En principe, j'aurais dû finir aujourd'hui, si vous ne m'aviez pas distrait.

– Comment ça ?

– J'ai passé la journée à vous regarder. D'un point de vue strictement professionnel, bien sûr ! N'allez pas m'accuser de voyeurisme ! J'essaie de créer un personnage féminin pour une série indépendante du *Justicier*. Vous correspondez exactement à l'image que j'ai en tête.

– Pardon ?

– Cass Murphy, professeur d'archéologie. Une femme distinguée, discrète, solitaire, passionnée par son métier. Pas très sociable. Qui refoule ses émotions. Ça vient de l'éducation qu'elle a reçue.

– J'ai l'air d'une fille introvertie ?

– Je n'ai pas dit ça. Je parlais de Cass. Regardez.

Ford sortit son carnet et montra ses croquis à Cilla.

– Elle n'a pas l'air très gaie.

– Elle ne veut pas qu'on la remarque. Ça la fait flipper qu'on s'intéresse à elle. Même quand elle est sur un chantier de fouilles, elle… Vous voyez ?

– Hmm. Une femme sérieuse, quoi, tout entière dévouée à sa mission, qui ne soucie pas de son apparence. Ce qui ne l'empêche pas de dégager une certaine sensualité. Elle est plus à l'aise en chemise et en pantalon d'homme parce que ce sont des vêtements confortables, mais ça lui donne un petit côté sexy.

– Exactement. Vous avez tout pigé.

– J'ai lu un paquet de story-boards. Si vous voulez mon avis, votre Cass n'a rien d'original. Avec un personnage pareil, vous vous embarquez dans une histoire bateau.

– Détrompez-vous. Cass a une face cachée. Qui va se révéler alors qu'elle est prisonnière dans une grotte sur une île mythique, parce qu'elle a découvert les plans machiavéliques du mécène qui finance le chantier sur lequel elle travaille, un millionnaire qui possède des dons de sorcellerie.

– Ouais…

– J'ai encore du pain sur la planche, mais voici Brid, l'identité secrète de Cass.

– Waouh !

– Brid, la déesse guerrière.

Cass avait troqué son tailleur sévère, ses chaussures plates et ses petites lunettes d'intello contre un corset et des cuissardes de cuir. Fière, dangereuse, provocante, une crinière sauvage flottant sur ses épaules, solidement campée sur ses jambes, elle brandissait une sorte de marteau vers le ciel.

– Elle est superbe. Mais elle serait encore plus belle avec une poitrine un peu moins volumineuse.

– Ah… Vous croyez ? Peut-être. Justement, voilà en quoi vous pourriez m'être utile. J'aimerais que vous posiez pour moi.

Ford tourna une page de son carnet et montra à Cilla plusieurs petits croquis la représentant dans différentes postures.

– Mais c'est moi !

– Je vous ai expliqué que c'est vous qui m'aviez donné l'idée de Cass.

– Vous m'avez espionnée et dessinée sans mon consentement ? s'offusqua-t-elle. Eh bien, il ne faut pas vous gêner !

– Il n'y a rien de mal à observer les gens pour les dessiner. Je fais ça constamment, dans mon boulot.

Cilla prit le carnet des mains de Ford et revint à la page où était représentée la déesse guerrière.

– C'est mon visage.

– Absolument. Un très beau visage.

Aux pieds de Ford, Spock émit un grommellement approbateur.

– Vous n'avez pas le droit d'exploiter mon image. Vous savez que je pourrais vous traîner en justice ?

– Ce ne serait pas sympa, et je ne pense pas que vous auriez gain de cause. Mais comme je ne tiens pas à m'attirer d'ennuis, si vous y tenez, je modifie mon personnage. Une bouche plus grande, un nez plus long. Des cheveux roux. Tiens, d'ailleurs, ça, ce serait peut-être une bonne idée. Des pommettes plus saillantes. Voyons…

Ford sortit un crayon de son sac et traça au pied levé un nouveau portrait.

– Je garde les yeux, marmonna-t-il tout en travaillant. Vous avez des yeux de tueuse. Une grande bouche, des pommettes plus angu-leuses, un nez un peu allongé. Et voilà ! À peaufiner, mais ça peut marcher.

– Vous voyez : vous pouvez très bien vous passer de moi.

– Certes, mais vous avez un truc qui m'inspire. Allez, Cilla… Qui n'a jamais rêvé de devenir un superhéros ? Brid aura un succès fou, j'en suis persuadé. Vous n'auriez pas fait une bonne Batgirl, mais le rôle de déesse guerrière vous ira comme un gant.

Cilla avait horreur de se sentir idiote. Si ce type continuait, il allait la faire sortir de ses gonds.

– Allez-vous-en. J'ai du travail.

– Vous ne voulez donc pas poser pour moi ?

– N'insistez pas, s'il vous plaît, ou je vais chercher mon marteau magique et je vous fracasse le crâne.

Cette repartie fit sourire Ford. Elle serra rageusement les poings.

– C'est dommage, dit-il en rangeant son carnet et en se coinçant son crayon derrière l'oreille. Réfléchissez-y quand même. Et si jamais vous changez d'avis, vous savez où me trouver. À plus.

Les nerfs en pelote, Cilla se remit au travail en fulminant. C'était bien sa chance, tiens… Elle qui était venue s'installer au milieu de nulle part pour se retrouver, pour vivre tranquillement sa vie dans l'anonymat, il fallait qu'elle tombe sur un voisin qui l'envahissait dès les premiers jours !

La paix, voilà ce qu'elle voulait. Retaper sa maison à son rythme, selon ses goûts, se bâtir un chez-soi où elle pourrait mener une exis-tence saine et sereine. Et l'autre scribouillard qui s'amusait à repro-duire tous ses faits et gestes… Non, mais quel culot !

– Déesse guerrière, bougonna-t-elle entre ses dents tout en calant une échelle contre la façade afin de nettoyer les gouttières.

Et ces gros nibards dont il l'avait affublée… Une représentation de la femme typiquement macho.

Ce n'est qu'en descendant de son échelle, percluse de courbatures, que sa colère s'était enfin dissipée.

Si elle en avait eu la possibilité, elle se serait volontiers offert un bain à remous suivi d'une heure de massage, puis de deux ou trois verres de vin et, pourquoi pas, une soirée torride avec Orlando Bloom.

À défaut du reste, elle se contenterait du cabernet de son voisin. Épuisée comme elle l'était, de toute façon, elle ne tarderait pas à s'écrouler de sommeil.

Spock ronflant majestueusement sous sa chaise, Ford encrait sa dernière planche. Encore quelques jours pour la colorisation, et il pourrait rendre son travail. Finalement, il n'aurait pas trop de retard sur le délai imparti par son éditeur.

Après avoir nettoyé la plume dont il venait de se servir, il choisit un pinceau et le trempa dans l'encre de Chine. Parmi les différentes étapes du processus de création, l'encrage était celle à laquelle il prenait le plus de plaisir. Repasser à l'encre les contours du crayonné et les ombres afin de donner au dessin un trait définitif. L'opération demandait du temps, de la patience et une main assurée, mais quelle satisfaction de voir le Justicier prendre corps !

Spock se mit soudain à pousser des aboiement terrorisés. En bas, quelqu'un frappait à la porte. Ford lança une bordée de jurons, comme chaque fois qu'on le dérangeait en pleine concentration.

À contrecœur, son pinceau à la main, il se leva et descendit, son irritation cédant le pas à la curiosité lorsqu'il aperçut Cilla derrière la baie vitrée, la bouteille de cabernet à la main. En haut de l'escalier, Spock tremblait comme une feuille.

– Pas de panique, mon gros, lui lança-t-il en ouvrant la porte. C'est la voisine. Bonsoir, vous n'aimez pas le rouge ?

– Je n'ai pas de tire-bouchon.

Spock dévala les marches et vint se frotter contre les mollets de la visiteuse.

– Salut, toi.

– Il était mort de trouille. Il a cru qu'on était attaqués par des extraterrestres. Entrez. Je rince mon pinceau et je suis à vous. Venez, suivez-moi.

Ford précéda Cilla jusqu'à la cuisine, au bout d'un large couloir au plafond à corniches.

– Oh, vous étiez en train de travailler, bredouilla-t-elle. Je suis désolée.

– Pas de problème. Quelle heure est-il, au fait ?

Cilla remarqua qu'il ne portait pas de montre. Elle consulta la sienne.

– 19 h 30.

– Juste l'heure de ma pause.

Tandis que Cilla regardait autour d'elle, Ford passa son pinceau sous l'eau et le déposa dans un bocal. Puis il ouvrit un tiroir et en sortit un tire-bouchon.

– Vous avez une chouette maison.

– Je trouve aussi. Je l'ai achetée quasiment telle quelle. Les anciens proprios avaient fait de gros travaux et leurs goûts correspondaient aux miens, si bien que je n'ai eu qu'à apporter mes meubles.

– J'aime beaucoup ces plans de travail en granit.

– En fait, j'ai craqué pour cette maison à cause de la vue qu'on a de l'étage. J'ai une superbe luminosité dans mon atelier. Et ça, pour moi, c'est vital.

Spock tournoya plusieurs fois sur lui-même et s'engouffra dans une trappe aménagée au bas d'une porte.

– Où va-t-il ?

– À sa gamelle, dans la buanderie. Il vient de vous faire une démonstration de sa danse de joie. Je suis dans la cuisine, le signal pour son cerveau que c'est l'heure de manger. Il n'y a pas plus glouton que ce chien.

Cilla rigola.

– Vous voulez que je vous prête mon tire-bouchon ou que j'ouvre la bouteille et qu'on la partage ?

– Partageons-la. Excusez-moi pour tout à l'heure. J'ai réagi bêtement.

– Asseyez-vous, je vous en prie.

Elle se jucha sur un tabouret de bar et admira la cuisinière en vitrocéramique aux finitions chromées, les placards en merisier… et les fesses de son voisin.

Ford remplit deux verres à pied et s'accouda au comptoir en face d'elle.

– Vous êtes pardonnée.

– Je ne sais pas pourquoi je me suis emportée, alors que je devrais être flattée qu'on me voie comme une espèce de croisement entre Xena la guerrière et Wonderwoman.

– Bonne analyse du personnage. C'est tout à fait ça.

– Je crois que ce qui m'a chiffonnée, c'est que vous m'ayez dessinée sans que je le sache.

– Vous vous êtes sentie violée, mais ce n'était que de l'observation naturaliste.

Cilla porta son verre à ses lèvres.

– Toute ma vie, on m'a regardée comme une bête de foire. Je ne pouvais pas essayer une paire de chaussures ou manger une glace sans qu'on me prenne en photo. C'est pour cette raison que j'ai fui Hollywood.

– Je comprends. Si vous voulez, je peux garder le second visage, mais j'aimerais que mon personnage ait vos yeux.

Cilla but une autre gorgée de vin.

– Vous pouvez garder mon visage. Pour tout vous avouer, je suis très contente d'inspirer une héroïne de BD.

Intérieurement, Ford exécuta une petite danse de joie.

– Vous voulez manger quelque chose ? Je ne sais pas vous, mais moi j'ai une faim de loup.

D'un placard, il sortit un sachet de Doritos.

– Je raffole de ce genre de cochonneries, déclara-t-il en y plongeant la main. Donc, ce n'est pas l'idée qui vous dérange, mais le fait d'être observée. Ça ne devrait pas. Je vous assure qu'il n'y a rien de malsain dans mon regard. Depuis que je sais tenir un crayon, je regarde les gens et je les dessine. J'ai toujours été fasciné par le corps humain, la façon dont les gens se déplacent, leurs attitudes, leurs expressions. Je pourrais vous jurer de ne plus vous observer, mais ce serait une promesse en l'air. En revanche, je peux vous promettre de vous montrer tous mes dessins et essayer de tenir parole.

Cilla grignota un Dorito.

– Et s'ils ne me plaisent pas ?

– Si vous avez du goût, ils vous plairont. Sinon, eh bien, tant pis, vous ferez comme si ! Je vous préviens : je ne supporte pas qu'on critique mon travail. À part ça, je suis un gars très souple.

– Je vois le genre. Et une fois que vous m'aurez dessinée sous toutes les coutures, qu'allez-vous faire des croquis ?

– Les organiser pour raconter une histoire. Venez, je vais vous montrer. Emportez votre verre.

Ford reprit son pinceau et escorta Cilla dans l'escalier.

– J'étais en train d'encrer mon dernier *Justicier* quand vous êtes arrivée.

– C'est l'escalier d'origine ?

– Je n'en ai pas la moindre idée, répondit-il en baissant les yeux vers les marches. Peut-être. Pourquoi ?

– C'est de la belle ouvrage. La rampe a énormément de cachet. À mon avis, elle doit être assez ancienne. Il y a toujours eu quelqu'un pour prendre soin de cette maison, ça se voit. Ce qui n'est pas le cas de la mienne.

– Vous allez vous en occuper, maintenant. J'ai su que vous aviez fait appel à Matt pour la menuiserie. C'est un ami à moi. Il a fait pas mal de trucs, ici, pour les précédents propriétaires.

Du geste, Ford invita Cilla à pénétrer dans son atelier.

– En effet, cette pièce est magnifique, commenta-t-elle.

– C'était la chambre, mais je n'ai pas besoin d'autant d'espace pour dormir.

Cilla laissa courir son regard sur les étagères fixées aux murs couvertes de fournitures pour beaux-arts, de ramettes et de rouleaux de papier, de livres et de figurines en plastique, dont seules quelques-unes lui étaient familières : Dark Vador, Superman...

Une immense table à dessin trônait au centre de la pièce. Dessus était étalée une série de planches, entre des pots contenant toutes sortes de crayons, de feutres, de plumes et de pinceaux. Des croquis, des photos et des pages de magazines étaient épinglés partout. Des gens, des paysages, des maisons. Sur une autre table, perpendiculaire à la première, se trouvaient un ordinateur, une imprimante et un scanner – et une figurine de Buffy, la tueuse de vampires.

– C'est ici que je passe le plus clair de mes journées, dit Ford. À imaginer des personnages, des costumes, des décors, à les décliner en millions de croquis.

Cilla s'approcha de la table et admira les planches en cours d'encrage.

– Noir et blanc, ombre et lumière. Le bouquin que vous m'avez offert est en couleurs.

– Celui-ci le sera également. Avant, je colorisais et je réalisais le lettrage à la main. J'adorais ça, mais ça prenait beaucoup de temps, et on ne pouvait pas modifier la taille des bulles pour les adapter aux traductions. Depuis que je suis publié à l'étranger, je me suis mis à l'informatique. Je scanne les planches encrées et je les colorise sur Photoshop.

— J'aime beaucoup le rendu en noir et blanc. C'est très fort, je trouve, très parlant. On n'aurait quasiment pas besoin de texte pour comprendre l'histoire.

Ford garda un instant le silence.

— J'attends la question, dit-il enfin.

Cilla se tourna vers lui.

— Quelle question ?

— Pourquoi la BD et pas une forme d'art plus noble ?

— J'imagine que vous faites ce que vous avez envie de faire, et ce pour quoi vous avez le plus de talent.

— Je savais que vous me plairiez.

— Vous savez, vous vous adressez à quelqu'un qui a tenu pendant huit saisons le rôle principal d'une sitcom débile. Le débat sur la culture et la sous-culture, je connais…

— Si vous acceptez de prêter votre visage à Cass, certains de mes lecteurs vous reconnaîtront sûrement.

— Il y a des chances.

Ford ouvrit un tiroir et en retira des papiers qu'il tendit à Cilla.

— Vous pouvez prendre quelques jours pour réfléchir, si vous le souhaitez. C'est un contrat. J'étais certain que vous changeriez d'avis. Comme ça, les choses seront claires. Pas d'embrouille.

Les documents à la main, elle se posta devant l'immense baie vitrée. La nuit était tombée. Des lumières brillaient de nouveau dans les collines. Dans le jardin, Spock pourchassait des ombres. Cilla termina son verre de vin puis se tourna vers Ford.

— Je ne pose pas en bustier de cuir.

— O.K., acquiesça-t-il, une lueur malicieuse dans le regard. Je me débrouillerai autrement.

— Je ne pose pas nue.

— Seulement pour ma collection personnelle.

— Vous avez un stylo ? demanda Cilla en riant.

— Une bonne centaine.

Il lui tendit un roller.

— Autre condition, ajouta-t-elle en traversant la pièce. J'exige que Brid soit encore plus canon que Batgirl.

— Elle le sera.

Après qu'elle eut signé les trois exemplaires du contrat, il lui en remit un.

– Et si on allait se servir un autre verre et commander une pizza, histoire de célébrer notre collaboration ?

Cilla se raidit, de nouveau sur la défensive. Cette fois, ce n'était pas Ford qui avait envahi son espace privé, mais elle le sien. Néanmoins, elle entendait conserver ses distances.

– Non, je vous remercie. Vous avez du boulot et moi aussi.

– Demain sera un autre jour.

– N'insistez pas. J'ai prévu d'étudier la question de l'installation d'un jacuzzi, ce soir.

Ils sortirent tous deux de l'atelier.

– Ne gaspillez pas votre argent pour un jacuzzi. Il y en a un ici.

– Mais je parie qu'il n'a pas de jet massant, rétorqua Cilla en s'engageant dans l'escalier.

– Non, mais je suis un expert en massage.

– Si vous étiez Orlando Bloom, j'irais de ce pas essayer votre jacuzzi, mais comme vous n'êtes pas Orlando Bloom, je vous souhaite une bonne nuit.

Elle ouvrit elle-même la porte d'entrée.

– Orlando Bloom ?

Elle s'éloigna sans se retourner en agitant la main par-dessus son épaule.

4

Les choses allaient bon train. Cilla avait trouvé son plombier, son électricien, son menuisier et reçu le premier des trois devis qu'elle avait demandés pour de nouvelles fenêtres. Mais ce qui la réjouissait le plus, c'était d'avoir rencontré Dobby et son énergique petit-fils, Jack, qui allaient recrépir le salon à l'ancienne.

– C'est mon père qui a monté tous ces murs pour le père McGowan, dans les années vingt, déclara le vieux maçon. Je devais avoir six ou sept ans, à l'époque. Les week-ends, il m'emmenait avec lui et m'apprenait à mélanger le plâtre. Je n'avais jamais vu une maison aussi grande.

– On voit que c'est du beau travail.

– Il n'y avait pas plus consciencieux que lui. Et en 1965, quand m'dame Hardy a fait des transformations, elle m'a appelé en me disant qu'elle attendrait le temps qu'il faudrait mais qu'elle ne voulait d'autre maçon que moi.

Petit et trapu, les jambes arquées, Dobby avait un visage tanné et parcheminé de profonds sillons qui se creusaient encore davantage lorsqu'il souriait.

– Ah, c'était une belle femme… Et aimable avec ça, un ange ! Elle aurait pu se donner des grands airs, mais elle était très simple. Elle m'a dédicacé un de ses disques. Mon épouse l'a encadré. Il est toujours dans notre salon. On en avait acheté un autre pour l'écouter.

– Je suis contente de vous avoir retrouvé.

Dobby plongea ses yeux bruns dans ceux de Cilla.

– C'est réciproque, dit-il. Heureusement qu'il y a encore des gens comme vous pour perpétuer les traditions et le savoir-faire des anciens. De nos jours, les jeunes, ils veulent tous du moderne et du vite fait.

– Moi aussi, je vais faire du moderne, mais pas partout. Tout ce qui pourra être rénové à l'ancienne le sera. Je tiens à ce que la maison conserve son caractère d'origine. C'est une question de respect.

Le vieil homme hocha la tête, visiblement satisfait.

– Vous m'avez l'air d'une fille bien. On vous fera du bon boulot, avec le petit, ne vous inquiétez pas.

– Je ne me fais aucun souci à ce sujet, monsieur Dobby.

Cilla passa ensuite quelques heures dans l'atelier d'un fabricant de meubles local à qui elle commanda des placards de cuisine. Le respect était une chose, mais elle ne pouvait pas garder les vieilles armoires métalliques. Elle avait toutefois l'intention de les repeindre pour les mettre dans la buanderie.

De retour à Little Farm, elle trouva la bouteille de cabernet, bouchée par une tête d'alien fluo, posée devant la porte, avec un petit mot.

Désolé de ne pas vous l'avoir rapportée plus tôt, mais Spock m'a enchaîné à mon bureau. Je viens juste de m'échapper. Vous n'êtes pas là, tant pis. Terminez-la toute seule, comme une égoïste, ou invitez votre soiffard de voisin à venir trinquer avec vous un de ces soirs.

Ford

Elle jeta un coup d'œil de l'autre côté de la route. Il n'était pas sur sa véranda, où il semblait passer beaucoup de temps. Dommage.

Elle l'imagina dans son atelier. Elle aussi aurait besoin d'un espace de travail, à terme, si elle s'installait à son compte comme elle projetait de le faire. Elle avait pensé réserver l'une des chambres à cet usage, mais, maintenant qu'elle avait vu l'atelier de son voisin, si spacieux, si clair, la pièce lui paraissait exiguë et sombre. En abattant une cloison, peut-être… L'exposition était cependant loin d'être idéale.

Elle posa la bouteille de vin sur le comptoir de la cuisine (qu'elle avait prévu de démolir le lendemain) et parcourut le rez-de-chaussée en réfléchissant. Une chose était sûre : elle n'aménagerait pas son bureau au même niveau que les pièces à vivre. Elle aurait trop l'impression d'être tout le temps au boulot. Pensive, elle monta à l'étage puis grimpa jusqu'au grenier, dont la porte grinça sinistrement lorsqu'elle la poussa. Mince… On n'y voyait pas grand-chose, là-dedans. Elle redescendit chercher une ampoule et attrapa son calepin au passage.

Les combles possédaient un potentiel certain. Sous le toit en pente, une partie de la superficie était inexploitable, mais il restait largement assez de surface avec une bonne hauteur sous plafond. Pour ce qui était de la luminosité, les deux lucarnes latérales n'en donnaient guère, mais il paraissait tout à fait envisageable de percer des Velux dans la charpente.

Cilla se faufila entre les cartons, les malles et les meubles couverts de poussière et de toiles d'araignées. Une vieille bibliothèque avait été remisée là encore pleine de livres et de disques aux pochettes gondolées. Si elle voulait rendre le grenier habitable, il faudrait le faire isoler. Chauffage et air conditionné seraient indispensables. Un accès direct de l'extérieur, peut-être… Et des toilettes. Assise par terre en tailleur, elle dessina plusieurs plans.

Y avait-il encore ici des objets qui avaient appartenu à ses arrière-grands-parents ? se demanda-t-elle en se relevant, une heure plus tard. Se lavaient-ils avec cette cuvette et ce broc en porcelaine ? Leurs enfants avaient-ils dormi dans ce vieux berceau ? Qui avait lu ces livres, écouté ces disques, rangé dans ce carton ces guirlandes aux grosses ampoules colorées ? D'autres cartons révélèrent d'autres décorations de Noël, des coupons de tissu, trois grille-pain aux fils dénudés, des pieds de lampe cassés, des tasses ébréchées. Les gens gardaient de drôles de choses…

Poussée par la curiosité, elle s'accroupit devant la bibliothèque. Qui lisait Zane Grey, Frank Yerby et Mary Stewart ? Steinbeck, Edgar Rice Burroughs, Dashiell Hammett, Laura Ingalls Wilder ? En délogeant *Gatsby le Magnifique* d'un rayonnage, elle constata qu'il ne s'agissait pas d'un livre mais d'une boîte qui renfermait des lettres attachées par un ruban rouge défraîchi. Adressées à Trudy Hamilton, le vrai nom de Janet, qu'elle avait changé à un très jeune âge.

– Oh, mon Dieu, murmura-t-elle, les mains jointes en un geste de prière, le bout des doigts pressé contre ses lèvres.

La première enveloppe avait été expédiée à une boîte postale de Malibu. Le cachet de la poste était daté… Cilla éleva le paquet de lettres vers la lumière. « Front Royal, Virginie, janvier 1972 ». Un an et demi avant le décès de sa grand-mère. Des lettres d'amour. Pourquoi, sinon, seraient-elles cachées ici ? Le secret d'une femme à qui la célébrité n'en avait sans doute guère autorisé. Cilla les replaça dans la boîte et redescendit avec sa précieuse découverte.

D'abord, elle se doucha. Sale comme elle l'était, elle n'aurait jamais osé manipulé un tel trésor. Puis elle se servit un verre de vin et tira un tabouret sous une ampoule.

Ouvrir ces lettres ne lui posait aucun problème. Si sa mère les avait trouvées, elle aurait fait bien pire : elle les aurait vendues aux enchères, comme elle avait déjà vendu bon nombre d'objets ayant appartenu à Janet. Pour faire plaisir à ses fans, prétendait-elle. Pour l'argent, oui. Et afin que rejaillisse sur elle un peu de gloire, pour paraître en photo dans *People*, les yeux voilés de larmes.

Et moi, que dois-je en faire une fois que je les aurai lues ? se demanda Cilla. *Les remettre là où je les ai trouvées ? Les renvoyer à l'expéditeur ? Les encadrer comme un disque dédicacé et les exposer dans le salon ?*

Délicatement, elle dénoua le ruban et retira la première lettre de son enveloppe. Le papier chuchota quand elle le déplia. Deux feuilles couvertes d'une élégante écriture.

Mon amour,

Je n'arrive pas à croire que je peux désormais t'appeler ainsi : mon amour. Qu'ai-je fait dans ma vie pour mériter un si beau cadeau ? Toutes les nuits, je rêve de toi, du son de ta voix, du parfum de ta peau, du goût de ta bouche. Et je frémis de volupté au souvenir de notre étreinte.

Le matin, au réveil, je suis saisi d'une crainte terrible. N'était-ce qu'un rêve ? Avons-nous réellement passé cette nuit ensemble devant la cheminée ?

Comment une femme comme toi peut-elle être attirée par un homme aussi insignifiant que moi ? Suis-je victime d'un tour de mon imagination ? T'es-tu vraiment blottie au creux de mes bras ? As-tu vraiment pressé tes lèvres contre les miennes ? Si ce n'était qu'un rêve, alors je veux y vivre à tout jamais.

Mon corps brûle de se fondre à nouveau dans le tien, maintenant que la distance nous sépare. J'entends ta voix à la radio, j'écoute tes disques, je vais te voir au cinéma et je contemple ton visage dans les magazines, mais je me languis de l'être réel au cœur si pur et si ardent que j'ai serré entre mes bras durant cette nuit volée.

Reviens-moi bientôt, mon amour. Reviens vite dans ce jardin secret où nous sommes seuls au monde.

Je te souhaite une nouvelle année comblée de bonheur.

À toi, passionnément, pour toujours et à jamais.

Dans les dix-huit derniers mois de sa vie, Janet avait-elle donc connu l'amour et le bonheur ? Ou ne s'agissait-il que de l'une de ses aventures passagères ? Cilla compta les enveloppes. Quarante-deux, toutes écrites de la même main et adressées à la même boîte postale. La dernière était datée de dix jours avant la mort tragique et prématurée de sa grand-mère.

Les doigts tremblants, elle l'ouvrit.

Tout est fini entre nous, Janet. Je ne supporte plus tes scènes hystériques. Je me suis laissé attendrir, la dernière fois, mais cela ne se reproduira plus. As-tu perdu la tête pour téléphoner chez moi et parler à ma femme ? Comprends-moi, je ne la quitterai pas, je n'abandonnerai pas ma famille. Je ne peux pas détruire tout ce que j'ai bâti, ni compromettre mon avenir pour toi. Tu prétends m'aimer mais que sais-tu de l'amour ? Toute ta vie repose sur des mensonges et des illusions, des chimères qui m'ont séduit un temps. Plus maintenant.

Si tu es réellement enceinte, rien ne prouve que je suis le père de l'enfant. Ne me menace plus jamais de dévoiler notre liaison, ou tu le paieras cher. De toute façon, personne ici ne te croira. Les mœurs d'Hollywood ne sont pas les nôtres.

– Enceinte ? chuchota Cilla.

Secouée, elle sortit respirer l'air frais.

Culver City, 1941.

– *Si tu veux comprendre, il faut commencer par le commencement.*

Comme dans tous les rêves de Cilla, une vieille photo jaunie s'était peu à peu animée.

Coiffée de deux longues tresses, Janet portait une robe vichy. Dans une Cinquième Avenue de carton-pâte, Cilla tenait la main de la fillette qui allait devenir sa grand-mère.

– J'ai sept ans, déclara fièrement l'enfant star des studios de la MGM, et ça fait trois ans que je suis comédienne. J'ai commencé au music-hall, mais maintenant je fais du cinéma.

Janet s'arrêta pour effectuer une série complexe de pas de claquettes.

– Je sais chanter et je sais danser. Et je suis une excellente actrice, tu sais pourquoi ?

– Pourquoi ? demanda Cilla.

– Parce que j'y crois. Je crois à toutes les histoires que je joue. C'est pour ça que les spectateurs me trouvent si convaincante dans tous mes rôles.

– Tu t'investis trop, et tu en souffres.

Une tristesse adulte assombrit furtivement les yeux bleus de la fillette.

– C'est vrai, acquiesça-t-elle. Chaque fois qu'un film se termine, j'ai l'impression de mourir. Mais je n'en suis pas encore là ! Pour l'instant, je ne suis qu'une enfant qui vit le plus beau rêve de sa vie. J'ai des belles robes et la caméra m'aime autant que je l'aime. Cette année, je vais tourner quatre films, dont La Famille O'Hara.

– C'est dans ce film que tu chantes I'll Get By, *qui deviendra ton plus grand tube.*

– On le passera à mon enterrement, mais ça non plus je ne le sais pas encore. Regarde, ici, c'est Brownstone Street, déclara fièrement Janet en montrant une toile en trompe-l'œil. C'est là qu'habitent les O'Hara, une petite troupe de théâtre familiale qui souffre des effets de la crise. Avec trois sous, ils montent une comédie musicale, La Petite Comète, *en pensant que ce ne sera qu'un spectacle comme tant d'autres destiné à remonter le moral de la population, mais, grâce à ma performance, on a un succès fou.*

Janet s'interrompit avant d'ajouter :

– Je suis déjà une droguée, mais je n'en ai pas conscience.

– Ta mère te donnait du Seconal et de la Benzédrine.

– Pour que je dorme bien, pour que j'aie l'œil vif et éveillé sur les plateaux de tournage. Elle voulait être une star, elle aussi, mais elle n'y est pas arrivée, alors elle a transposé ses rêves sur moi. Elle ne me prenait jamais dans ses bras. Heureusement, je puisais l'affection dans les applaudissements du public. C'était comme si *des milliers de personnes me prenaient dans leurs bras. Pour elle, je n'étais qu'une marionnette dont elle tirait les ficelles. Elle a changé mon nom et elle a signé un contrat pour sept ans avec M. Mayer, qui a encore changé mon nom, et elle encaissait tout l'argent. Elle me donnait des pilules pour que j'en fasse toujours plus. Je la détestais. Pas encore, je suis si jeune, encore plus jeune que Judy et Shirley, mais bientôt je la haïrai.*

Janet haussa les épaules.

– *Aujourd'hui, je suis heureuse, poursuivit-elle. Tu vois, ici, c'est la salle d'enregistrement. C'est là que je vais enregistrer ma chanson, tout à l'heure. C'est là que la magie opère. Dehors, nous ne sommes que des fantômes, des fantômes et des rêves.*

Une calèche bondée d'acteurs en smokings et en robes du soir les dépassa. Janet leur fit un signe de la main.

– *Il n'y a qu'ici, quand les caméras tournent, que nous existons pleinement, ajouta-t-elle.*

– *Le cinéma n'est qu'un métier, protesta Cilla.*

– *Pour toi, peut-être, mais pas pour moi. Le cinéma, c'est toute ma vie.*

– *Il t'a tuée.*

– *Il m'a d'abord créée. J'aimais la scène plus que tout, jusqu'à la fin de ma vie. Rien ne m'a jamais procuré plus de joie que de voir les yeux du réalisateur se brouiller de larmes après l'une de mes prestations, que de recevoir les compliments des autres acteurs et de l'équipe de tournage. Leur amour me submergeait de bonheur.*

En soupirant, elle esquissa un sourire.

– *Si j'avais pu, je serais restée nuit et jour dans les studios, continua-t-elle, à passer d'un décor à l'autre : New York, la Rome antique, une petite ville du Far West. Quel terrain de jeu plus fantastique pour un enfant de sept ans ? Les studios étaient le seul endroit où je me sentais chez moi.*

– *Ils t'ont usée.*

– *Pas encore, pas encore, maugréa Janet avec un geste agacé. Aujourd'hui, tout est parfait. Aujourd'hui, je suis comblée.*

– *Pourquoi as-tu acheté une propriété à des milliers de kilomètres, si tu étais si heureuse ici ?*

– *J'ai acheté Little Farm bien plus tard. Et je n'ai jamais quitté Hollywood définitivement. J'y revenais toujours. Parce que je ne pouvais pas vivre sans amour.*

– *C'est pour ça que tu t'es suicidée ?*

– *Pour ça et pour tant d'autres raisons.*

– *Mais si tu étais enceinte…*

– *Si, si et si !*

Janet grimpa en dansant sur le porche d'une maison de briques brunes.

– *Laisse les « si » pour demain, pour l'an prochain, dit-elle gaiement. Après ma mort, tout le monde fera les hypothèses les plus folles sur ma vie. Je serai immortelle, mais je ne serai plus là pour en rire.*

En faisant claquer ses semelles sur les marches, elle redescendit du perron et tournoya autour d'un réverbère.

– *Je n'existerai plus que dans tes rêves. Ne cesse jamais de rêver de moi, Cilla. Tu me fais revivre, comme tu vas faire revivre Little Farm. Il n'y a que toi qui possèdes ce pouvoir. Bon, il faut que je te quitte, maintenant. C'est l'heure de l'enregistrement. L'heure de la magie. Je ne suis encore qu'au tout début de ma carrière.*

Janet souffla un baiser à Cilla.

Qui cligna des paupières en émergeant de son rêve, aveuglée par la lumière du jour. En se frottant les yeux, elle s'assit dans son sac de couchage et contempla le paysage vallonné, inondé de soleil.

Si tu aimais tant Hollywood, pourquoi être venue mourir ici ? Pour cet homme ? Étais-tu vraiment enceinte ? Ou lui as-tu menti pour tenter de le retenir ?

Qui était-il ? Est-il toujours vivant ? Comment se fait-il que les journaux à scandale n'aient jamais eu vent de cette liaison ? Est-ce à cause de lui que tu avais débranché le téléphone, cette nuit où tu as avalé un flacon entier de somnifères avec de la vodka ?

Le chagrin et la culpabilité engendrés par le décès de Johnnie n'étaient peut-être pas les seules causes du geste désespéré de Janet, songea Cilla en se levant.

Il fallait qu'elle sache. Non seulement parce que Janet Hardy était sa grand-mère, mais parce qu'elle avait tenu la main de l'enfant, dans son rêve. La main de cette adorable fillette en équilibre au bord de la gloire. Il fallait qu'elle sache, oui, qu'elle trouve les réponses à toutes ces questions. Mais où les trouver ? Dilly n'était pas une source d'informations fiable et, dans tous les cas, il était bien trop tôt pour lui téléphoner. Du reste, dans une demi-heure, les artisans allaient commencer à arriver.

Cilla renoua le ruban autour des lettres et les replaça dans la boîte, qu'elle déposa sur la table pliante où étaient empilées les chemises en carton dans lesquelles elle rangeait tous les documents concernant la maison, à côté d'un tas de magazines de déco – et du roman graphique de Ford.

Tant qu'elle n'aurait pas décidé qu'en faire, les lettres demeureraient son secret. Comme elles avaient été celui de Janet.

5

Aussi angoissée qu'une mère lors de la première rentrée scolaire de son enfant, Cilla supervisa le chargement du réfrigérateur et de la cuisinière vintage à l'arrière d'un camion. Une fois restaurés, ils seraient les joyaux de sa cuisine. En attendant, elle se contenterait d'un petit frigo-top, d'une plaque chauffante et d'un micro-ondes. Comme une étudiante.

– Achetez donc de l'électroménager neuf, lui conseilla Buddy.

– Sûrement pas. Venez, montons au grenier. J'aimerais y installer des toilettes.

Elle passa l'heure suivante dans les combles avec le plombier, l'électricien et le charpentier à leur exposer son projet et à noter les suggestions qui lui paraissaient les plus pertinentes.

Puis, au son des marteaux, des perceuses et des scies, elle entreprit de transporter les vieilleries du grenier jusque dans la grange. Toutes, pour l'instant, sans discrimination. Elle les trierait plus tard.

Tandis que le printemps avançait et que la nature se réveillait, les vieilles fenêtres furent remplacées par de nouveaux vitrages, le carrelage en céramique passa à la benne, et Cilla respirait l'odeur de la sciure et du plâtre, du bois, de la colle et de la sueur. Après le départ des ouvriers, elle désinfectait ses ampoules et ses coupures et relisait souvent les lettres découvertes dans le grenier.

Un soir, trop fébrile pour se coucher, elle descendit jusqu'au portail afin de prendre une décision à ce sujet. Ford était assis sur sa véranda. Il lui adressa un signe de la main. Son chien tendit le cou à travers la rambarde et agita joyeusement la queue. Cilla traversa la route.

– Je vous ai regardée reconstruire votre galerie, dit Ford. Où avez-vous appris à manier tous ces outils ?

– Ce n'est pas sorcier, vous savez.

Une main en visière au-dessus des yeux, elle contempla sa maison.

– Je vais faire percer des ouvertures dans le grenier.

– Vous l'aménagez ?

– Oui, ce sera mon bureau. C'est vous qui m'avez donné cette idée.

Ford sourit nonchalamment.

– Un prêté pour un rendu. Nous nous inspirons mutuellement. Je vous offre une bière ?

– Volontiers.

– Asseyez-vous, je vous en prie.

Cilla s'installa sur une chaise longue en bois et gratta la grosse tête de Spock en observant sa propriété. De là, elle jouissait d'une perspective parfaite. Elle voyait où il fallait planter des arbres, des haies. Un treillage sur la façade sud apporterait une touche de fantaisie. Un chemin dallé d'ardoise pourrait être tracé entre la grange et la maison.

– Le bruit doit venir jusqu'ici, dit-elle à Ford quand il revint avec deux Corona. Ça ne vous dérange pas ?

– Pas du tout. Je n'entends rien quand je bosse. Ou, plutôt, je n'entends que ce que je veux entendre.

– Vous devez avoir une énorme capacité de concentration.

– Disons que je n'ai pas trop de mal à faire abstraction de ce qui se passe autour de moi. Ça avance, vos travaux ?

– Tout doucement, oui. Mmm… Il n'y a rien de meilleur qu'une bière glacée après une longue journée de travail. Vous voyez ce portail ?

– Difficile de ne pas le voir.

– À votre avis, je le fais restaurer ou je le change ?

– En avez-vous vraiment besoin ? Personnellement, je n'ai jamais compris l'utilité d'un portail. Il faut descendre de sa bagnole pour l'ouvrir, pour le refermer. Et les systèmes automatiques ne fonctionnent jamais.

– Vous n'avez pas tort, mais s'il est là il doit y avoir une raison.

Spock donna un coup de tête dans la main de Cilla. Elle recommença à le caresser.

– Votre grand-mère avait sûrement de bonnes raisons de s'enfermer derrière des grilles, en effet. Mais, depuis que vous êtes là, elles sont toujours ouvertes, si je ne m'abuse.

– C'est vrai. De toute façon, n'importe qui peut entrer dans la propriété en escaladant le mur. Elles devaient rassurer ma grand-mère, c'est tout, lui donner une illusion de sécurité et d'intimité. J'ai trouvé des vieilles lettres.

Moi qui voulais garder le secret, songea-t-elle aussitôt. Était-ce la bière qui lui déliait la langue ? Ou son voisin qui la mettait en confiance ? Force lui était d'admettre qu'elle s'était rarement sentie aussi à l'aise en compagnie d'un homme.

– Des lettres d'amour, précisa-t-elle. Il semblerait que dans les derniers mois de sa vie elle ait eu une liaison avec un homme de la région. Mais je ne sais pas pourquoi je vous raconte ça…

– Pourquoi pas ?

– Je n'en ai encore parlé à personne. Mais il faudra que je le dise à mon père. C'était un ami de Johnnie, le fils de Janet, qui est décédé à l'âge de dix-huit ans. Cette histoire d'amour a vraisemblablement débuté l'hiver avant sa mort et s'est terminée quelques mois plus tard.

– Je parie que vous mourez d'envie de connaître l'auteur de ces lettres, dit Ford en grattouillant distraitement son chien du bout du pied.

– Elles ne sont pas signées. Ce type était marié. Ma grand-mère avait un faible pour les hommes mariés, c'est de notoriété publique. Et elle collectionnait les aventures. Elle changeait d'amant comme d'autres de coiffure.

– Elle ne vivait pas dans le même monde que le commun des mortels.

– Ce n'est pas une excuse pour briser les cœurs et les ménages.

– Certes, opina Ford.

Spock s'était roulé en boule sous sa chaise et commençait à ronfler.

– Janet était accro à l'amour, physiquement et émotionnellement. Ses idylles étaient vitales pour elle, comme les comprimés que sa mère lui a donné l'habitude d'avaler dès l'âge de quatre ans. Mais je crois qu'elle a vraiment aimé cet homme.

– Qu'est-ce qui vous fait dire ça ? Le fait qu'elle ait gardé leur liaison secrète ?

Cilla se tourna vers Ford. Quelle intuition, pour un représentant de la gent masculine !

– Oui, répondit-elle. Si personne n'était au courant de cette affaire, c'est qu'elle y attachait de l'importance. Bien sûr, peut-être qu'elle s'est désespérément raccrochée à cet homme à la mort de Johnnie. J'ignore ce qu'elle lui écrivait, mais, d'après ses lettres à lui, on sent qu'elle était au bord du gouffre, qu'elle souffrait d'un terrible manque affectif. Malheureusement, la flamme de son amant s'est vite éteinte. Il redoutait le qu'en-dira-t-on. Mais elle ne voulait pas le lâcher. La dernière lettre qu'il lui a envoyée, après plusieurs tentatives de rupture, est datée de dix jours avant sa mort.

Cilla avait les yeux rivés sur la ferme.

– Elle est morte dans cette maison, poursuivit-elle. Elle a dû sauter dans un avion en recevant cette lettre, où il lui disait en termes très durs, sans équivoque, que tout était fini entre eux, qu'il ne voulait plus entendre parler d'elle. Je sais qu'elle a abandonné son dernier film en plein tournage sous prétexte d'une fatigue extrême. Ce n'était pas dans ses habitudes. Le travail passait avant tout, pour elle. Elle devait espérer le reconquérir. Quand elle s'est rendu compte qu'il n'y avait plus rien à faire pour le retenir, elle s'est tuée. Le coroner a conclu à une overdose accidentelle, bien que le suicide semble beaucoup plus réaliste. Je crois maintenant que cet homme n'y était pas pour rien.

– Il serait en quelque sorte la pièce manquante du puzzle.

Les ombres s'étaient allongées. Bientôt, les lumières s'allumeraient dans les collines et la nuit engloutirait les montagnes.

– Je n'ai pas connu ma grand-mère, mais elle a toujours été présente dans ma vie. J'ai eu des opportunités que je n'aurais jamais eues si je n'avais pas été la petite-fille de Janet Hardy. Cela dit, ma vie aurait été beaucoup plus simple. En tout cas, elle m'est très chère, et j'aimerais comprendre pourquoi elle a commis ce geste. À tel point que ça en devient presque obsessionnel.

– C'est normal de vouloir connaître l'histoire de sa famille.

– Vous avez toujours vos grands-parents, vous ?

– Trois d'entre eux, qui habitent d'ailleurs dans le coin.

– Vous avez de la chance.

– Ça, c'est vous qui le dites ! Non, je plaisante, ils sont adorables. Vous voulez une autre bière ? Je pensais me faire griller un bout de viande au barbecue, ce soir. Ça vous tente ?

– Non, je vous remercie, répondit Cilla en se levant. Je suis debout depuis 6 heures du matin. Je veux me coucher tôt. J'ai encore une grosse journée, demain.

Ford se leva à son tour et lui effleura le bras du bout des doigts.

– Vous ne vous reposez jamais ? Ou vous avez peur que je vous drague ?

Il s'approcha un peu plus près, la tête inclinée sur le côté, ses yeux pailletés d'or scintillant d'une lueur malicieuse.

– Les déesses guerrières ne connaissent pas la peur, répliqua-t-elle en reculant contre la rambarde de la galerie.

Il s'avança encore, lui attrapa doucement les bras et pressa ses lèvres contre les siennes. Cilla posa les mains sur ses hanches et lui rendit son baiser, un baiser qui lui fit l'effet d'une rasade de whisky. Doux et brûlant à la fois, étourdissant.

D'un subtil mouvement du bassin, il la plaqua contre la balustrade. Ses lèvres étaient plus généreuses, son corps plus souple que tout ce qu'il avait pu imaginer – et il débordait d'imagination. C'était comme s'il avait peint ce premier baiser avec les couleurs les plus flamboyantes de sa palette. Il avait l'impression de chevaucher un dragon, de voyager dans l'espace, de plonger dans les profondeurs d'une mer enchantée.

Enfouissant les doigts dans ses cheveux, il enleva l'élastique qui les retenait. Puis s'écarta d'elle un instant pour la regarder avant de l'attirer de nouveau contre lui.

Mais elle le repoussa.

– N'allons pas plus loin, chuchota-t-elle. J'ai déjà atteint mon quota d'erreurs pour cette décennie.

– Dommage, soupira-t-il en lui caressant doucement le coude.

Elle le repoussa avec un peu plus de fermeté. Il recula.

– J'espère que tu ne me considères pas comme un grossier personnage.

Spock grommela et ouvrit l'un de ses gros yeux globuleux, comme s'il attendait la réponse, lui aussi.

– Si c'était le cas, je ne me gênerais pas pour te le dire, répliqua Cilla en descendant les marches de la véranda. Merci pour la bière.

Ford s'accouda à la rambarde et la suivit des yeux. Quand elle eut disparu chez elle, il se baissa et ramassa l'élastique bleu qu'il lui avait arraché des cheveux.

Ford se leva à 10 heures – son heure habituelle – et sortit prendre son petit déjeuner sur la véranda. Cilla était déjà au travail. En mangeant son bol de céréales, il envisagea de prendre des photos d'elle

en action, au téléobjectif. Puis renonça à cette idée. Cilla n'apprécie-
rait sûrement pas.

Cass serait blonde, finalement, décida-t-il. Et elle aurait toujours
les cheveux attachés. Brid laisserait flotter les siens. Cass cacherait
délibérément son corps svelte et musclé, tandis que Brid ferait ostensiblement étalage de ses attributs.

Le visage de Cilla était caché sous la visière de sa casquette, mais
Ford le revoyait sans peine dans les moindres détails. Cass l'intel-
lectuelle ne serait jamais maquillée. Une beauté naturelle et discrète.
Brid, en revanche, dégagerait un charme éclatant, animal et farouche.

Allez, hop ! Il était temps de se mettre au boulot. Maintenant que
son dernier *Justicier* était sur le bureau de son éditeur, il pouvait se
consacrer entièrement à son nouveau personnage.

Son sac en bandoulière, son appareil-photo autour du cou, une
pomme en guise de pot-de-vin, il se rendit chez sa voisine. Elle était
occupée avec une cloueuse électrique qui produisait des sons pareils à
des coups de feu assourdis, lesquels évoquèrent à Ford une scène de
bataille. Brid ne se servirait jamais d'une arme à feu – trop facile, trop
ordinaire. Comment se défendrait-elle contre ses ennemis, alors ? Avec
une épée et une masse qui dévieraient la trajectoire des balles, comme
les bracelets magiques de Wonderwoman ? Peut-être. À étudier.

Un morceau de country s'échappait d'un poste de radio. Pourquoi les ouvriers en bâtiment écoutaient-ils toujours de la country ?
se demanda Ford. Était-ce une obligation imposée par le code du
travail ?

Une scie vrombissait, une perceuse gémissait, des coups de
marteau résonnaient. Une fois de plus, Ford se félicita d'avoir acheté
une maison où il n'y avait pas de travaux à faire.

Quoique... S'il avait eu une ouvrière avec d'aussi belles fesses que
celles qui se dessinaient devant lui, moulées dans un Levi's poussié-
reux... Ne résistant pas à la tentation, il les cadra dans l'écran de son
appareil et appuya sur le déclencheur.

Cilla fixa un clou et releva ses lunettes de sécurité.

– Où est ton fidèle compagnon ? demanda-t-elle.

– Spock ? À la chasse aux chats invisibles. Il te transmet ses
amitiés.

Ford plongea la main dans sa sacoche.

– Tiens, c'est pour toi.

– Une pomme ?

– C'est plein de vitamines. Tu as besoin de forces.

Il la lança à Cilla, qui l'attrapa adroitement d'une main. Il émit un sifflement admiratif.

– C'est bien ce que je pensais, dit-il.

– Quoi donc ? fit-t-elle en croquant dans le fruit.

– Tu n'es pas du genre à louper le coche. Ça t'ennuie si je te prends en photo pendant que tu travailles ? Si tu préfères, je peux attendre que tu fasses une pause.

– J'ai passé plus de la moitié de ma vie devant les caméras. Vas-y. J'ai l'habitude.

Cilla jeta le trognon de pomme dans la benne et remit ses lunettes. Tandis qu'elle sélectionnait des planches, les mesurait et les sciait, Ford prit une série de clichés, dont plusieurs gros plans de ses yeux, bien qu'il doutât que l'objectif ne capte l'acuité de son regard.

Il saisit en tout cas ses biceps saillants.

– Tu faisais du sport, en Californie ?

Cilla acquiesça de la tête en déposant une planche sciée au sommet d'une pile.

– Ça se voit.

– Je suis maigre comme un clou si je ne pratique pas un minimum d'activité physique. Je voulais d'ailleurs te demander s'il y avait un club de muscu dans le coin.

– Bien sûr. Passe chez moi ce soir, si tu veux. Je t'y emmènerai. Ensuite, nous pourrons dîner ensemble, qu'en penses-tu ?

– Pourquoi pas, si je ne termine pas trop tard ?

– La salle est ouverte vingt-quatre heures sur vingt-quatre, sept jours sur sept.

– Ah oui ? s'étonna Cilla. C'est pratique. Dans ce cas, O.K.

– Pour ce qui concerne le dîner, tu es végétarienne ? Tu suis un régime particulier ?

– J'aime tout et je mange de tout, déclara-t-elle en s'accroupissant pour ajuster une planche.

– Parfait. Tu permets que j'aille jeter un coup d'œil à l'intérieur de la maison ?

– Bien sûr. Je t'aurais bien accompagné, mais mon patron va hurler si je prends une pause non réglementaire.

– J'ai du bol. Le mien est supercool, affirma Ford en se penchant vers Cilla et en la reniflant. Hum ! Je n'aurais jamais cru que la sciure de bois avait un parfum aussi sexy.

Ne laissant pas le temps à Cilla de riposter, il pénétra dans la maison.

– Oh, punaise, marmonna-t-il.

Lui qui ne jurait que par l'ordre et l'organisation, il supportait à peine la vue d'un tel chaos. Les murs étaient éventrés, le sol jonché de cartons et de chiffons tachés, d'outils, d'un enchevêtrement de fils électriques. Une bombe aurait explosé dans la maison que le résultat n'aurait pas été pire.

Horrifié, il passa dans la pièce suivante, où il trouva son ami Matt, une casquette rouge sur ses boucles blondes, une ceinture porte-outils autour de la taille, un mètre à la main.

– Salut. C'est toi qui as semé cette pagaille ?

– En partie. La patronne veut tout transformer. C'est une mine d'idées, cette fille. Elle est en train de se faire une chouette baraque.

– Si tu le dis… Comment va Josie ?

– Elle se porte comme un charme. Je l'ai accompagnée chez le gynéco, hier. On a vu le monstre.

Matt et Josie avaient un fils de deux ans. Ils attendaient leur deuxième enfant. Matt sortit une échographie de sa poche et la tendit à Ford, qui la tourna en tous sens avant de distinguer des bras, des jambes, un corps, une tête.

– Il ressemble à un alien.

– Elle. C'est une fille.

Matt avait le sourire jusqu'aux oreilles.

– Elle n'ira pas en boîte avant trente ans, dit-il en reprenant son image et en la contemplant avec amour. Tu viens à la soirée poker chez Brian, ce week-end ?

– Si ma présence est absolument indispensable.

Ford avait horreur des jeux de cartes, mais Matt et Brian étaient ses amis de toujours.

– Elle l'est. J'ai besoin de pognon. Tu peux me tenir ça une minute, s'il te plaît ?

Matt lui colla l'extrémité de son mètre entre les doigts.

– Tu le lâches pas, hein ? Tu as visité la maison ?

– Je commençais juste. Tu n'as plus besoin de moi ?

– Vas-y, je te libère. De toute façon, tu n'arrêtes pas de bouger.

Ford monta à l'étage, où régnait la même désolation qu'au rez-de-chaussée. De ce qui avait dû être autrefois une salle de bains ne restait plus que quatre murs nus, des tuyaux, des trous dans le plafond et le plancher. Les chambres n'avaient plus de porte, leurs fenêtres portaient encore les autocollants du fabricant, les moquettes avaient été partiellement arrachées. Au milieu, il découvrit avec stupeur un matelas pneumatique et un sac de couchage. Cette fille était dingue. Quand il redescendit, elle s'activait toujours sur la véranda, son tee-shirt blanc auréolé de sueur.

– Tu es complètement folle, lui dit-il.

– Pourquoi ? répliqua-t-elle en s'interrompant et en ouvrant une bouteille d'eau.

– Quelle idée de vivre au milieu de ce chantier ?

– Ça ne me dérange pas.

– Ne me dis pas que l'on dort très bien par terre, je ne te croirais pas.

– Je ne dors pas par terre, j'ai un matelas.

– Tant que tu n'auras pas de lit, tu dormiras dans ma chambre d'amis. Monte chercher tes affaires.

– Pour commencer, tu me parles sur un autre ton. J'ai passé l'âge de recevoir des ordres.

– Mais tu vis comme une squatteuse, ici…

– Je vis comme j'ai envie de vivre.

– J'ai une superbe chambre d'amis, tu sais, insista-t-il en dépit de la détermination qu'il lisait dans son regard, avec une excellente literie, des draps repassés…

– Je te remercie, Ford, mais je suis très bien ici.

– Tu seras là en trente secondes, tous les matins, tu auras passé une bonne nuit de sommeil, sur un matelas moelleux, pris une bonne douche dans une belle salle de bains…

Il semblait si sincèrement se soucier de son confort que Cilla ravala la repartie cinglante qui lui brûlait les lèvres.

– Ma salle de bains est hideuse, je te l'accorde, répondit-elle avec un sourire amusé, mais elle me suffit amplement. C'est fou ce que les mecs peuvent être chochottes, parfois.

– Qu'est-ce que tu veux, je suis un vieux garçon. Tu as vu que tu as la main qui saigne ?

– Oh, j'ai dû me couper. Ce n'est rien.

Cilla s'essuya la main sur son jean. Ford la lui prit et la porta à ses lèvres. Cette nana était peut-être cinglée, mais ô combien attirante…

Avant qu'il ne l'embrasse, elle fit un bond en arrière, et sa bouteille d'eau lui échappa. Buddy, le plombier, la tira d'embarras.

– Excusez-moi, dit-il en toussant. Vous pourrez venir jeter un œil dans la salle de bains, quand vous aurez une minute ?

– J'arrive, Buddy.

Celui-ci fit demi-tour, non sans un regard inquisiteur par-dessus son épaule.

– Tu es un mec dangereux, Ford, chuchota Cilla.

– Je prends ça comme un compliment.

– J'aurais dû m'en apercevoir plus tôt. En général, je les détecte au premier coup d'œil.

– La chambre d'amis ferme à clé, revint-il à la charge. Je te donne ma parole que je ne tenterai pas de la défoncer, à moins que la maison ne soit en flammes.

– Si jamais je viens dormir un jour chez toi, ce ne sera pas dans la chambre d'amis, rétorqua Cilla. Mais, pour l'instant, je reste ici. Sur ce, Buddy m'attend. Il m'installe un lavabo style vasque avec tuyauterie apparente. Si je ne vais pas le voir, je sens qu'il va prendre des initiatives malheureuses. Lui et moi, nous n'avons pas vraiment la même vision des choses.

Ford regarda autour de lui en secouant la tête.

– Je ne sais pas qui pourrait voir les choses de la même façon que toi.

– Je suis une incomprise. Ce n'est pas grave, je me suis fait une raison.

– Bon, tu passes chez moi, alors, ce soir ? Que je te montre cette salle de gym.

Ford ramassa son sac. Et la bouteille qui s'était vidée sur les planches brutes de la véranda.

– Tu vas avoir les pieds trempés, dit-il, avant de reprendre le chemin de sa maison.

6

Cilla passa la majeure partie de l'après-midi à flâner entre des cuvettes de W.-C. et des lavabos, à soupeser le pour et le contre des carrelages en travertin, en granit, en grès, en céramique. Quand elle rénovait des maisons pour les revendre, elle se fixait un budget qui présidait à ses choix. Mais, là, les choses étaient différentes. Elle aménageait son propre intérieur, le lieu où elle entendait s'établir durablement, un cadre de vie dont elle ne devrait pas se lasser avant plusieurs années.

Heureusement, même pour les autres, elle n'avait jamais rechigné à prendre son temps et, avec l'expérience, elle avait appris que le plus infime détail avait son importance. Une légère différence de ton, de texture ou de forme dans des carreaux de salle de bains, et c'était tout l'équilibre de la pièce qui en était modifié. Elle pouvait hésiter des heures avant d'opter pour un bouton de tiroir. Mais, quand elle trouvait le bon, cela lui procurait une joie incommensurable.

De retour à Little Farm, elle sourit d'un bonheur enfantin à sa nouvelle véranda, dont le sol était maintenant peint d'un blanc ivoire frais et rustique. Le bruit de ses semelles sur les planches résonna à ses oreilles comme une douce mélodie. Elle monta ses échantillons de carrelage dans la salle de bains, les plaça côte à côte en divers points de la pièce, compara le rendu de chacun, immergée dans sa vision d'une salle d'eau chaleureuse, simple, charmante. Tout à fait adaptée à une chambre d'amis. La robinetterie en bronze huilé qu'elle avait déjà achetée, l'élément de base de son agencement, se marierait à merveille avec les nuances subtiles du carrelage et la vasque rétro. Buddy n'aurait plus qu'à dépoussiérer ses a-priori lorsque tout serait terminé.

Laissant ses échantillons dans la salle de bains – elle prendrait une décision à la lumière du jour –, elle se doucha en chantant joyeusement, d'une voix plus pure et plus ample qu'elle ne l'avait jamais été sur aucun enregistrement.

Sitôt Ford eut-il ouvert la porte qu'elle brandit la bouteille de cabernet voyageuse.

– Si nous la finissions avant d'aller voir cette salle de gym ? suggéra-t-elle.

– Excellente idée.

Elle avait les cheveux détachés. Parfaitement lisses, ils lui tombaient plus bas que les épaules. Et elle s'était parfumée. Furtivement, Ford eut une réminiscence du jasmin qui embaumait le jardin de sa grand-mère les soirs d'été.

– Tu es resplendissante.

– Je me sens merveilleusement bien. J'ai acheté trois W.-C., aujourd'hui.

– Voilà qui mérite d'être fêté, en effet.

– J'ai aussi rapporté des échantillons de carrelage, dit-elle gaiement en le suivant dans la cuisine. Et j'ai choisi des poignées pour les placards, des luminaires et une baignoire. Une baignoire sur pieds, comme autrefois. C'est un grand jour, aujourd'hui. Et, pour la salle de bains de ma chambre, je penche pour un style Art déco.

– Art déco ?

– J'ai flashé sur un lavabo, tout à l'heure. Dès que je l'ai vu, j'ai eu un déclic. Je pourrais l'accorder avec du chrome et du verre bleu pâle. Des carreaux noirs et blancs – ou peut-être noirs et argent. Une petite note métallique, jazzy, rétro. Le genre de salle de bains où l'on a envie de prendre son temps, de se pomponner en peignoir de soie à plumes de marabout.

– Tu as une imagination encore plus fertile que la mienne. C'est un lavabo qui t'a donné toutes ces idées ?

– Je fonctionne comme ça. Je vois un truc et, à partir de ce truc, j'élabore toute la déco.

Cilla fit tinter son verre contre celui de Ford.

– Et toi, tu as passé une bonne journée ? lui demanda-t-elle.

Elle rayonnait. Une virée dans un magasin de bricolage, et elle étincelait comme un rayon de soleil.

– Je n'ai pas acheté de W.-C. mais je ne suis pas mécontent de moi, répondit-il, en l'observant par-dessus son verre. En fait, je crois que je comprends, pour le lavabo. Finalement, je fonctionne un peu comme toi. Dès que je t'ai vue, ça a fait tilt. J'ai rédigé le premier jet de mon scénario, aujourd'hui.

– Tu me le feras lire ?

– Bien sûr. Une fois que je l'aurai mis au net.

– Naturellement. J'ai l'habitude des écrivains. La plupart vous crèveraient les yeux si par mégarde vous les posiez sur un de leurs brouillons. Remarque, je préfère ça à ceux qui vous supplient de lire chaque phrase qu'ils pondent.

– Je parie que la plupart des auteurs que tu connais écrivent pour Hollywood.

– Évidemment. Pour la série dans laquelle je jouais, les scripts étaient souvent écrits au fur et à mesure du tournage. Ce qui n'était pas une mauvaise chose, contrairement à ce que l'on pourrait penser. Les comédiens étaient plus spontanés. Mais c'est une autre histoire. Tout ça pour dire que j'avais l'impression qu'il n'y avait rien de plus facile que d'écrire un scénario, qu'il suffisait d'avoir des idées et de les coucher sur le papier. Si bien qu'un jour j'ai commencé à en écrire un. Je me suis vite rendu compte que ça ne s'improvisait pas.

– Tu as écrit un scénario ?

– Juste commencé. Mon héroïne était une actrice. L'ascension, le déclin, les triomphes et les humiliations : je maîtrisais le sujet, je croyais que ça coulerait tout seul. Je n'ai pas réussi à noircir plus de dix pages.

– Pourquoi ne pas avoir persévéré ?

– Tout simplement parce que je me suis aperçue que je ne savais pas écrire, répondit Cilla en riant et en rejetant ses cheveux en arrière. J'avais beau avoir lu un million de scripts, j'étais incapable d'en produire un. Même mauvais. Pour jouer, il faut croire à son personnage. J'ai lu toutes les biographies et toutes les interviews de ma grand-mère. C'est la première leçon que j'en ai retirée. Pour écrire, c'est pareil. Si on ne se met pas dans la peau de ses personnages, ils ne sont pas crédibles. Les miens étaient complètement bidon. Toi, en revanche, tu crois à ce que tu écris.

– Qu'est-ce que tu en sais ?

– Ça se sent. Aussi bien quand tu parles de ton travail que dans le livre que tu m'as offert.

Ford pointa l'index vers Cilla.

– Tu l'as donc lu...

– Oui, bien que je l'avoue, je n'en aie pas eu l'intention. Je voulais juste le feuilleter, histoire de ne pas paraître trop cruche au cas où tu me poserais des questions, mais, finalement, je l'ai dévoré d'une traite. Le Justicier est tellement humain. Il m'a beaucoup touchée. Je suppose que tes lecteurs masculins n'ont aucun mal à s'identifier à lui.

– C'est mon souhait le plus cher. Je te sers encore un peu de vin ?

Cilla couvrit son verre de sa main.

– Merci, dit-elle. Si nous allions voir ce club de sport ? C'est loin d'ici ?

– Tout près. Allons-y.

Ford ouvrit une porte en merisier que Cilla admira avant de s'engager dans l'escalier qui menait au sous-sol. Au bas des marches, elle demeura bouche bée.

Le niveau inférieur était aménagé en salle de gym, avec un vélo elliptique, un banc de muscu, un vélo à position allongée, un rameur. Les machines reposaient sur des tapis qui protégeaient un plancher de chêne. Des baies vitrées donnaient sur un charmant patio, à l'arrière de la maison, où le chien dormait dans un dernier rayon de soleil, les quatre fers en l'air.

Un immense écran plat était fixé à l'un des murs. Dans un coin de la pièce, sur une parcelle de sol dallée d'ardoise, trônait un bain à remous au revêtement laqué noir. Un petit frigo-bar à porte vitrée contenait des bouteilles d'eau minérale et de boisson énergétique.

– C'est Matt qui a conçu cette pièce, l'informa Ford.

– Je me félicite chaque jour de l'avoir engagé. En quelque sorte, tu n'as quasiment pas besoin de sortir de chez toi. Tu as tout sur place.

– Quand je suis à fond dans un bouquin, il m'arrive de ne pas mettre le nez dehors pendant des jours. Cette pièce était une salle de jeux, à l'origine, mais comme je n'ai pas d'enfants… Le seul inconvénient, c'est qu'il n'y a pas de nanas musclées à mater ici.

– Moi aussi, j'ai un grand sous-sol, murmura Cilla. Je pensais en faire un genre de débarras, mais avec un bon éclairage…

– En attendant, tu es la bienvenue dans mon club privé.

– Pour que tu aies une fille à mater ?

– Voilà comment on interprète la légendaire hospitalité des gens du Sud ! répliqua Ford. Sois tranquille, je te jure que je résisterai à la tentation.

– Bon. Tu utilises la salle à quelle heure, en général ?

– Ça dépend. Quand j'en ai envie. Mais je m'astreins à cinq ou six séances par semaine. Autrement, je ressemble à Skeletor.

– À qui ?

– À Skeletor, l'ennemi juré de Musclor, qui n'a rien de squelettique, soit dit en passant. Tu ne connais pas *Les Maîtres de l'Univers* ? Je te prêterai un album. En tout cas, si tu veux venir t'entraîner ici, tu n'auras qu'à passer par le patio. Je ne saurai même pas que tu es là. Je ne me rincerai l'œil que si, par hasard, nos horaires coïncident !

Cilla fronça les sourcils.

– Lève ton tee-shirt. Montre-moi tes abdos.

– Tu es une fille étrange…

Ford s'exécuta néanmoins. De l'index, elle lui tâta le bas du ventre.

– O.K. Je voulais juste m'assurer que tu te sers de ces appareils. C'est bon, j'accepte ton offre. En échange, si tu as des réparations à faire, je m'en occuperai.

– En minijupe avec une ceinture à outils ?

– Ceinture à outils, oui, mais ne compte pas sur la minijupe.

– Dommage.

– Si tes travaux dépassent mes compétences, je t'enverrai un de mes ouvriers. Peut-être que l'un d'entre eux acceptera de se mettre en minijupe.

– Ouais, bof…

– Marché conclu ?

– Marché conclu.

En souriant, Cilla laissa courir un regard d'envie sur la salle.

– Je viendrai dès demain matin, dit-elle. Et pour te remercier, c'est moi qui t'invite au restau, ce soir.

– Impossible. J'ai réservé chez Sawyer.

– Ne me dis pas que tu as cuisiné !

Ford la prit par le bras et l'entraîna dans l'escalier.

– Entrecôtes au barbecue, patates sous la braise et brochettes de poivrons, ça te convient ? C'est ma spécialité.

– Si tu ne fais pas carboniser la viande. Je ne la mange que saignante.

– Cilla, tu es une femme comme je les aime.

Ils dînèrent sur la véranda à l'arrière de la maison, à la bonne franquette, dans une ambiance détendue.

Plus Cilla apprenait à connaître Ford, plus elle trouvait sa compagnie agréable. Les sujets de conversation s'enchaînaient sans qu'aucune gêne ne s'installe jamais entre eux. Était-ce bien raisonnable de se laisser ainsi aller ? s'interrogeait-elle parfois, quand elle s'apercevait qu'elle se comportait avec son voisin comme avec un vieux copain.

– Quel calme, ici, dit-elle. C'est fantastique.

– Rodeo Drive et les boîtes de nuit ne te manquent pas ?

– Pas du tout. Je sortais beaucoup quand j'étais actrice, mais je n'ai jamais aimé les bains de foule ni les mondanités. Tu me disais tout à l'heure que tu avais vécu quelques années à New York. Comment se fait-il que tu en sois parti ? Tu en as eu marre de la Grosse Pomme ?

– New York est une ville fabuleuse qui bouillonne d'énergie. J'y retourne régulièrement pour mon boulot, et c'est toujours un plaisir. Mais le fait est que je suis plus productif ici. Quand j'habitais là-bas, je pensais plus à m'amuser qu'à travailler. Pour bosser sérieusement, il fallait que je vienne passer quelques jours chez mes parents. Si bien que j'ai fini par revenir vivre dans la région. À New York, il y a trop de gens qui pensent, à toute heure du jour et de la nuit. Ça m'empêchait de me concentrer.

– C'est marrant… Un journaliste a un jour demandé à ma grand-mère pourquoi elle avait acheté cette ferme en Virginie. Elle lui a répondu qu'ici elle s'entendait penser. Alors que dans l'agitation de Los Angeles elle avait l'impression d'avoir l'esprit vide.

– Je comprends exactement ce qu'elle a voulu dire. Tu as lu toutes ses interviews ?

– Lues, relues, écoutées, visionnées. Elle m'a toujours fascinée. Bien que ça n'ait pas toujours été facile d'être la petite-fille d'une si grande star. Quand j'étais ado, il n'y avait rien qui me mettait plus en colère que d'être comparée à elle. Mais je crois que c'est ce qui m'a donné envie de mieux comprendre son destin d'icône tragique. Alors je me suis lancée dans un véritable travail de biographe. J'ai compris qu'elle ne s'était hissée au firmament que grâce à un talent hors du commun. Et que je ne lui arriverais jamais à la cheville, quoi que je fasse.

– On parlait beaucoup d'elle, quand j'étais gosse, enchaîna Ford. Ma mère écoutait souvent ses disques. Une ou deux fois, elle a été invitée à des soirées à Little Farm.

– Ah oui ?

– Elle se vante encore d'avoir embrassé le fils de Janet Hardy. C'est bizarre, non, de penser que nous sommes assis là tous les deux et qu'il y a des années ma mère et ton oncle se sont roulé des pelles juste de l'autre côté de la route ? Mais tiens-toi bien, ma mère est aussi sortie avec ton père.

Cilla pouffa et manqua de peu avaler une gorgée de vin de travers.

– N'importe quoi ! répliqua-t-elle.

– C'est la pure vérité. Quand je regardais ton père, au lycée, je l'imaginais en train de peloter ma mère et j'étais mort de rire.

Encore un cercle, songea Cilla, une boucle qui se bouclait...

– Ils devaient être tout jeunes, à l'époque, dit-elle. Johnnie n'avait que dix-huit ans quand il s'est tué. Ça a dû être horrible pour ma grand-mère et pour les parents des deux garçons qui étaient avec lui dans la voiture.

– L'un a été tué sur le coup, aussi, je crois, et l'autre s'est retrouvé paralysé.

– Exact. Janet ne s'en est jamais remise. Elle n'a plus jamais été la même. Ça se voit sur toutes les photos qui ont été prises après le drame.

– Ma mère me parlait souvent de cet accident pour m'inciter à être prudent au volant. Chaque fois qu'on croisait Jimmy Hennessy dans son fauteuil roulant, elle me disait : « Regarde, tu vois ce qui arrive quand on conduit en état d'ivresse » Résultat, je ne peux pas boire une bière sans culpabiliser si je sais que je dois rentrer en voiture. Les mères sont des championnes pour vous pourrir la vie.

– Ce n'est pas moi qui te dirai le contraire. Il habite toujours ici, ce garçon qui a survécu ?

– Il est décédé il y a un an ou deux.

– Ah bon ? Je n'étais pas au courant.

– Il a vécu chez ses parents jusqu'à la fin de ses jours. Il n'avait aucune autonomie.

– Oui. Je sais que son père a rejeté toute la responsabilité de l'accident sur le dos de Janet. Il lui reprochait d'avoir dépravé la jeunesse d'ici, d'avoir laissé son fils à la dérive, de lui avoir acheté une voiture trop rapide.

– Personne n'a forcé ces deux autres gamins à monter dans la bagnole, personne ne les a forcés à boire et à fumer des joints. Ils étaient jeunes et inconscients, tous les trois, c'est tout, et ils l'ont payé cher.

– D'après ma mère, ma grand-mère a versé une coquette somme aux familles des victimes. Et elle prétend que si Janet a gardé Little Farm, malgré l'hostilité de ces gens, c'était pour l'ériger en une sorte de sanctuaire à la mémoire de Johnnie. Ce serait aussi pour cette raison qu'elle aurait pris des dispositions testamentaires nous empêchant de céder la propriété à une personne étrangère à la famille. Mais, ça, je n'y crois pas. À mon avis, elle a gardé la ferme parce qu'elle y avait été heureuse, parce qu'elle s'y entendait penser, même si sur la fin de sa vie elle était hantée par ses fantômes et ses démons.

En soupirant, Cilla se renversa contre le dossier de sa chaise.

– Sers-moi un peu de vin, s'il te plaît. Ce sera mon troisième verre et le dernier.

– Ne me dis pas que trois verres de vin te font tourner la tête !

– Je n'aime pas être soûle. Il y a longtemps que ça ne m'est pas arrivé, mais je sais ce qui se passe quand je bois trop… Je saute sur tout ce qui bouge et, le lendemain, je ne me souviens plus de rien.

– Je me le tiens pour dit. Le jour où tu me sauteras dessus, je veux que tu en gardes un souvenir aussi clair que du cristal.

– Ce n'est pas dit que je te sauterai dessus un jour.

Ford se cala le menton sur son poing.

– En tout cas, je me laisserai faire. Tu as des yeux magnifiques, Cilla.

– Les yeux de Janet Hardy.

– Non, les yeux de Cilla McGowan.

En souriant, elle but une gorgée de vin.

– Tu sais que j'ai failli trouver une excuse pour ne pas venir ce soir ?

– Non !

– Si. Parce que tu réduis à néant toutes mes bonnes résolutions.

– Tes mauvaises résolutions, mais passons… Puis-je savoir ce qui t'a fait changer d'avis ? Tu n'as pas trouvé de prétexte valable ?

– J'étais tellement contente d'avoir acheté des W.-C. que je voulais partager ma bonne humeur.

Ford étouffa un éclat de rire.

– Je suis sérieuse, assura Cilla. J'ai trouvé ma voie, Ford. Après l'avoir cherchée pendant longtemps.

– Dans les W.-C. ?

À son tour, elle éclata de rire.

– Non. Ma vocation, je le sais maintenant avec certitude, c'est de faire du neuf avec du vieux, de réparer les effets du temps, de rendre du brillant à ce qui a perdu son éclat. Voilà ce qui me rend heureuse. Voilà pourquoi je suis venue en Virginie, et je ne le regrette pas.

– Moi non plus.

Elle ne vit ni Ford ni Spock, le lendemain matin, en arrivant chez son voisin pour sa première séance d'exercice. Les écouteurs de son iPod dans les oreilles, elle fit une heure de cardio-training intensif au cours de laquelle le chien apparut dans le patio et leva la patte plusieurs fois. Quand elle repartit, la maison était toujours plongée dans le silence.

Elle se serait volontiers prélassée dans le bain à remous, mais les ouvriers n'allaient pas tarder à arriver ; l'heure n'était pas au cocooning. Elle accorda néanmoins une bonne dizaine de minutes à Spock, qui accourut vers elle en frétillant lorsqu'il l'entendit refermer la baie vitrée. Puis elle remonta chez elle à petites foulées, pleine d'entrain et de vitalité pour démarrer la journée. Une douche, un café, un yaourt aux myrtilles, et les artisans étaient là.

Comme chaque matin, elle prit le temps de discuter avec chacun d'eux.

– Je vais agrandir la salle de bains, annonça-t-elle à Buddy.

Le vieux plombier accueillit la nouvelle avec un long soupir.

– Celle que j'utilise actuellement, le rassura-t-elle, pas celle où vous avez commencé à travailler. J'en ai déjà parlé à Matt. Venez, je vais vous montrer ce que je veux faire.

Comme elle s'y attendait, il tenta de la dissuader, mais, maintenant qu'elle commençait à le connaître, elle s'amusait de ses réactions.

– Puisque je vais aménager mon bureau dans les combles, cette pièce sera ma chambre, expliqua-t-elle. Nous allons abattre cette cloison.

– C'est que ça risque de vous coûter bonbon, grommela Buddy en se grattant le menton et en dodelinant de la tête.

– Ne vous inquiétez pas, vous serez payé rubis sur l'ongle, répliqua-t-elle en cherchant dans son calepin le schéma qu'elle avait dessiné avec Matt. Je ferai un plan plus détaillé, mais voilà déjà l'idée. Nous garderons la vieille baignoire pattes de lion, je la ferai nettoyer et nous la fixerons ici. Là, nous mettrons un double lavabo, avec un meuble dessous.

– Je parie que vous voulez un plateau en granit.

– Non, en zinc. Ici, il y aura une cabine de douche à vapeur. Les W.-C. seront cachés par un paravent de verre.

– Mais où allez-vous chercher des idées pareilles ? ronchonna le plombier.

– À Hollywood, évidemment, rétorqua-t-elle avec un clin d'œil.

– C'est vous la chef, mam'zelle.

Cilla le gratifia d'un grand sourire avant de redescendre poursuivre la construction de la véranda sous un beau soleil d'avril.

Quand son père arriva, les parties latérales de la rambarde étaient en place.

– Ça commence à prendre forme, commenta-t-il.

– Tout doucement, oui. Va jeter un œil à l'intérieur. La première phase de démolition est terminée. J'attends la visite de l'inspecteur avant d'attaquer le grenier. En principe, il doit passer demain pour vérifier la plomberie et l'électricité.

Cilla croisa les doigts.

– Toute la ville parle de toi, lui dit son père.

– Ça ne m'étonne pas. Les voitures ralentissent en passant devant la maison. Il y en a même qui s'arrêtent carrément. Et j'ai reçu un coup de fil du journal local pour une interview. Je leur ai donné quelques infos par téléphone, mais pour l'instant je ne veux pas qu'ils prennent de photos. À ce stade, on ne se rend pas encore compte de ce que ça va donner quand ce sera fini.

– Tu sais quand l'article doit paraître ?

– Dimanche, dans le supplément féminin. Janet Hardy fait toujours vendre. Toi qui l'as connue, Papa, tu crois qu'elle approuverait ?

Cilla repoussa sa casquette et s'essuya le front du revers de la main.

– Je crois qu'elle aimait cette maison et qu'elle serait contente que tu l'aimes, que tu y apposes ta marque. Tu construis cette rambarde toute seule ?

– Ouais.

– Bravo ! Tu m'épates. Je pensais que tu concevais la déco mais que tu laissais des artisans la réaliser.

– Les ouvriers effectuent le plus gros du chantier, mais je mets toujours la main à la pâte. J'envisage de passer professionnelle et de m'installer à mon compte dans quelque temps. Little Farm sera ma carte de visite. Quand les gens du coin verront comment la petite-fille de Janet Hardy a retapé la maison de sa grand-mère, ils se bousculeront pour me demander de transformer la leur.

– Donc, tu penses sérieusement rester ici ?

Pourquoi cela paraît-il si incroyable ? pensa Cilla.

– Bien sûr ! L'air de la campagne me réussit. On va faire un tour dans le jardin ?

– Avec plaisir.

– Attends, je vais chercher mon carnet.

Tout en discutant botanique, Cilla et son père s'engagèrent dans les herbes hautes. Gavin était un homme attentif qui écoutait ce qu'on lui disait et prenait la peine de réfléchir avant d'émettre une opinion ou un conseil.

Ils s'arrêtèrent au bord de l'étang.

– Si tu veux t'y baigner, comme on le faisait avant, il faudra faire enlever toute cette végétation.

– C'est prévu. Brian pense qu'on pourrait planter des iris jaunes.

– C'est une bonne idée, en effet. Personnellement, je verrais bien un saule pleureur par là.

Cilla prit note dans son calepin.

– J'ai aussi pensé à un banc de pierre.

Se remémorant soudain la conversation de la veille avec Ford, elle se tourna vers son père avec un sourire malicieux.

– C'est ici que tu as embrassé la mère de Ford Sawyer ?

La surprise se peignit sur le visage de Gavin, puis il rougit jusqu'aux oreilles, pour le plus grand amusement de sa fille.

– Comment es-tu au courant ? bredouilla-t-il.

– Ah, j'ai mes sources !

– Figure-toi que j'ai aussi les miennes. Il paraît que tu entretiens déjà des relations très étroites avec le fils de Penny Sawyer.

– C'est Buddy qui t'a dit ça ?

– Non, mais c'est lui qui fait courir le bruit.

– Sacré Buddy ! Ça ne m'étonne pas de lui. Enfin, bref, tu n'as pas répondu à ma question.

– Je confesse que je suis sorti avec Penny Quint pendant quelques mois, quand nous étions au lycée. Elle a rompu ici même, au bord de l'étang. Mon premier chagrin d'amour dont je me suis vite consolé avec ta mère.

– Salaud !

– La plupart des garçons de dix-huit ans sont des salauds. Et les filles de cet âge-là ne sont pas des anges non plus. Le lendemain de notre rupture, Penny flirtait avec Johnnie. C'est pour ça que je me suis fâché avec lui.

– Normal. On ne sort pas avec les ex de ses copains.

Gavin ne souriait plus. Une expression grave et triste avait assombri ses traits.

– Deux jours avant qu'il se tue dans cet accident, j'ai eu des paroles très dures envers lui. Que je regrette encore aujourd'hui. Sans cette ridicule histoire de fille, j'aurais été de leur virée.

– Je ne savais pas, murmura Cilla, parcourue d'un frisson. En quelque sorte, c'est grâce à la mère de Ford que tu as réchappé de ce drame.

– Oui. À l'automne suivant, je suis entré à l'université. Et, deux ans plus tard, j'abandonnais mes études pour partir à Hollywood avec ta mère. La lune de miel n'a pas duré longtemps. On ne cessait de se séparer et de renouer, et puis elle est tombée enceinte.

Gavin passa un bras autour des épaules de sa fille.

– Nous étions trop jeunes, ajouta-t-il.

– Maman avait perdu son frère et sa mère. Elle devait être complètement déboussolée. Tu étais encore à la fac quand Janet est morte, n'est-ce pas ?

– Je terminais ma première année.

Bras dessus, bras dessous, ils reprirent lentement le chemin de la maison.

– As-tu entendu parler d'une liaison qu'elle aurait eue avec un homme de la région, sur la fin de sa vie ?

– On racontait tellement de choses à propos de ses aventures ! Pourquoi cette question ?

– J'ai trouvé des lettres de l'un de ses amants, postées de Front Royal. Elle les avait cachées dans le grenier. La dernière est datée de dix jours avant sa mort. C'est une lettre de rupture.

« Cet homme était marié. Pendant plus d'un an, ils ont eu une relation passionnelle. Mais, sur la fin, il a cherché par tous les moyens à se débarrasser d'elle.

– Comment s'appelait-il ?

– Je n'en sais rien. Il ne signait pas ses lettres. Je crois que Janet était enceinte de lui.

– Ce n'est pas possible. Il y a eu autopsie.

– Peut-être que le médecin a reçu l'ordre de se taire. Ou peut-être qu'elle a menti à son amant dans l'espoir de le retenir. En tout cas, il l'a menacée. Dans sa dernière lettre, il lui a écrit qu'elle le paierait cher si jamais elle révélait leur liaison.

– Tu crois qu'elle ne s'est pas suicidée ?

– Je veux juste savoir la vérité. Pendant des années, les gens ont fait circuler des rumeurs de meurtre et de conspiration. Peut-être que ces rumeurs étaient fondées, après tout.

– Elle se droguait, ma chérie. Et elle avait perdu son fils. À la mort de Johnnie, elle a sombré dans l'alcoolisme.

– Elle s'est aussi jetée à corps perdu dans une relation amoureuse. Et elle est revenue mourir ici. Johnnie t'a piqué ton ex, c'est pour ça que tu n'es pas mort dans l'accident avec lui. Il suffit parfois d'un rien pour changer le cours d'une vie. Je veux savoir pourquoi Janet est morte, même si c'est elle qui se l'est donnée.

7

Las Vegas, 1954.

– Qu'en penses-tu ? demanda Janet à Cilla en plaçant devant elle une longue robe cintrée et légèrement évasée. Personnellement, je trouve la rose plus chic, mais je tiens à me marier en blanc.

– Tu es ravissante. Et tu as l'air si heureuse.

– Je suis heureuse. J'ai dix-neuf ans et je suis déjà une grande star de cinéma. Mon disque cavale en tête de tous les hit-parades et je suis éperdument amoureuse. Comment ne pas être heureuse ?

Face à un mur de miroirs, Janet esquissa un pas de danse qui fit voler ses longs cheveux dorés. Même en rêve, sa joie était palpable.

– Je vais épouser un homme beau comme un dieu, je suis riche, je suis belle, le monde m'appartient.

– Mais ça ne durera pas, murmura Cilla.

Janet jeta la robe blanche sur le lit, par-dessus celle en brocart rose.

– Je devrais relever mes cheveux, non ? Tu ne trouves pas que je parais plus mûre avec les cheveux relevés ? Au studio, je n'ai pas le droit de porter des chignons. Ils ne veulent pas que je fasse trop femme. Je dois préserver mon image de jeune vierge effarouchée le plus longtemps possible.

En riant, elle ramena ses cheveux lisses au sommet de son crâne.

– Tu parles ! ajouta-t-elle en croisant le regard de Cilla dans le miroir. J'ai perdu ma virginité à l'âge de quinze ans. Tu crois que le public cesserait de m'aimer si ça se savait ?

– Une partie, oui, certainement. Mais c'est ta vie.

– Tu as raison. Et ma carrière. Je veux des rôles d'adulte, et j'en aurai. Frankie m'aidera. Une fois que nous serons mariés, il dirigera ma carrière.

En petite culotte de soie blanche, Janet piqua quelques épingles dans sa coiffure.

– Que trop bien, murmura Cilla.

– Oh, je sais à quoi tu penses. Dans moins d'un an, je demanderai le divorce. Et puis nous nous réconcilierons, juste le temps qu'il me fasse un deuxième enfant. Je suis enceinte du premier, en ce moment. Johnnie est là, dans mon ventre, depuis une semaine ou deux, mais je l'ignore. Aujourd'hui, ma vie va prendre un tournant.

– Tu t'es enfuie à Las Vegas pour épouser Frankie Bennett, qui a presque dix ans de plus que toi.

– C'est moi qui ai eu l'idée d'un mariage à Vegas, déclara Janet en laquant son chignon. Pour leur montrer à tous que je n'étais pas une oie blanche. Et me voici dans la suite royale du Flamingo en train de m'habiller pour la cérémonie. Personne ne sait que nous allons nous marier.

Cilla s'approcha de la fenêtre et regarda au-dehors. Une piscine scintillait au milieu d'un jardin luxuriant. Au-delà, les immeubles avaient des contours flous, comme sur les vieilles photos qui avaient suscité son rêve.

– Les studios vont raconter n'importe quoi pour justifier ce mariage, dit-elle. Mais, en fait, ils bénéficieront de ses retombées. Vous formez un couple si médiatique ! L'illusion de deux célébrités amoureuses. Et tu obtiendras ton premier rôle adulte, celui de Sarah Constantine dans La Chanson du cœur. *Tu seras nominée aux oscars.*

– Après Johnnie. Johnnie est né avant La Chanson du cœur. *Même Mme Eisenhower m'enverra un cadeau de naissance. Je ne prendrai plus de médicaments et j'arrêterai de boire.*

Janet tapota le flacon posé sur la table de chevet.

– Je peux encore me passer de ces drogues, dit-elle. C'est facile, parce que je flotte sur un petit nuage.

– Qu'aurais-tu fait si tu avais pu voir l'avenir ? Aurais-tu quand même épousé Frankie si tu avais su qu'il te tromperait et dilapiderait ton argent au jeu ? Si on t'avait dit que moins d'un an après votre mariage tu commettrais ta première tentative de suicide ?

Janet enfila sa robe blanche.

– Si je ne l'avais pas épousé, où serais-tu ? répliqua-t-elle en présentant son dos à sa petite-fille. Tu peux monter la fermeture, s'il te plaît ?

– *Plus tard, tu diras que ta mère t'a offerte aux studios comme une jeune vierge en sacrifice, qu'ils t'ont dépouillée de ton inno-cence et que Frankie a fini de t'ôter le peu d'illusions qu'il te restait.*

– *Les studios ont fait de moi une star*, riposta Janet en fixant de *grosses perles à ses oreilles. En échange de quoi, je leur ai vendu mon âme. Quant à Frankie, je l'aimais quand je l'ai épousé. Ce qu'il me restait de candeur, je le lui ai donné.*

Janet mit un double rang de perles autour de son cou que Cilla ferma.

– *Je tournerai mes meilleurs films au cours des dix prochaines années*, poursuivit Janet. *Oh, je connaîtrai encore de beaux succès dans les dix suivantes. Enfin, presque dix*, se corrigea-t-elle en riant. *Peut-être ai-je besoin d'une existence chaotique pour donner le meilleur de moi-même. Qui sait ? Qui s'en soucie ?*

– *Moi.*

Avec un sourire affectueux, Janet déposa un baiser sur la joue de Cilla.

– *Toute ma vie, j'ai été en quête d'amour et j'en ai donné beau-coup dans l'espoir d'en recevoir. Trop, peut-être… Ah, la ceinture rouge !*

En tournoyant sur elle-même, elle attrapa la large bande de cuir écarlate étalée sur le lit.

– *Le rouge est la couleur préférée de Frankie. Il adore que j'en porte*, dit-elle en la serrant autour de sa taille de guêpe et en se glis-sant dans des escarpins assortis. *Comment me trouves-tu ?*

– *Parfaite.*

– *J'aimerais que tu assistes à mon mariage, mais il n'y aura que Frankie et moi, ce drôle de juge de paix et la claveciniste. Et le reporter que Frankie aura averti sans rien me dire. C'est comme ça que cette photo de nous dans cette ridicule petite chapelle paraîtra dans* Photoplay. *Mon Dieu, quel scandale !*

Janet partit d'un éclat de rire argentin.

Qui résonnait encore aux oreilles de Cilla lorsqu'elle se réveilla.

Le tri des dizaines de cartons et de malles qu'elle avait transportés dans la grange l'occupa pendant les deux journées suivantes.

Au premier coup d'œil, elle s'aperçut que sa mère avait fait main basse sur tout ce qui avait un tant soit peu de valeur. Quelques trésors avaient néanmoins échappé à la cupidité de Dilly. Une vieille photo glissée entre les pages d'un livre : Janet, le ventre rebondi, calée sur une chaise longue au bord de l'étang, auprès du séduisant Rock Hudson. Le script d'*Avec des violettes* au fond d'un coffre bourré de couvertures mangées par les mites. Une boîte à musique en forme de piano à queue qui jouait la *Lettre à Élise* contenant une petite note écrite de la main de Janet : « cadeau de Johnnie pour la fête des Mères 1961 ». Bedelia n'était attirée que par ce qui brillait. Les souvenirs ne l'intéressaient pas, aussi précieux fussent-ils.

À la fin d'un après-midi pluvieux, Cilla avait entassé d'un côté tout ce qu'elle destinait à la benne et empilé de l'autre quelques boîtes à conserver. Quand elle sortit de la grange avec une première brouette de déchets, elle vit que la bruine s'était muée en un timide soleil. Et que l'on tenait salon devant sa maison. Au pied de la véranda, Ford discutait avec le paysagiste et un homme aux cheveux gris vêtu d'un coupe-vent. Cleaver, le charpentier, descendait juste de sa camionnette rouge, un garçonnet d'une dizaine d'années et un gros chien blanc sur ses talons. Après avoir prudemment scruté ce dernier caché entre les jambes de son maître, Spock s'approcha de lui, le renifla et se laissa tomber sur le flanc en signe de soumission.

– Bonjour, mam'zelle, lança le charpentier à Cilla. J'ai bossé en bas de la route, aujourd'hui. Je passais juste vous dire qu'on commencera demain, s'il ne tombe pas des cordes.

– Très bien, opina-t-elle.

– Je vous présente mes petits-fils, Jake et Lester, ajouta-t-il en désignant du menton le garçonnet et le chien qui l'accompagnaient. Ils ne mordent pas.

– Me voilà rassurée, répondit Cilla en riant et en se baissant pour caresser le chien.

Jaloux, Spock imposa sa grosse tête sous sa main.

– Papy, protesta Jake, Lester n'est pas ton petit-fils. C'est mon chien.

Cleaver s'avança vers les trois hommes qui bavardaient.

– Salut, Tommy ! Qu'est-ce que tu fais là ? Tu es venu convaincre Mlle McGowan de te vendre sa propriété ?

– Comment vas-tu, Hank ? Non, rassure-toi, je ne suis pas là pour affaires. Je passais juste dire bonjour au fiston.

Brian posa une main sur l'épaule de l'homme aux cheveux gris en coupe-vent.

– Cilla, je vous présente mon père, Tom Morrow.

– Enchantée.

– Méfiez-vous, c'est un baratineur de première, dit Hank avec un clin d'œil. Il va vous embobiner, et, en moins de temps qu'il n'en faut pour le dire, vous aurez un lotissement de douze villas sur votre terrain.

– Sur cette superficie ? rétorqua M. Morrow. Tu rigoles, pas plus de six.

Avec un sourire chaleureux, il serra la main de Cilla.

– Bienvenue en Virginie, mademoiselle.

– Merci. Vous travaillez dans l'immobilier ?

– Oui. J'élabore des projets résidentiels et commerciaux. Vous avez entrepris un sacré chantier. Mais je vois que vous vous êtes entourée de gars sérieux. À l'exception de celui-ci, dit-il avec un sourire en coin en direction de Cleaver.

– Avant que ces deux-là nous fassent leur sketch, interrompit Brian, tenez, Cilla, je vous laisse les plans que j'ai dessinés. Vous voulez que je vous aide à porter ça à la benne ?

Elle secoua la tête.

Brian pointa un grille-pain cabossé.

– Les gens gardent vraiment n'importe quoi.

– M'en parle pas ! dit Hank. C'est moi qui ai débarrassé la maison de ma mère, l'an passé, quand elle est décédée. J'ai balancé une dizaine de cartons remplis de vaisselle cassée, des chemises bourrées de factures datant de plus de trente ans. Incroyable ! N'empêche que dans le grenier j'ai découvert des lettres que mon père lui avait envoyées de Corée, et tous nos bulletins scolaires. J'ai cinq frangins, mam'zelle McGowan. Ah, on s'est marrés en revoyant les appréciations de nos profs ! Et du coup on a gardé chacun les nôtres, pour la postérité.

– J'ai moi aussi retrouvé des choses intéressantes, déclara Cilla, des deux côtés de ma famille.

– C'est vrai que c'était la ferme des McGowan, avant, enchaîna Tom. Janet Hardy ne l'a achetée que dans les années soixante. Je m'en souviens bien. Mon père lorgnait dessus. Il espérait qu'elle s'en lasserait au bout de quelques mois et qu'elle la lui revendrait à bas prix. Manque de bol pour lui, ça n'a pas été le cas. C'est un bel héritage que vous avez là. Et vous pouvez compter sur le fiston, il vous fera du bon boulot. Hein ? dit-il en décochant un petit coup de poing dans l'épaule de son fils. Sur ce, il faut que je me sauve. Si vous avez besoin de renseignements sur les artisans du coin, n'hésitez pas à me passer un coup de fil, mademoiselle McGowan.

– Je n'y manquerai pas.

– Bon, je vous laisse, moi aussi, déclara Hank en soulevant le bord de sa casquette. Je dois ramener les petits-enfants à la maison pour le souper.

– Papy, arrête de dire ça ! rouspéta le garçonnet.

Hank et sa marmaille remontèrent dans le pick-up rouge. Tom s'accouda à la vitre ouverte du conducteur.

– Ils vont encore tchatcher pendant vingt minutes, railla Brian. Mais, moi, il faut vraiment que j'y aille. Tenez, Cilla, dit-il en lui tendant une grosse enveloppe marron. Vous me direz ce que vous en pensez.

– D'accord. Bonne soirée, Brian.

– À plus, Rembrandt, lança-t-il à Ford.

– Salut, Picasso, répondit Ford en riant.

– Rembrandt ? releva Cilla avec un haussement de sourcils interrogateur.

– On était tous les deux doués pour le dessin, expliqua Ford en lui prenant les poignées de la brouette des mains. Pendant les heures d'étude, on dessinait des positions du Kama-sutra. Un jour, on s'est fait prendre en flagrant délit par le pion. Ça nous a valu trois jours d'exclusion. Tu n'as pas dû connaître ce genre de mésaventure, toi. J'imagine que tu n'es jamais allée à l'école.

– Non, j'avais des précepteurs. Quel âge aviez-vous ?

– Treize, quatorze ans. Ma mère m'a passé un de ces savons ! J'ai été privé de sortie pendant deux semaines. Il faudra que j'aille faire un tour dans son grenier, un de ces quatre. Si ça se trouve, j'y dénicherai mes premiers chefs-d'œuvre.

– Ce serait marrant.

– Je suis sûr qu'on y reconnaît déjà la patte du maître. Que dirais-tu d'aller dîner en ville, ce soir ? Éventuellement, on pourrait même se faire un ciné, après.

– Qu'est-ce qu'il y a à l'affiche, en ce moment ?

– Aucune idée. Je proposais ça juste pour me gaver de pop-corn et te peloter dans le noir.

– Imbécile. Range la brouette dans la grange. Je monte me doucher.

Cilla observait Dobby et son petit-fils à l'œuvre dans le living-room. Ils n'avançaient pas vite mais travaillaient dans les règles de l'art, avec un amour évident du métier.

– Vous faites aussi du décoratif ? s'enquit-elle. Du stuc, du staff, des choses comme ça ?

– Ça nous arrive, répondit le vieux maçon, mais il n'y a pas beaucoup de demande, ces temps-ci. Les gens achètent du prêt à poser, ça revient moins cher.

Les mains sur les hanches, elle pivota sur ses talons et parcourut la pièce du regard.

– Ici, ça n'irait pas, pensa-t-elle à voix haute. Mais pourquoi pas dans ma chambre ou dans la salle à manger ? J'y verrais bien une fresque… Un motif celtique, peut-être, qui évoquerait à la fois la branche McGowan et la branche Moloney.

– Moloney ?

– Pardon ? dit-elle en se retournant vers Dobby. Excusez-moi, j'étais distraite. Moloney, c'était le vrai nom de ma grand-mère, que sa mère a fait changer en Hamilton peu après sa naissance et que les studios ont ensuite encore changé en Hardy. Et son vrai prénom, c'était Gertrude, Trudy pour les intimes.

– Un bien joli prénom, pourtant, commenta Dobby en plongeant sa truelle dans le plâtre.

– Trop vieillot pour Hollywood. Elle a dit un jour dans une interview que plus personne ne l'avait jamais appelée Trudy une fois qu'elle avait été rebaptisée Janet. Pas même les membres de sa famille. Alors parfois, elle parlait à son reflet dans le miroir, en s'adressant à Trudy, histoire de ne pas oublier qui elle était. Enfin, bref, pour les motifs décoratifs, je vais réfléchir. Je vous tiendrai au courant.

La sonnerie du portable de Cilla retentit dans sa poche.

– Excusez-moi, dit-elle en sortant dans le couloir et en étouffant un soupir à la vue du numéro de sa mère. Bonjour, Maman.

– Tu pensais que ça n'arriverait pas à mes oreilles ?

Cilla s'appuya contre l'un des poteaux de la véranda.

– Je vais bien, Maman, je te remercie. Et toi ?

– Tu n'as pas le droit de me critiquer, de me juger. De me blâmer.

– Dans quel contexte ?

– Épargne-moi tes sarcasmes, Cilla. Tu sais très bien de quoi je parle.

– Absolument pas.

Que faisait Ford ? se demanda Cilla en regardant sa maison, de l'autre côté de la route. Était-il en train d'écrire ? De dessiner la déesse guerrière ? De transformer sa voisine, d'un coup de crayon magique, en une vaillante combattante prête à affronter les forces du mal au lieu de se soucier de petits détails de déco et de gérer les caprices de sa mère ?

– L'article que tu as fait paraître ! À propos de toi, de la ferme. Et de moi. Mon attachée de presse est tombée dessus.

– Et alors ? Je ne vois pas ce qui te contrarie. Ça te fait de la pub.

– « Cilla McGowan s'est attaquée à la restauration d'un patrimoine familial dédaigné par les siens. "Ma grand-mère aimait beaucoup Little Farm", nous a-t-elle confié dans le vacarme des marteaux et des scies. "Cette propriété appartenait autrefois à mon arrière-grand-père paternel. C'est pourquoi j'y suis moi-même doublement attachée". »

– Je sais ce que j'ai dit, Maman.

– Je considère comme un devoir, voire une mission, de rendre hommage à mes racines en rénovant cette demeure. Bien sûr, je respecterai son style architectural, ainsi que l'environnement.

– Un peu pompeux, mais fidèle.

– Et ça continue comme ça *ad nauseam*. Le cadre pastoral où les enfants de Janet Hardy s'enivraient de grand air, aujourd'hui livré aux ronces et aux chardons, le triste tableau d'une maison décrépite, désertée par la fille de Janet Hardy, Bedelia Hardy, obnubilée par le désir de marcher dans les pas de sa mère. Comment as-tu pu laisser publier des inepties pareilles ?

– Tu sais comme moi que je n'ai aucun contrôle sur la presse.

– Je t'interdis de te prêter à d'autres interviews.

– Tu sais comme moi que tu n'as plus à me donner d'ordres. Tu n'as qu'à faire une contre-déclaration. Tu diras que tu avais trop de chagrin pour t'occuper de Little Farm, que cette maison te rappelait trop douloureusement ta mère et les moments heureux que tu y as passés avec elle. Enfin, tu n'as pas besoin de moi pour rédiger tes discours. Tu sais très bien te faire plaindre.

Bedelia observa un instant de silence. Sans doute l'idée faisait-elle son chemin.

– Comment pourrais-je voir dans cette maison autre chose qu'un tombeau ? dit-elle enfin.

– Tu vois, tu connais ton laïus par cœur.

– C'est différent pour toi, c'est plus facile, poursuivit Bedelia, ignorant la remarque désagréable de sa fille. Tu n'as jamais connu Janet. Elle n'est qu'une image pour toi, un personnage de film, une icône. Elle était ma chair et mon sang. Elle était ma mère.

– Oui, Maman.

– À l'avenir, veille à ce que les journalistes me demandent mon point de vue avant d'écrire n'importe quoi.

– Tu es debout de bonne heure, aujourd'hui, dit Cilla pour détourner la conversation.

– J'ai des répétitions et des essayages de costumes. Je suis exténuée avant même de commencer.

– Ça fait partie du boulot. Puisque je t'ai au bout du fil, je voulais te poser une question. Tu sais si Janet avait un amant avant de mourir ?

– Elle n'avait plus vraiment la tête à ça, la pauvre. Elle passait des journées entières au lit ou elle faisait la fête jusqu'à tomber d'épuisement. Un jour, elle me couvrait d'affection ; le lendemain, elle était odieuse. Elle me faisait peur. J'ai perdu mon frère et ma mère à si peu d'intervalle, Cilla. En fait, je les ai perdus tous les deux à la mort de Johnnie.

– Je sais, répondit Cilla sur un ton plus doux. Ça a dû être terrible.

– Personne ne peut imaginer ce qu'a été cette épreuve. À seize ans, je me suis retrouvée complètement seule. Elle m'a abandonnée. Une décision qu'elle a longuement mûrie dans cette maison que tu veux transformer en sanctuaire.

– Détrompe-toi, là n'est pas mon objectif. Tu n'as vraiment pas entendu parler d'une liaison secrète qu'elle aurait eue avec un homme marié insista-t-elle ?

– Elle a eu tellement d'amants !

– L'année qui a précédé sa mort, tu ne te souviens pas… ?

– Non, la coupa sèchement Bedelia. Je ne veux pas me rappeler cette période cauchemardesque. Et puis qu'est-ce que ça peut te faire ? Pourquoi vouloir encore remuer le passé ? Je déteste les spéculations.

Prudence, songea Cilla. *Surtout, ne pas braquer Bedelia.*

– Pure curiosité, répondit-elle.

– Les hommes se prosternaient à ses pieds. Et, quand ils avaient eu ce qu'ils voulaient, ils la laissaient tomber. Tous les mêmes. Incapables de tenir une promesse, d'être fidèles. Et Dieu sait qu'ils se montrent encore plus cruels avec les femmes qui ont mieux réussi qu'eux.

– À propos, comment ça va entre toi et num… Mario ?

– Dieu merci, Mario fait exception à la règle. J'ai enfin trouvé l'homme qu'il me faut. Alors que Maman n'a pas eu cette chance. Elle n'a jamais trouvé aucun homme digne d'elle.

– Mais elle n'a jamais cessé de chercher. Elle aspirait à la stabilité, à la tendresse, surtout après le décès de Johnnie. Peut-être qu'elle espérait trouver quelqu'un de sérieux en Virginie.

– Je n'en sais rien. Après la mort de Johnnie, elle ne m'emmenait plus avec elle à Little Farm. Elle prétendait qu'elle avait besoin d'être seule. De toute façon, je ne voulais plus aller là-bas. C'était trop douloureux. C'est pour ça que je ne suis pas retournée à la ferme depuis si longtemps. Mes blessures ne sont pas encore complètement refermées.

Et c'était reparti !

– Je vais te laisser aller à ta répétition, Maman.

– Oh, ils m'attendront ! En fait, je t'appelais pour te dire que Mario nous a composé un duo, pour toi et moi, que nous interpréterons au deuxième acte de mon spectacle. Un medley des chansons de Maman. Des extraits de films et des photos d'elle seront projetés sur un écran derrière nous. Nous terminerons par *I Will Get By*, sur une bande avec sa voix, ce qui créera une sorte de trio.

– Maman…

– Il faudrait que nous commencions à répéter dès la semaine prochaine. Le morceau dure environ quatre minutes. Ce sera le clou du spectacle. Nous souhaitons t'offrir la chance de faire ton come-back.

Cilla ferma les yeux et s'exhorta au calme.

– Je suis touchée par votre attention, sincèrement, mais je ne veux pas revenir à Hollywood, ni géographiquement ni professionnellement. Je ne veux pas remonter sur scène. Je veux construire quelque chose.

– Tu construiras quelque chose avec nous, assura Bedelia d'une voix pleine d'enthousiasme. Trois générations de Hardy réunies sur scène, tu imagines, Cilla ? Ce numéro deviendra culte.

Mon nom est McGowan, se retint-elle de faire remarquer à sa mère.

– Je pense qu'il vaut mieux que tu l'interprètes seule, dit-elle. Ou en duo avec Janet. Ce sera beaucoup plus émouvant.

– Quatre minutes, Cilla, je ne te demande que quatre minutes par soir pendant quelques semaines. Quatre minutes qui changeront ta vie. Mario dit…

– Ma vie me plaît telle qu'elle est, je n'ai pas du tout envie qu'elle change. Bon, Maman, il faut que je te quitte, j'ai du travail.

– Tu…

Cilla referma son téléphone et le rangea dans sa poche. Dans l'encadrement de la porte, Matt se racla la gorge.

– On vient de finir de jointer le carrelage de la salle de bains. Vous pouvez venir voir ?

– On pourra installer la robinetterie demain, alors ?

– Très certainement.

– Montons voir le carrelage. Ensuite, nous abattrons la cloison en haut. Je me sens d'humeur à démolir.

Casser des murs était aussi thérapeutique que le sexe, se disait Cilla en assénant des coups de masse dans le plâtre. Et, comme sa vie sexuelle était actuellement au point mort, elle s'en donnait à cœur joie.

Bien sûr, Ford ne demandait qu'à combler ses manques, sa bouche veloutée le lui avait fait clairement comprendre. Mais pour l'instant elle était dans une période moratoire, au seuil d'un nouveau monde, d'une nouvelle vie, où elle commençait tout juste à se retrouver, à apprendre à s'aimer avant d'aimer les autres.

Elle avait sa maison à restaurer, son nouveau métier à envisager et un mystère familial à élucider. Dans ce planning chargé, il n'aurait pas été judicieux de caser une aventure avec son voisin, aussi craquant fût-il.

Néanmoins, chaque fois qu'elle l'apercevait sur sa véranda, Cilla se demandait si l'abstinence totale était vraiment une nécessité absolue. Une nuit ensemble de temps en temps ne pouvait nuire à personne. Ils étaient tous les deux adultes et libres. Il suffisait que les choses soient claires entre eux dès le début. Elle inclina la tête, pensive. Une pluie de gravats se déversa de la visière de sa casquette.

Dans tous les cas, une bonne douche s'imposait.

– Tu es faible et pitoyable, maugréa-t-elle entre ses dents en se dirigeant vers l'arrière de la maison, où s'activaient les paysagistes.

En entendant le vrombissement d'une moto, elle pivota sur ses talons. Une Harley noire franchit les grilles ouvertes et ralentit sur les gravillons de l'allée. En riant, Cilla courut à sa rencontre.

Le motard arrêta son engin et la cueillit au vol.

– Salut, poupée.

En la serrant à l'étouffer, il l'embrassa chaleureusement.

8

Qui était ce type avec une queue-de-cheval, au cou duquel Cilla était pendue depuis au moins cinq minutes ? se demandait Ford en sirotant son Coca post-café-pré-bière.

– Tourne-toi, allez, tourne-toi, marmonna-t-il, que je voie ta tronche. Et si tu voulais bien enlever tes grosses paluches couvertes de bagues des fesses de ma voisine.

Spock émit un grognement sourd.

Le motard se retourna. Il portait des Wayfarer, une boucle d'oreille, et il avait les bras entièrement tatoués.

– Bouge tes mains, mec. Vire ces mains de là, sinon…

Ford regarda les siennes, crispées sur sa cannette de Coca. Jaloux ? Non. Il ne connaissait Cilla que depuis un mois. Néanmoins, elle occupait souvent ses pensées…

Et maintenant elle embrassait l'autre ! À croire qu'elle le faisait exprès. Comme si elle ne savait pas qu'il voyait tout ce qui passait chez elle.

– Et merde. Ils rentrent.

– Je suis supercontente que tu sois là.

– Je t'avais dit que je passerais te voir si j'avais le temps.

– J'étais certaine que tu ne l'aurais pas, ou que tu oublierais.

Steve abaissa ses Wayfarer et scruta Cilla de ses grands yeux rêveurs.

– Est-ce qu'il m'est déjà arrivé de t'oublier ?

– Tu as la mémoire courte.

Tandis qu'ils montaient les marches de la véranda, il lui donna un coup de hanche puis s'arrêta sur le seuil de la maison et balaya le living-room du regard.

– Excellent. Superbes volumes. Le plancher est en noyer ?

– Oui. Il faudra le décaper.

Steve s'avança dans la pièce et salua les ouvriers, qui rangeaient leur matériel. Bien que chaussé de rangers, il avait une démarche légère. Tout habillé, il paraissait presque maigre, mais Cilla savait que les apparences étaient trompeuses. Steve Chensky travaillait à sculpter son corps avec une dévotion presque religieuse – eût-il consacré seulement moitié moins d'efforts à la musique, il serait aujourd'hui une rock-star. Combien de fois le lui avait-elle répété ? S'il l'avait écoutée, leur vie aurait peut-être pris un tour très différent.

Elle le suivit dans la cuisine.

– Qu'est-ce que tu vas faire, ici ? lui demanda-t-il en accrochant ses lunettes de soleil à l'encolure de son tee-shirt.

Cilla attrapa son calepin et lui montra un schéma.

– Bien pensé, Cill. Tu vas acheter de l'électroménager en inox ?

– Non, je fais remettre en état une cuisinière et un frigo des années cinquante. Je cherche des robinets rétro en cuivre pour aller avec.

– Ça va te coûter bonbon.

– Mais c'est un bon investissement.

– Et les plans de travail ? Granit ?

– Peut-être bien, je ne me suis pas encore décidée. Par contre, j'ai déjà commandé les placards. Portes vitrées, baguettes de cuivre et merisier.

– Ça va en jeter. Tu as toujours eu l'œil.

– J'ai été à bonne école, avec toi.

– C'est vrai, répliqua-t-il en lui décochant un coup de coude. Tu m'offres une bière ?

Cilla ouvrit le minifrigo et en retira deux cannettes.

– Quand rentres-tu à L.A. ?

– J'ai une quinzaine de jours devant moi. Si tu m'héberges, je te file un coup de main gratos.

– Ça marche.

– Ça nous rappellera le bon vieux temps, dit-il en faisant tinter sa bière contre celle de Cilla. Tu me montres le reste de la baraque ?

Après avoir rongé son frein pendant plus d'une heure, Ford se décida à aller chez Cilla. Après tout, il n'allait pas chambouler ses habitudes parce qu'elle avait de la visite. D'autant plus qu'il n'était pas censé le savoir.

Spock urina abondamment sur la roue avant de la Harley. Loyal ami. Ford le félicita d'un clin d'œil complice. Les grosses cylindrées lui inspiraient toujours une pointe d'envie. Un engin pareil, aux yeux des filles, ça vous classait un mec. L'ennui, c'est qu'il n'aimait pas gober les insectes. Résistant à la tentation mesquine de décocher un coup de pied dans la moto, il se dirigea vers l'arrière de la maison, d'où provenait des riffs de hard-rock.

Ils étaient assis sur les marches de la galerie, un paquet de Doritos entre eux. Une bière à la main, adossée contre un poteau, Cilla riait aux éclats. Le motard lui parlait comme un vieil ami.

— Sacré Steve ! Tu ne changeras jamais. Et si… Tiens, salut, Ford, ça va ?

Spock s'approcha avec méfiance du tatoué.

— Steve, je te présente Ford, mon voisin, et son chien Spock. Steve rentre de New York à Los Angeles en moto. Il a fait un petit détour par ici.

— Salut, mec, salut, le clebs.

De sa grosse main couverte de bagues, Steve tapota la tête de Spock, qui posa amoureusement le museau sur son genou. *Traître*, pensa Ford en pinçant imperceptiblement les lèvres.

— Tu veux une bière ? lui demanda Steve en frictionnant vigoureusement les flancs du chien.

— Volontiers. Alors, comme ça, tu traverses le pays à moto ?

Steve décapsula une bouteille et la tendit à Ford.

— Ouais, je n'utilise jamais aucun autre moyen de transport. Ma Harley, il n'y a qu'elle que j'aime. À part Cill, bien sûr.

— Je vois que je passe toujours après ta bécane, observa-t-elle.

— Elle, au moins, elle ne me plaquera jamais, répliqua Steve en posant une main sur le genou de Cilla. On était mariés, ajouta-t-il à l'attention de Ford. Elle a demandé le divorce au bout de cinq minutes.

— Quinze, n'exagère pas, riposta-t-elle.

Ford s'assit sur les marches auprès d'eux.

— Tu habites L.A. ? demanda-t-il à Steve.

— Ouais, depuis que je suis né.

— C'est grâce à Steve que j'ai trouvé ma vocation. Il rénove des maisons, lui aussi. Il m'embauchait, de temps en temps, quand il avait besoin d'esclaves. Je me suis prise au jeu.

— Quand vous étiez mariés ?

— Seigneur, non ! Des années plus tard.

– Tu écrivais un script quand on était mariés.

– Non, je faisais des voix off et un disque avec ma mère. J'ai commencé le scénar après.

– Exact. Notre groupe a même enregistré un morceau avec vous.

– Tu es musicien ? s'enquit Ford.

– Guitariste, mais ça ne nourrit pas son homme, malheureusement. Pour le moment, je restaure des baraques et je présente une émission de bricolage.

– *Rock the House*, précisa Cilla. Du nom de sa boîte.

Tout à fait le look d'un animateur télé, se dit Ford.

– J'ai toujours bossé dans le bâtiment, poursuivit Steve. Aujourd'hui, j'achète des baraques, je les retape et je les revends. Grâce à Cilla. Elle m'a prêté du fric pour démarrer. Sa mère a failli en faire un infarctus. Et toi, tu habites dans la maison victorienne qu'on voit de la route ?

– Ouais.

– Chouette bicoque. Tu connais une bonne pizzeria ?

Spock bondit sur ses pattes et exécuta sa danse de joie.

– Vous voulez aller en ville ou vous faire livrer ?

– Si on peut se faire livrer, ce sera parfait. J'ai suffisamment roulé pour aujourd'hui.

– J'ai le numéro, dit Cilla en se levant. Je te commande une hawaïenne, Steve ?

– Comme d'hab'. On ne change pas une équipe qui gagne.

– Et toi, Ford, qu'est-ce que tu veux ?

La politesse aurait voulu qu'il s'éclipse, mais il y avait longtemps qu'il se fichait des conventions.

– Même chose que toi.

Cilla disparut dans la maison. Steve termina sa bière.

– C'est toi qui as retapé ta baraque ? demanda-t-il à Ford.

– Non, je l'ai achetée telle quelle.

– Qu'est-ce que tu fais comme job ?

– J'écris des romans graphiques.

– Sans déconner ! s'écria Steve en tapant sa cannette vide contre le bras de Ford. Quel style ? Plutôt *Chevalier noir* ou plutôt *From Hell* ?

– Plutôt superhéros. Tu connais un peu le roman graphique ?

– Je dévore les BD depuis que je suis môme. Le roman graphique, je n'ai découvert qu'il y a quelques années. Peut-être que j'en ai lu des tiens. Attends… Tu ne serais pas Ford Sawyer, par hasard ?

– En personne.

Après tout, ce type n'était peut-être pas un abruti fini.

– Non ! Ce n'est pas vrai ! J'y crois pas ! Alors ça, c'est complètement dingue ! Regarde.

Steve se leva, remonta son tee-shirt et présenta son dos à Ford. Il avait le Justicier tatoué sur l'omoplate gauche.

– Wouah !

– Je suis un fan. Le Justicier, c'est un mec qui souffre, et les mecs qui souffrent, ça me remue les tripes. (Du poing, il se frappa la poitrine.) Mais il ne baisse jamais les bras. Quoi qu'il advienne, il fonce ! Droit dans le mur, parfois, mais vu qu'il passe à travers… Trop classe ! Comment tu as eu cette idée ?

– Oh non, Steve ! s'exclama Cilla. Tu es vraiment obligé de t'exhiber devant tout le monde ?

– Tu te rends compte que tu habites en face de chez Ford Sawyer ? Le père du Justicier ?

Cilla examina le dos de son ex.

– Tu as l'intention de t'en faire faire encore beaucoup ?

– Tant qu'il y aura de la place. Mon corps, c'est mon histoire.

– Inutile de montrer à Ford que tu as mon portrait sur la fesse. Les pizzas seront là dans une demi-heure.

– Ça me laisse le temps de prendre une douche, déclara Steve en assénant une claque virile sur l'épaule de Ford et en secouant la grosse tête de Spock. Ça alors ! Ford Sawyer ! Trop cool !

– Je n'aurais jamais cru que des mecs puissent se faire tatouer le Justicier, dit-il. Ça fait bizarre. Tu ne m'avais pas dit que tu avais été mariée.

– Pendant cinq mois, répondit Cilla en se rasseyant et en étendant ses longues jambes devant elle. J'ai rencontré Steve quand j'avais dix-sept ans. Il était maçon et il rêvait de devenir rock-star. Il était tout le contraire des garçons que je fréquentais à l'époque. J'ai eu le coup de foudre.

– La fille de la jet-set qui s'amourache du voyou. Classique.

– Peut-être, mais on s'entendait bien, tous les deux. À dix-huit ans, je l'ai épousé. Cinq minutes plus tard, on s'en mordait les doigts tous les deux.

Cilla secoua la tête en riant.

– On n'avait pas la moindre envie d'être mari et femme, pour-suivit-elle. Amis, amants, oui, mais surtout pas d'engagement.

Alors nous avons réparé notre erreur avant d'en arriver à nous détester. Et nous avons continué à sortir et à coucher ensemble de temps en temps. Steve est mon meilleur ami, je l'adore. C'est un mec stable et solide sur qui je peux compter. Et je lui dois beaucoup. Sans lui, je ne serais pas là aujourd'hui à rénover la maison de ma grand-mère. C'est lui qui m'a tout appris. Sa famille est dans le bâtiment depuis cinq générations. Il croyait briser le déterminisme en jouant le rocker rebelle. Mais il s'est vite rendu compte que la truelle rapportait plus que la guitare. Je lui ai avancé de l'argent pour financer son premier projet, une baraque minable de South L.A. qu'il a transformée en un petit bijou et qu'il a revendue sans peine. Maintenant, il est patron d'une boîte qui marche plutôt bien. Il est en train d'ouvrir une agence à New York et il est question d'un spin off de son émission pour la côte Est.

– Et tu es tatouée sur ses fesses.

– Il a un tatouage correspondant à chaque événement important de sa vie. Et toi, tu en as ?

Curieusement, Ford se sentit tout bête.

– Des tatouages ? Non, et toi ?

En souriant, Cilla but une gorgée de bière.

– Il se passe beaucoup de choses en cinq minutes de mariage.

En mangeant sa pizza, Ford se demanda ce qu'elle avait bien pu se faire tatouer, et où. Et, comme cette question le tourmentait, il décida que Brid aurait un tatouage.

De retour chez lui, il feuilleta des bouquins à la recherche d'un motif, ce qui lui évita d'être hanté par la vision de Cilla et de Steve tendrement enlacés sur le matelas pneumatique après des retrouvailles torrides.

À 2 heures du matin, le sommeil commença enfin à lui piquer les yeux. Avant de monter dans sa chambre, il jeta toutefois un coup d'œil par la fenêtre. De l'autre côté de la route, le faisceau d'une lampe torche se dirigeait vers la grange. Un sourire étira ses lèvres. Il allait pouvoir dormir tranquille. Cilla ne partageait pas son duvet avec son ex et « meilleur ami ».

– Tu as entendu ? chuchota Steve à Cilla.

– Hmm… Quoi ? Non. Laisse-moi dormir, bougonna-t-elle en se tournant face au mur.

La nuit prochaine, il faudrait trouver une solution, se dit-elle dans son demi-sommeil. À deux dans le même sac de couchage, ce n'était pas possible.

– Tu n'as pas entendu ? insista Steve en lui secouant l'épaule. On aurait dit une porte qui grince.

– Fiche-moi la paix. Rendors-toi.

– Il y a trop de silence, je n'arrive pas à dormir.

– Fais-moi penser à aller t'acheter un duvet, demain.

– Pourquoi es-tu si dure avec moi ? gémit-t-il en lui embrassant le sommet du crâne. S'il y a un type avec une hache derrière la porte, tu regretteras de ne pas m'avoir écouté.

– Tu regardes trop la télé. Maintenant, tais-toi ou va dormir ailleurs. Les ouvriers arrivent à 7 heures.

La tête du lit cognait en rythme contre le mur, des gémissements de plaisir s'échappaient de ses lèvres entrouvertes. Un rayon de lune illuminait ses yeux bleu cristal. Lorsqu'il la pénétra, elle se cambra contre lui et hurla son nom.

Ford, oh, Ford !

Il se réveilla avec une monstrueuse érection matinale.

– Ford, oh, Ford ! criait une voix masculine sous ses fenêtres.

La voix de Steve, qui eut pour effet de le refroidir illico. Tout en enfilant son jean, il descendit en s'emmêlant les pieds dans l'escalier.

– Je suis allé acheter des doughnuts, lui dit Steve quand il ouvrit la porte.

– Hein ?

– Oh, tu pionçais ?

– Café, répondit Ford.

Steve le suivit dans la cuisine.

– C'est cossu, chez toi, dis donc, commenta-t-il. Bonne répartition de l'espace, harmonie des matériaux. Je pensais que tu étais levé, comme Cilla est venue faire de la gym ici, tout à l'heure. En échange des doughnuts, je pourrais utiliser ta salle ?

– Bien sûr.

Ford sortit un mug, mit la cafetière en marche et ouvrit la boîte que Steve avait posée sur le comptoir dans laquelle il choisit un beignet à la gelée de framboise.

– Je suis comme toi, dit Steve avec un sourire affable, je ne peux pas démarrer la journée sans ma dose de sucre et de caféine.

Ford bougonna quelque chose en sortant une deuxième tasse.

– C'est le Bronx, chez Cilla, ce matin, poursuivit Steve. C'est pour ça que je suis sorti acheter des doughnuts. Eh, t'as vu ton chien ?

Ford jeta un coup d'œil par la fenêtre. Spock courait comme un dératé. Il tomba à l'arrêt puis se détendit comme un ressort et se propulsa quelques mètres plus loin.

– Ouais, les chats.

– Quels chats ?

– Il chasse des chats qu'il est le seul à voir.

– Trop bon ! dit Steve en se postant devant la fenêtre, les pouces coincés dans les passants de son jean. Ça ne t'embête pas, alors, si je viens m'entraîner un peu avec Cill en fin d'après-midi ?

– Pas du tout.

Le café commençait à agir. Les paupières de Ford se décollaient. Il retrouvait l'usage de la parole.

– Je pensais que tu allais faire la grasse matinée, dit-il, avec toute la route que tu as faite hier. En plus, tu n'as pas dû super bien dormir, dans la grange.

– La grange ? Quelle grange ? Cilla n'oserait pas me faire dormir dans la grange, quand même ! On était un peu serrés, mais je me suis casé dans son duvet.

– Ah… Il était tard, mais je suis sûr et certain d'avoir vu quelqu'un avec une lampe qui se dirigeait vers la grange.

– Je t'assure que je n'ai pas mis le nez dehors. Il faisait bien trop noir. Je suis un gars de la ville, moi. Je flippe quand il n'y a pas de lumière. Mais attends… Tu dis que tu as vu quelqu'un ?

– Le faisceau d'une torche. À moins que j'aie rêvé…

– Non, non, tu n'as pas rêvé ! s'exclama Steve en donnant à Ford un coup de poing dans l'épaule qui faillit le faire basculer de son tabouret. Je lui avais dit que j'avais entendu un bruit ! Elle ne voulait pas me croire ! Quelle heure était-il ?

– 2 heures et quelques.

– C'est ça ! Viens avec moi, il faut qu'on aille voir.

– Oh, mince, bougonna Ford en terminant son café. J'enfile une chemise, des chaussures, et on y va.

– Je peux jeter un coup d'œil à ta maison pendant que tu t'habilles ?

– Si tu veux, acquiesça Ford, un peu mal à l'aise de sympathiser malgré lui avec ce mec qui couchait dans le duvet de Cilla.

Steve monta derrière lui à l'étage et s'avança sur le seuil de son atelier puis s'approcha des croquis de la déesse guerrière étalés sur la table à dessin.

– Canon, commenta-t-il. Tu es un génie. Ce n'est pas pour *Le Justicier*, ça ?

– Non. Nouveau personnage, nouvelle série. Je viens juste de commencer.

– Mais… Mais c'est Cill ? dit Steve en tapotant une planche de l'index. Elle est au courant ?

– Bien sûr. Nous avons signé un contrat.

– Super Cilla, trop bon ! J'ai tout de suite senti que le courant passait entre vous, hier. Je comprends mieux, maintenant, pourquoi elle n'a pas voulu que je la touche, hier soir.

Mentalement, Ford leva un poing victorieux.

– Elle… euh, enfin, vous, vous ne…

– La voie est libre, mais ne lui fais pas de mal, ou je t'arrache le cœur. Par contre, tant que tu ne lui fais que du bien, je suis ton pote.

Ford scruta le visage de Steve. Il paraissait sincère.

– Bon, je vais mettre des godasses.

Steve passa la tête dans la salle de bains, puis dans la chambre de Ford, qui nouait ses lacets.

– Cilla est une nana géniale, dit-il. Pour moi, elle est comme ma frangine. Un petit conseil : laisse-la prendre son temps, ne la brusque pas. Elle a l'air d'une dure, comme ça, mais c'est une fille fragile.

– Entendu, mec. Allons donc voir cette grange.

Dans la pièce appelée à devenir la buanderie, Cilla souleva le linoléum jauni. Comme elle s'y attendait, il dissimulait un superbe plancher de bois aisément récupérable.

En se redressant, elle vit Steve et Ford par la fenêtre qui se dirigeaient vers la grange. Que fabriquaient-ils ? Steve n'était-il pas censé donner un coup de main au menuisier dans les combles ? Ils entrèrent dans la grange. Intriguée, elle les y rejoignit. Au pied de l'échelle qui montait au fenil, ils tergiversaient à qui y grimperait.

– Qu'est-ce que vous faites ?

– Tu as l'impression qu'il manque quelque chose, ici ? répondit Steve.

– Non, pourquoi ?

– Ford a vu quelqu'un qui rôdait dans les parages, cette nuit.

– Je n'ai pas dit : « qui rôdait », j'ai dit que j'avais vu quelqu'un avec une lampe.

– Se balader en plein milieu de la nuit dans une propriété privée avec une torche, moi j'appelle ça « rôder », rétorqua Steve.

Cilla se tourna vers Ford.

– C'était peut-être le reflet de la lune.

– Non, c'était le faisceau d'une lampe torche, j'en suis sûr et certain.

– En plus, quand on a ouvert la porte, elle a fait exactement le même bruit que celui que j'ai entendu hier soir, l'appuya Steve. Tu te rappelles ? Quelqu'un s'est introduit ici. Tu es sûre que rien n'a disparu ? Ça me paraît difficile à dire, dans ce foutoir.

– Certes, mais de toute façon il n'y a aucun objet de valeur ici. À moins, bien sûr, de considérer qu'une petite cuillère ayant touché les lèvres de Janet Hardy ne puisse se vendre à prix d'or.

– Qui est au courant que tu as entreposé des trucs dans la grange ?

– Tout le monde, répondit Ford à la question de Steve. Tous les ouvriers, leurs femmes, leurs gosses, leurs copains, les femmes de leurs copains, etc.

– Je vais mettre un verrou.

– Ce serait peut-être plus prudent. Et les lettres, tu les as mises où ?

– Quelles lettres ? demanda Steve.

– À part à moi, est-ce que tu as dit à quelqu'un que tu avais découvert des lettres dans le grenier ?

– À mon père.

– Tu as trouvé des lettres dans le grenier ? Le mystère s'épaissit. On se croirait dans un téléfilm.

– Tu ne regardes jamais de téléfilms.

– Si, quand il y a de jolies petites Anglaises. Qu'est-ce que c'était, ces lettres ?

– Les lettres d'un homme avec qui ma grand-mère a eu une liaison à la fin de sa vie, qu'elle avait cachées…

Cilla s'interrompit, se remémorant soudain qu'elle en avait parlé à son père sous les fenêtres grandes ouvertes de la maison, alors que les ouvriers étaient encore là, ce dont elle fit part à Ford.

– Donne-les-moi, si tu veux, suggéra-t-il. Personne ne viendra les chercher chez moi.

– Pourquoi pas ? Je vais y réfléchir. J'en ai aussi parlé à ma mère. Elle est capable d'avoir envoyer quelqu'un fureter ici.

– Toujours aussi dingue, celle-là, observa Steve. Alors, Ford, c'est toi qui montes voir s'il n'y a pas de cadavre dans le grenier à foin ?

– J'y vais, décréta Cilla.

Ford la devança, testant prudemment la solidité de chaque barreau avant d'y prendre appui. Parvenu en haut de l'échelle, il lança une bordée de jurons.

– Qu'est-ce qu'il y a ? s'inquiéta Cilla.

– Rien, je me suis planté une épine dans le doigt. Mais pas l'ombre d'un cadavre. Pas même un bras ou une jambe découpés à la tronçonneuse.

Quand il redescendit, elle lui prit la main et l'examina.

– Ouais, tu as une grosse écharde dans le pouce. Viens, je vais te l'enlever.

– Je peux le faire moi-même, protesta-t-il faiblement.

– Pendant que vous jouez au docteur, je vais voir si je peux me rendre utile dans les combles.

– Il serait peut-être temps, marmonna Cilla en fusillant Steve du regard.

– Quoi ? Je suis allé acheter des doughnuts.

Là-dessus, il sortit de la grange avec un clin d'œil à l'attention de Ford.

– Il t'a apporté des doughnuts ? demanda Cilla.

– Pour que je lui prête ma salle de gym.

– Mmm. Je suppose qu'il t'a réveillé.

– Ouais, alors que j'étais en train de rêver de toi dans une chambre rouge avec un lit aux montants de cuivre.

– Qu'est-ce que je faisais dans cette chambre rouge ?

– Je n'ose pas te le dire, mais on pourrait rejouer la scène, tous les deux.

Cilla plongea son regard dans le sien.

– Je n'ai pas de chambre rouge, et toi non plus.

– J'achèterai de la peinture.

En riant, elle referma la porte de la grange derrière elle. Et se retrouva plaquée contre le mur par cette bouche veloutée qui lui donnait le vertige. Ford lui mordit la lèvre inférieure avant de s'écarter d'elle et de revenir à une conversation plus sérieuse.

– J'ai cru que c'était Steve qui allait dans la grange pour dormir, hier.

– Pourquoi Steve dormirait-il dans la grange ?

Il fallut à Cilla quelques secondes pour que ses neurones se reconnectent.

– Oh, nous sommes adultes, dit-elle. Si je ne suis pas d'humeur à faire des galipettes, il ne m'embête pas. Je n'ai pas besoin de l'envoyer dormir dans le foin.

– Mouais… À deux dans un duvet, c'est vite fait. Je lui prêterai mon sac de couchage Spiderman, il lui plaira.

– Tu as un sac de couchage Spiderman ?

– Je l'ai eu pour mon huitième anniversaire, mais il est comme neuf. Même gamin, ça ne m'a jamais amusé de dormir par terre.

Une fois dans la maison, Cilla ouvrit sa trousse de secours et en vérifia le contenu.

– C'est bon, j'ai tout ce qu'il faut. Allons dehors, j'y verrai plus clair.

Sur la véranda, elle imbiba une compresse d'eau oxygénée et nettoya la paume de Ford.

– Bien que je ne m'en serve pas, je tiens à mon duvet Spiderman comme à la prunelle de mes yeux. Si je le prête à Steve, c'est un geste purement intéressé.

– Ah oui ? dit Cilla en désinfectant une aiguille et une pince à épiler.

– Évidemment, si tu tiens à dormir contre Steve, je remballe ma proposition. Mais je ne crois pas que tu aies envie de coucher avec lui.

– Qu'est-ce qui te fait dire ça ?

– C'est avec moi que tu as envie de coucher. Aïe ! cria-t-il lorsque l'aiguille lui perça la peau.

– Serre les dents. L'écharde est enfoncée profond. Comment expliques-tu, alors, si j'ai envie de coucher avec toi, que je ne l'aie pas encore fait ?

– Tu n'es pas prête. Mais ne t'inquiète pas, je t'attendrai le temps qu'il faudra. Ouille !

Cilla brandit l'épine entre les dents de la pince.

– Souvenir ?

– Non, merci.

– Voilà. Tu n'as pas trop souffert ?

Sur ces mots, elle l'empoigna par les cheveux et l'embrassa avidement.

– Pendant que tu m'attends, un petit acompte pour alimenter tes fantasmes, dit-elle en entrant dans la maison et en laissant la porte moustiquaire claquer derrière elle.

9

Cilla ne remarquait pas les voitures qui ralentissaient ou s'arrê-
taient devant Little Farm. Que les curieux satisfassent leur curiosité,
qu'ils prennent même des photos si ça leur chantait ; avec le temps,
ils s'habitueraient à sa présence. Néanmoins, afin de montrer qu'elle
désirait s'intégrer à la communauté, elle faisait ses courses à la supé-
rette la plus proche, embauchait de la main-d'œuvre locale et, dans
la mesure du possible, n'achetait que des matériaux de la région.
Elle discutait avec les vendeurs, les ouvriers et signait volontiers des
autographes aux fans de Katie.

Comme Ford le lui avait conseillé, et suivant ses premiers instincts,
elle avait fait enlever le portail. Du bord de la route, elle contemplait
les deux cerisiers pleureurs qu'elle avait plantés de part et d'autre
de l'allée. La propriété paraissait ainsi beaucoup plus accueillante.
Au printemps prochain, lorsque les jeunes arbres refleuriraient, elle
serait là pour voir éclore leurs bourgeons. Le jardin serait un écrin
de verdure et de couleurs au cœur duquel se dresserait une coquette
maison avec des fauteuils sur la véranda, des fleurs aux fenêtres. Les
gens s'arrêteraient alors pour admirer une demeure de charme, non
plus pour fantasmer sur ce qu'une actrice déchue était venue fabri-
quer dans la maison où Janet Hardy avait succombé à une surdose de
somnifères et de vodka.

À l'approche d'un bruit de moteur, Cilla se rangea contre le mur
de la propriété. Avec un coup de klaxon, une petite Honda rouge se
gara sur le bas-côté. Il fallut quelques secondes à Cilla pour reconnaître la jeune femme qui en descendit, une jolie blonde en panta-
court et cardigan au crochet.

– Salut ! lança joyeusement Angela McGowan, sa demi-sœur, en
lui passant un bras autour des épaules.

– Salut, Angie. Tu t'es fait couper les cheveux ? Ça te va très bien.

– Merci. Je gagne un temps fou, le matin. Finis, les nœuds à démêler !

– Tu n'as pas cours ?

– Le semestre est terminé, je suis en vacances. Tu as enlevé les grilles ? Tu as bien fait. C'est beaucoup plus joli comme ça.

Angie s'approcha d'un cerisier et en huma une branche couverte de fleurs. Elle pétillait d'entrain et de bonne humeur. Ses grands yeux noisette rappelaient à Cilla ceux de leur père.

– Tu sais que tu fais jaser toute la ville ? dit-elle. Depuis hier, partout où je vais, je n'entends parler que de toi.

– En bien ou en mal ?

– Pourquoi dirait-on du mal de toi ? Cet endroit faisait pitié à voir. Tout le monde est content que tu retapes Little Farm.

– Moi la première ! Je crois que j'ai trouvé ma place, ici. Je te fais visiter ? C'est encore le chantier, mais ça commence à prendre forme.

– Une autre fois. J'ai rendez-vous avec des copines. Je voulais juste te dire un petit bonjour.

Une camionnette blanche freina devant elles et s'immobilisa un peu plus loin, de l'autre côté de la route.

– Tu sais qui c'est ? demanda Cilla à sa demi-sœur. Ce n'est pas la première fois que je vois cette voiture garée là.

– C'est M. Hennessy. Son fils…

– Je sais, il était dans la voiture avec Johnnie. Reste ici, je vais le voir.

Angie saisit Cilla par le bras.

– Laisse tomber. Ce type est odieux. Il nous déteste.

– *Nous ?*

– Tous ceux qui ont un rapport, de près ou de loin, avec Janet Hardy. Un petit conseil : évite-le. Il est complètement aigri.

– Tu fais bien de me prévenir. Mais puisqu'il est là…

Cilla se dirigea vers le véhicule, dont l'arrière était aménagé pour transporter un fauteuil roulant. Derrière la vitre du conducteur, elle distinguait des yeux amers et une fine bouche pincée. La vitre s'abaissa.

– Bonjour, je suis Cilla McGowan.

– Je sais qui vous êtes. Son portrait tout craché.

– J'ai appris que vous aviez perdu votre fils. Toutes mes condoléances.

– J'ai perdu mon fils en 1972 à cause de ce petit fumier qui ne pensait qu'à boire et à se droguer. C'est ça, quand on a trop de pognon, on laisse ses gosses pousser comme de la mauvaise herbe.

– Johnnie et ses amis étaient jeunes. Le sort les a sévèrement punis. Vous avez dû traverser une épreuve terrible. Je comprends...

– Vous ne valez pas mieux qu'elle. Vous vous croyez supérieure à tout le monde, vous jetez l'argent par les fenêtres.

– Vous ne me connaissez pas, répliqua Cilla.

– Je connais votre race, siffla le vieil homme. Cette baraque pue. Vous pouvez y passer toutes les couches de vernis que vous voudrez, ça ne lui enlèvera pas son odeur de soufre. Ce qu'il faut, c'est y foutre le feu.

– Ce n'est qu'une maison, monsieur Hennessy.

Et vous, vous êtes complètement dingue.

– Une maison maudite, comme votre grand-mère, comme vous.

Sur ces mots, Hennessy envoya un crachat tout près du pied de Cilla.

– Fichez le camp d'ici, proféra-t-il. Dans le coin, on n'aime pas la vermine.

Là-dessus, il fit ronfler l'accélérateur et redémarra en trombe, manquant de peu renverser Cilla, qui perdit l'équilibre et tomba sur le bitume. Angie se précipita vers elle.

– Ça va ? Il ne t'a pas touchée ?

– Non, ne t'inquiète pas, je n'ai rien, répondit-elle en suivant des yeux le véhicule qui disparaissait dans le tournant.

– Je vais appeler la police, s'indigna Angie en sortant un portable rose de sa poche. Il t'a craché dessus, je suis témoin, et il a failli t'écraser.

– Laisse tomber, soupira Cilla en se relevant et en se massant le genou. Ça n'en vaut pas la peine.

– Tu t'es fait mal ? Viens, je vais te conduire à la maison. Il faudrait peut-être que tu passes une radio.

– Non, je t'assure que je n'ai rien. Tu es gentille. Ce type m'a juste mise en colère.

Angie regarda sa demi-sœur d'un air inquiet. Elle paraissait plus ébranlée que Cilla.

– Ça ne se voit pas, quand tu es en colère, observa-t-elle.

– Fumier, vermine, odeur de soufre. Crois-moi, il m'a mise à cran.

– Allez, viens, je t'emmène à la maison.

– Non, je te remercie. Il se comporte de la même façon avec vous ?

– Non, il nous regarde juste de travers en marmonnant des trucs incompréhensibles. C'est à Papa qu'il en veut, surtout, parce qu'il était copain avec son fils, alors qu'ils n'étaient même pas ensemble le soir de l'accident. Et qu'il n'y a plus compatissant que Papa, non ? Quant à toi, tu n'étais même pas née.

– Il déverse son amertume sur nous, nous lui servons d'exutoire, mais c'est sans doute lui le plus à plaindre.

Cilla et Angie avaient regagné la voiture de cette dernière. Cilla ouvrit la portière, débordante de gratitude envers sa demi-sœur, grâce à qui sa colère était retombée comme un soufflé.

– Merci, lui dit-elle.

– Avant que je parte, montre-moi ton genou, insista Angie.

Cilla exécuta un pas de claquettes. Angie éclata de rire.

– O.K., me voilà rassurée.

Alors qu'elle s'installait derrière le volant, Steve apparut au bas de l'allée.

– Quelle grâce, poupée ! commenta-t-il. Tu me présentes ton amie ?

– Je ne suis pas une amie, je suis sa sœur, déclara l'intéressée.

– Angela McGowan, Steve Chensky. Steve est un ami de Los Angeles. Il est là pour quelques jours. Angie est étudiante. Elle est revenue passer les vacances chez ses parents.

– Je file, dit celle-ci en mettant le contact. Je suis déjà en retard. Tu lui raconteras ce qui s'est passé avec M. Hennessy.

– Avec qui ? demanda Steve.

– Je lui dirai. Amuse-toi bien.

– Tu peux compter sur moi. À bientôt. Enchantée d'avoir fait votre connaissance, Steve.

En agitant la main par la vitre ouverte, Angie fit demi-tour, et sa petite Honda rouge disparut au bout de la route.

– Mignonne, ta frangine.

– Pas touche, elle est à peine majeure.

– Du moment qu'elle l'est…

– Pas touche, j'ai dit. Alors, comment ça se passe dans le grenier ?

– Il y fait une chaleur à crever. C'est intenable. Vivement qu'ils aient fini d'installer la clim'. Mais ça avance. Va vite chercher tes outils, poupée, il commence à se faire tard.

Steve avait raison, les combles étaient une étuve. En quelques heures, Cilla avait dû y perdre un bon kilo et dégoulinait de sueur. Heureusement, elle avait maintenant une salle de bains presque terminée, où elle se rafraîchit longuement sous la douche. Après quoi, elle se confectionna un énorme sandwich qu'elle mangea en solitaire sur la galerie à l'arrière de la maison, en imaginant les massifs colorés et les arbres d'ornement qui égaieraient bientôt le terrain en friche, le patio dallé, le banc de pierre sous le grand sycomore, les îlots d'ombre que créeraient les saules pleureurs au bord de l'étang.

Non, cette maison n'était pas maudite, se dit-elle en se massant distraitement le genou. Elle avait été négligée pendant trop longtemps, mais elle avait gardé un charme fou.

Quand les travaux seraient terminés, Cilla installerait une petite maison et des mangeoires pour les oiseaux. Elle cultiverait elle-même un petit carré de fleurs destinées à la composition de bouquets. Elle prendrait un chien qui chasserait les nuisibles – et qu'elle devrait chasser de ces massifs lorsqu'il irait y gratter la terre. Un chien comme Spock, si elle en trouvait un. Elle inviterait du monde, et le jardin s'emplirait de musique, de lumière, de voix, de rires. De vie.

Et tous les matins elle se réveillerait dans une vraie maison. Sa maison.

Une larme glissa sur sa joue.

Oh, mon Dieu, qu'est-ce qui m'arrive ?

Elle s'essuya les yeux, mais tout son corps était à présent secoué de sanglots. Un vieux coup de cafard, diagnostiqua-t-elle. Après toutes ces semaines d'activité intense et frénétique, ça devait arriver.

Un chien, des fleurs, des soirées de fête ? Un fiasco était plus probable. Qu'avait-elle jamais réussi dans sa vie ? Qu'avait-elle mené à son terme ? Elle avait commencé des milliers de choses, mais jamais rien n'avait abouti. Tout ce qu'elle entreprenait se soldait par un échec.

Arrête ! s'intima-t-elle. *Ça ne sert à rien d'avoir des pensées négatives. Ne te laisse pas glisser sur cette pente savonneuse.*

Ravalant un sanglot, elle se leva et rentra dans la cuisine, où elle s'aspergea le visage d'eau fraîche. Puis elle monta se maquiller, attrapa la boîte Gatsby sur sa table de camping et se rendit chez Ford.

– Ça tombe bien, lui dit-il en ouvrant la porte. Je cherchais justement un prétexte pour venir chez toi.

Elle lui tendit la boîte.

– Tu m'as dit que tu pouvais les garder.

– Les lettres ? Pas de problème.

Cilla se baissa pour caresser le chien, qui se frottait avec insistance contre ses mollets.

– Elles seront plus en sécurité ici, dit-elle en se redressant. Quand tu auras le temps, tu pourras les lire, s'il te plaît ? J'aimerais avoir l'avis d'une personne neutre.

– Tu m'ôtes une épine du pied. Je suis sûr que la curiosité m'aurait démangé. Je vais les ranger dans mon bureau. Tu veux monter une minute ? J'ai fait quelques croquis qui devraient te plaire.

– Oui, pourquoi pas ?

Elle se sentait agitée, nerveuse, et une migraine commençait à lui marteler les tempes. Heureusement, Ford était là, il allait lui changer les idées.

– Je t'offre une bière ? Un verre de vin ?

– Non, non, rien, je te remercie.

Dans son état d'esprit, l'alcool n'était pas recommandé.

– Steve est parti ? J'ai entendu sa moto, tout à l'heure.

– Il est allé jouer au billard avec les employés de Brian. Je crois qu'il a des vues sur Shanna.

– Une vieille copine, elle aussi, une fille sympa. On était à l'école ensemble.

– C'est chouette de garder contact avec ses amis d'enfance. Oh…

Dans son atelier, Ford avait placé deux planches contre un mur sur lesquelles étaient épinglées des études de personnage : Brid dans le feu de l'action ; en train de courir, de sauter, de faire volteface. Dans toutes les poses, elle avait une expression déterminée, fière, vindicative. Le personnage incarnait une force dont Cilla se sentait cruellement dépourvue à l'instant présent, après sa crise de larmes.

– J'ai envie de lui faire un tatouage, dit Ford en examinant ses croquis d'un œil critique, mais je ne sais pas quoi, ni où. En bas du dos, sur l'omoplate, le biceps ? Je pensais à un petit motif symbolique, à un endroit discret, pour qu'on ne le remarque pas sur Cass. À moins qu'il n'apparaisse que lorsqu'elle se transforme en Brid. Il ferait partie de sa source de pouvoir.

Ford s'interrompit. Spock gémissait plaintivement. Des larmes roulaient sur les joues de Cilla.

– Qu'est-ce qui t'arrive ? Ça ne va pas ?

– Excuse-moi, je suis désolée, bredouilla-t-elle en s'essuyant les yeux. Je vais rentrer chez moi.

– J'ai dit quelque chose qui t'a fait de la peine ?

– Non, ce n'est pas ta faute. C'est moi qui suis nulle. Et ça, ce n'est pas moi du tout, dit-elle avec un grand geste en direction des planches.

Spock s'aplatit sur le plancher.

– Je ne suis pas du tout comme ça, continua-t-elle d'une voix suraiguë. Je ne suis même pas capable de me décider à coucher avec toi. Tu veux savoir pourquoi ?

– Ça m'intéresse au plus haut point.

– Parce que je gâcherais tout et que je n'aurais plus personne avec qui parler. Je sabote tout ce que je fais. Je ne réussis jamais rien.

– Ce n'est pas l'impression que j'ai de toi. Pourquoi dis-tu des choses pareilles ?

– Parce que c'est la réalité, parce que c'est l'histoire de ma vie, que tu ne connais pas.

– Eh bien, raconte-la-moi.

– À douze ans, j'étais déjà une actrice ringarde. J'avais toutes les clés du succès en main et j'ai lamentablement échoué.

– Tu dis n'importe quoi, répliqua Ford comme s'il énonçait une évidence, sur un ton qui dépassait la sympathie polie et mielleuse. Tu es suffisamment intelligente pour savoir que ce n'est pas vrai.

– Peu importe que ce soit vrai ou pas. Quand on te répète à longueur de temps que tu es nulle, tu finis par y croire. Cette série, c'était tout mon univers, mes repères, ma famille. Et, tout d'un coup, fini, terminé, plus rien. Plus de famille, plus de boulot. On a voulu me recycler dans la chanson, le théâtre. Je ne pouvais pas monter sur scène. J'avais le trac, je paniquais, je faisais des crises d'angoisse. Et je ne voulais pas prendre de médicaments.

– Quels médicaments ?

Cilla se pressa les doigts sur les yeux, soulagée que ses larmes aient cessé de couler.

– Les médicaments que mon agent et ma mère voulaient me faire prendre pour que je sois plus zen, pour que je continue à leur rapporter du pognon. J'ai refusé catégoriquement. Alors on m'a encore fait tourner quelques navets, la presse m'a démolie et finalement elle s'est totalement désintéressée de moi.

Cilla se mit à arpenter la pièce à grands pas.

– Et puis il y a eu Steve. Je me suis mariée le lendemain de mon dix-huitième anniversaire, parce que, enfin, quelqu'un m'aimait, me comprenait, se souciait de moi. Mais, là encore, j'ai tout fichu en l'air. Je me suis inscrite à la fac, et j'ai détesté. J'y étais malheureuse, je me sentais idiote. Au bout d'un semestre, j'ai abandonné. Mes soi-disant copains jubilaient. Et tout ce que ma mère a trouvé à me dire, c'est qu'elle savait que je n'étais pas faite pour les études. Alors je suis retournée au monde du spectacle. On n'avait rien de mieux à me proposer que des voix off et des petits rôles à la limite de la figuration. L'humiliation suprême. J'ai tenté d'écrire un scénario, je ne savais pas faire. Je me suis essayée à la photo, une catastrophe. Dieu merci, grâce à Katie, j'avais de l'argent. Je ne le savais pas, mais mon père en avait placé une bonne partie pour que personne n'y touche avant ma majorité.

Cilla s'interrompit un instant pour reprendre son souffle. Ford l'écoutait avec attention.

– À quatorze ans, reprit-elle, j'étais déjà suivie par un psy. À seize ans, je ne voyais pas d'autre issue que le suicide. Un jour, j'ai rempli la baignoire, allumé des bougies roses tout autour et mis de la musique. Au moment de me tailler les veines, je me suis dit : « Non, c'est stupide, je ne veux pas mourir. » Alors je me suis savonnée, j'ai pris une douche et je suis sortie du bain. J'ai commencé à coacher une jeune comédienne, j'ai pris des cours de danse. Comme d'habitude, j'ai arrêté au bout de quelques mois. Je ne vais jamais au bout de ce que j'entreprends. Je n'ai aucune persévérance.

– Arrête de dire des âneries, ordonna Ford, d'une voix si sévère et si autoritaire qu'elle ne put que le regarder en clignant des paupières. Tu étais une jolie petite fille, bourrée de talent, et c'est pour ça que tu as joué pendant des années dans une série à succès.

– Tu parles !

– Laisse-moi finir, s'il te plaît. J'ignore comment les choses fonctionnent exactement dans le milieu de la télé, mais je suppose que la sitcom a fini par s'essouffler.

– C'est sûr.

– Mais personne n'a tenu compte du fait qu'une gamine avait grandi avec cette série et qu'en l'arrêtant on allait faire de cette gamine une orpheline. Qui penserait peut-être que tout était sa faute.

– C'est exactement ce qui s'est produit. Je sais maintenant que je n'y étais pour rien, mais…

– Pour moi, un psy qui prescrit des tranquillisants à une adolescente de quatorze ans est un criminel. Un criminel, oui, il n'y a pas d'autre mot. Si la série s'est arrêtée, ce n'est pas parce que tu étais mauvaise. Mais ça a sûrement été une bonne chose pour toi. La fac, l'écriture, la photo n'ont pas marché ? Ce ne sont pas des échecs, Cilla, c'étaient des essais, la preuve d'un esprit d'ouverture. Ton mariage n'a pas marché mais tu es restée amie avec Steve. C'est un échec, ça ? Personnellement, je trouve que c'est un exploit. Et toutes ces maisons que tu as transformées et revendues, ça compte pour du beurre ? Que se passe-t-il, Cilla ? Si tu as un problème, il faut le résoudre. Tous les problèmes ont une solution.

Un peu rassérénée, elle ramena ses cheveux derrière ses oreilles.

– En fait, tout va bien, en ce moment. Je suis désolée, excuse-moi. J'ai eu un petit coup de blues tout à l'heure. Je croyais que c'était passé. Si j'avais su, je ne serais pas venue t'embêter avec mes histoires. Je crois que ce sont tes dessins qui m'ont refait craquer.

Tandis que Ford la scrutait d'un air soucieux, elle s'accroupit pour jouer avec Spock, qui avait déposé son ours mâchouillé à ses pieds.

– Ce truc est répugnant, dit-elle en l'attrapant du bout des doigts.

– C'est vrai, mais Spock n'autorise que les gens qu'il aime à le toucher. Qu'est-ce qui t'a donné des idées noires ?

Cilla s'approcha de la fenêtre. Le soleil s'était couché derrière les montagnes. Nimbées d'un halo orangé, elles avaient quelque chose de réconfortant.

– Ma demi-sœur, Angie, est passée me dire bonjour, cet après-midi. Elle est adorable : intelligente, belle, gaie. Elle est en vacances ici depuis hier et elle a pris la peine de faire un saut à Little Farm avant d'aller retrouver ses copines. J'ai eu honte de moi, de n'avoir jamais fait aucun effort pour la connaître. Quand elle est arrivée, je ne l'ai même pas reconnue. Certes, elle avait les cheveux courts, alors que la dernière fois que je l'ai vue elle les avait jusqu'aux fesses. Pendant quelques secondes, j'ai eu un blanc total. Et, après, je me suis sentie terriblement gênée et minable à côté d'elle, qui était si à l'aise, si naturelle.

Cilla poussa un soupir exaspéré. *Je ne suis qu'un gros bébé pleurnichard. Quand tout va pour le mieux, il faut que je trouve une ombre au tableau.*

– J'étais en train de me féliciter d'avoir enlevé les grilles et planté des arbres à la place, et elle m'a fait prendre conscience que je me contentais d'avoir des relations superficielles avec mon entourage. Je suis comme un galet qui ricoche à la surface d'une rivière. La profondeur me fait peur.

– Tu marches sur l'eau, quoi.

Elle se tourna vers Ford. Diable, qu'il était séduisant, avec son vieux sweat-shirt et son jean usé, ses cheveux ébouriffés.

– C'est une façon de voir, répondit-elle en souriant. Au fait, j'ai fait la connaissance de M. Hennessy, tout à l'heure. Tu savais qu'il gardait une rancune tenace envers mon père et sa famille ?

– Ça ne m'étonne pas. C'est un drôle de bonhomme.

– Je m'en suis aperçue. En fait, il en veut à toute ma « race » – c'est le terme qu'il a employé – à cause de ce qui est arrivé à son fils. La maison est maudite, elle sent le soufre. J'appartiens à une famille de vermine. Il m'a craché dessus.

– L'enfoiré.

– Et il a démarré tellement vite que je me suis cassé la figure. Angie était dans tous ses états.

– Tu devrais le signaler à la police. Ils iront lui dire deux mots.

– Que veux-tu qu'ils lui disent ? D'avoir l'obligeance de ne plus me cracher dessus ? Je saurai qu'il faut l'éviter, à l'avenir, c'est tout. Je ne vais tout de même pas lui présenter des excuses pour l'accident dont son fils a été victime alors que je n'étais même pas née. En fait, je crois que c'est lui qui m'a sapé le moral.

Ford choisit un dessin de Brid brandissant sa masse à deux têtes et le tendit à Cilla.

– Tiens, c'est pour toi. Tu l'afficheras quelque part dans ta maison, et la prochaine fois que tu auras envie de pleurer tu le regarderas et tu te diras que Brid est exactement à ton image : une fille forte et courageuse.

– Je dois avouer que tu es la première personne à me voir comme une déesse guerrière. Pour te remercier, je vais te faire moi aussi un petit cadeau.

Cilla se retourna, souleva le bas de son tee-shirt et se pencha légèrement en avant, révélant un tatouage celtique au creux de ses reins : trois ovales formés d'une seule et même ligne, liés en leur centre par un cercle.

– La *triquetra*, dit Ford, le nœud de la trinité, symbole de la triple divinité : la mère, la fille, l'aïeule.

Elle lui jeta un regard par-dessus son épaule.

– Quelle culture !

– J'ai fait des recherches, avoua-t-il en s'approchant du tatouage pour l'examiner de plus près. Et c'est justement l'un des motifs que j'avais retenus pour Brid. C'est dingue, non ?

– Je le verrais bien sur son biceps.

– Hein ? Quoi ? Pardon, j'étais distrait.

– Sur le biceps, répéta Cilla en se retournant et en pliant le bras pour contracter le sien. Ce sera moins sexy qu'au bas du dos, mais plus percutant. Surtout s'il n'apparaît que lorsqu'elle se transforme.

– Je vois que tu m'écoutes quand je parle.

– C'est surtout toi qui m'as écoutée, aujourd'hui, dit-elle en lui effleurant la joue. Je t'en suis infiniment reconnaissante.

– Sortons prendre l'air, tu veux bien ? Si on reste ici, je crains que ça ne se termine au lit. Et demain on imputera ça au fait que tu as eu un petit passage à vide. Viens, allons manger une glace.

Spock bondit instantanément hors de son panier.

– Je ne sais pas si je ne préfère pas le lit à la glace, murmura Cilla en lui caressant les lèvres.

– Chut. Pas de discussion. Allons manger une glace, rétorqua Ford en la prenant par la main et en l'entraînant dans l'escalier.

10

Steve n'aimait rien plus que rouler sur les petites routes de campagne par une chaude nuit printanière. Surtout après une soirée comme celle qu'il venait de passer. Quelques bières, quelques parties de billard avec des gars sympas, quelques baisers avec une jolie brune pulpeuse. À cette pensée, il sourit dans le vent.

Peut-être qu'il resterait un peu plus longtemps que prévu chez Cilla, histoire de conclure avec Shanna la paysagiste. En trois semaines, elle finirait bien par l'inviter à prendre un dernier verre chez elle.

Il s'engagea dans l'allée de Little Farm. Cilla avait laissé de la lumière au rez-de-chaussée. Juste pour lui. Cette fille était formidable. Elle pensait toujours à tout.

Steve consulta sa montre. 2 heures du matin. Elle dormait probablement. Il espérait que les pétarades de sa Harley ne l'avaient pas réveillée. En chantonnant doucement, il coupa le moteur, enleva son casque et poussa la moto dans la grange. Le faisceau de son phare lui révéla plusieurs boîtes de rangement ouvertes, leurs couvercles gisant par terre, des photos et des papiers épars sur le sol, un fauteuil renversé.

– Oh, oh, fit-il en fronçant les sourcils et en laissant échapper un rot sonore.

Intrigué, il abaissa la béquille de son engin. Il ne vit rien, n'entendit rien venir. Il ne sentit qu'une douleur fulgurante avant de s'écrouler sur le sol de ciment.

Cilla tint la première de ce qu'elle appelait maintenant ses « réunions de travail » peu après 7 heures avec Matt et ses employés. L'électricien et le plombier étaient déjà là, mais, avant de leur donner des consignes pour la journée, elle voulait demander quelques conseils à Steve. Elle avait également l'intention de l'emmener avec elle choisir du bois.

À 7 h 30, la cacophonie des scies, des marteaux et des radios emplissait la maison, mais Steve n'était toujours pas levé. Incorrigible. Quand il sortait, il ne se couchait pas avant l'aurore et dormait ensuite jusqu'à midi.

Elle lui servit un café et le monta dans la chambre où il s'était installé avec son duvet Spiderman.

– Ah, il y en a qui ont passé un nuit torride, murmura-t-elle en s'apercevant que le sac de couchage était vide.

Elle redescendit en buvant le café. Les paysagistes arrivaient, Shanna avec eux. Cilla fronça les sourcils. Avec qui Steve avait-il passé la nuit ?

Shanna s'approcha d'elle, un gobelet de café à la main.

– Salut. Brian devait faire un saut sur un autre chantier, ce matin. Il n'arrivera que dans une heure ou deux.

– O.K. Je vais aller faire quelques achats en ville, ce matin. Vous n'avez pas besoin de moi ?

– Non, je ne crois pas. On attaque le patio et les allées aujourd'hui, comme prévu.

– Parfait.

Shanna jeta un coup d'œil vers la maison.

– Steve n'est pas trop fatigué, ce matin ? demanda-t-elle.

– Je ne l'ai pas encore vu.

– Ça ne m'étonne pas, répliqua Shanna avec un sourire, en ajustant sa casquette sur sa tresse brune. On a fait la fermeture du pub, hier. Steve danse comme un dieu.

– C'est vrai, acquiesça Cilla.

– Et il est super-sympa. Il m'a suivie en moto jusqu'à chez moi pour s'assurer que je ne fasse pas de mauvaises rencontres. Il n'a même pas insisté – enfin, pas trop – pour qu'on finisse la soirée ensemble. Ça faisait longtemps que je n'avais pas rencontré un homme aussi galant.

– Il n'a pas dormi chez toi ? s'étonna Cilla.

Le sourire de Shanna s'estompa.

– Non. Il est bien rentré, j'espère ?

– Je n'en sais rien. Il n'était pas dans sa chambre, donc, j'ai supposé… Viens, allons voir si sa moto est dans la grange.

Shanna lui emboîta le pas.

– Il n'était pas soûl, déclara-t-elle. Il n'a pas bu plus de deux ou trois bières dans toute la soirée.

En proie soudain à une vague inquiétude, Cilla poussa la porte de la grange et cligna des paupières afin de s'accoutumer à la pénombre.

– Oh, mon Dieu ! s'exclama-t-elle.

Steve gisait à plat ventre sous sa moto renversée, au milieu des cartons dont le contenu s'était éparpillé sur le sol. Elle se précipita vers lui, tandis que Shanna redressait la Harley. Une abondante quantité de sang avait séché dans les cheveux de Steve et sur son visage tuméfié.

En veillant à ne pas le bouger, Cilla lui palpa la gorge.

– Il respire, bredouilla-t-elle. Appelle…

Shanna composa aussitôt le 911.

– On ne devrait pas le couvrir ? suggéra-t-elle en attendant une réponse à son appel.

– Dis-leur de faire vite et ne le touche surtout pas, ordonna Cilla en se ruant vers la maison.

Ford avait un sommeil de plomb, mais les sirènes le réveillèrent. Encore à moitié endormi, il descendit sur la véranda. La vision d'une ambulance devant la grange de Little Farm le tira complètement de sa torpeur. Il s'habilla à la hâte et traversa la route en courant.

En voyant Cilla, il poussa un soupir de soulagement. Puis son cœur se décrocha lorsqu'il découvrit Steve étendu sur un brancard, inanimé, en sang.

– Je vais avec lui, je vais avec lui, répétait Cilla, au bord des larmes, en suivant les brancardiers jusqu'à l'ambulance. Je ne peux pas le laisser partir seul.

L'angoisse qu'il lut dans ses yeux glaça Ford jusqu'aux os. Il se fraya un passage entre les ouvriers et lui posa une main sur l'épaule.

– Je vous suis, Cilla. Je vous rejoins à l'hôpital.

Elle jeta vers lui un regard désespéré puis monta à l'arrière de l'ambulance. Shanna lui tendit son sac. Des larmes roulaient sur ses joues.

– Que s'est-il passé ? lui demanda Ford.

– Il était couché sous sa moto, répondit-elle d'une voix étranglée en se laissant tomber dans ses bras.

– Ça va aller, Shan, ça va aller. Je pars à l'hôpital avec eux. Je passerai un coup de fil ici pour vous tenir au courant.

– Appelle-moi dès que tu sauras quelque chose, implora-t-elle.

– Promis.

Ford rejoignit Cilla dans la salle d'attente des urgences, où elle faisait nerveusement les cent pas devant les portes battantes. Elle s'agrippa à lui, désespérée.

– Ils m'ont demandé ses antécédents médicaux, sanglota-t-elle. Je n'ai pas su leur répondre. Je me rappelle juste qu'il est du groupe A–, mais ça ne suffit pas…

– Viens, asseyons-nous.

– Ils n'ont pas voulu que je reste avec lui. Il ne va pas se réveiller, je le sens.

Ford passa un bras autour de ses épaules et l'entraîna vers une chaise puis s'accroupit devant elle.

– Ils vont s'occuper de lui, ils vont le soigner. Ne t'inquiète pas, ça va aller.

– Il a perdu beaucoup de sang, bredouilla-t-elle, il était inconscient. Je ne sais même pas depuis combien de temps.

– Raconte-moi ce qui s'est passé.

– Je n'en sais rien, c'est ça le pire !

Cilla se pressa les mains contre la bouche et se balança hystériquement d'avant en arrière.

– Calme-toi, lui dit gentiment Ford en lui prenant les mains. Regarde-moi et respire.

Elle ferma un instant les yeux et s'efforça de retrouver sa contenance.

– Je croyais qu'il était chez Shanna, expliqua-t-elle d'une voix blanche. Mais elle est arrivée sans lui et elle m'a dit qu'ils n'avaient pas passé la nuit ensemble. Alors on est allées voir si sa moto était dans la grange. C'est là qu'on l'a découvert. Couché sous sa moto. Je ne sais pas ce qui a pu se passer.

– Que t'ont dit les médecins ?

– Que la moto lui avait probablement cassé des côtes en lui tombant dessus. Je ne comprends pas comment elle a pu lui tomber dessus. C'est impossible. Il est blessé à la tête, aussi. C'est ça le plus inquiétant. J'ai entendu un infirmier dire qu'il avait les pupilles en mydriase. Je sais que ce n'est pas bon signe, j'ai joué un petit rôle dans *Urgences*.

111

De nouveau, des larmes jaillirent de ses yeux.

– Il n'a tout de même pas eu un accident dans la grange, sanglota-t-elle. C'est trop bête. Oh, mon Dieu !

Les portes battantes s'ouvrirent. Ils bondirent tous deux sur leurs pieds.

– Steve ! s'écria Cilla en se précipitant vers le brancard. Qu'est-ce qu'il a ? Où l'emmenez-vous ?

– Au bloc opératoire, lui répondit sèchement une jeune femme en l'écartant de son chemin.

– Oh, mon Dieu ! Qu'est-ce qu'il a ?

– Une hémorragie cérébrale. Suivez-nous. Le chirurgien vous en dira davantage.

– C'est grave ? Dites-moi au moins si c'est grave, implora Cilla.

– M. Chensky s'est-il battu ? lui demanda l'infirmière en appelant un ascenseur.

– Non. Pourquoi ?

– Il semblerait qu'il ait été frappé à la tête. Ses blessures ne sont pas dues à une chute. Bien sûr, s'il conduisait sans casque…

– Ce n'est pas arrivé sur la route, protesta Cilla.

– Je croyais que vous ne saviez pas ce qui s'était passé, mademoiselle.

Ford posa une main sur le bras de Cilla.

– Il faut prévenir la police, lui chuchota-t-il avant qu'elle monte dans l'ascenseur.

Cilla ne parvenait pas à rassembler ses idées. Répondre à un interrogatoire de police alors que Steve était sur la table d'opération était tout simplement au-dessus de ses forces.

– Mademoiselle McGowan ?

En sursautant, elle leva les yeux vers l'agent assis en face d'elle. Comment s'appelait-il, déjà ? Elle avait oublié.

– Pardon, excusez-moi, répondit-elle en se rongeant les ongles. Non, je ne sais pas à quelle heure il est rentré. Je me suis couchée vers minuit, il n'était pas encore là. Shanna m'a dit qu'il l'avait quittée un peu avant 2 heures.

– Connaissez-vous le nom de famille de Shanna ?

– Stiles, intervint Ford. Elle travaille chez Morrow Espaces verts.

– Donc, vous avez découvert M. Chensky à environ 7 h 30 ce matin ?

– Oui, je vous l'ai déjà dit, répondit Cilla en ramenant nerveuse-ment ses cheveux derrière ses oreilles.

– Vous vivez avec M. Chensky ?

– Non, il est en visite chez moi pour quelques jours.

– Où réside-t-il ?

– À Los Angeles. Mais il était à New York ces jours derniers. C'est important ?

Cilla commençait à perdre patience. Ford posa une main sur la sienne et lui serra les doigts.

– Agent Taney, dit-il, j'aimerais vous signaler quelque chose. Il y a quelques jours, j'ai vu quelqu'un rôder aux abords de la grange de Mlle McGowan. Il devait être environ 2 heures du matin. J'ai pensé qu'il s'agissait de Steve Chensky et je suis monté me coucher sans me poser plus de questions. Or il se trouve que ce n'était pas lui.

– Pourquoi n'ai-je pas acheté ce fichu cadenas ? murmura Cilla en secouant la tête.

– Qu'y a-t-il dans cette grange ? s'enquit Taney.

– Des vieilleries qui étaient entreposées dans le grenier.

– Des objets de valeur ?

– Non, mais j'imagine qu'aux yeux de certains tout ce qui a appar-tenu à Janet Hardy a de la valeur.

– Vous a-t-on volé quelque chose ?

– Je ne sais pas.

– M. Chensky est parti de chez vous hier vers 20 heures pour aller au pub. Savez-vous dans quel bar il a passé la soirée ?

– Je n'en ai aucune idée. Je ne connais pas les bars de la région. Demandez à Shanna.

– J'aurai effectivement quelques questions à lui poser.

– Si Steve était en état d'ivresse, par exemple, comme vous me l'avez déjà demandé au moins trois fois ? répliqua Cilla d'une voix qui montait dangereusement dans les aigus. Elle vous répétera ce que je vous ai déjà dit, qu'il n'a pas consommé plus de trois bières. Il ne conduit jamais quand il a bu.

– J'aimerais aussi inspecter votre grange, mademoiselle McGowan, si vous n'y voyez pas d'objection.

– Faites ce que vous avez à faire, je vous en prie.

– J'espère que votre ami se remettra rapidement. Je vous recontac-terai dans les prochains jours.

Après leur avoir serré la main, le policier s'éloigna en direction du bureau des infirmières.

– Il est persuadé que Steve était bourré ou défoncé, marmonna Cilla.

– En tout cas, il va mener sa petite enquête. Attendons que Steve se réveille, il pourra peut-être nous raconter ce qui s'est passé.

– Il est entre la vie et la mort. Personne n'a voulu me le dire franchement, mais je le sais.

Les lèvres de Cilla tremblaient. Elle parvint néanmoins à se maîtriser.

– Il faut faire confiance aux médecins, lui dit Ford en lui déposant un baiser sur le front. Allons faire un tour dehors, ça te fera du bien.

– Je préfère rester là.

– Il y en a peut-être pour un moment. Descendons au moins prendre un café.

– D'accord, mais je remonte dans cinq minutes. Tu n'es pas obligé de rester avec moi, tu sais.

Main dans la main, ils se dirigèrent vers l'ascenseur.

– Non, je ne suis pas obligé, mais je ne veux pas te laisser seule ici.

Cilla garda le silence. Des larmes lui brûlaient les yeux. Elle avait envie de se blottir entre les bras de Ford.

– Tu as faim ? lui demanda-t-il lorsqu'ils arrivèrent dans le hall d'accueil.

– Non, je ne pourrais rien avaler.

– De toute façon, la nourriture est infecte à la cafétéria.

– Tu y as déjà mangé ?

– Deux fois en tout et pour tout. Une quand j'étais petit, quand on m'a plâtré le bras, et l'an dernier quand mon père a été hospitalisé pour une intervention bénigne. Je pensais que ça se serait amélioré, mais c'était encore pire.

– Tu t'es cassé le bras ? Qu'est-ce que tu avais fait ?

– Je suis tombé de la fenêtre de ma chambre en me prenant pour Superman. J'avais cousu des Velcro sur mes gants de ski et mes chaussettes.

Cilla esquissa un sourire puis se retourna pour suivre le regard de Ford, dont l'attention s'était soudain portée au-delà de son épaule.

Une femme en tailleur rouge vif, aux lèvres fardées d'une teinte assortie, venait à leur rencontre en souriant, lunettes de soleil remontées sur un carré brun parfaitement lisse.

– Ford ! s'exclama-t-elle en l'embrassant chaleureusement. Il y avait un bout de temps que je ne t'avais pas vu, dis donc.

– C'est vrai. Comment allez-vous ? Vous êtes superbe. Cilla, je te présente Cathy Morrow, la Maman de Brian. Brian travaille chez Cilla, en ce moment.

– Je suis au courant, déclara Mme Morrow en serrant la main de Cilla et en la gardant entre les siennes. C'est fou ce que vous ressemblez à votre grand-mère. Vous rénovez la ferme, alors ?

– Oui, avec l'aide de votre fils. Il a beaucoup de talent.

– Merci. Mais dites-moi, que faites-vous là, tous les deux ?

– Un ami de Cilla a eu un accident.

– Oh, mon Dieu ! s'écria la mère de Brian avec un air alarmé. Rien de grave, j'espère ?

– Les médecins n'ont pas voulu se prononcer, répondit Cilla. Ils sont en train de l'opérer. Nous attendons.

– L'attente, c'est ce qu'il y a de pire, déclara Mme Morrow en lui posant une main compatissante sur le bras. Vous voulez que j'essaie de me renseigner ? Je fais partie d'une association de bénévoles. Je viens ici plusieurs fois par semaine rendre visite aux malades. Je connais pas mal de monde. Qui l'opère ?

– Je n'ai pas retenu le nom du chirurgien, répondit Cilla. Tout s'est passé si vite.

– Venez avec moi, ma chère. Vous étiez descendue chercher un café, peut-être ? Va lui en chercher un, Ford, tu veux bien ? Et prends-lui aussi une petite bouteille d'eau.

– O.K., je vous rejoins en haut. Cilla, je te laisse entre de bonnes mains.

C'était exactement son impression. Mme Morrow glissa un bras sous le sien. Elle était quelque peu directive, mais, pour la première fois depuis très longtemps, Cilla appréciait de pouvoir se laisser prendre en charge.

– Qu'est-il arrivé à votre ami ?

– Malheureusement, nous n'en savons strictement rien. C'est bien ça, le problème.

Elles se casèrent dans l'ascenseur bondé de visiteurs aux bras chargés de bouquets, de boîtes de gâteaux et de ballons de baudruche.

– Comment s'appelle-t-il ? demanda Mme Morrow.

– Steven Chensky.

Cathy fouilla dans son sac et en sortit un petit carnet relié de cuir rouge, où elle nota le nom de Steve avec un stylo argenté.

– Il est passé par les urgences ? À quelle heure y a-t-il été admis ?

– Vers 8 heures. Il doit être au bloc depuis une heure à peu près.

– Ça paraît long, mais ce n'est rien. Venez, nous sommes arrivées.

Lorsque les portes de l'ascenseur s'ouvrirent, Cathy exerça une légère pression dans le dos de Cilla.

– Asseyez-vous ici, lui dit-elle. Je reviens au plus vite.

– Merci, merci mille fois.

– Oh, je vous en prie, il n'y a pas de quoi.

Dans la salle d'attente, Cilla resta debout. Elle ne voulait pas s'asseoir parmi ces gens qui attendaient anxieusement des nouvelles d'un parent, d'un ami, d'un être cher dont la vie était en jeu derrière l'une ou l'autre de toutes ces portes battantes. Elle aurait aimé pouvoir regarder par une fenêtre, s'échapper. *Quelle idée de concevoir une salle d'attente d'hôpital sans fenêtre ?* se demanda-t-elle. *Les architectes n'avaient-ils donc jamais accompagné un proche à l'hôpital ?*

Ford sortit de l'ascenseur avec un gobelet en carton.

– Cathy est partie se renseigner ?

– Oui, c'est très aimable à elle, n'est-ce pas ? Elle a l'air d'avoir beaucoup d'affection pour toi. Sur le coup, j'ai cru que c'était une de tes ex.

– C'est flatteur, répliqua Ford sur un ton vexé. Elle pourrait être ma mère.

Cilla lui fit signe de se taire. Mme Morrow était déjà de retour.

– Tout d'abord, c'est le Dr North qui opère votre ami, déclara-t-elle, l'un des meilleurs neurochirurgiens de la région.

– Tant mieux, murmura Cilla.

Cathy avait son carnet rouge à la main.

– Voulez-vous que je vous répète tous les termes médicaux ?

– Euh… non, je n'y comprendrais rien, répondit Cilla. Dites-moi juste comment se passe l'opération, ce qu'on lui fait exactement.

– Votre ami a deux fractures du crâne, deux côtes, le nez et une pommette cassés, ainsi qu'une lésion au rein. Le Dr North est en train de réduire l'hématome cérébral, le plus urgent. Ce n'est pas une intervention anodine, mais il est confiant. Le patient est jeune et bien portant.

– O.K., opina Cilla. Merci beaucoup.

– Si vous voulez, je retournerai aux nouvelles dans un petit moment.

– Je veux bien, je vous en suis infiniment reconnaissante, madame Morrow.

– Appelez-moi Cathy, je vous en prie. Et ne me remerciez pas. Quand on peut rendre service… Occupe-toi bien d'elle, Ford, dit-elle avant de s'éclipser avec un air affairé.

– Il faudrait que je téléphone à Little Farm. Tout le monde doit se faire du souci.

– Je viens de passer un coup de fil en allant chercher ton café. Mais tu peux rappeler, puisque nous avons des nouvelles plus fraîches, maintenant.

Ils arpentèrent les couloirs, regardèrent la télé dans la salle d'attente. Deux heures s'étaient largement écoulées. Cathy revint au bout de trois.

– Il est sorti du bloc, annonça-t-elle. Le Dr North va venir vous parler.

– Il…

– Ils n'ont pas voulu m'en dire plus, excepté qu'il est tiré d'affaire. Ford, tu donneras mon numéro à Cilla. Si vous avez besoin de quoi que ce soit, n'hésitez pas à m'appeler.

– D'accord. Encore merci.

Les doigts de Cilla se resserrèrent autour de ceux de Ford lorsqu'un homme en sarrau vert s'approcha deux. Cathy posa une main sur l'épaule de sa protégée.

– Surtout, n'hésitez pas à m'appeler, répéta-t-elle.

Le chirurgien s'assit en face de Cilla. Avec un petit signe de la main, Cathy s'en alla. Le médecin se pencha vers Cilla. Il avait une expression sereine.

– Votre ami a deux fractures du crâne, une fracture linéaire ici, indiqua-t-il en traçant une ligne sur son front, qui se ressoudera normalement toute seule. La seconde est plus sévère, poursuivit-il en montrant l'arrière de sa nuque. Il s'agit d'une fracture basilaire, cause de l'hémorragie.

– Vous avez pu la stopper ?

– L'intervention s'est bien déroulée, mais M. Chensky est toujours dans le coma. Il a été transféré dans un service de soins intensifs. Nous surveillons sa pression intracrânienne au moyen d'un capteur que nous avons inséré dans son crâne pendant l'opération. Il a de bonnes chances de s'en sortir.

– De bonnes chances, murmura Cilla.

– J'aime autant vous prévenir tout de suite, il risque de garder des séquelles, temporaires ou permanentes. Heureusement, il a un bon cœur.

– Oh oui !

– Ne vous inquiétez pas, mademoiselle, je suis plutôt optimiste. M. Chensky a de la famille ?

– Pas ici. Pourrais-je le voir ?

– Une infirmière va vous accompagner.

Quelques minutes plus tard, Cilla pénétrait dans une chambre de réanimation. Le visage de Steve était enflé, couvert d'hématomes, ses yeux auréolés de deux grands cercles noirs. Son nez avait doublé de volume. Des bandages blancs lui entouraient le crâne. Il était presque méconnaissable.

On lui avait enlevé sa boucle d'oreille. Cilla ôta l'un de ses petits anneaux d'argent et le fixa au lobe de Steve. Puis elle lui déposa un baiser sur la joue.

– Ça va aller, chuchota-t-elle en lui soulevant la main et en lui embrassant les doigts un à un. N'aie pas peur, je suis là, maintenant.

DEUXIÈME PARTIE

RECONSTRUCTION

Changez d'opinion, gardez vos principes ;
Changez de feuilles, gardez vos racines.

Victor Hugo

11

– On pourra se relayer, demain, proposa Ford dans la voiture.

Cilla n'avait émis aucune objection lorsqu'il lui avait suggéré qu'elle devait rentrer se reposer et manger quelque chose. Et cela l'inquiétait.

– Ils sont assez stricts, de toute façon, dans les services de réanimation, ajouta-t-il. Ils ne te laisseront pas passer toute la journée avec Steve.

– Il peut rester des jours dans le coma. Si…

– Avec des si, on mettrait New York en bouteille.

– Je n'ai jamais été de nature très optimiste.

Ford s'efforça de trouver un ton à mi-chemin entre la fermeté et la compassion.

– De l'optimisme, j'en ai pour deux. Je t'en prête un peu.

– Il avait l'air tellement mal en point…

– C'est parce qu'il est inconscient. J'ai discuté avec une infirmière pendant que tu étais avec lui. Le coma n'est pas une mauvaise chose, tu sais. C'est comme s'il était profondément endormi. Il se ressource.

– On n'est pas dans une BD où le gentil s'en sort à tous les coups, répliqua Cilla. Tu as entendu ce qu'a dit le médecin : il gardera peut-être des séquelles irréversibles.

– Mais peut-être pas.

– Si seulement j'avais acheté un cadenas !

– La personne qui cherchait quelque chose dans la grange a assommé Steve de sang-froid. Tu crois qu'un cadenas l'aurait arrêtée ?

Ford s'engagea dans l'allée de Little Farm. Cilla serra les poings.

– Quelle idiotie d'avoir enlevé les grilles et planté des arbres à la place, marmonna-t-elle.

Il attendit qu'elle se tourne vers lui. Elle garda la tête baissée.

– C'est ta faute, évidemment.

– Je ne sais pas ce que je fais là, murmura-t-elle, à nouveau au bord des larmes. Ce vieux schnock avait raison : la maison est maudite. Mon oncle y est mort, ma grand-mère y est morte, et maintenant Steve est entre la vie et la mort. J'aurais mieux fait de la laisser tomber en ruine.

Avant qu'elle ouvre sa portière, Ford lui saisit le bras.

– Tu as voulu rénover la ferme pour retrouver tes racines. Tu as besoin de savoir d'où tu viens pour savoir qui tu es.

– Je sais très bien qui je suis, rétorqua-t-elle en se libérant et en descendant de voiture.

– Je n'en suis pas si sûr, répondit Ford.

Cilla claqua la portière et disparut derrière la maison. Il fallait qu'elle s'occupe, ou elle allait devenir folle. Travailler sans réfléchir, il n'y avait qu'à cela qu'elle était bonne.

Le patio était à présent dallé d'ardoise, et des cordeaux avaient été tirés le long des chemins, excepté celui qui menait à la grange, dont l'accès était barré par des bandes jaunes utilisées pour circonscire la scène de crime.

En apercevant Cilla, Shanna laissa tomber sa pelle et se précipita à sa rencontre. Ses collègues s'interrompirent également dans leurs tâches. Des ouvriers sortirent de la maison.

– Rien de nouveau, leur annonça Cilla. Il est toujours dans le coma. Nous devons être patients.

– Tu vas retourner le voir ce soir ? s'enquit Shanna.

– Oui, dans un petit moment.

Shanna se tourna vers son patron.

– C'est bon, tu peux y aller, lui dit-il.

Elle sortit son téléphone de sa poche et s'éloigna de quelques pas.

– Sa sœur va venir la chercher, expliqua Brian en soulevant sa casquette et en se passant une main noire de terre dans les cheveux. Elle était malade d'inquiétude. Elle voulait partir te rejoindre à l'hôpital. Je lui ai dit qu'il valait mieux attendre que tu reviennes. Elle se sent coupable.

– Pourquoi ?

– Elle se reproche de ne pas avoir laissé Steve passer la nuit chez elle, soupira le paysagiste. On ira le voir, aussi, avec Matt et Dobby.

– Je ne sais pas si on vous autorisera à entrer dans sa chambre, mais ça me fait chaud au cœur.

Brian tira un bandana de sa poche et s'épongea le visage.

– Les flics sont venus tout à l'heure, comme tu peux le constater, dit-il. Ils nous ont posé tout un tas de questions.

– J'espère qu'ils ne pensent plus que Steve est tombé de sa moto parce qu'il était soûl.

– Shanna leur a assuré qu'il n'avait quasiment rien bu.

– Bien. Au fait, j'ai rencontré ta mère à l'hôpital. Elle m'a été d'un grand soutien.

Sentant les larmes lui monter aux yeux, elle changea de sujet de conversation. Les dalles du patio ont exactement le rendu que je souhaitais. Bravo. Vous avez fait ça vite.

– Shanna a bossé comme une dingue. Je crois qu'elle avait besoin de se changer les idées.

– Moi aussi, j'ai besoin de me vider l'esprit avant de retourner à l'hôpital. Tu n'aurais pas un peu de boulot à me donner ?

– Oh si ! Et toi, Ford, tu veux une pelle ?

– Il faut que j'aille donner à manger à Spock.

Brian fit un clin d'œil à Cilla.

– C'est mieux comme ça. Il aurait été capable de crever un tuyau.

– Je t'en prie, rétorqua Ford.

Cilla s'arrêta de travailler en même temps que les ouvriers. Comme une automate, elle monta se doucher et enfiler des vêtements propres. Ford l'attendait dans le living-room.

– Le dîner nous attend sur la véranda, dit-il. Spock te transmet ses amitiés. Il n'avait pas envie de sortir, ce soir.

– Le dîner ? Écoute, je…

– Il faut que tu manges, et moi aussi. J'ai préparé ma deuxième spécialité.

Prenant Cilla par la main, il l'entraîna sur la galerie. Des assiettes et des verres en carton étaient posés sur la table pliante, ainsi qu'une bouteille de vin, une cannette de Coca et une barquette de macaronis au fromage.

– C'est ça, ta spécialité ?

– Gratin de pâtes surgelé. Avec du vin, ça descend tout seul.

Ford remplit les gobelets.

Un repas chaud, une présence réconfortante, tout ça sans avoir besoin de rien demander, pensa Cilla.

– Tu n'étais pas obligé.

Ford tira une chaise et la força à s'asseoir.

– Absolument pas.

– Pourquoi fais-tu tout ça pour moi ? lui demanda-t-elle en le regardant dans les yeux.

Il l'embrassa sur le front puis prit place en face d'elle.

– Sans doute parce que tu comptes pour moi.

Tandis qu'il lui servait une assiette de macaronis, elle but une gorgée de vin.

– C'est la deuxième fois de la journée que tu me dis des choses que personne ne m'a jamais dites, murmura-t-elle.

– Steve ne t'a jamais dit que tu comptais pour lui ?

– Peut-être Steve, si, mais avec des mots différents, d'une manière différente.

– Mange, ça va refroidir et ce sera du ciment.

Ford l'observait d'une manière qu'elle ne savait interpréter. Était-ce de la pitié, de la compassion ou tout simplement de la patience qu'elle lisait dans son regard ? En tout cas, c'était exactement ce dont elle avait besoin. Et ce qu'elle croyait ne jamais trouver chez un homme.

– Hmm, c'est délicieux, dit-elle en portant sa fourchette à ses lèvres.

Lorsqu'ils arrivèrent à l'hôpital, il n'y avait aucun mieux dans l'état de Steve. Pas plus lorsqu'ils en repartirent deux heures plus tard.

Cilla s'endormit le téléphone dans la main, en priant pour recevoir un appel de l'infirmière de nuit qui lui annoncerait que Steve était réveillé et parfaitement lucide.

Il n'y eut pas d'appel. Que des rêves.

Vallée de Shenandoah, 1960.

En corsaire rouge et chemisier blanc noué à la taille, Janet se promenait avec Cilla dans le jardin de Little Farm.

– Moi aussi, j'ai fait faire de gros travaux quand j'ai acheté la propriété, dit-elle. J'ai fait entièrement transformer l'intérieur de

la maison, j'ai fait aménager un jardin d'agrément, j'ai pris des chevaux, un chat, un chien, des poules.

– Moi aussi, je prendrai un chien.

– Et un poney ? Tu n'as jamais rêvé d'avoir un poney ?

– Bien sûr, comme toutes les petites filles. Mais je ne suis plus une petite fille.

– Et alors ? Fais-toi plaisir. Moi, je m'offrais tout ce dont j'avais envie. On me reprochait de ne pas avoir de constance. Tout le monde croyait d'ailleurs que je revendrais Little Farm au bout de quelques mois. Mais ce petit paradis, je ne m'en suis jamais lassée.

– Tu es venue y mourir.

– Tu crois ? répondit Janet en inclinant malicieusement la tête et en scrutant Cilla de dessous ses longs cils. Tu te poses trop de questions. Nous avons tous nos secrets, tu sais. Laisse donc les miens où ils sont. Je ne suis pas sûre que ce soit une bonne chose de vouloir les percer.

Dans son sommeil, Cilla fut parcourue d'un frisson.

– Il y a tant de voiles d'ombre qui planent sur cette maison, murmura-t-elle.

– Eh bien, fais la lumière, rétorqua Janet en haussant les épaules.

– Comment ?

– Je ne suis qu'un rêve. Je n'ai pas réponse à tout.

Sitôt réveillée, Cilla composa le numéro de l'hôpital. L'état de Steve était stationnaire. Le téléphone pressé contre sa poitrine, elle demeura un instant allongée dans la pâle lueur de l'aube. Steve n'était pas mort dans la nuit, il ne s'en était pas allé pendant qu'elle dormait, mais il était toujours entre deux mondes. Il fallait qu'elle lui parle, qu'elle le stimule.

Après s'être douchée, elle nota quelques consignes pour les artisans puis passa la tête dans la chambre où dormait Ford. Il avait une jambe dans son sac de couchage, l'autre à l'extérieur. Spock était roulé en boule à ses pieds, il ronflait plus fort qu'une tronçonneuse.

Ford n'avait pas voulu que Cilla passe la nuit seule, mais il ne voulait pas non plus laisser son chien tout seul chez lui. Alors, en rentrant de l'hôpital, il était allé le chercher.

Cilla descendit, prépara du café et en but une tasse sur la véranda. Un nœud se forma au creux de son estomac lorsque ses yeux se posèrent sur le ruban jaune en travers de la porte de la grange. Si Steve succombait à ses blessures, elle démolirait ce bâtiment, elle le brûlerait, avec tout ce qu'il y avait dedans. S'il vivait, en revanche, et s'il s'en sortait indemne, elle repeindrait la grange en rouge vif, comme autrefois, comme elle l'avait vue dans son rêve.

– Mon Dieu, je vous en supplie.

Elle n'était pas sûre que Dieu Se soucie du sort de Steve, mais à qui d'autre aurait-elle pu s'en remettre ? Sur ces pensées, elle rentra remplir une autre tasse de café et la monta à Ford. Assise en tailleur sur le plancher, elle l'observa un moment avant de le réveiller. Contrairement à son chien, il ne ronflait pas. Mais, à la façon dont il s'était étalé, on pouvait imaginer que dans un lit il prenait toute la place. Sa barbe de deux jours lui donnait un petit air sexy.

Le regard de Cilla s'attarda sur sa jambe nue. Il n'était pas ce qu'elle appelait un mec musclé, mais il n'avait pas une once de graisse. Lentement, elle se pencha vers lui et effleura ses lèvres d'un baiser. Il émit un son guttural et lascif, puis il ouvrit les yeux.

– Salut.

– Salut, toi.

Spock changea de position et se remit à ronfler. Ford fit tourner sa montre autour de son poignet et consulta le cadran en clignant des paupières.

– 6 h 40, bougonna-t-il. Ne me dis pas que tu es déjà en piste. Viens te recoucher près de moi.

– L'offre est tentante, mais les ouvriers vont arriver dans vingt minutes. Tiens, je t'ai apporté du café.

Ford s'assit dans son duvet et prit la tasse à deux mains.

– Tu ferais une parfaite épouse. J'ai toujours rêvé d'une femme qui m'apporterait le petit déj' au lit, qui me donnerait huit beaux enfants et danserait nue pour moi tous les mardis.

– Rien que ça ?

– C'est la loi de Koblat.

– Qui est Koblat ?

– Ce n'est pas une personne, mais une planète dont les habitants ont un mode de vie très spirituel.

Où allait-il chercher des idées aussi saugrenues ? se demanda-t-il.

En riant, Cilla lui ébouriffa les cheveux.

– Tu as pris des nouvelles de Steve ?

– Toujours pareil. Je vais aller le voir.

– Accorde-moi dix minutes et je t'accompagne.

– Non, je préfère prendre ma voiture. J'ai aussi des trucs à acheter en ville. Je vais faire pas mal d'allers-retours, je pense, aujourd'hui. Écoute, je voulais te poser une question avant de partir. Je vais peut-être te paraître idiote, mais tant pis. J'ai conclu un pacte avec Dieu, ou avec moi-même, ou avec le destin, peu importe. J'ai décidé que si Steve s'en sortait sans séquelles je repeindrais la grange en rouge, comme avant. Tu crois que ce serait narguer le sort si j'achetais la peinture dès maintenant ?

– Non, ce serait la preuve que tu as enfin compris que ça ne sert à rien de voir les choses en noir.

– Je savais que tu me dirais ça, répliqua-t-elle en se levant. Laisse tomber, je n'achète pas de peinture. J'ai trop peur que ça lui porte la poisse. Allez, à plus, bonne journée.

– À plus, on se verra sûrement à l'hôpital.

Cilla s'arrêta sur le seuil de la porte, hésitante.

– Je ferai des courses pour le dîner, si tu veux.

– Très bonne idée.

– Tu sais, ajouta-t-elle, j'ai très envie de faire l'amour avec toi, mais c'est comme pour la peinture rouge, j'ai peur que ça fiche tout en l'air.

Ford faillit renverser sa tasse de café.

– Ne t'inquiète pas, dit-il, j'ai tout mon temps.

Cilla lui souffla un baiser puis disparut dans l'escalier. Ford termina son café en s'enjoignant de ne pas oublier cette histoire de Koblat. Un jour, il l'étofferait peut-être.

Relativement au fait qu'il avait dormi par terre, et avait été réveillé aux aurores, il se sentait en pleine forme. Pour une fois, il allait profiter de la matinée. Une petite séance de muscu, pour commencer, puis quelques heures de travail, et il irait ensuite à l'hôpital.

– Debout, feignant, dit-il à son chien en le secouant du pied.

Le premier camion arriva tandis qu'il enfilait son jean. Quand il se servit son deuxième café, dans la cuisine, le niveau sonore atteignait déjà un seuil à la limite du supportable pour lui. En grimaçant, il décida d'emporter le mug chez lui. Cilla ne lui en voudrait pas de le lui avoir emprunté.

Brian déchargeait des sacs de sable de son pick-up.

– Hello ! l'apostropha-t-il en descendant les marches de la véranda.

– Salut. Ça y est, tu dors ici, maintenant ?

– Je ne voulais pas que Cilla reste seule, mais on n'a pas dormi dans la même chambre, si tu veux tout savoir.

– Comment va-t-elle ?

– Elle avait l'air d'avoir un peu plus le moral qu'hier. Elle est partie voir Steve.

– Shanna a passé un coup de fil à l'hôpital. Il est toujours dans le coma. Terrible, ce qui lui est arrivé. Un gars sympa comme tout.

– Ouais, dit Ford distraitement. À ton avis, il faut combien de pots de peinture pour repeindre la grange ?

– Je n'en sais rien, moi. Demande à un peintre.

– Tu as raison. Je reviendrai. En attendant, je rentre chez moi. J'ai les tympans qui vont éclater.

Un bruit de moteur leur fit tourner la tête. Une Ford Crown Victoria remonta lentement l'allée et se gara près des camions.

– Tiens, rev'là les flics, chuchota Brian. J'espère qu'ils ne vont pas encore interroger Shanna. Ça la met dans tous ses états.

– Je m'en occupe, dit Ford.

Deux hommes en costume-cravate descendirent de la voiture.

– Bonjour, leur lança-t-il.

Le plus grand des deux, une armoire à glace aux cheveux poivre et sel et à la mâchoire proéminente, le salua de la tête. Le plus petit, un Noir, se contenta de le dévisager froidement. Et tous deux baissèrent la tête vers le chien, qui levait vers eux un regard interrogateur.

– Mlle McGowan n'est pas là, dit Ford, elle est partie à l'hôpital il y a une quinzaine de minutes.

– Vous êtes ? lui demanda le grand Blanc.

– Ford Sawyer, le voisin d'en face.

– Vous avez passé la nuit ici.

Ford but une gorgée de café en soutenant le regard du petit Noir. À ses pieds, Spock commença à gronder.

– C'est une question ou une affirmation ?

– Vous avez encore les cheveux mouillés de votre douche.

Le grand Blanc sortit un calepin de sa poche intérieure et en tourna les pages.

– Pouvez-vous nous dire où vous étiez, hier, entre 2 heures et 5 heures du matin ?

– Bien sûr. Mais j'aimerais moi aussi savoir à qui j'ai l'honneur. Vous êtes journalistes ?

Les deux hommes exhibèrent leurs badges.

– Inspecteur Urick, se présenta le grand Blanc.

– Inspecteur Wilson, maugréa le petit Noir.

– O.K. J'étais au lit, chez moi, depuis environ 1 heure du matin. J'ai été réveillé par la sirène de l'ambulance.

– Aviez-vous de la compagnie ?

– Oui, Spock, répondit Ford en désignant son chien du menton. Vous pouvez l'interroger, mais il faudra que je fasse l'interprète. Sa déposition ne sera sûrement pas recevable.

Les policiers échangèrent un regard.

– J'ai signalé hier à l'agent Taney que j'avais aperçu un rôdeur, ici, il y a quelques jours. Avez-vous investigué de ce côté-là ?

– Notre collègue nous a transmis l'information. Quelles relations entretenez-vous avec Mlle McGowan ?

– Nous sommes amis et voisins.

– Selon certaines personnes, vous ne seriez pas seulement amis.

– Seulement amis, si, si, pour l'instant, affirma Ford avec un sourire exagéré.

– « Pour l'instant »… Vous souhaitez donc que les choses évoluent ?

Ford eut un léger mouvement d'humeur. Spock se mit à tourner autour des deux flics. Il ne mordrait pas, mais Ford savait qu'il n'hésiterait pas à exprimer son opinion en levant la patte. Ce qui n'était sans doute pas souhaitable.

– Spock, dis bonjour, ordonna-t-il. Excusez-le, il est un peu énervé parce qu'il se sent ignoré. Serrez-lui la patte, il sera content.

Wilson s'accroupit et prit la patte que le chien lui tendait.

– Jamais vu un chien pareil, dit-il.

– Il doit être croisé avec un bull-terrier, commenta Urick en saluant Spock à son tour.

– Il paraît, oui, acquiesça Ford. Mais revenons à nos moutons. Si vous connaissiez Cilla McGowan, je parie que vous essayeriez de la draguer, vous aussi. Mais peu importe. Je ne vois pas le rapport entre les relations que j'entretiens avec elle et ce qui est arrivé à Steve.

Urick se redressa.

– M. Chensky est son ex-mari, répliqua-t-il avec un regard lourd de sous-entendus.

– J'espère que vous ne pensez pas que je lui ai fracassé le crâne. Cela dit, je constate que vous avez cerné le problème : Steve Chensky n'est pas tombé tout seul de sa moto ; il s'est retrouvé nez à nez avec quelqu'un qui cherchait un truc dans la grange.

– Qu'est-ce qui vous fait penser cela ? lui demanda Urick.

Ford le fusilla du regard.

– Ça me paraît évident.

– Ça ne l'est pourtant pas.

– Écoutez, ce n'est pas moi que vous étiez venu interroger, non ? Si vous avez d'autres questions à me poser, vous savez où me trouver, j'habite en face.

Là-dessus, il s'engagea dans l'allée.

– À très bientôt, monsieur Sawyer, lui lança Wilson.

12

L'envie d'aller faire un tour dans la grange le démangeait, mais Ford ne tenait pas à faire peser sur lui davantage de soupçons, bien qu'il trouvât plutôt cool que la police le considère comme un suspect.

Asocial un jour, asocial toujours, songea-t-il en faisant une série d'abdos.

Quand il fut en nage et que la faim commença à lui tirailler l'estomac, il passa un coup de fil à l'hôpital et engloutit un bol de céréales. Puis, douché, rasé et habillé de frais, il monta dans son atelier.

– *Draco braz minto*, prononça-t-il devant sa table à dessin, les yeux fermés, les bras levés au ciel.

Ce rituel instauré dans son enfance l'aidait à chasser de son esprit toute préoccupation parasite.

Quelques minutes plus tard, il était absorbé dans la réalisation de la première planche de Brid.

Cilla avait positionné sa chaise de façon à s'adresser directement au visage de Steve. Et elle lui parlait, sans discontinuer, comme si une interruption de la conversation pouvait être fatale.

– Les travaux avancent beaucoup plus vite que prévu, malgré les modifications que j'apporte sans cesse aux plans initiaux. Mon bureau sous les combles va être fabuleux. Tout à l'heure, j'irai acheter le parquet et le carrelage pour les toilettes du grenier et de ma chambre. Le patio est terminé. Quand tu sortiras de l'hôpital, on y prendra une bière. Il faudrait que je trouve des gros pots de fleurs. Énormes. Ah oui, je ne t'ai pas dit, je vais planter des tomates. Je crois que c'est la saison. Je vais aussi semer des carottes, des poivrons et des haricots. Je voulais attendre l'an prochain, mais…

– Mademoiselle McGowan ?

– Oui ?

Quel était le prénom de cette adorable infirmière aux bouclettes blondes et aux grands yeux noisette ? Ah oui, Dee.

– Appelez-moi Cilla, Dee, je vous en prie.

– Deux inspecteurs de police sont là. Ils souhaitent s'entretenir avec vous.

– O.K. Une seconde, ajouta-t-elle à l'attention de Steve. Je reviens tout de suite.

Les policiers l'attendaient dans le couloir.

– Bonjour, Cilla McGowan, dit-elle en s'avançant vers eux.

– Inspecteur Wilson, et mon coéquipier, l'inspecteur Urick. Y a-t-il un endroit où nous pourrions discuter tranquillement ?

– Oui, dans la salle d'attente, répondit-elle en ouvrant le chemin. Alors ? Où en êtes-vous ? s'enquit-elle en s'emparant de la cafetière mise à la disposition des visiteurs.

– Savez-vous si quelqu'un veut du mal à M. Chensky ?

– Personne ne le connaît dans la région. Il n'est là que depuis quelques jours. Et il est plutôt du genre à se faire des amis que des ennemis.

– Vous avez été mariée avec lui.

– C'est exact.

– Pas de ressentiment ?

– Aucun. Nous étions amis avant d'être mari et femme. Nous le sommes restés.

– Vivez-vous toujours ensemble ?

– Non. M. Chensky est en visite ici pour une quinzaine de jours. J'en profite pour lui faire mettre la main à la pâte. Je rénove la ferme. Il est du métier.

– J'ai vu son émission, *Rock the House*, intervint Urick.

– Le concept est sympa, n'est-ce pas ? Je parie que vous voulez savoir si nous couchons ensemble. La réponse est non.

Wilson hocha la tête en pinçant les lèvres.

– M. Sawyer, votre voisin, a déclaré avoir aperçu un rôdeur dans votre propriété il y a quelques jours.

– Oui, le soir où Steve est arrivé. Steve a d'ailleurs entendu du bruit dans la nuit.

– Pas vous ?

– Non, j'ai un sommeil de plomb. Mais Steve m'a réveillée pour me le dire. Je l'ai envoyé promener. Le lendemain, Ford nous a signalé qu'il avait vu la lumière d'une lampe torche aux abords de la grange. Je voulais acheter un cadenas. J'ai oublié de le faire.

De nouveau, Cilla se sentit rongée par la culpabilité.

– Nous avons vu que vous entreposiez des objets dans cette grange. Des meubles, des caisses...

– Des vieilleries que j'ai descendues du grenier et que j'ai commencé à trier.

– Quelque chose a disparu ?

– Si c'est le cas, je ne m'en suis pas encore aperçue.

– Certains cartons étaient écrasés, des meubles renversés. À première vue, on pourrait croire que M. Chensky a perdu le contrôle de son véhicule.

– Ce n'est pas le cas. Il n'avait ni alcool ni drogue dans le sang.

– En effet, son taux d'alcoolémie était largement en dessous du seuil autorisé, acquiesça Urick. Et il n'avait consommé aucune substance illicite. Les médecins nous ont communiqué les résultats des analyses.

Enfin, soupira Cilla intérieurement.

– Steve roule en Harley depuis douze ans, dit-elle. Il est absolument impossible qu'il soit tombé de sa moto en la garant dans la grange.

– Les radiographies indiquent qu'il a été frappé à l'arrière du crâne, probablement à l'aide d'un pied-de-biche ou d'un cric.

– Oh, mon Dieu ! souffla Cilla en portant une main à son cœur.

– Sous la force du coup, il s'est effondré face contre terre. La deuxième fracture est due à cette chute. Selon toute vraisemblance, on aurait ensuite renversé la moto sur lui, d'où les deux côtes cassées et le rein endommagé.

Cilla posa son café d'une main tremblante. Son visage était devenu livide.

– Permettez-moi donc de vous reposer ma question, reprit Urick. Connaissez-vous quelqu'un qui voudrait du mal à M. Chensky ?

– Non, personne.

– Quels sentiments M. Sawyer nourrit-il à son égard ?

La question parut à Cilla si incongrue qu'il lui fallut quelques secondes pour comprendre ce qu'elle sous-entendait.

– Ils ont sympathisé dès le premier jour. Steve est un fan de Ford, à tel point qu'il s'est fait tatouer l'un de ses personnages. Je vous répète que je ne sors pas avec Steve. Et je ne sors pas non plus avec mon voisin. Ford n'est pas jaloux de Steve, il n'aurait aucune raison de l'être. Si vous êtes parti sur cette piste, vous vous fourvoyez.

– M. Sawyer savait que M. Chensky était sorti, le soir de l'accident, et qu'il garait sa Harley dans la grange.

– Absolument, inspecteur Wilson, et il savait aussi que Steve était sorti parce qu'il avait des vues sur une charmante brunette, Shanna Styles. De plus, M. Sawyer a passé une bonne partie de la soirée avec moi. Votre théorie ne tient pas debout.

Pendant un instant, les deux inspecteurs gardèrent le silence. Cilla se sentait à bout de forces.

– Pourriez-vous passer en revue tous les objets que vous avez remisés dans la grange et nous dire si quelque chose a disparu ? lui demanda enfin Wilson.

– Bien sûr, je le ferai au plus tôt.

– Votre grand-mère a marqué les esprits. Certaines personnes doivent savoir qu'il reste des choses lui ayant appartenu dans votre propriété.

– Sans doute, mais est-ce une raison pour fracasser le crâne d'un homme ?

Sur ces mots, sans plus de civilités, Cilla retourna auprès de Steve mais demeura cette fois assise en silence à son chevet.

En quittant l'hôpital, elle croisa son père sur le parking.

– Comment va-t-il ? lui demanda-t-il en la prenant dans ses bras.

– Toujours dans un état critique.

– Je suis navré, ma chérie. Y a-t-il quelque chose que je puisse faire pour toi ?

– Je ne crois pas, malheureusement.

– Viens, je t'invite à la cafétéria.

– Une autre fois. Je dois aller faire des courses. Va plutôt tenir compagnie à Steve. Parle-lui. Je sais qu'il t'aime bien, lui aussi.

– O.K.

– Quand tu partiras, dis-lui que je ne vais pas tarder à revenir.

– D'accord.

– Merci, Papa. J'apprécie que tu sois venu le voir alors que tu le connais à peine.

Travailler pour ne pas penser. C'est ce que fit Cilla toute la journée. Ainsi que le lendemain. Elle s'était établi un emploi du temps : tant d'heures à l'intérieur de la maison, tant à l'extérieur, tant dans la grange, tant à l'hôpital. Le soir, elle s'effondrait sur son matelas pneumatique et dormait comme une masse jusqu'à la sonnerie du réveil.

Steve était dans son troisième jour de coma lorsque sa mère débarqua de Los Angeles. Cilla modifia son planning : moins de temps à l'hôpital, davantage à vérifier que rien n'avait été dérobé dans la grange.

— Elle avait fumé quand elle a acheté ce truc, marmonna-t-elle en examinant un lampadaire doté de six spots en aluminium.

Elle le jeta tel un javelot à l'extérieur de la grange. Et manqua de justesse heurter Ford.

— Eh, attention ! cria-t-il.

— Excuse-moi, je ne t'avais pas vu.

— Tu pourrais prévenir avant de balancer ce genre de projectile. J'aurais eu l'air malin, aux urgences. « Qu'est-ce qui vous est arrivé ? – Euh… Je me suis fait empaler par la lampe la plus moche de l'histoire des luminaires. » Tu es rentrée de l'hôpital de bonne heure, aujourd'hui.

— La mère de Steve est arrivée. Je les ai laissés tous les deux.

— Ouais, je l'ai croisée, ce matin. Elle n'a pas l'air commode.

— Elle me déteste. Elle déteste tout le monde, de toute façon, c'est une plaie. J'ai préféré prendre lâchement la fuite.

— Et te réfugier dans le travail ? Tu travailles trop, ma belle.

Ford enjamba les objets épars sur le sol et caressa la joue de Cilla.

— Les flics veulent que je m'assure qu'on ne m'a rien volé.

— Je sais. Il semblerait qu'ils m'aient rayé de leur liste de suspects. Je suis déçu. Grand Blanc m'a demandé de lui dédicacer un exemplaire du *Justicier : Indestructible*, pour son petit-fils.

— Grand… Ah, Urick. Je lui ai dit qu'il ne s'agissait pas d'une sombre affaire de jalousie. N'empêche que si le mobile était le vol je ne vois vraiment pas ce qu'il y a de si intéressant ici. En fait, je crois que finalement je vais tout jeter.

— Non, objecta Ford. Ne jette rien sous le coup de l'émotion. D'autant plus que tu sais bien que ce qui est susceptible d'intéresser les personnes malintentionnées ne se trouve pas ici.

— Les lettres ?

– Les lettres, oui. Tu en as parlé à la police ?

– Non.

– Pourquoi ?

– Je ne sais pas. Sans doute parce qu'elles n'ont aucun rapport avec Steve. Et puis parce que je ne tiens pas à ce que tout le monde soit au courant. Si les journalistes apprennent que j'ai retrouvé les lettres du dernier amant de Janet, ils ne vont plus me lâcher.

– Tu ne veux pas savoir qui les a écrites ?

– Si, mais je ne vois pas en quoi les flics pourraient m'aider.

– Ils pourraient y déceler des empreintes digitales, des traces d'ADN. Tu ne regardes pas *Les Experts* ?

– *Les Experts*, c'est de la fiction. Et, dans tous les cas, je ne veux pas détruire la vie d'un homme ni celle de ses enfants parce qu'il a eu une aventure avec ma grand-mère, même s'il s'est montré cruel envers elle. Au bout de trente-cinq ans, il y a prescription.

– C'est vrai.

– De toute façon, si, je dis bien *si*, Janet ne s'est pas suicidée, si quelqu'un lui a fait avaler ces comprimés, comment pourrait-on le prouver ?

– Je n'en sais rien. Il faudrait d'abord poser les bonnes questions aux bonnes personnes.

– Je ne connais ni les questions ni les personnes. Et je n'ai pas envie de penser à ça pour le moment. À chaque jour suffit sa peine. Pour le moment, la seule chose que je veux…

Cilla jeta ses bras autour du cou de Ford et l'embrassa passionnément en nouant l'une de ses longues jambes autour des siennes. Puis elle se pressa contre son corps et lui mordilla la lèvre inférieure avec des gémissements de désir.

– Ferme la porte, lui chuchota-t-elle à l'oreille, en y laissant courir la pointe de sa langue.

Avant qu'elle scelle de nouveau sa bouche à la sienne, il la repoussa doucement.

– Attends, lui dit-il.

– Je ne peux plus attendre, murmura-t-elle, les paupières à demi closes, en lui prenant les mains et en les plaquant sur sa poitrine.

Il l'attrapa par les épaules.

– Non, Cilla, protesta-t-il. Je ne crois pas que le moment soit bien choisi.

Vexée, elle s'écarta de lui.

– On ne jette pas les affaires de ses grands-parents quand on est en état de choc, et on ne se jette pas non plus sur un homme, argumenta-t-il.

– C'est juste physique, riposta-t-elle.

– Non, Cilla, dit-il en l'embrassant tendrement, ce ne sera pas juste physique.

En soupirant, elle décocha un coup de pied dans un carton.

– Tu es un mec bizarre, Ford, mais extrêmement attachant. Comme ton chien.

– Ne recommence pas à m'allumer, Cilla, les pouvoirs de Maylene ont leurs limites. Si nous allions voir Steve ? À deux, nous serons plus forts pour affronter sa mère.

Devant l'entrée de l'hôpital, le lendemain soir, Cilla se donnait du courage avant sa deuxième visite de la journée et sa deuxième confrontation avec la mère de Steve. Tel un boxeur montant sur le ring, elle roula plusieurs fois des épaules. Quelqu'un, alors, l'interpella par son prénom. C'était Mme Morrow, accompagnée d'un homme qu'elle lui présenta comme son époux, Tom.

– Comment va votre ami ? s'enquit-elle en frictionnant amicalement le bras de Cilla.

– Toujours pareil. Merci encore pour ce que vous avez fait pour moi la dernière fois.

– Oh, ce n'était rien.

– Pour moi, c'était énormément. Vous venez visiter des malades ?

– Pas aujourd'hui, non. Nous venons voir notre filleule, qui a eu un bébé.

– Félicitations.

– Voulez-vous que je monte d'abord en réanimation avec vous ?

– Non, ce n'est pas la peine. Le personnel me connaît, maintenant. Tout le monde est très aimable. La seule chose qui m'embête, c'est que la mère de Steve est sûrement là. Elle ne peut pas me sentir.

Pourquoi racontait-elle sa vie ? se demanda Cilla. Sans doute pour gagner un peu de temps.

– Je vous accompagne ! déclara Cathy. Je l'attirerai hors de la chambre un moment. Je sais m'y prendre avec les familles des patients. Je lui offrirai un café, une épaule compatissante. Comme ça, vous pourrez rester un peu seule avec votre ami.

– Elle est incroyable, intervint son mari. Personne ne lui résiste.

– Vous pourrez monter dans cinq minutes, Cilla. Pendant ce temps, tiens-lui compagnie, Tom.

Là-dessus, avec un signe joyeux, Cathy entra dans l'hôpital.

– Asseyons-nous sur ce banc, suggéra M. Morrow. Je suis navré de ce qui est arrivé à votre ami. La police a-t-elle une idée de ce qui s'est passé ?

– Non. Nous espérons tous que Steve pourra éclaircir le mystère quand il se réveillera. S'il se réveille.

– Nous le souhaitons tous très fort, affirma Tom en exerçant une pression bienveillante sur le bras de Cilla. Vous êtes contente du boulot de Brian ?

Un instant, elle suivit des yeux une camionnette blanche qui roulait lentement sur les allées du parking puis reporta son attention sur lui.

– Très. Votre fils est un excellent paysagiste.

– Vous avez entrepris un énorme chantier, d'après ce qu'on raconte. La maison, le terrain…

– Je me suis entourée de professionnels sérieux et compétents. Passez voir, un jour, si vous voulez.

– Volontiers. Pour tout vous avouer, j'espérais que vous me le proposeriez, dit Tom avec un clin d'œil.

– Quand vous voulez, monsieur Morrow. Bon, je crois que je vais monter, maintenant, dit Cilla en se levant.

– Je prierai pour votre ami.

– Merci.

Les gens du coin étaient vraiment des anges, songea Cilla en attendant l'ascenseur. Ils se souciaient les uns des autres, ils prenaient le temps de se parler. Non, elle n'avait aucune envie de retourner à Los Angeles.

Parvenue dans le service, elle se rendit au bureau des infirmières.

– La fonction rénale est revenue à la normale, lui annonça Mike, un infirmier fort sympathique qu'elle avait déjà vu la veille.

– Enfin une bonne nouvelle. Il a de la visite, en ce moment ?

– Mme Chensky est là, mais je crois qu'elle est allée boire un café avec Mme Morrow.

– Alléluia, murmura Cilla.

Le visage de Steve avait un peu désenflé. Un début de barbe envahissait ses joues qui piqua celles de Cilla quand elle l'embrassa.

– Je suis de retour. Il fait une de ces chaleurs, cet après-midi ! Ça sent l'été.

Un croquis scotché sur la fenêtre attira son attention dont elle n'eut pas besoin de regarder la signature pour reconnaître le trait de Ford.

– Tu as vu ? La ressemblance est frappante. Il t'a rebaptisé Conan l'Immortel.

Ford avait représenté Steve avec un pagne d'étoffe, le torse sanglé de cuir noir, les cheveux volant dans le vent, un sourire narquois aux lèvres, appuyé sur une épée dont la pointe était plantée entre ses pieds.

– Tu vas adorer, dit-elle en prenant la main de Steve, la gorge nouée par un sanglot qu'elle refoula. Il faut absolument que tu voies ce dessin. Absolument, Steve, tu m'entends ? Réveille-toi, ça a assez duré, maintenant, cette comédie. Oh, mon Dieu !

Sa main avait-elle bougé ? Ou avait-elle rêvé ?

– Ne m'oblige pas à me mettre en colère, poursuivit-elle. Tu sais comme je peux être désagréable quand je m'énerve, pire que ta mère, qui ne va d'ailleurs pas tarder à revenir. Alors si tu ne veux pas…

Les doigts de Steve exercèrent une légère pression sur les siens. Cette fois, il n'y avait pas de doute. Pleine d'espoir, elle appuya sur la sonnette reliée au bureau des infirmières puis souleva la main de Steve et la mordit. Ses doigts se crispèrent.

– Il m'a serré la main ! s'écria-t-elle lorsque Mike pénétra dans la chambre. Deux fois ! Il se réveille !

– Parlez-lui, dit Mike en soulevant les paupières de son patient. Il faut qu'il entende votre voix.

– Steve, c'est Cill. Allez, réveille-toi, feignant. J'ai autre chose à faire qu'à te regarder dormir !

De l'autre côté du lit, Mike vérifia les pupilles, le pouls, la pression artérielle. Puis pinça le bras de Steve. Qui tressauta sur le matelas.

– Il sent la douleur ! Steve, tu m'entends ? Ouvre les yeux.

Cilla se pencha au-dessus du visage de Steve.

– Ouvre les yeux, répéta-t-elle.

Ses paupières frémirent. Ses lèvres remuèrent.

– Tu veux nous dire quelque chose ? Parle plus fort, s'il te plaît, on ne comprend rien.

– Merde, articula-t-il d'une voix rauque, à peine audible.

– Il a dit « merde », bredouilla Cilla, entre le sanglot et le rire.

Mike sortit dans le couloir et interpella l'une de ses collègues.

– Bipe le Dr North. Son patient se réveille.

Les paupières de Steve s'entrouvrirent.

– Tu me vois ? lui demanda Cilla. Steve ? Tu me vois ?

– Salut, poupée.

Après s'être entretenue avec le médecin, Cilla gratifia la mère de Steve de son sourire le plus sincère, puis elle s'enferma dans les toilettes afin de laisser libre cours à des larmes de joie. Elle se rinça ensuite le visage, dissimula ses yeux rougis derrière ses lunettes de soleil et retourna au bureau des infirmières.

– Il dort, lui indiqua Mike. D'un sommeil naturel. Il est encore très faible, il faut qu'il récupère. Vous devriez rentrez chez vous, Cilla. Vous aussi, vous avez besoin de reprendre des forces.

– Vous avez raison. Si jamais il me demande…

– Nous vous appellerons.

Pour la première fois, Cilla prit l'ascenseur le cœur léger. Dans le hall d'accueil, elle téléphona à Ford pour lui annoncer la bonne nouvelle.

– Il s'est réveillé, Ford, dit-elle gaiement en se dirigeant vers le parking. Il m'a parlé.

– Qu'est-ce qu'il t'a dit ?

– « Merde. »

– Ça ne m'étonne pas de lui.

– Il m'a reconnue et il se souvient de son nom et de son adresse. Son côté gauche est un peu moins réactif que le droit, mais le médecin a dit que c'était normal.

– Tu veux que je vienne, que je t'apporte quelque chose à manger ?

– Non, je rentre. Il dort. Oh, punaise… Bon sang !

– Cilla ? Que se passe-t-il ?

– Rien. J'arrive, dit-elle en fixant la portière de son pick-up.

Au marqueur noir, quelqu'un y avait tracé en grosses lettres majuscules :

Les garces engendrent des garces !

13

Sitôt arrivée chez Ford, Cilla prit des photos de la portière de son pick-up.

– Il faut que tu préviennes la police, lui dit-il. C'est peut-être lié à ce qui est arrivé à Steve.

Elle haussa les épaules puis frotta du doigt l'une des lettres du sinistre graffiti.

– Ça ne s'effacera pas, grommela-t-elle. Je vais être obligée de faire refaire la portière. Ça ne fait même pas trois mois que j'ai cette bagnole.

Sous le regard impuissant de Ford, elle décocha un coup de pied dans un pneu.

– Je te prêterai la mienne en attendant que tu l'aies fait nettoyer.

– Non, tant pis, je roulerai comme ça, décréta-t-elle avec un regard de défi. Je sais que je ne suis pas une garce. J'ai aperçu la camionnette de Hennessy sur le parking de l'hôpital, avant d'aller voir Steve. Ça ne m'étonnerait pas que ce soit lui qui ait fait ça. Il en est capable. Si ça se trouve, c'est aussi lui qui a agressé Steve.

– Steve a dit quelque chose à ce sujet ?

– Nous ne lui avons posé aucune question. Il n'est pas encore en état. Mais, d'après le médecin, la police pourra probablement prendre sa déposition dès demain. Et mince !

Cilla contourna nerveusement sa voiture puis elle prit une profonde inspiration.

– Enfin, bref, dit-elle, nous n'allons pas nous laisser gâcher cette excellente journée pour un petit dégât matériel. Tu crois qu'ils ont du champagne, au magasin de spiritueux ?

– Je n'en sais rien, mais j'en ai dans ma cave. Je peux aller en chercher une bouteille et réchauffer une pizza surgelée.

Sur la véranda, Spock se mit à danser.

Tandis que Cilla s'approchait de Ford pour l'embrasser, un coup de klaxon joyeux retentit, et une Mustang rouge décapotable se gara derrière son pick-up. Une grande rousse en descendit. En frétillant de l'arrière-train, Spock se précipita à sa rencontre.

– Mes parents, chuchota Ford.

– Bonjour, mon garçon ! s'écria Penny Sawyer en l'embrassant bruyamment.

– Salut M'man, salut P'pa. Vous allez bien ?

Le père de Ford avait une carrure de déménageur, la mâchoire proéminente, des cheveux gris coiffés à la Cary Grant. Il donna une accolade à son fils puis se baissa pour serrer la patte de Spock.

– Nous allons jouer au poker chez Bill et Susie. Tu veux venir avec nous ?

– Non, si c'est encore pour perdre…

– Tu n'as pas le vice du jeu, toi, roucoula Penny en dévisageant Cilla par-dessus ses énormes lunettes de soleil. Et puis tu es en bonne compagnie, ce soir, à ce que je vois. Inutile de me présenter ta nouvelle voisine. Vous êtes le sosie de votre grand-mère, mademoiselle, la plus belle femme que j'aie jamais vue.

– Merci, répondit Cilla en essuyant ses paumes moites contre son jean avant de serrer la main que la mère de Ford lui tendait. Enchantée.

– Cilla McGowan, mes parents, Penny et Rod Sawyer.

– Je connais très bien votre Papa, déclara Penny avec un regard en coin en direction de son mari.

– Tu es incorrigible, riposta celui-ci, il faut toujours que tu essaies de me rendre jaloux. J'ai entendu dire beaucoup de bien de vous, dit-il à Cilla.

Penny enfonça son index dans la poitrine de Ford.

– Et celui-là, tu crois qu'il nous aurait dit quelque chose ?

– Je suis la discrétion même, Maman, tu le sais.

En riant, Penny ouvrit son sac à main et en exhiba un gros os à mâcher qu'elle agita au-dessus de Spock. Elle avait une voix et un rire rocailleux de fumeuse et d'amatrice de whisky. Le chien se dressa sur ses pattes arrière.

– Tiens, mon chou, lui dit-elle en lui jetant l'os. (Et à Cilla :) Qui voulez-vous que je gâte ? Notre fils ne veut pas nous donner de petits-enfants.

– Vous en avez déjà deux du côté d'Alice, lui rappela Ford.

– Et je leur apporte des cookies chaque fois que je vais les voir. Ton grand-père sera sûrement des nôtres, ce soir. Saviez-vous, Cilla, que mon père était follement amoureux de votre grand-mère ?

– Ah non.

– Il a pris des centaines de photos d'elle qu'il n'a jamais voulu vendre, à aucun prix, et je n'ai jamais réussi à le convaincre de les exposer à la librairie.

– Il était photographe, précisa Ford, et ma mère tient une petite librairie, Book Ends in the Village.

– J'y suis passée, l'autre jour, dit Cilla. Je vous ai acheté des bouquins de jardinage et d'architecture intérieure. J'adore ces petites boutiques conviviales.

– Oh, ce n'est qu'une modeste librairie de campagne. Bon, Rod, on y va ? On va être en retard. Pourquoi tu me laisses jacasser ?

– Si je le savais !

– Au cas où tu changerais d'avis, Ford, on vous gardera des chaises. Tout le monde sera ravi de faire votre connaissance, Cilla.

Rod prit son épouse par le bras et l'entraîna vers la voiture.

– Je demanderai à mon père de venir vous montrer ses photos, lança-t-elle par-dessus son épaule. Ford, amène donc Cilla dîner à la maison, un de ces soirs.

– Entendu, m'dame. Bonne chance, pour le poker.

– Je sens que je suis en veine ! gloussa Penny en montant dans la voiture.

– Eh bien, fit Cilla quand ils furent partis.

– Je sais, ma mère est une véritable tornade. Ça surprend, quand on ne la connaît pas.

– Tu ressembles beaucoup à ton père, un homme charmant, au demeurant. Tu vas chercher le champagne ?

– Tout de suite.

Un instant plus tard, Ford débouchait une bouteille de Veuve Clicquot dans la cuisine.

– Qu'est-ce que c'est que ces pots de peinture ? lui demanda Cilla.

– De la sous-couche, trois tonnes de peinture rouge, plus quelques pots de blanc pour les encadrements de portes et de fenêtres.

– Pour… pour la grange ? balbutia Cilla.

– Oui, parce que je suis un fervent adepte de la pensée positive.

143

Profondément émue, elle posa une main contre la joue de Ford et l'embrassa avec une infinie tendresse. Puis elle s'écarta de lui et s'adossa contre le comptoir.

– Steve est encore trop présent dans mon esprit, murmura-t-elle.

– Peut-être qu'on pourrait faire une entorse à mes principes ?

– Non, je préfère pas.

– Tant pis, je ne peux m'en prendre qu'à moi-même, dit Ford en sortant une pizza du congélateur pour la glisser dans le four.

– N'empêche que je crois que je suis en train de tomber amoureuse de toi.

– Ça te fait peur ?

– Non. Enfin, pas trop.

Elle embaucha des peintres en bâtiment, emmena sa voiture chez le carrossier et s'entretint de nouveau avec la police.

Il n'y avait pas de preuve, lui dirent les inspecteurs Urick et Wilson, aucun élément n'indiquant la présence de Hennessy sur les lieux de l'agression de Steve ni ne permettant de l'accuser de dégradation sur son pick-up.

Steve avait été transféré dans un autre service, et sa mère était repartie pour Los Angeles.

Buddy ne comprenait pas pourquoi Cilla voulait autant de pommeaux de douche dans la salle de bains de sa chambre.

– Ce sont des jets massants, lui expliqua-t-elle. Ils sont arrivés ce matin. Vous les avez vus ?

– Ben ouais, bougonna-t-il.

Dans son dos, elle lui fit une grimace.

– Il y a de l'eau ? Parce qu'à propos de douche il faut que j'en prenne une avant d'aller voir Steve.

– Non, je l'ai coupée. Si vous voulez que je finisse ce que je suis en train de faire, je ne peux pas la remettre tout de suite.

– Terminez, Buddy, je vais aller me doucher chez Ford.

Le regard goguenard que lui décocha le plombier ne lui échappa pas, mais elle s'abstint de commentaires.

Afin de ne pas déranger Ford, elle se doucha dans la salle de gym, et s'aperçut en sortant de la salle de bains qu'elle avait oublié ses vêtements propres chez elle.

– Zut.

Elle ne pouvait pas remettre sa tenue de travail trempée de sueur. Ni se montrer aux ouvriers à moitié nue. Elle était obligée de déranger Ford. Drapée dans une grande serviette blanche, ses vêtements sales sur le bras, elle le trouva dans la cuisine en compagnie de sa mère et d'un vieil homme, son grand-père, Charlie Quint.

– Bonjour, excusez-moi de vous déranger, bredouilla-t-elle. Je pensais que tu travaillais. Le plombier a coupé l'eau chez moi, alors je suis venue me doucher en bas, mais j'ai oublié mes vêtements chez moi. Ça t'ennuierait d'aller me les chercher ?

– Pas du tout.

– Vous voulez un verre de thé glacé, Cilla ? proposa Penny en se levant.

– Non, ne vous dérangez pas, je…

– Ne soyez pas timide, asseyez-vous. Ford, va vite lui chercher ses vêtements.

– J'y cours, mon capitaine.

– Vous ressemblez encore plus à votre grand-mère en vrai qu'en photo, observa le grand-père. Et vous avez de très jolies jambes.

Terriblement mal à l'aise, Cilla serra sa serviette contre elle.

– Vous avez connu Janet ?

– Bien sûr. J'ai eu le coup de foudre la première fois que je l'ai vue au cinéma. Elle n'était qu'une petite fille, et j'étais gamin, moi aussi. Ah, le premier amour, ça ne s'oublie pas !

Penny posa un verre sur le comptoir.

– Asseyez-vous, ma chère, insista-t-elle.

– Non, non, ça va, merci.

Cilla regarda le verre en se demandant comment l'attraper.

– Vous êtes embarrassée, ma pauvre. Ce sont vos vêtements sales ? Donnez-les moi, je vais faire tourner une machine.

– Non, non, je vous en prie.

– Ça ne pose aucun problème, assura Penny en prenant le linge de Cilla. Voilà, asseyez-vous. Papa, si tu montrais tes photos à mademoiselle ? Nous sommes venus pour les laisser chez Ford.

Tandis que le vieil homme ouvrait un album, Cilla s'approcha de lui et oublia instantanément qu'elle n'était vêtue que d'un drap de bain.

– Elles sont merveilleuses ! Je ne les avais jamais vues.

– Ma collection personnelle, dit-il avec un sourire mélancolique. Vous voyez celle-ci ? C'est la première qu'elle m'a autorisé à prendre.

Janet était assise sur les marches de la véranda en salopette et chemise écossaise.

– Elle avait l'air si heureuse, murmura Cilla.

– Elle bêchait les plates-bandes avec les jardiniers. Au départ, elle m'avait chargé de photographier l'évolution des travaux, en me stipulant bien qu'elle ne voulait pas apparaître sur les photos. Et puis elle s'est laissé amadouer. Là, la voici avec ses enfants.

Bedelia aussi avait l'air épanouie, se dit Cilla tandis que le grand-père de Ford tournait lentement les pages.

– Vous n'avez jamais essayé de les vendre ? demanda-t-elle en contemplant Janet en amazone sur son alezan, Janet jouant dans l'herbe avec ses enfants, battant des pieds dans l'étang, posant au côté de célébrités ou de gens de la région.

Charlie haussa les épaules.

– Pour quoi faire ? L'argent ne m'intéresse pas. Et ces photos me sont chères. Les seules dont je me sois séparé, c'est celles que j'ai données à Janet.

– J'ai dû les voir. Ma mère a des boîtes et des boîtes de photos. Oh, celle-ci ! C'est celle que je préfère.

Janet se tenait sur le seuil de la ferme, les bras croisés, appuyée contre l'encadrement de la porte, vêtue d'un pantalon noir et d'un chemisier blanc, pieds nus, les cheveux détachés. Un chiot dormait sur la galerie ornée d'une multitude de pots de fleurs.

– C'est le chien qu'elle avait acheté aux Clinton, la famille de votre belle-mère, indiqua Penny en s'approchant et en posant une main sur l'épaule de son père.

– Oui, Patty m'a raconté.

– Janet adorait ce chien, murmura Charlie.

– Il faudra que tu fasses faire des doubles pour Cilla, Papa. Les photos de famille, c'est important.

Ford revint avec le sac que Cilla avait laissé sur sa véranda.

– Je les scannerai, proposa-t-il.

Cilla sentit l'hésitation du vieil homme.

– Je serais ravie de voir le reste de vos photos un autre jour, lui dit-elle. Mais, là, il faut que je file à l'hôpital.

– Vous ressemblez beaucoup plus à votre grand-mère qu'à votre Maman, observa-t-il. Vous avez exactement les mêmes yeux que Janet.

Un nuage de tristesse assombrit les siens. Cilla s'éclipsa à la hâte au sous-sol.

Deux salles de bains étaient à présent terminées, le salon presque entièrement crépi, et la chambre d'amis prête à accueillir Steve. Il n'y manquait plus que le lit commandé par Cilla. Quand il sortirait de l'hôpital, le système de climatisation générale fonctionnerait.

Cilla s'était inscrite à l'examen d'entrepreneuriat ; les épreuves auraient lieu dans quelques semaines, mais elle évitait d'y penser. Car, si elle échouait, elle devrait chercher un emploi salarié et renoncer à la fermette qu'elle projetait d'acheter pour la transformer. Plutôt que d'envisager la déception, elle se concentrait sur le présent. Ford avait raison, il fallait garder une attitude positive.

Un échafaudage se dressait devant la grange, dont un mur s'enorgueillissait déjà d'une belle teinte vermillon. Des roses, des hydrangéas, des spirées et des weigelias fleurissaient dans le jardin, où flottait un doux parfum de renouveau.

Le vieux Charlie avait donné une idée à Cilla : elle prenait désormais des tas de photos du chantier : les ouvriers sur les échafaudages, Shanna en short et tee-shirt fuchsia jointant une murette avec Brian, la structure de l'escalier extérieur qui menait au grenier, le squelette de la galerie à l'arrière de la maison.

En photographiant la véranda sur la façade, entièrement refaite par ses soins, elle vit presque Janet accoudée à la rambarde.

– Ça prend forme, hein ? chuchota-t-elle à la vision.

– Hello, la belle.

Ford la fit sursauter. Elle ne l'avait pas entendu arriver.

– Je suis passé voir Steve. Il sort après-demain.

– Le lit sera arrivé, je pense.

– C'est décidé, alors ? Il s'installe ici pour sa convalescence, avec tout ce boucan ?

Cilla haussa les épaules.

– Ce boucan, pour Steve et moi, c'est de la musique de chambre.

– Si tu le dis… Mais je réitère ma proposition : il peut venir chez moi. Au moins, il pourra regarder la télé.

– Et tu lui prépareras du bouillon et des tisanes ? Tu lui feras prendre ses médicaments ?

Cilla s'interrompit. Une Lexus noire s'était engagée dans l'allée.

– Qui est-ce ? demanda Ford.

Elle plissa les yeux afin de distinguer le visage du conducteur.

— Numéro Cinq, le mari de ma mère.

— Cilla ! s'écria Mario en descendant de la voiture, vêtu d'un jean et d'un polo Armani.

Tandis que Spock reniflait consciencieusement ses mocassins Prada, il l'embrassa avec force effusions.

— Pour une surprise, c'est une surprise, Mario. Qu'est-ce que tu fais là ?

— Cilla, je te présente Ken Corbert, l'un de nos producteurs. Ken, Cilla McGowan, la fille de Bedelia.

— Enchantée.

Cilla salua poliment le petit homme menu aux cheveux noirs qui accompagnait son beau-père.

— Spock, dis bonjour, ordonna Ford.

Du bout des doigts, Mario serra la patte que Spock lui tendait. Ken ébouriffa amicalement la tête du chien.

— La région est magnifique, dit Mario. Nous étions à New York, nous avons loué une voiture. Ta mère te passe le bonjour. Elle a préféré ne pas venir avec nous. Tu sais comme c'est difficile pour elle, les souvenirs…

— Elle est à New York ?

— Pour quelques jours seulement. On a groupé plusieurs rendez-vous. Depuis notre arrivée, on n'a pas arrêté de courir. Elle se repose, aujourd'hui. Dis-moi, où pourrions-nous dîner tous les trois, ce soir ?

— Mon voisin vous indiquera un restaurant, mais je ne pourrai pas vous accompagner. Trop de boulot.

— Allons prendre un verre en fin d'après-midi, dans ce cas. Tu auras bien une heure à nous accorder, quand même, *cara* ?

Le voyant venir, Cilla préféra prendre les devants.

— Écoute, Mario, si tu es venu essayer de me persuader de jouer dans le spectacle de Maman, tu perds ton temps. Je lui ai déjà dit que ça ne m'intéressait pas.

Assis aux pieds de Cilla, Spock émit un jappement de soutien. Un rictus de contrariété déforma furtivement les traits de Mario.

— C'est pourtant l'occasion ou jamais de revenir sur le devant de la scène, plaida-t-il. Trois générations de Hardy virtuellement réunies ! C'est une performance !

— Nous allons faire une grosse promo, intervint Ken. Nous sommes certains de faire salle comble pendant toute la tournée. Le spectacle sera retransmis sur le câble. Nous éditerons ensuite un CD et un DVD.

– Je suis désolée, ce sera sans moi, déclara Cilla calmement mais fermement.

– Si tu désires chanter en solo…, commença Mario.

– Inutile d'insister, le coupa-t-elle.

Et, là-dessus, elle tourna les talons.

– Cilla, *cara* ! l'interpella-t-il.

– Écoute, Mario, lui lança-t-elle par-dessus son épaule, quand je dis non, c'est non. Inutile de me supplier, ça ne changera rien.

– C'est une opportunité en or, pour toi, la chance de devenir enfin une grande star.

Elle se retourna avec un soupir exaspéré.

– Si j'avais dû devenir une grande star, j'en serais une depuis longtemps. Quoi qu'il en soit, je ne veux plus devenir une grande star. Je suis très heureuse comme je suis.

– Cilla, ta mère a besoin de toi.

– N'ai-je pas été suffisamment claire, Mario ?

– Tu es si dure avec ta mère, *cara*, murmura-t-il tristement.

– Alors qu'elle est si tendre avec moi, railla Cilla. Je sais que tu es quelqu'un d'intelligent, Mario. Je compte sur toi pour lui faire comprendre que je suis très bien ici et que je ne retournerai pas à Los Angeles.

Il secoua la tête, comme il l'aurait fait face à un enfant buté, puis il embrassa Cilla, remonta dans sa voiture et démarra.

– Ça pète, hein, le rouge que j'ai choisi pour la grange ? dit Ford.

Elle esquissa un sourire.

– Heureusement que je vous ai, tous les deux, soupira-t-elle en se baissant pour caresser Spock. Vous êtes mille fois plus efficaces qu'une thérapie à des centaines de dollars.

– Je te ferai parvenir la facture, répliqua Ford avec un clin d'œil.

14

Dobby sourit lorsque Cilla lui montra le motif qu'elle avait choisi pour ses médaillons.

– Des trèfles à trois feuilles, l'emblème national de l'Irlande, dit-il.

– J'ai hésité entre plusieurs symboles. Celui-ci n'est pas très subtil, mais tant pis. Je crois qu'il aurait plu à Janet.

– Certainement. Votre grand-mère avait des goûts très simples.

– Vous pourrez me faire ça, alors ? J'en voudrais trois : un dans la salle à manger, un dans ma chambre, et un ici, dans le salon. Trois couronnes de trèfles pour chacun. Je n'ai pas besoin de vous dessiner un modèle, n'est-ce pas ? Je fais confiance à votre imagination et à votre talent. Je ne tiens pas forcément à l'uniformité, mais à la symétrie.

Le vieux maçon hocha la tête.

– Je suis content de travailler chez vous. Ça me rappelle le bon vieux temps.

Tandis que Jack terminait quelques raccords sur les murs du salon, Cilla alla chercher un pichet de thé glacé et invita Dobby à s'asseoir avec elle autour d'une planche posée sur deux tréteaux.

– Vous voyiez ma grand-mère, quand elle venait ici ? lui demanda-t-elle.

– Je la croisais en ville de temps en temps. Elle avait toujours un mot aimable, elle ne manquait jamais de prendre des nouvelles de ma famille.

– Au cours des deux dernières années de sa vie, savez-vous si… si elle fréquentait un homme de la région ?

Le front de Dobby se plissa. Il semblait fouiller dans sa mémoire.

– Je ne crois pas, répondit-il enfin. À sa mort, les journalistes ont laissé entendre qu'elle avait un amant ici. Mais on a raconté telle-ment de choses !

– C'est vrai, mais je suis en possession de certaines informations qui me donnent à penser qu'elle a eu une liaison avec quelqu'un du coin. Elle était là très souvent, n'est-ce pas, à la fin de sa vie ?

– En effet. À la mort de son fils, tout le monde était persuadé qu'elle allait vendre la ferme, qu'elle ne voudrait plus y mettre les pieds. Mais c'est exactement le contraire qui s'est produit. On avait l'impression qu'elle venait se réfugier à Little Farm, toute seule, sans sa fille. Elle ne donnait plus de fêtes, elle n'invitait quasiment plus personne. Si on l'avait vue avec un homme, les commérages seraient allés bon train. Or je n'ai pas le souvenir qu'elle ait eu une aventure qui ait fait jaser.

– Il y avait moins de voisins, à l'époque, intervint Jack en posant sa truelle.

– C'est vrai. Toutes ces maisons que vous voyez de l'autre côté de la route n'ont été construites qu'il y a vingt-cinq, trente ans, quand les Bruckner ont vendu leur ferme. À l'époque, il n'y avait qu'eux comme voisins, et leur maison était à trois ou quatre cents mètres.

Intéressant, songea Cilla. *Janet pouvait donc recevoir un homme chez elle sans crainte que cela ne s'ébruite. Mais qui était cet homme ?* Le mystère demeurait entier et l'intriguait chaque jour davantage, sans doute parce qu'il recelait la réponse à la question qui l'obnubilait depuis des années : pourquoi Janet était-elle morte à trente-neuf ans ?

Appuyé sur une canne, le crâne rasé couvert d'une casquette, les yeux protégés derrière des lunettes de soleil, considérablement amaigri après deux semaines d'alitement, Steve s'arrêta dans l'allée pour reprendre son souffle.

– Arrête de me regarder comme ça, dit-il à Cilla.

– Tu ne devrais pas rester en plein soleil.

– Le soleil me fait du bien, j'en ai été privé pendant quinze jours. Bonne idée de repeindre la grange en rouge. Mais où sont les ouvriers ?

– Je leur ai donné un jour de congé. J'ai pensé que tu aurais besoin de calme.

– Quand ai-je jamais aimé le calme ? Toi, alors !

– O.K., disons que c'est moi qui en avais envie. Viens, rentrons, tu tiens à peine sur tes jambes.

Cilla commençait à se demander si elle parviendrait à s'occuper de son ex-mari. En dépit de ses protestations, elle le prit par le bras et l'aida à gravir les marches de la véranda. Alors qu'elle avait hâte de l'installer au lit, il insista pour faire le tour du rez-de-chaussée, s'extasia devant le crépi du salon, félicita Cilla d'avoir retiré les portes du couloir.

Anxieuse de sentir son côté gauche se raidir à chaque pas, elle eut recours à une ruse.

– On a pas mal avancé, à l'étage. Viens, je vais te montrer.

L'ascension de l'escalier fut laborieuse.

– On aurait peut-être dû accepter l'offre de Ford, dit-elle en faisant une pause. Tu aurais été mieux chez lui.

– Je peux encore monter des escaliers, bon sang, maugréa-t-il en grimaçant et en portant une main à son crâne.

– Tu as mal à la tête ? s'inquiéta-t-elle. Tu vas prendre un comprimé et t'allonger, ça va passer.

– J'ai passé quinze jours au lit, je n'ai aucune envie de m'allonger, protesta-t-il.

Sur le seuil de la chambre de Cilla, son visage se décontracta quelque peu lorsqu'il découvrit le dressing qu'elle y avait aménagé. En boitillant, il se dirigea vers une penderie et en tira la porte.

– Bon boulot, commenta-t-il.

– C'est moi qui ai fixé toutes les étagères. Elles sont en cèdre.

– Tu vas pouvoir en mettre, des fringues, là-dedans.

Il s'efforçait de paraître enjoué mais son regard s'était soudain voilé. D'une démarche de vieillard, il traversa la pièce. Cilla lui emboîta le pas, prête à le retenir s'il perdait l'équilibre.

– Qu'est-ce qu'il y a, Steve ? Ça ne va pas ?

– Mais si, ça va très bien. Très classe, la salle de bains. Tu as mis des panneaux de douche en verre, finalement ?

– Oui, je trouve qu'ils se marient bien avec le carrelage noir et blanc.

Mais Cilla n'avait plus le cœur à parler des travaux. Elle appuya son front contre l'épaule de Steve.

– Je t'en prie, dis-moi ce qui ne va pas.

– J'ai peur de ne plus jamais pouvoir travailler.

Elle avait envie de le serrer dans ses bras, de le réconforter, mais elle ne sut que répliquer, avec une pointe d'irritation :

– Écoute, Steve, tu sors à peine de l'hôpital. Qu'est-ce que tu croyais ? Que tu allais casser des cloisons dès le premier jour ? Tu n'as pas entendu ce qu'a dit le médecin ? La rééducation sera très longue. Mais si tu la fais comme il faut, tu as des chances de tout récupérer.

– Ça peut prendre des mois, des années, répondit-il d'une voix où se mêlaient inquiétude et frustration. Et je n'arrive toujours pas à me rappeler ce qui s'est passé. Tu crois que c'est normal ? À partir du moment où je suis parti d'ici, c'est le trou noir total. Je n'ai aucun souvenir de la soirée au bar ni d'avoir raccompagné Shanna chez elle.

La respiration haletante, il s'appuya contre un mur.

– Tout compte fait, ajouta-t-il, je crois que je vais faire une petite sieste.

– Voilà qui est nettement plus raisonnable, dit Cilla en le conduisant à la chambre d'amis.

Un lit, recouvert d'un dessus-de-lit à carreaux bleus et blancs trônait entre les murs bleu pâle. Un tapis bleu à motifs blancs s'étalait sur le parquet luisant. Posé sur une petite table en bois, un bouquet de marguerites dans un vase bleu cobalt se reflétait dans les vitres de la fenêtre aux boiseries de noyer décapées et revernies par Cilla.

– Plus charmant que ta chambre d'hôpital, non ?

Le visage de Steve rayonnait de plaisir.

– C'est mignon comme tout. Mais c'est une drôle d'idée d'avoir vitrifié un parquet alors que la maison est encore en plein chantier.

– C'est chouette d'avoir une pièce entièrement finie, tu ne trouves pas ? Enfin, presque finie. Il faut encore que je mette des tableaux et que je vernisse les plinthes.

En souriant, Cilla ouvrit un placard mural qui révéla un immense écran plat.

– Sur les conseils de Ford, je me suis abonnée au câble.

Steve s'assit au le bord du lit.

– Je parie que tu as pris du retard dans ton planning pour aménager cette chambre.

– J'ai tout mon temps, répliqua-t-elle en s'emparant de la carafe posée sur la table de chevet et en remplissant un verre d'eau.

Puis elle alla chercher un flacon de comprimés dans la salle de bains.

– Tiens, prends tes médicaments. Ensuite, je t'aiderai à te déshabiller.

Une lueur malicieuse s'alluma dans le regard de Steve.

– Tu feras la sieste avec moi ?

Cilla s'accroupit et lui dénoua ses lacets.

– Sûrement pas. Je ne suis pas en convalescence, moi. J'ai du boulot par-dessus la tête.

– J'exige que les ouvriers reviennent dès demain.

– Qui t'a nommé chef de chantier ? rétorqua-t-elle en lui faisant signe de lever les bras pour qu'elle lui enlève sa chemise. Ils reviennent demain, ne t'inquiète pas, et ils ont prévu d'organiser une petite fête en ton honneur.

Steve s'allongea en travers du lit et se laissa retirer son jean.

– Je ne sais pas si je suis d'humeur à faire la fête, grommela-t-il. Regarde dans quel état pitoyable je suis. Je me laisse dépoiler par une femme et je n'essaie même pas de lui soulever son tee-shirt.

– Il paraît que tu draguais toutes les infirmières, riposta Cilla en lui caressant la poitrine.

Puis elle l'aida à s'installer et lui ôta ses lunettes noires et sa casquette en évitant de regarder les deux cicatrices roses qui lui barraient le crâne.

– Je descends faire un peu de paperasse, dit-elle. Si tu as besoin de quelque chose, appelle-moi.

– Ne t'inquiète pas, je crois que je vais dormir un peu, finalement, répondit-il en bâillant.

Après l'avoir embrassé sur le front, Cilla s'éclipsa en tirant la porte derrière elle. Steve contempla un instant le plafond puis ferma les yeux.

Elle s'installa sur le patio avec son ordinateur portable. Au bout d'une demi-heure, elle remonta voir Steve. Il dormait profondément. Une demi-heure plus tard, elle remonta encore. Il ronflait comme un sonneur. Rassurée, elle se plongea dans ses factures et ses budgets prévisionnels pour ne lever la tête qu'en entendant des pas crisser sur le gravier.

– Salut, voisine, lui lança Ford. Comment va notre héros ?

– Il se repose, répondit-elle en consultant sa montre. Mon Dieu, il est déjà 17 heures ?

– Eh oui, j'ai apporté quelques DVD pour Steve.

– Des films porno ?

– Du divertissement adulte, je dirai plutôt : des histoires de bécanes et de femmes à poil. Plus un coffret de *Spiderman*. Je précise que les histoires de bécanes et de femmes à poil, c'est un choix de Spock.

Cilla jeta un coup d'œil au chien, qui inclina la tête d'un air innocent. La porte de la cuisine s'ouvrit sur Steve.

– Tu es réveillé ? Tu aurais dû m'appeler, le réprimanda-t-elle. Tu ne devrais pas descendre les escaliers tout seul.

– T'inquiète, poupée, je ne vais pas me casser la figure. Salut, Ford.

– Salut, ça fait plaisir de te revoir ici.

– Y a intérêt. Salut, le clebs.

Steve s'assit sur une chaise de jardin. Le chien lui posa les pattes sur les genoux.

– Tu as meilleure mine que tout à l'heure, commenta Cilla.

– J'ai dormi comme un bébé. Ces pilules sont magiques.

– Tu as faim ? Soif ?

– Si tu préparais une petite collation pour nous tous ? suggéra-t-il.

– Très bonne idée. J'y vais.

Sur ces mots, Cilla disparut dans la maison.

– Je suis soigné comme un prince, observa Steve.

– Si je l'avais laissée faire, elle te mettait un pot de chambre à côté du lit.

– T'es un pote, merci. J'ai entendu que tu m'avais apporté des DVD ?

Ford tendit un sac à Steve, qui jeta un œil à l'intérieur.

– Génial, mais tu sais quoi ? J'ai besoin de me dégourdir un peu les jambes. Tu veux bien venir faire un tour avec moi dans le jardin ?

– Bien sûr.

Ford laissa Steve descendre seul les marches de la véranda, ce qui prit un certain temps, puis il régla son pas sur le sien.

– Les flics ne savent toujours pas qui m'a attaqué ?

– Non.

– Personne n'a réessayé de s'introduire dans la grange ou dans la maison, depuis ?

– Non, répondit Ford, préférant pour l'instant passer sous silence les graffitis sur le pick-up de Cilla.

– Il paraît que tu as dormi ici pendant que j'étais à l'hôpital.

– Oui, dans mon sac de couchage.

– Elle ne t'a pas encore invité dans le sien ?

– Pas encore.

– Je ne veux pas me mêler de vos oignons, tu sais. Si je te pose cette question, c'est juste pour m'assurer que quelqu'un veillera sur elle quand je ne serai plus là.

Steve s'arrêta pour reprendre son souffle.

– Pourquoi ? Tu pars où ? lui demanda Ford.

– Je vais rentrer à L.A. Je n'ai pas encore osé l'annoncer à Cilla, mais j'ai besoin de la plage, des palmiers et du soleil pour me remettre.

– Je veillerai sur elle, ne t'inquiète pas. Comment vas-tu retourner chez toi ?

– Le médecin veut me voir vendredi, donc, je suis là encore jusqu'à samedi. Un copain du New Jersey va venir me chercher en camion, moi et la bécane. N'en parle pas à Cilla, O.K. ? Je tiens à le lui dire moi-même.

De la véranda, elle les siffla.

– Vous venez manger, les garçons ?

Spock remonta sur la galerie comme une flèche et se mit à tournoyer autour d'elle en sautillant.

– Les montagnes sont magnifiques, commenta Steve en faisant demi-tour, mais l'océan me manque. Et les nanas en bikini aussi, ajouta-t-il en donnant un coup de canne à Ford.

Cilla dormit mal, une oreille tendue vers la chambre de Steve, préoccupée par son départ. Comment veillerait-elle sur lui à cinq mille kilomètres de distance ?

Traverser le pays en camion alors qu'il venait de subir une grave intervention cérébrale, c'était bien lui, se dit-elle en se retournant. Il ne tenait pas en place. De toute façon, elle pourrait dire n'importe quoi, elle ne parviendrait pas à lui faire entendre raison. S'il était un peu plus vigoureux, elle lui aurait collé son pied au derrière. Qui se lèverait deux ou trois fois par nuit pour s'assurer qu'il n'avait besoin de rien, à Los Angeles ? Qui vérifierait qu'il prenait bien son traitement ?

Elle se retourna de l'autre côté. L'aube commençait à poindre. Renonçant à retrouver le sommeil, elle se leva et descendit préparer du café – non sans avoir passé la tête dans la chambre de Steve et constaté qu'il respirait paisiblement.

Dans quelques mois, elle aurait une vraie cuisine. Peut-être apprendrait-elle à cuisiner. Elle demanderait à Patty de lui donner des leçons. Les sandwiches et les potages en conserve, elle commençait à en avoir soupé ! Il n'y avait pas de raison pour qu'elle ne soit pas capable de faire cuire un rôti ou des escalopes de poulet, de préparer un gratin de pommes de terre ou une sauce au vin. Les plats sophistiqués ne l'intéressaient pas. Elle avait fait un stage de gastronomie, à Los Angeles. Encore une fois, l'expérience avait été désastreuse.

Sa tasse fumante entre les mains, elle sortit sur la véranda. Le jardin baignait dans la douce lumière du soleil levant. Des écharpes de brume flottaient au-dessus de l'étang. *Janet savait-elle apprécier la sérénité de l'aurore ?* se demanda-t-elle.

Pieds nus, en caraco et pantalon de pyjama, elle descendit jusqu'à la grange. La porte était solidement cadenassée. La police avait retiré les rubans jaunes. Le cauchemar était terminé. Vraisemblablement, Steve avait surpris un voleur en flagrant délit. Selon Urick et Wilson, c'était l'hypothèse la plus probable. Sans doute avaient-ils raison. Le pépiement des oiseaux s'intensifiait de minute en minute. L'herbe humide de rosée lui chatouillait les orteils. En humant le parfum des fleurs, elle remonta sur la véranda et termina son café, savourant le luxe de cet instant de quiétude. Quand son sourire béat s'estompa brusquement.

Qu'était-il arrivé aux cerisiers ?

Elle descendit de l'allée aussi vite que ses pieds nus le lui permettaient. Les jeunes arbres avaient été sauvagement coupés à la hache. Ils gisaient tristement en travers de l'allée. Un acte de pure méchanceté. Un voleur les aurait déterrés. Des gamins malfaisants en auraient arraché quelques branches – on l'avait prévenue que cela arrivait parfois. Tremblante de colère, elle s'avança vers la route. Et ce n'est qu'alors que ses yeux se posèrent sur le vieux mur de pierre.

RETOURNE CREVER À HOLLYWOOD, SALOPE !

– Cette fois, ça ne se passera pas comme ça, Hennessy, maugréa-t-elle entre ses dents.

Furieuse, elle remonta jusqu'à la maison et appela aussitôt la police.

Lorsque les ouvriers arrivèrent, elle les prévint que quiconque parlerait à Steve des cerisiers ou de l'inscription sur le mur serait renvoyé sur-le-champ. Puis elle pria Brian de retourner à sa pépinière et d'en rapporter deux nouveaux arbres. Elle voulait qu'ils soient replantés dans la journée.

À 10 heures, après s'être entretenue avec la police, elle descendit nettoyer le mur avec l'aide d'un peintre en bâtiment, et c'est à cette occupation que Ford la découvrit en prenant son premier café sur la véranda. L'horrible message était encore parfaitement lisible. Abandonnant son mug sur la rambarde, il se précipita de l'autre côté de la route.

– Surtout, ne dis rien à Steve, lui recommanda-t-elle fermement.

– Tu as prévenu la police ?

– Oui, ils sont déjà venus et repartis. C'est Hennessy, j'en suis sûre, ça ne peut être que lui.

– Il a au moins quatre-vingts ans, objecta Ford. Je le vois mal abattre des arbres et tagger un mur en pleine nuit.

– Qui veux-tu que ce soit ? Personne ne me connaît, dans la région.

– Je n'en sais rien, mais, crois-moi, nous allons tout mettre en œuvre pour le découvrir.

– C'est mon problème, aboya-t-elle, à cran.

Ford soutint son regard furieux sans sourciller.

– Il est hors de question que je reste les bras croisés pendant que quelqu'un cherche à te pourrir la vie. Tu as une autre brosse ?

15

Cilla passa presque toute la journée à frotter les pierres, et se remit à l'ouvrage le lendemain matin avant l'arrivée des artisans. Deux nouveaux cerisiers flanquaient l'allée. Elle ne les considérait plus comme accueillants mais comme une marque de défi. Et cela redoublait son énergie.

En dépit de l'heure matinale, Ford ne tarda pas à la rejoindre, en survêtement, accompagné de Spock arborant fièrement un bandana rouge.

– Tu es tombé du lit ? lui dit-elle en guise de salutation.

– J'ai fait sonner le réveil. Ça doit être l'amour.

– Je peux terminer toute seule, lui assura-t-elle. Merci de m'avoir aidée, hier, bien que je n'aie pas été très gentille avec toi. Tu peux retourner à ta déesse guerrière, aujourd'hui.

– Ça avance bien. Je peux t'accorder une heure ou deux avant de m'y mettre. Et puis Spock a pris goût à l'ambiance du chantier. Tu as vu ? Il s'est déguisé en ouvrier.

– Tu sais, je ferai probablement l'amour avec toi même si tu ne t'écorches pas les doigts à briquer des cailloux.

– J'espère, répliqua Ford avec un sourire. Et j'espère aussi que tu sais que je ne fais pas ça dans l'attente d'une quelconque contrepartie.

– J'en prends bonne note. Mon père m'a téléphoné, hier soir. Il m'a proposé de m'héberger en attendant que la police arrête le coupable. Quant à ma belle-mère, elle veut m'emmener faire du shopping.

– Pour acheter un nouveau mur ?

– Idiot, rétorqua Cilla en tendant des gants de protection à Ford. Non, elle veut que nous passions un après-midi toutes les trois, avec Angie. Elles ont prévu d'aller en ville acheter des vêtements d'été. Comme si de faire du lèche-vitrines allait résoudre mes problèmes !

– Je parie que tu as refusé.

– Je n'ai ni le temps ni l'envie d'aller courir les magasins.

– Tu ne veux pas essayer des petites robes d'été ? (Devant le regard qu'elle lui lança, il ajouta :) Excuse-moi, je visualise toujours tout.

– Le fait est que je n'ai pas l'habitude qu'on se soucie de moi… de façon totalement désintéressée.

– C'est bête.

Armé d'une brosse, Ford commença à récurer.

– Toi, va jouer, dit-il à Spock, qui tournait entre ses jambes.

Le chien s'éloigna en direction de la maison.

– Je suis peut-être cynique, reprit Cilla. Il va falloir que j'apprenne à ne pas voir le mal partout.

Pendant un instant, ils travaillèrent en silence.

– Tu sais ce que je vois quand je regarde ta maison ? dit enfin Ford.

– Une façade à la peinture écaillée, une benne remplie de gravats, des camions…

– Le château de la Belle au bois dormant.

– Ah oui ? Qu'est-ce qui te fait penser au château de la Belle au bois dormant ?

– Premièrement, au risque d'écorner mon image d'homme viril, je dois t'avouer que j'ai toujours aimé les contes de fées, autant que *Le Chevalier noir* et les *X-men*. Et, pour ce qui est de *La Belle au bois dormant*, la version Disney est ma référence en matière de méchants. Maléfique est le personnage le plus abject de tous les temps. (Cilla le dévisageait curieusement. Il haussa les épaules avant de continuer :) Tu te rappelles l'histoire de la Belle au bois dormant ? À sa naissance, la méchante sorcière Maléfique lui a jeté un sort. À seize ans, elle se pique le doigt avec un fuseau et s'endort dans un château cerné par une forêt de ronces, où tout le monde a sombré dans un profond sommeil.

– Oui, oui.

– Un siècle plus tard, un jeune prince qui passait par là pénétra courageusement dans la forteresse maudite, donna un baiser à la princesse et… miracle, tout le monde se réveilla. Et tout le monde vécut heureux, et la paix régna sur le royaume.

– O.K., il faut que j'embrasse la princesse, c'est ça ?

– Une princesse homo… Intéressant… Une idée à creuser. Enfin, bref, comme le château, ta maison est prise au piège d'un mauvais sortilège et elle attend qu'un héros la délivre de la malédiction.

Certaines personnes se voient parfaitement dans ce rôle, mais d'autres… (De sa brosse, Ford tapota une pierre souillée d'un grand E majuscule.) Mais d'autres prennent un malin plaisir à tenter de faire perdurer le sort.

– Tu me fascines, Ford.

– Je suis comme Shrek… Un oignon… Plusieurs pelures…

Ils s'interrompirent à l'arrivée du camion de Buddy.

– Qu'est-ce que c'est que ça ? bougonna le plombier en passant la tête par sa vitre ouverte.

– Un mauvais sort, d'après Ford.

– Sales mômes ! Aucun respect.

– Surtout, ne dites rien à Steve, lui recommanda Cilla. Il a déjà bien assez de soucis. Il faut que je vous parle de l'aération de la douche vapeur. J'y ai réfléchi, hier soir, et… Ford, ça ne t'ennuie pas que je te laisse tout seul cinq minutes ? Je dois régler un petit problème technique avec Buddy.

– Vas-y, je t'en prie.

– Merci.

Cilla sauta dans le camion de Buddy et, tandis que celui-ci remontait l'allée, elle essaya d'imaginer Little Farm en château de la Belle au bois dormant – dans sa forêt de buissons partiellement défrichée.

La journée de Ford fut productive. L'inspiration était au rendez-vous, l'intrigue s'épaississait au fur et à mesure qu'il crayonnait. Dans la soirée, il retoucherait son scénario en conséquence. Auparavant, il avait toutefois besoin d'un peu de recul, de laisser ses idées mariner dans un coin de son cerveau. Et, pour cela, rien de tel qu'une pause Playstation.

Tandis qu'il allait chercher une bière dans la cuisine, il vit Steve monter péniblement les marches de la véranda, sa canne dans une main, un pack de six bières dans l'autre.

– Voilà qui tombe pile-poil.

Il s'empressa de l'aider. Steve se laissa tomber sur une chaise avec un soupir d'épuisement.

– Je me suis échappé. Ma garde-malade est allée faire une course en ville, j'en ai profité pour lui piquer son stock de mousses et sortir changer d'air. J'ai vu le médecin, ce matin. C'est bon, il m'a donné le feu vert. Je pars demain.

– Tu vas nous manquer.

Ford décapsula deux cannettes et lui en tendit une.

– J'essaierai de revenir à l'automne. Cilla en sera aux finitions, d'ici là.

– Si tu le dis, fit Ford en jetant un regard sceptique vers Little Farm.

– Je l'encombre plus qu'autre chose, pour l'instant.

– Je ne crois pas qu'elle soit de cet avis.

– Je me suis fait remonter les bretelles, tout à l'heure, parce que j'étais monté au grenier discuter avec les gars. Elle voudrait me voir dans un rocking-chair à faire des mots croisés, comme un petit vieux.

– Estime-toi heureux qu'elle n'ait pas essayé de t'initier au tricot.

Steve but une gorgée de bière et porta une main en visière devant ses yeux pour regarder de l'autre côté de la route.

– À ton avis, qui a fait ça ?

– Quoi donc ?

– Ne me prends pas pour un imbécile. Je n'ai pas complètement perdu la boule. Les ouvriers sont plus bavards que des concierges. Depuis hier, ils n'ont pas d'autre sujet de conversation que le mur de la propriété. Quant à ce qui y a été tagué, j'ai entendu au moins six versions différentes, mais j'ai capté le sens général.

– À mon avis, c'est un enfoiré qui a fait ça. Peut-être le même que celui qui t'a agressé. Mais peut-être pas. Cilla pense que c'est Hennessy.

– Pas toi ?

– C'est un vieux croulant, mais je ne vois personne d'autre, qui pourrait avoir autant de haine envers Cilla.

– Si j'étais en meilleure forme, je resterais ici encore quelque temps, histoire de dire deux mots à cette enflure quand on l'aura chopée. Mais dans mon état il vaut mieux que j'évite de jouer les redresseurs de torts. Je vous délègue mes responsabilités, à toi et à ton chien de combat.

Steve éleva sa bière vers celle de Ford.

– Tu peux compter sur nous, lui assura celui-ci.

Cilla ne pleura pas lorsque Steve se hissa dans la cabine du camion de son copain par un samedi après-midi frais et pluvieux. Et s'interdit de suggérer qu'il valait peut-être mieux attendre que le ciel s'éclaircisse avant de prendre la route. Après avoir embrassé son ex-mari et l'avoir regardé disparaître sous la pluie en agitant la main, elle s'enferma dans la maison, qui lui parut terriblement déserte. Un instant, elle envisagea de transporter ses affaires dans la chambre que Steve avait libérée, puis elle opta pour une activité plus physique.

Elle n'avait pas prévu de s'attaquer aux placards de la cuisine avant plusieurs semaines, mais, pour les besoins de la cause, elle décida de prendre de l'avance. Découper des étagères constituait exactement le genre de tâche qui lui calmait les nerfs et lui vidait l'esprit.

La radio à fond, elle mesura, marqua, scia et s'abandonna au rythme de la menuiserie. Son enthousiasme retrouvé, elle se surprit même à chantonner les refrains diffusés sur les ondes. Elle était en train de percer des trous lorsqu'elle perçut du mouvement dans son champ de vision périphérique. La perceuse faillit lui échapper.

– Je suis navrée, je ne voulais pas te faire peur ! s'excusa Patty. On a frappé, mais avec ce boucan tu n'as pas dû entendre.

Cilla éteignit la radio. Angie et Cathy Morrow, en imperméable, se tenaient sur le pas de la porte.

– On est venues te kidnapper, dit Patty. On va faire les boutiques au centre commercial. Penny nous rejoindra peut-être en fin d'après-midi au cinéma ou au restaurant.

– Le programme est alléchant, mais…

– Ne discute pas, tu as besoin de te détendre.

– Seigneur ! s'exclama Cathy. Où avez-vous appris à manier tous ces outils, Cilla ? Quand je pense que je ne suis même pas capable de planter un clou pour accrocher un tableau !

– Ma sœur a de multiples cordes à son arc, répliqua Angie en ôtant sa capuche rose. On peut visiter, Cill ?

– Bien sûr.

– Ça faisait des années que je mourais d'envie de voir l'intérieur de cette maison, avoua Cathy en promenant son regard sur les murs et le sol nus, les piles de planches et les sacs de ciment. Comment faites-vous pour vivre sans cuisine ?

– J'ai donné un vieux frigo et un fourneau fabuleux à rénover. En attendant, je pique-nique. De toute façon, je ne suis pas une grande cuisinière.

– Oh, le jardin est magnifique, derrière ! s'émerveilla Patty en s'approchant de la fenêtre. Ce patio existait ?

– Brian l'a entièrement redessiné. Votre fils est une mine d'idées, Cathy.

– Merci pour lui.

Cilla précéda ses visiteuses à l'étage, où elles s'extasièrent devant la salle de bains de la chambre principale.

– Je ne sais pas ce que je ferais d'une douche vapeur, commenta Patty, mais j'adorerais avoir un sol chauffant. Ça doit être très agréable en hiver.

La chambre d'amis suscita un florilège de compliments.

– C'est encore plus joli que dans les magazines de déco, minauda Cathy. Vous allez faire une belle plus-value.

– Oh, je n'ai pas l'intention de revendre.

– Ah oui, excusez-moi. L'influence de mon mari, rigola Mme Morrow. En tout cas, si jamais vous changez d'avis, vous pouvez être sûre qu'il sera le premier intéressé. Quelle vue merveilleuse ! Et quelle tranquillité ! Cela dit, personnellement, je préfère habiter plus près de la ville, c'est plus pratique.

– Est-ce qu'il t'arrive de ressentir la présence de Janet ?

– Angie, voyons ! murmura Patty avec un froncement de sourcils réprobateur.

– Pardon si j'ai posé une question déplacée.

– Il n'y a pas de mal, assura Cilla. Oui, ça m'arrive parfois. Je me plais à penser qu'elle approuverait mes transformations. C'est très important pour moi.

– Cette maison est tellement chargée d'histoire, ajouta Cathy. Elle a vu tellement de célébrités. Elle a été le théâtre d'une tragédie, aussi. Je n'oublierai jamais le jour où votre grand-mère est décédée. J'étais enceinte de Brian. J'avais des nausées abominables. Tom était en train de donner le petit déjeuner à Marianna, mon aînée. Elle avait deux ans et il y avait des flocons d'avoine dans toute la cuisine. Ma voisine, Abby Fox, est venue frapper à la porte. Tu te souviens d'elle, Patty ?

– Très bien. Il n'y avait pas pire commère.

– Elle était toujours au courant de tout avant les autres. C'est elle qui nous a annoncé la terrible nouvelle. J'ai éclaté en sanglots. Les hormones, sans doute. J'ai vomi sans interruption, ce jour-là. Heureusement que Tom était là pour s'occuper de la petite. Enfin… Je ne sais pas pourquoi je vous raconte tout ça.

– La maison a fait resurgir de vieux souvenirs, dit Patty. Tu te prépares, Cilla ? Avant que la pluie et ces tristes histoires nous sapent complètement le moral. Ne proteste pas, nous serions horriblement vexées si tu refusais de venir avec nous.

Cilla fut donc de cette équipée féminine et, contre toute attente, prit du plaisir à flâner dans les rayons des magasins et à siroter des margaritas en parlant chiffons.

Avant de quitter le restaurant, sa demi-sœur la rejoignit dans les toilettes.

– Ce n'est pas Rodeo Drive, mais on s'est bien amusées, non ? lui dit-elle en retouchant son rouge à lèvres.

– J'ai passé un excellent après-midi. Rodeo Drive, tu sais, ce n'était pas ma tasse de thé.

– Si j'habitais à Los Angeles, j'y serais toujours fourrée, juste pour baver d'envie devant les vitrines des boutiques de luxe. La Californie ne te manque vraiment pas ?

– Vraiment pas. Je…

Cilla s'interrompit en sentant vibrer son portable. Un appel de sa mère. Elle rempocha son téléphone.

– Tu peux répondre, lui dit Angie. Je retourne dans la salle.

– Non, c'est ma mère. Elle me gâcherait ma journée. Tu sors souvent avec la tienne ?

– Seulement pendant les vacances, maintenant que je suis à la fac, mais avant, on allait se balader ensemble tous les samedis, soit toutes les deux, soit avec des copines à elle ou à moi.

– Tu as de la chance de bien t'entendre avec ta mère.

Angie posa une main sur le bras de Cilla.

– Je sais que Patty n'est pas ta mère, dit-elle, mais je sais aussi qu'elle aimerait beaucoup devenir ton amie.

– Elle l'est déjà, même si nous ne nous connaissons pas encore très bien.

De retour à la maison, Cilla écouta sa boîte vocale. Ford y avait laissé deux messages – probablement pendant qu'elle était au cinéma – et sa mère un très long, où elle passait du froid mépris au ressentiment amer pour finir par des trémolos.

Cilla l'effaça puis écouta ceux de Ford. « Salut, ma mère a préparé des spaghettis et des boulettes et elle m'invite à venir me goinfrer, éventuellement avec ma charmante voisine. Tu n'es pas chez toi. Je ne sais pas si je dois être inquiet ou jaloux. Rappelle-moi. » « C'est bon, je ne suis plus ni inquiet ni jaloux. Mon père a rencontré ton père. Il paraît que vous êtes entre filles. Amusez-vous bien. Dommage pour toi, tu vas louper d'excellentes boulettes. À plus. »

– Adorable, murmura Cilla. Si je n'étais pas aussi fatiguée, je serais bien allée te faire un petit câlin. Un gros, même.

En bâillant, elle monta l'escalier chargée de ses deux sacs d'emplettes. Un vrai lit l'attendait en haut, se souvint-elle avec délice. Elle allait passer une nuit sur un vrai matelas, entre des draps, peut-être même faire la grasse matinée, pour une fois.

Son sourire mourut sur ses lèvres lorsqu'elle alluma la lumière dans la salle de bains de la chambre d'amis. Le carrelage au sol et aux murs avait été fracassé. Le lavabo gisait par terre, en deux morceaux, au milieu des débris de faïence. L'estomac noué, elle se rua dans l'autre salle de bains, où l'attendait le même spectacle de désolation : les carreaux en miettes, le paravent brisé... Des heures et des heures de travail réduites à néant.

Les mains tremblantes, les doigts glacés, elle composa le numéro de la police.

– La porte de derrière a été fracturée, lui dit Wilson. Quelqu'un a cassé la vitre et passé la main à travers pour tourner le verrou. Manifestement, on s'est servi de vos propres outils, d'une masse, d'une pioche... Qui savait que vous seriez absente ce soir ?

– Personne. Moi-même, je ne savais pas que j'allais sortir.

– Votre voiture est restée là, visible de la route ?

– Oui, j'avais laissé la véranda allumée et deux lumières à l'intérieur, une en haut et une en bas.

– Vous êtes partie vers 14 heures, m'avez-vous dit ?

– À peu près, et je suis rentrée à 22 h 30.

– Les trois femmes avec qui vous avez passé l'après-midi savaient que la maison serait vide ?

– Ainsi que mon voisin, qui a essayé de me joindre pendant que je n'étais pas là, et mon père, et les parents de mon voisin, chez qui il a dîné, et le mari de Mme Morrow, je suppose.

– Je vous conseille vivement de vous équiper d'un système de sécurité, mademoiselle McGowan.

– C'est bien ce que j'ai l'intention de faire.

166

En entendant la voix de Ford, Cilla s'approcha des agents postés sur la véranda et leur indiqua qu'ils pouvaient le laisser entrer.

– Tu n'es pas blessée ? Ça va ? s'inquiéta-t-il en lui prenant le visage entre les mains. Que s'est-il passé ?

– Quelqu'un est venu saccager les salles de bains pendant mon absence.

– Il y a beaucoup de dégâts ?

– Monsieur Sawyer, demanda Wilson, où étiez-vous entre 14 et 23 heures ?

– J'ai travaillé chez moi jusqu'à 16 heures. Je suis ensuite sorti acheter du vin et des fleurs pour ma mère. J'ai dû arriver chez mes parents vers 17 heures et j'y suis resté jusqu'à 21 heures. De retour chez moi, j'ai regardé la télé et je me suis endormi sur le canapé. Je viens de me réveiller et de voir les voitures de police devant chez ma voisine.

– D'après Mlle McGowan, vous saviez qu'elle n'était pas chez elle cet après-midi.

– C'est exact. Je suis passé ici pour l'inviter à dîner chez mes parents. Comme elle n'était pas là, j'ai essayé de lui téléphoner mais je n'ai pas réussi à la joindre, ce qui m'a un peu inquiété… à cause des incidents qui se sont produits récemment. Et puis mon père m'a appelé pour me demander d'acheter du lait et m'a dit avoir vu le père de Cilla, qui l'avait informé qu'elle était partie faire du shopping avec sa belle-mère et sa demi-sœur.

– À quelle heure êtes-vous venu ici ?

– Vers 15 heures. Je suis allé voir si Cilla n'était pas dans la grange ; la porte était cadenassée. Elle n'était pas non plus derrière la maison. Je n'ai rien remarqué de suspect. Par où le malfaiteur est-il entré ?

– Par la porte de derrière, répondit Cilla. Il a cassé la vitre.

– Donc, ça s'est passé après 15 heures. Ce que je te propose, c'est de dormir chez moi. Moi, je dormirai ici, de façon à ce que la maison ne reste pas vide.

– Si je quitte cette maison, je ne suis pas sûre de vouloir y remettre les pieds.

– Alors nous dormirons ici tous les deux.

– Deux agents monteront la garde dans un véhicule-radio, les informa l'inspecteur Wilson.

Pendant que Ford allait chercher Spock, Cilla fixa des planches en travers de la porte de la cuisine en se demandant s'il s'agissait d'un signe de défense ou de défaite.

– Tu n'es pas obligé de dormir dans ton sac de couchage, dit-elle à Ford quand il revint. Le lit est grand, je sais que tu ne m'embêteras pas. Et je ne veux pas dormir toute seule.

– O.K. Viens, montons.

Dans la chambre, elle se débarrassa de ses chaussures puis enleva son tee-shirt et sourit intérieurement, en dépit de sa contrariété, lorsque Ford se retourna pudiquement en se raclant la gorge. Spock, en revanche, se plaça face à elle et l'observa sans aucune gêne tandis qu'elle enfilait son pyjama.

– Heureusement, dit-elle d'une voix lasse, il n'a pas détruit les W.-C. Tu peux te retourner.

– Au moins, on ne sera pas obligés d'aller faire pipi dehors.

À son tour, Ford se déshabilla puis s'allongea en boxer sur le lit, le plus loin possible de Cilla, qui éteignit la lumière.

– Je ne vais pas pleurer, chuchota-t-elle au bout d'un moment, mais si ça ne t'ennuie pas j'aimerais que tu me tiennes dans tes bras.

Il s'approcha et lui passa un bras autour des épaules.

– Ça va mieux, comme ça ?

– Oui, répondit-elle en fermant les yeux.

Il lui embrassa l'arrière du crâne avec une telle tendresse qu'elle sentit les larmes lui monter aux yeux.

– Écoute la pluie, dit-il doucement. J'adore le bruit de la pluie la nuit.

Blottie contre lui, elle s'endormit presque instantanément.

16

Lorsque Cilla se réveilla, la pluie tapait toujours contre les carreaux et Ford n'était plus dans le lit. Bien qu'elle eût le souvenir de s'être endormie sur la couette, elle était maintenant douillettement pelotonnée dessous.

Un bref instant, elle songea combien elle avait de la chance d'avoir rencontré Ford, un homme qui l'avait tenue dans ses bras quand elle le lui avait demandé, sans rien attendre d'elle en retour. Puis les événements de la veille l'assaillirent et la tirèrent brusquement de sa douce torpeur. Comment réagir face à cet acte d'intimidation ? Elle allait devoir prendre une décision.

En se redressant contre les oreillers, elle vit que son mug de voyage isotherme était posé sur la table de chevet, ainsi que l'un de ses petits bloc-notes, sur lequel Ford l'avait dessinée au réveil, les cheveux emmêlés, les yeux gonflés, avec une moue grognon. En légende de ce portrait peu flatteur, il avait inscrit :

JE SUIS DU CAFÉ !

BOIS MOI !

(PUIS TOURNE LA PAGE)

Le café était tiède, mais fort et sucré juste à son goût. En le buvant, elle tourna la page du calepin, et éclata de rire malgré son humeur sombre. Sur un second croquis, Ford l'avait représentée avec un regard furibond, une poitrine exagérée et des biceps énormes, les cheveux balayés par un vent invisible, un sourire féroce lui retroussant les lèvres.

– Quel drôle de mec, murmura-t-elle en se levant.

Elle le trouva dans la salle de bains de l'autre chambre, en train de ramasser les débris de carrelage dont il avait déjà rempli deux seaux. À la lumière du jour, les dégâts lui parurent encore plus monstrueux que la veille.

– Tu vas finir par devenir un lève-tôt !

– Par ta faute. Comment était le café ?

– Bienvenu. Merci. Tu n'es pas obligé de faire ça, tu sais.

– Je n'y connais peut-être rien en bricolage, mais je suis capable de faire le ménage. De toute façon, il fallait que je m'occupe. J'aurais volontiers traîné au lit par ce dimanche matin pluvieux, mais avec toi à mes côtés, ça m'a… comme qui dirait, donné un coup de fouet.

Cilla secoua la tête en riant puis examina de près les fissures dans la cloison de verre qui dissimulait les W.-C. Elle aimait ce paravent, ses motifs, la façon dont il filtrait et reflétait la lumière. Il se mariait si bien avec la teinte métallisée des murs, à présent lacérés de coups de pioche. Elle était si fière de ce décor qui évoquait le Hollywood des débuts du cinéma !

– Honnêtement, je ne sais pas quoi faire, dit-elle. Je ne suis pas sûre d'avoir le courage de réparer les dégâts, de livrer cette guerre qu'on m'a sournoisement déclarée. Je n'étais pas venue ici pour me battre, mais pour construire, quelque chose, pour me construire, moi, très exactement, sur le soubassement du souvenir de ma grand-mère, ce que j'ai de plus cher au monde. On vient de me porter un coup qui m'a sérieusement ébranlée. Je ne sais pas si j'ai la force de braver un ennemi qui semble capable de tout pour me miner.

Ford enleva ses gants de protection et les jeta sur le couvercle des toilettes.

– Tu sais de quoi tu as besoin pour te remonter ? D'un copieux petit déjeuner du dimanche. Tu n'es pas obligée de décider du reste de ta vie à la minute, ni même dans la journée, ni même demain. Au contraire, si tu t'accordais un jour de répit ? Une journée où tu ne penserais à rien d'autre qu'à te dorloter ? On pourrait aller à la crêperie, se promener avec Spock, l'emmener au zoo.

– Il pleut.

– Il ne va pas pleuvoir toute la journée.

Comment ne pas se laisser fléchir par tant d'attention bienveillante ?

Cilla plongea son regard dans celui de Ford, si chaleureux, si patient. Il l'avait serrée dans ses bras pour qu'elle s'endorme, lui avait préparé du café et l'avait fait rire avant même qu'elle soit complètement réveillée. Et il s'était levé pour faire le ménage sans qu'elle lui ait rien demandé. Il croyait en elle comme personne. Pas même elle.

– Allez, habille-toi, lui dit-il. On va manger des crêpes et faire des grimaces aux singes.

– Après.

– Après quoi ?

En souriant, elle s'avança vers lui et lui déboutonna sa chemise.

– Retournons d'abord au lit, dit-elle. Je crois qu'il n'y a pas de meilleur remontant. Et ne t'inquiète pas, je n'aurai l'esprit à rien d'autre, je te le promets.

S'emparant de sa bouche, il la souleva dans ses bras et la porta jusque dans la chambre d'amis, où ils se laissèrent tomber en riant sur le lit. Et, dans la lumière grise de ce dimanche matin, Cilla s'abandonna à l'instant présent. Entièrement. Ford aurait pu s'attarder infiniment sur sa bouche, son goût, ses formes, ses mouvements. Cette merveilleuse fossette, au-dessus de sa lèvre supérieure, qui recelait pour lui un abîme de fascination. Cette langue qui dansait sensuellement contre la sienne aurait pu le captiver pendant des heures.

Mais il y avait tellement d'autres territoires à explorer. La ligne gracile de son long cou, la courbe de sa joue, la peau si douce juste sous son menton, qu'il embrassa délicatement avant de retrouver ses lèvres tandis qu'elle lui enlevait sa chemise.

Son odeur lui était devenue familière au fil de ces semaines où ils s'étaient adonnés à un lent cérémonial d'approche. Il pouvait à présent s'en gorger tout son soûl. Enfin, il allait assouvir ce désir qu'elle avait fait croître de jour en jour. À travers la soie de son caraco, il sentit la pointe de ses seins se dresser sous ses pouces. Son corps arqué contre le sien, elle exhala un long gémissement suppliant.

Ce fut elle qui se déshabilla avec impatience puis lui ôta son pantalon. S'il lui restait encore un brin de conscience, elle oublia tout lorsqu'il laissa courir ses mains et ses lèvres sur son ventre, le long de ses cuisses, de ses mollets, avant de remonter doucement vers sa poitrine, la mettant au supplice.

Il la caressait en l'observant avec attention, avec curiosité, presque, comme si elle était la première femme qu'il ait jamais touchée. Et lui donnait l'impression qu'aucun homme ne l'avait encore jamais touchée auparavant, lui procurant des sensations qui lui étaient jusqu'alors inconnues. Elle avait l'impression qu'une lumière irradiait de son corps. Une lumière si intense qu'elle s'agrippa aux draps froissés afin de s'ancrer dans le rayonnement.

Aveuglée de plaisir, elle prononça son prénom dans un soupir rauque lorsqu'il la pénétra et plongea son regard dans le sien. Leurs corps s'emboîtaient parfaitement, ondulant harmonieusement l'un contre l'autre. Agrippée à ses hanches, elle imprima un rythme de plus en plus rapide à leurs mouvements, et poussa un cri en atteignant l'orgasme. Cambrée contre lui, elle le guida ensuite lentement vers une seconde extase. Puis, haletante, repue, éblouie, elle demeura un instant immobile. Jamais de sa vie elle n'avait éprouvé un plaisir aussi fort. Il lui embrassa l'épaule puis se souleva sur un coude et lui écarta les cheveux du visage.

– Ça va ?

– Ford, dit-elle avec un rire alangui, tu mérites une médaille, ou au moins un certificat d'excellence. J'ai senti tout mon corps… vibrer.

Le baiser qu'il lui donna fit scintiller des milliers d'étoiles devant ses yeux.

– Si on faisait une petite pause-café ? suggéra-t-il.

Plus détendue, plus heureuse que jamais, elle accrocha ses bras autour de son cou. Et un nuage assombrit soudain son regard.

– Je suis en train de penser que nous ne pouvons même pas nous doucher ici, marmonna-t-elle.

Peiné par le désarroi qui s'était peint sur son visage, il roula sur le côté tandis qu'elle se redressait en position assise.

– Ce n'est pas grave, dit-il. On va aller chez moi.

Là-bas, au moins, les sinistres événements des jours précédents ne reviendraient pas sans cesse la gifler en pleine figure.

– On avait parlé de crêpes, je crois, dit-elle.

– Exact. Je me sens d'appétit à en engloutir une montagne.

Ils n'allèrent pas à la crêperie. Après une longue douche à deux, aussi relaxante qu'énergisante, ils décidèrent de confectionner des crêpes. La cuisine de Ford se retrouva sens dessus dessous, mais le résultat paraissait à peu près mangeable.

– Avec beaucoup de sirop, ça passera, jugea Cilla en s'asseyant devant le comptoir, vêtue d'un tee-shirt de Ford.

Spock avait eu droit à tous les essais ratés, qu'il dévorait bruyamment.

– Franchement, je ne les trouve pas mauvaises du tout, dit Ford en attaquant son assiette. Et si on laissait aussi tomber le zoo ? Au lieu d'aller jeter des cacahuètes à de pauvres animaux en cage, on ne serait pas mieux ici sous la couette ?

– Certainement. Qu'est-ce que tu fais, d'habitude, les dimanches pluvieux ?

– Ça dépend. Si je suis charrette, je bosse. Sinon, je bouquine, je flemmarde. Ou bien je passe la journée avec Matt et Brian. Si je n'ai absolument pas le choix, je fais de la lessive. Et toi ?

– Quand j'étais à L.A. ? Si j'avais un projet en cours, je dessinais des plans, je cherchais des idées dans des magazines de déco. Sinon, je consultais les petites annonces immobilières sur Internet. Ma vie n'était pas trépidante, ces dernières années.

– Tu faisais ce que tu avais envie de faire, non ? Beaucoup de gens trouvent que j'ai une vie pitoyable. Ils ne comprennent pas qu'on puisse passer des journées entières enfermé à gratter du papier. Mais pourquoi irais-je… je ne sais pas… jouer au basket, par exemple, alors que je déteste les sports collectifs et que je ne sais pas tenir un ballon ? Et que j'adore dessiner et écrire ?

– Tu es quelqu'un d'étonnamment équilibré. Comparé à moi, en tout cas.

– Tu ne m'as pas l'air d'une désaxée.

– Je souffre pourtant d'un certain nombre de troubles psychiques avérés : une phobie des drogues due à mes antécédents familiaux – j'ose à peine prendre une aspirine quand j'ai mal à la tête – une peur maladive des gens qui avait pris de telles proportions, quand j'étais adolescente, que je ne supportais pas de rester dans une pièce avec plus de trois personnes. Quant à ma mère, je ne la supporte que quand je suis loin d'elle. Et je passe mon temps à me demander si c'est à moi ou à mon père que je dois reprocher le fait que nous nous connaissions à peine.

– Rien que ça ?

– Oh non. Je fais régulièrement des rêves où je discute avec ma grand-mère, que je n'ai jamais connue mais dont je me sens plus proche que de n'importe quel membre vivant de ma famille. Mon meilleur ami est mon ex-mari. J'ai quatre beaux-pères, un nombre de « tontons » incalculable, ce qui explique sans doute pourquoi je suis incapable de m'engager dans une relation durable et stable avec un homme, outre le fait que j'ai toujours l'impression qu'on cherche à profiter de moi. Te voilà prévenu.

Ford se resservit quelques crêpes et les nappa de sirop d'érable.

– Et puis ? demanda-t-il. La liste est encore longue ?

En riant, Cilla repoussa son assiette vide et termina sa tasse de café.

– Laissons tomber, répondit-elle. Au petit déjeuner, c'est démoralisant. Si nous allions nous promener ? Il pleut encore, mais, au retour, nous nous réchaufferons dans ton jacuzzi.

Ils firent une longue balade avec Spock, entrecoupée de baisers sur fond de montagnes encapuchonnées de nuages. Cilla était aux anges. Qu'y avait-il de plus romantique, de plus libérateur que de marcher main dans la main sous une pluie d'été lorsque tout le monde se terrait chez soi derrière des portes et des fenêtres fermées ?

Puis ils rentrèrent en courant, se débarrassèrent de leurs vêtements trempés et refirent l'amour dans le bain à remous. Épuisés, ils s'endormirent ensuite sur le lit de Ford, pelotonnés l'un contre l'autre tels de jeunes chiots.

Lorsque Cilla se réveilla, il ne tombait plus qu'une fine bruine. En veillant à ne pas faire de bruit, elle ouvrit l'armoire de Ford et emprunta l'une de ses chemises. Puis, sur la pointe des pieds, elle se rendit dans son atelier.

Des dizaines de croquis numérotés étaient épars sur la table à dessin. D'autres étaient rangés dans des casiers. Ford avait aussi réalisé des planches complètes qu'il avait affichées sur des panneaux de contreplaqué. Il ne manquait que les dialogues dans les bulles.

Brid arborait maintenant un tatouage sur le biceps, comme Cilla l'avait suggéré. Elle se trouvait si bizarre en guerrière. Cass lui ressemblait davantage. Longuement, elle examina une vignette la représentant sur l'estrade d'un amphithéâtre, en tailleur strict, le nez chaussé de petites lunettes noires rectangulaires. Une seule image suffisait à définir sa personnalité : conservatrice, respectable, falote. Quel génie ! pensa Cilla. Le dessin à la main, elle le compara avec ceux de Brid. On reconnaissait bien la même femme, mais totalement métamorphosée. Libérée, déterminée, lumineuse.

Ford se réveilla affamé, et terriblement déçu de ne pas trouver Cilla à ses côtés pour assouvir l'un de ses appétits. Il ne serait jamais repu d'elle, songea-t-il en s'étirant langoureusement. Elle était belle, sexy, fragile, intelligente. Elle savait manier la scie et la perceuse et elle avait un rire si sensuel. Elle savait se montrer forte mais ne cachait pas ses faiblesses. Elle avait fait preuve envers Steve d'un dévouement sans partage, ce qui ne l'avait pas empêchée de se mettre parfois en colère contre lui.

Et elle faisait l'amour comme une déesse.

Elle frôlait tout simplement la perfection.

Il l'appela. Elle ne répondit pas.

Il la trouva dans son atelier, assise en tailleur sur sa chaise de dessinateur, le menton calé sur une main. Il s'approcha doucement et lui posa les mains sur les épaules. Elle tressaillit et poussa un hurlement de terreur.

— Tu m'as fait une de ces frayeurs, s'exclama-t-elle en se retournant et en portant les mains à sa poitrine.

— Que faisais-tu ?

— Je... Je lisais ton scénario. Excuse-moi, je n'aurais peut-être pas dû, mais c'était trop tentant. Je me suis complètement laissé emporter par l'histoire.

— Alors, qu'en penses-tu ?

— C'est captivant, plein d'humour, très fortement connoté de féminisme. Cass a été brimée par son père. Elle est sexuellement coincée et émotionnellement handicapée parce qu'on lui a inculqué que les hommes étaient supérieurs et qu'elle devait accepter un certain manque de respect de leur part, ce qui est son lot quotidien dans son milieu professionnel. Tout ça transparaît au premier coup d'œil dans le portrait que tu viens de remettre à sa place. Excuse-moi si j'ai semé la pagaille. Personnellement, j'ai horreur qu'on touche à mes affaires.

— Tu as de la chance, je ne suis pas maniaque.

— Cass a été conditionnée pour se plier aux ordres des figures d'autorité masculines, continua Cilla, pour passer outre ses propres désirs. Mais, face à la mort, elle redresse la tête et se mue en femme forte et volontaire. Tout ce qu'elle avait refoulé remonte à la surface et elle devient une guerrière, une battante.

— Excellente analyse, approuva Ford.

— Je ne savais pas que tu avais créé un personnage inspiré de Steve. Il va être fou de joie quand il apprendra ça.

— L'Immortel constitue le lien, la passerelle entre Cass et Brid, expliqua Ford. Il a un pied dans chacun des deux mondes de l'héroïne. Il permet à chacune de ses incarnations de se comprendre l'une l'autre. Il m'a demandé beaucoup de travail, beaucoup de modifications dans ce que j'avais déjà fait au préalable, mais je trouve qu'il apporte une certaine force au récit. J'aurais dû y penser dès le début. Mais c'est toujours comme ça : l'histoire évolue au fur et à mesure que je dessine.

– J'aime beaucoup ce dessin de Brid, déclara Cilla en tapotant un croquis de l'index. On dirait presque qu'elle fait un fouetté. Je suppose qu'elle s'apprête à donner un coup de pied à un ennemi.

– Un fouetté ?

– Un pas de danse de ballet. Le pied d'appui est normalement un peu plus tourné vers l'extérieur, mais, autrement, la position est exactement la même.

– Tu as fait de la danse ? Tu peux me montrer ?

– Un fouetté ? Bien sûr. J'ai pris des cours de danse classique pendant huit ans.

Cilla se leva, se hissa sur les pointes, puis leva la jambe gauche et effectua une arabesque.

– Attends, deux secondes.

Ford ouvrit un tiroir et en sortit un appareil photo.

– Tu peux me refaire ça, s'il te plaît ?

– Je suis à moitié nue, protesta-t-elle.

– Ce sont tes pieds qui m'intéressent.

Surmontant la gêne qui s'était soudain emparée d'elle, Cilla recommença, tandis que Ford prenait une série de clichés en rafale.

– Huit ans de danse, murmura-t-il, pensif. C'est sans doute ce qui explique ces bonds de gazelle dans *No Man's Land III*, quand tu es poursuivie par le psychopathe à travers la forêt.

– Ça, ce seraient plutôt des grands jetés, répliqua-t-elle en riant.

– J'ai cru que tu allais lui échapper, à la vitesse où tu courais. Tu évites le piège mortel, tu esquives la hache qu'il te lance, tu parviens à la cabane…

– Et quand j'ouvre la porte je découvre qu'il a pris un raccourci et qu'il est là, à m'attendre.

– Et tu pousses un cri épouvantable. C'était un effet de son ?

– Pas du tout.

Cilla gonfla les poumons et hurla à faire trembler les vitres. Ford recula d'un pas en se bouchant les oreilles.

– Quel coffre ! Si on descendait boire un verre de vin ? Tu m'as vrillé les tympans.

17

Chaque fois qu'elle pensait aux actes de vandalisme commis chez elle, Cilla chassait aussitôt cette idée. Demain était un autre jour ; elle ne voulait pas gâcher cette journée de rêve. Derrière les vitres ruisselantes de pluie, elle se sentait comme dans une bulle, hors du temps et de la réalité. Contre toute attente, elle prit même plaisir à jouer à un jeu vidéo. Jusqu'à ce que Ford remporte la troisième victoire consécutive.

– Elle… Comment elle s'appelle, déjà ? Halle Berry…

– Storm, corrigea Ford. Halle Berry, c'est l'actrice, une bombe sexuelle. Storm est un membre-clé des X-men.

– Ouais, ben, en tout cas, elle était bloquée, grommela Cilla avec un regard renfrogné vers la manette de contrôle. J'ai appuyé sur le bouton, mais elle ne voulait pas bouger.

– Tu n'as pas dû appuyer sur le bon bouton. Tu manques de pratique, c'est normal. Et je t'ai dit que c'était une erreur stratégique de former une équipe uniquement féminine.

Sous la table basse, Spock émit un petit grognement moqueur.

– Toi, tais-toi, je ne t'ai pas demandé ton avis, lui lança-t-elle. Je suis sûre que cette manette ne marche pas. Normalement, j'ai une excellente coordination œil-main.

– Tu veux refaire une partie ?

Cilla dévisagea Ford avec une mine boudeuse.

– Tu joues souvent à ce truc ?

– Depuis que je suis gosse, répondit-il avec un sourire désarmant. Personne ne m'a jamais battu à cette version d'*Ultimate Alliance*.

– D'accord, je comprends mieux, dit-elle en lui tendant la manette. Tiens, range tes jouets.

Il s'exécuta docilement. Obéissant et ordonné, nota Cilla. Deux bons points de plus à son actif.

– Ça creuse de sauver le monde, dit-il. J'ai une faim de loup, pas toi ?

– Je n'ai pas sauvé le monde.

– Tu as essayé.

– C'est bon, arrête de frimer !

– O.K., la prochaine fois, je te laisserai gagner. Ma mère m'a donné des spaghettis et des boulettes. Ça te tente ?

– Tu es un petit veinard, toi. Tu fais un boulot que tu aimes, tu travailles chez toi, dans une superbe maison, avec ton chien ridiculement attendrissant. Tu as un cercle d'amis d'enfance, tu t'entends bien avec tes parents, et ta Maman te prépare des bons petits plats.

– Je n'ai pas à me plaindre. Viens, allons dans la cuisine.

À même la boîte en plastique transparent, ils dégustèrent les spaghettis et les boulettes de Penny Sawyer.

– Quand j'étais petite, on avait une cuisinière sicilienne, Annamaria, dit Cilla. Je suis sûre que ses pâtes n'étaient pas aussi bonnes.

– Je ne connaissais encore personne dont les parents avaient les moyens de se payer une cuisinière, déclara Ford.

– On avait aussi un majordome, deux femmes de ménage, un chauffeur, deux jardiniers, et ma mère avait un secrétaire particulier. Plus un gars qui s'occupait de l'entretien de la piscine avec qui elle couchait de temps en temps. Un jour, elle s'est aperçue qu'il se tapait aussi l'une des femmes de ménage. Elle a fait un scandale, les a virés tous les deux et est partie une semaine à Palm Springs pour se remettre de ses émotions. C'est là qu'elle a rencontré numéro Trois, au bord d'une piscine, ironiquement. Le pire, ce dont elle ne s'est jamais doutée, mais dont je suis quasi certaine, c'est qu'il s'envoyait le nouveau préposé à la piscine, Raul.

Ford piqua sa fourchette dans une boulette.

– Tu as grandi dans un soap opera, articula-t-il, la bouche pleine.

– En quelque sorte. Toujours est-il que ta mère est meilleure cuisinière qu'Annamaria.

– Si tu lui dis ça, elle va sauter de joie. Raconte-moi ton enfance avec tous ses employés de maison.

– C'était l'horreur. On n'avait aucune vie privée. Quant à moi, j'avais l'impression d'être surveillée en permanence. Dès que j'essayais de chiper un cookie entre les repas, il y avait quelqu'un pour me taper sur les doigts. Je n'avais pas droit aux sucreries, tu comprends. Une actrice ne peut pas se permettre de prendre du poids. Quand je me disputais avec ma mère, tout le monde était au courant. Et tu pouvais être sûr que le lendemain la presse people en faisait des gorges chaudes. Franchement, je préfère manger des restes de spaghettis.

– Sauf que, si je me souviens bien, tu ne sais pas cuisiner.

– C'est bien ça, le problème, reprit Cilla en buvant une gorgée de vin. Je crois que je vais demander à Patty de me donner des leçons. J'ai décidé qu'il était grand temps que j'apprenne à voler de mes propres ailes. Toi, au moins, tu es complètement autonome.

– Certes, mais je n'ai pas grandi avec une armée de bonnes à tout faire. Cela dit, j'ai une femme de ménage qui vient deux fois par semaine et des cartes de fidélité dans tous les restos qui vendent des plats à emporter. J'ai également une ligne directe avec Matt, Brian et Shanna, qui m'offrent généreusement leurs services en échange de quelques bières.

– C'est un système.

– Bien huilé, ajouta Ford en écartant une mèche du visage de Cilla.

– Quand je saurai préparer autre chose que des sandwiches au fromage grillé et des potages en conserve, j'aurai atteint l'un des mes objectifs les plus élevés.

– Quels sont les autres ?

– M'installer à mon compte et vivre de mon métier. Ce qui implique que j'obtienne d'abord ma licence. Je passe l'examen dans quelques semaines. Si…

– Il faut passer un examen pour ça ? J'adore les tests ! s'exclama Ford avec enthousiasme. Tu veux qu'on révise ensemble ?

– Tu adores les tests ? répéta Cilla, incrédule.

– Ouais, je suis superdoué pour les QCM.

– Je ne suis pas mauvaise non plus. Et je me prépare depuis déjà quelque temps. Du reste, je me méfie des mecs qui se prétendent superdoués en tout. Pour te dire la vérité, c'est en partie à cause de ce genre de types que j'ai abandonné la fac au bout d'un semestre.

– Eh bien, tu devrais leur en être reconnaissante. C'est grâce à eux que tu as fini par trouver ta voie.

– Hmm, fit Cilla d'un air songeur en posant sa fourchette. Je me serais bien passée de leurs humiliations. En tout cas, pour te prouver toute ma gratitude, je vais faire la vaisselle, y compris celle du petit déjeuner, puisque personne ne l'a faite.

Pendant un petit moment, Ford sirota son verre de vin en la contemplant qui s'affairait à des tâches ménagères. Puis il se leva et lui enlaça la taille. Une spatule à la main, elle se retourna pour l'embrasser. Submergé par une nouvelle vague de désir, il ferma le robinet, la souleva de terre et la porta sur le comptoir. Avant qu'elle ait eu le temps de comprendre ce qui lui arrivait, ils étaient nus tous les deux, leurs cœurs palpitant violemment à l'unisson. Elle noua ses jambes autour de lui et l'attira en elle tout en lui mordillant les lèvres avec avidité.

L'orgasme les laissa pantelants, ruisselants de sueur. La tête sur l'épaule de Ford, Cilla reprit lentement son souffle.

– Si la sauce tomate de ta mère produit le même effet sur ton père, dit-elle en se redressant.

– On lui demandera sa recette, rigola Ford. Surtout, ne bouge pas, je vais chercher mon appareil photo. C'est la première fois que j'ai une femme nue sur le comptoir de ma cuisine. Il me faut une trace de cet instant.

– Hors de question. Mon contrat stipule que je ne pose pas nue.

– Dommage, marmonna-t-il en lui ramenant les cheveux en arrière.

– Passe-moi mon tee-shirt, s'il te plaît.

– Tu ne veux pas finir la vaisselle en tenue d'Ève ?

Cilla fronça les sourcils et prit une expression sévère. En soupirant, il le lui tendit.

Il se réveilla dans un lit vide et une maison silencieuse. Bien qu'il fît encore sombre, il se leva, une partie de son cerveau embrumé se réservant le droit d'être en colère si elle était rentrée chez elle sans le prévenir.

Elle était assise dans l'un des fauteuils de la véranda, une tasse de café entre les mains, Spock étalé à ses pieds.

– Ce n'est pas une heure pour se lever, lui dit-il. Il fait encore nuit. Donne-moi un peu de café, s'il te plaît.

– Retourne te coucher.

– Tu me donnes un peu de café, s'il te plaît, ou je dois m'en préparer ?

Elle lui tendit sa tasse.

– Il faut que je prenne une décision, dit-elle sombrement.

Il lui attrapa le poignet et consulta sa montre.

– À 5 h 30 du matin ?

– Je me suis offert une parenthèse, hier, et j'ai réussi à ne pas penser à ce qui s'est passé samedi. Mais ce n'était que reculer pour mieux sauter. Je dois maintenant affronter mes responsabilités.

– Rien ne t'empêche de prendre encore un jour ou deux pour réfléchir.

– Si. Les ouvriers vont arriver dans moins de deux heures, à moins que je les appelle pour leur dire de ne pas venir. Mais je ne peux pas faire ça. Ils ont des plannings à respecter. Je ne veux pas leur faire prendre de retard.

– Si tu leur expliques ce qui s'est passé, ils comprendront.

– Sans doute, mais il est inutile de perdre du temps. Dans tous les cas, on ne peut pas laisser le chantier en plan. La question, en fait, c'est de savoir si je termine la maison pour moi, comme prévu, ou si je la remets juste en état pour la revendre. Il faut déjà que je calcule combien vont me coûter les réparations des dégâts et que je voie ensuite de quel budget je dispose. L'assurance me versera des dommages et intérêts, mais il y aura sûrement une franchise à payer et…

– Si tu as besoin…

– Non, je ne veux pas que tu me prêtes de l'argent. Si je suis un peu juste, je trouverai des solutions. Je peux toujours faire des doublages ou des trucs comme ça.

– Que feras-tu si tu pars ? demanda-t-il.

– Il y a des milliers d'endroits moins chargés en souvenirs que celui-ci. Je pourrais acheter et rénover une autre maison, à crédit s'il le faut. Ou me chercher un emploi salarié. Steve serait ravi de m'embaucher pour son agence new-yorkaise.

– Ce serait renoncer à tes projets.

– Juste repousser l'échéance, répliqua-t-elle. Le problème, c'est que j'aime cette maison et que je m'y sens bien. Je suis écœurée que quelqu'un tente de me faire fuir.

– Ah, je préfère te voir en colère, approuva Ford avec un clin d'œil.

– Moi aussi, mais le fait est que je suis découragée, et que j'ai peur.

– C'est normal. Tant qu'on ne saura pas qui a fait ça, et pourquoi, tu vivras dans l'angoisse. Tu penses toujours que c'est Hennessy ?

– C'est la seule personne qui m'ait ouvertement avoué me haïr. Dans un film policier, ce ne serait pas lui le coupable, justement parce qu'il paraît trop suspect, mais on n'est pas…

– Il faut que nous lui parlions.

– Pour lui dire quoi ?

– Que tu es ici chez toi, que tu ne te laisseras pas intimider, que tu n'es pas responsable de ce qui est arrivé il y a plus de trente ans. Par ailleurs, nous allons photocopier les lettres, les remettre à la police et les relire attentivement. Parce que si ce n'est pas Hennessy il est fort plausible que ce soit quelqu'un qui sache que tu es en possession de ces lettres. Et qui veuille vendre des révélations croustillantes à la presse, genre : « Le Secret violé de Janet Hardy »... Ou préserver la réputation de l'amant de ta grand-mère.

Dans la lumière du jour naissant, Cilla observa le visage pensif de Ford.

– Quand Steve s'est fait agresser, poursuivit-il, je me suis dit que les flics avaient probablement raison : il avait surpris un voleur en flagrant délit. Et puis il y a eu les graffitis sur ta voiture et sur le mur, des messages personnels. Et maintenant ces dégradations, une menace encore plus directe.

Cilla réprima un frisson.

– Sérieusement, j'ai peur, murmura-t-elle.

– Tant mieux. Comme ça, tu redoubleras de vigilance. Tu vas acheter un système de sécurité ?

Elle opina de la tête.

– Très bien. Et, désormais, tu ne dors plus seule là-bas, décréta-t-il avec un geste du menton en direction de Little Farm. Soit je viendrai dormir chez toi, soit tu viendras chez moi.

– Ça t'arrange bien, hein ? rétorqua-t-elle, irritée par son ton autoritaire.

– Je ne veux pas que tu abandonnes cette maison que tu aimes par-dessus tout, dit-il posément en mettant sa main sur la sienne.

– Tu as raison, approuva-t-elle d'une voix radoucie. Je ne veux pas quitter cette maison, et je ne veux pas non plus te quitter.

Matt se tenait au centre de la salle de bains, les mains sur les hanches, le visage sombre.

– Je suis navré, Cilla. Qui a pu faire une chose pareille ? Franchement, c'est lamentable. Mais ne vous inquiétez pas, on va tout vous refaire.

– J'irai racheter du carrelage dans la journée.

– Autrefois, personne ne fermait sa porte à clé, dans le coin. Mais les temps ont changé. On n'est plus en sécurité nulle part, de nos jours. La vitre de la porte de la cuisine a été cassée, vous m'avez dit ? Je vais demander à un de mes gars de la changer.

– Ce n'est pas la peine, je vais en commander une nouvelle. En attendant, le contreplaqué fera l'affaire.

– O.K. Si vous avez besoin de quoi que ce soit, Cilla, dites-le-moi. On va jeter un coup d'œil dans l'autre salle de bains ?

Ils évaluèrent les dégâts et le coût des réparations. Puis, tandis que Cilla écrivait sa liste d'achats, les ouvriers lui exprimèrent tour à tour leur sympathie et leur indignation. Les oreilles bourdonnantes de leurs paroles réconfortantes, elle prit le chemin de la ville.

Inévitablement, elle dut expliquer au conseiller du magasin de bricolage, qui commençait à la connaître, pourquoi elle devait racheter autant de carrelage. Puis, pendant qu'il allait en chercher dans les réserves, elle choisit de nouveaux lavabos, de nouveaux robinets, des porte-serviettes, des portemanteaux – et en oublia presque ses tracas tant cette activité lui était agréable.

Elle examinait une vasque en pierre lorsque quelqu'un l'interpella. Tom Morrow, accompagné de Buddy.

– Il me semblait bien que c'était vous, lui dit-il en la saluant. Vous choisissez ou vous achetez ?

– Les deux.

– Moi aussi, je suis venu faire des achats, aujourd'hui. En temps normal, c'est ma décoratrice qui achète tout, mais elle est en congé maternité. J'ai emmené Buddy comme conseiller technique. Alors, cette journée entre femmes, samedi ? Il paraît que vous vous êtes amusées comme des folles.

– J'ai passé un très bon après-midi.

– Le shopping, c'est le hobby préféré de Cathy. Personnellement, je préfère le golf, mais chacun son truc, pas vrai ?

– Rien de tel que la pêche, maugréa Buddy.

– Excusez-moi, dit l'employé en revenant. Tout est en stock, mademoiselle McGowan. Si ce lavabo vous intéresse, il ne faudra pas trop tarder à vous décider, il ne m'en reste plus qu'un.

Buddy regarda Cilla en fronçant les sourcils.

– Je croyais que vous vouliez un lavabo sur pied pour la troisième salle de bains, dit-il. Vous avez changé d'avis ?

– Ceux que vous aviez installés ont été endommagés, l'informa-t-elle. Il va falloir les remplacer.

– Comment ça, endommagés ? s'écria le vieux plombier, visiblement blessé dans son amour-propre. Ne me dites pas qu'ils sont tombés, c'est impossible.

Il ne resta plus à Cilla qu'à tout répéter une fois de plus.

– Oh, mon Dieu ! s'exclama Tom. On ne vous a pas fait de mal, au moins ?

– Ça s'est passé pendant que j'étais en ville avec votre épouse.

– Et ils ont cassé les lavabos ? s'étonna Buddy en soulevant sa casquette pour se gratter la tête. Quel intérêt ?

– Si je le savais, répondit Cilla. En tout cas, les deux salles de bains, qui étaient presque terminées, ont été complètement saccagées.

– Quelle horreur ! compatit M. Morrow. C'est rare qu'il se passe des choses comme ça par chez nous. La police…

– La police enquête, déclara Cilla à haute et intelligible voix. Et je vais installer un système de sécurité.

À bon entendeur, salut.

– Vous avez raison, approuva Tom. Je suis sincèrement navré.

– Si vous voulez mon avis, bougonna Buddy, je n'aimerais pas que ma fille habite seule dans un endroit aussi isolé.

– Il peut arriver n'importe quoi n'importe où, répliqua Cilla. Sur ce, je vous laisse, j'ai des tas de choses à faire ce matin.

– Si Cathy ou moi pouvons faire quelque chose pour vous, n'hésitez pas à nous passer un coup de fil, l'assura Tom.

– Je vous remercie, répondit-elle en s'éloignant, ragaillardie par ces nouveaux témoignages de soutien.

18

Cilla s'offrit le plaisir de démonter les vieilles portes à la peinture écaillée et de les remplacer par des neuves. Dans la grange, elle entreposa celles qui étaient récupérables. On ne savait jamais, une vieille porte pouvait toujours être recyclée. Pour l'entrée principale, elle avait opté pour de l'acajou, une essence sobre et élégante – au diable le budget – et un style traditionnel, avec six carreaux de verre dépoli dans la partie supérieure qui laisseraient passer la lumière tout en faisant écran aux regards indiscrets.

Un ouvrier l'aida à monter le battant sur ses gonds. Elle attendit néanmoins d'être seule pour caresser le bois en ronronnant de bonheur. Puis elle entreprit de fixer la poignée. En bronze huilé, elle se mariait à la perfection avec les teintes rouges de l'acajou.

– Très belle porte, se félicita-t-elle.

Elle entendait un bruit de moteur et se retourna. La voiture de son père. D'ordinaire en costume, sa tenue de prof, il était aujourd'hui en jean, tee-shirt et casquette de base-ball. Avant de monter les marches de la véranda, il contempla les pelouses nettement tondues, les azalées et les rhododendrons en boutons, les nouveaux plants d'hydrangées, le jeune érable rouge au feuillage nimbé de soleil.

– Je ne planterai les massifs de fleurs qu'au printemps prochain, lui dit Cilla en l'embrassant.

– Tu as déjà accompli un travail remarquable, répondit-il en examinant la porte et les verrous. Tu as bien fait de prendre du costaud. Il paraît que tu as aussi installé un système de sécurité ?

– Je vois que les bruits circulent vite, dans le coin. Tant mieux si tout le monde est au courant. J'espère que ce sera dissuasif.

De ses grands yeux noisette, Gavin scruta gravement le visage de sa fille.

– Tu aurais pu m'appeler, dit-il. J'aurais préféré que ce soit toi qui m'apprennes ce qui s'est passé.

– Qu'est-ce que tu aurais pu y faire ? Attends, deux secondes, s'il te plaît, je termine ça.

Elle fixa rapidement quelques vis puis posa sa visseuse afin d'ouvrir et de refermer la porte plusieurs fois.

– Nickel ! J'ai failli commander un panneau plein, mais, finalement, je ne regrette pas mon choix. Ça aurait fait trop mastoc. Je vais mettre une porte à peu près similaire à l'arrière et je vais faire un atrium… Excuse-moi, je ne suis pas sûre que tous ces détails t'intéressent.

– Bien sûr que si.

Surprise par le ton vexé de son père, elle se retourna afin de lui accorder toute son attention.

– Rentrons, lui dit-elle en ouvrant de nouveau la porte. Il y a du bruit, mais il fera plus frais.

– Cilla, qu'est-ce que je peux faire ?

– Je… Écoute, je suis désolée.

Elle avait un mal fou à communiquer avec son père. Il répéta sa question.

Elle se sentait coupable, légèrement paniquée.

– M'aider à faire quoi ?

En soupirant, Gavin enfonça les mains dans les poches de son jean.

– Je ne suis qu'un bricoleur du dimanche, mais je sais planter des clous et scier des planches. Je peux aller faire des courses, préparer du thé glacé, des sandwiches, passer le balai.

– Tu… Tu veux participer aux travaux ?

– Je suis en vacances et je ne donne pas de cours d'été, cette année. Je vais avoir pas mal de temps libre, ça me ferait plaisir de te donner un coup de main.

Ce qui expliquait sa tenue décontractée.

– Pourquoi pas ?

– J'ai parfaitement conscience que tu es entourée d'une équipe de professionnels, mais je n'ai jamais rien fait pour toi, à part t'envoyer une pension alimentaire, ce qui était une obligation légale, ce que j'aurais fait de toute façon même sans obligation, j'espère que tu le sais. Je ne t'ai pas appris à faire du vélo ni à conduire une voiture. Je n'ai pas assemblé tes nouveaux jouets au pied du sapin de

Noël – les rares fois où ça m'est arrivé, tu étais trop jeune pour t'en souvenir. Je ne t'ai jamais aidée à faire tes devoirs, je n'ai jamais attendu que tu sois rentrée d'une soirée pour pouvoir m'endormir. Alors voilà, j'aimerais me rattraper, de façon concrète. Si tu le veux bien, évidemment.

Profondément émue, Cilla réfléchit cette fois un instant avant de répondre, redoutant plus que tout de commettre une nouvelle maladresse.

– Tu sais peindre ?

Le visage tendu de son père s'éclaira d'un sourire.

– Il se trouve que je suis un excellent peintre. Dois-je te fournir des références ?

– Tu auras une période d'essai, répondit-elle en lui rendant son sourire. Viens, suis-moi.

Elle l'entraîna dans le living-room, qu'elle n'avait pas prévu de peindre dans l'immédiat, mais puisqu'il s'agissait d'une bonne action...

– Le crépi est terminé, et j'ai enlevé toutes les boiseries pour les reteinter. Donc, tu n'auras pas à t'en soucier. Si tu taches les briques de la cheminée, ce n'est pas grave, elles seront bientôt cachées derrière du granit ou du marbre. Pour le moment, personne ne travaille dans cette pièce, donc, tu ne gêneras personne et personne ne te dérangera. Tu as ici un escabeau, des rouleaux et des pinceaux, de la sous-couche dans ces gros pots – c'est marqué dessus. La peinture est étiquetée LR – living-room. Tu veux que je t'aide à protéger le sol ?

– Je peux me débrouiller seul, tu sais.

– Bon, dans ce cas, je vais installer la porte de derrière. Si tu as besoin de quelque chose, viens me demander. Et arrête-toi quand tu en auras marre.

– O.K.

– Je viendrai te voir dès que j'en aurai fini avec la porte de la cuisine.

Elle s'interrompit à deux reprises durant le montage du battant, une fois pour le simple plaisir d'emprunter le tout nouvel escalier extérieur. Les marches n'étaient pas encore peintes ni traitées, et l'accès à son futur bureau dans les combles condamné par des planches, mais l'escalier lui plaisait tant qu'elle y exécuta une petite danse impromptue en le descendant, sous les applaudissements et les sifflets des ouvriers.

Son père lui sortit de l'esprit pendant trois bonnes heures. Lorsqu'elle pensa à lui, elle courut dans le salon, où elle s'attendait à le trouver s'agitant stérilement au milieu de la pagaille typique des bricoleurs amateurs. Mais non. Le parquet et la cheminée avaient été consciencieusement recouverts de grands draps, le plafond ainsi que deux des murs étaient déjà enduits de sous-couche. En chantonnant gaiement, Gavin badigeonnait le troisième.

– Tu es embauché, lui lança-t-elle du seuil de la pièce.

Il abaissa son rouleau et se retourna en riant.

– Je suis allé me chercher un verre de limonade, tout à l'heure. J'ai vu ton numéro : Ginger Rogers dans l'escalier. J'avais oublié que tu dansais si bien. Je ne t'avais pas vue danser depuis… depuis le spectacle à Washington où tu m'avais invité. Tu étais ado. J'étais venu dans les loges avant le lever du rideau. Tu étais pâle comme un linge.

– Le trac. Je détestais ce spectacle. Ou, plus exactement, d'une manière générale, je détestais me donner en spectacle.

– Tu étais pourtant une excellente comédienne.

– Non, je cabotinais. En tout cas, je constate que tu fais du bon boulot. Tu n'as même pas une goutte de peinture sur toi.

– J'ai des années d'expérience. C'est moi qui peins les décors pour les spectacles de fin d'année du lycée et Patty me fait refaire une pièce de la maison chaque été. Elle aime le changement. À ce propos, ça transforme complètement le salon d'avoir élargi la porte. Les volumes paraissent totalement différents.

– Tu trouves que ça le dénature ?

– Pas du tout, ma chérie. Les maisons sont faites pour évoluer, pour refléter la personnalité de leurs occupants. On sent ton esprit d'ouverture, ce qui ne m'empêche pas de retrouver un peu l'atmosphère du salon de Janet, et même de celui de mes grands-parents.

– Tu veux que je te montre ce qu'on est en train de faire dans les combles ?

– Volontiers.

Avec enthousiasme, Cilla conduisit son père au grenier par l'escalier flambant neuf et lui exposa fièrement le projet d'aménagement de son bureau. Gavin se montra impressionné, ce qui lui fit un grand plaisir.

– Alors, comme ça, tu vas rénover d'autres maisons ? lui demanda-t-il en redescendant.

– Oui, pour les revendre. Je ferai peut-être aussi un peu de consulting. À condition que j'obtienne ma licence, bien sûr.

– Comment obtient-on cette licence ?

– Je passe un test demain, l'informa Cilla en croisant les doigts.

– Demain ! Et tu n'es pas en train de bûcher ? s'écria Gavin, l'enseignant en lui prenant le dessus.

– J'ai révisé comme une folle et j'ai passé deux fois le test en ligne.

Cilla s'arrêta devant la salle de bains de la chambre d'amis.

– Elle est terminée, dit-elle, pour la deuxième fois.

– C'est celle-ci qui a été vandalisée ?

– Celle-ci et celle de ma chambre. Si tu avais vu le désastre…

– L'essentiel, c'est que tu n'aies pas été blessée. Quand je pense à ce qui est arrivé à Steve !

– Je l'ai eu au téléphone, hier. Il a l'air en forme. Il m'a dit que sa kiné était canon. Il ne loupe pas une séance de rééducation. Tu crois que c'est Hennessy qui est derrière tout ça ? À ton avis, il serait capable de faire des trucs pareils ?

Gavin réfléchit un instant avant de répondre.

– Le fait est que ce type est rempli de haine et qu'en vieillissant il devient de plus en plus aigri. Je crois qu'il me déteste encore plus qu'à l'époque. Et, physiquement, je dois dire qu'il est encore costaud, pour son âge.

– J'aimerais avoir une discussion avec lui, mais je ne sais pas comment l'aborder. D'un autre côté, si c'est lui, je crains que ça n'envenime encore plus la situation. Je n'ai pas eu de problèmes depuis presque deux semaines, maintenant. Ce serait bien que ça continue comme ça.

– Il est parti quelques jours chez sa sœur, dans le Vermont, je crois, avec sa femme. C'est le fils de mon voisin qui me l'a dit. Il tond leurs pelouses.

Cilla regretta vivement, le lendemain matin, d'avoir refusé de passer la nuit avec Ford. Elle voulait potasser une dernière fois, se coucher tôt et dormir au moins huit heures afin d'être fraîche pour l'examen. Mais, en réalité, elle avait nerveusement arpenté la maison jusqu'à plus de minuit en s'interrogeant mentalement. Après quoi, elle avait eu un mal fou à trouver le sommeil et n'avait somnolé que par intermittence. Résultat, elle s'était réveillée anxieuse, tendue et vaguement nauséeuse. Néanmoins, elle s'était forcée à avaler un demi-bagel qui lui pesait maintenant sur l'estomac.

Après avoir vérifié trois fois le contenu de son sac afin de s'assurer qu'elle n'oubliait rien d'important, elle quitta la maison avec trente bonnes minutes d'avance sur l'horaire qu'elle s'était fixé la veille et verrouilla la porte.

– Cool, Cilla, pas de panique, marmonna-t-elle en se dirigeant vers son pick-up.

Ce n'était pas comme si le sort de la planète reposait sur cet examen. Non. Seul son avenir était en jeu.

Peut-être serait-il plus judicieux de passer les épreuves à la prochaine session ? Quand la maison serait finie ? Quand elle y serait bien installée ? Quand…

Le trac, diagnostiqua-t-elle. La peur du fiasco. Un gros nœud dans le ventre, elle ouvrit la portière de sa voiture. Et éclata de rire.

Un dessin reposait sur le siège, la représentant en godillots de travail, une ceinture à outils accrochée autour des hanches, une cloueuse à la main, un mètre dans l'autre, au milieu d'un amas de planches et de briques, les pieds empêtrés dans un enchevêtrement de fils électriques. Des lunettes de sécurité lui pendaient de traviole autour du cou, des gants dépassaient de la poche de son bleu. Son visage exprimait une forte détermination, à la limite de l'arrogance. Au bas de la page, une légende indiquait :

La surprenante, la formidable entrepreneuse en construction

– Alors toi, tu n'en manques pas une, dit-elle à voix haute en soufflant un baiser de l'autre côté de la route.

Puis elle s'assit, alluma la radio et mit le contact, le cœur soudain beaucoup plus léger.

Ford s'installa sur la véranda avec son ordinateur portable, son carnet de croquis, un pichet de thé glacé et un sachet de Doritos à partager avec Spock. Il ignorait à quelle heure Cilla serait de retour, elle ne lui avait pas précisé combien de temps durait l'examen ni ce qu'elle comptait faire après. De surcroît, la route de Richmond était toujours encombrée, même en dehors des heures de pointe.

Vers 14 heures, il orienta sa chaise de façon à ne pas manquer son retour mais continua néanmoins à s'occuper. Il répondit à des messages en souffrance, en envoya quelques-uns, consulta les forums et les blogs qu'il avait l'habitude de fréquenter, procéda à quelques modifications sur son propre site Web. Accaparé par une certaine belle blonde, il avait négligé sa communauté Internet depuis une quinzaine de jours. Renouer le contact le divertit pendant plusieurs heures avant qu'il s'aperçoive que, de l'autre côté de la route, les ouvriers commençaient à partir.

Matt s'arrêta dans l'allée et lui cria, par la vitre de son camion :

– Tu mates les sites porno ?

– Jour et nuit. Ça va, toi ?

– Ça va pas mal, ouais. Je ne suis pas mécontent d'avoir terminé l'isolation du grenier et de rentrer me taper une bière fraîche. Josie a décidé de faire une petite fête à la maison pour le 4 Juillet. Tu seras des nôtres ?

– Je ne manquerais ça pour rien au monde. Je viendrai sûrement avec ta patronne.

– J'en étais sûr ! J'aurais mis ma main à couper qu'elle se rabattrait sur toi quand elle apprendrait que j'étais marié.

– C'est ça, ouais. Elle avait besoin de canaliser sa frustration sexuelle.

– Tu me remercieras plus tard, répliqua Matt en redémarrant avec un coup de klaxon et un large sourire.

Ford se servit un verre de thé et échangea son ordinateur contre son carnet de croquis. Il n'était pas satisfait de l'image de son méchant. Devon/Devino était en grande partie inspiré par son prof de maths du collège, mais, au vu du tour que l'intrigue avait pris, il souhaitait maintenant un personnage un peu plus… distingué, plus froid, plus digne. Il crayonna plusieurs visages en espérant que l'un d'eux lui crierait soudain : « C'est moi ! » Mais rien de tel ne se produisit, si bien qu'il envisagea une bière fraîche, lui aussi, puis oublia bière et travail en entendant le ronflement du pick-up de Cilla.

Il sut immédiatement qu'elle avait réussi. Ses yeux étaient cachés derrière des lunettes de soleil, mais elle avait une démarche presque sautillante. Talonné par Spock, il traversa la route. Elle se jeta à son cou.

– J'ai été brillante ! lui annonça-t-elle en riant. Pour la première fois de ma vie, j'ai fait des étincelles ! Waouh ! La Formidable Entrepreneuse ! Merci ! Tu m'as porté bonheur. J'étais complètement stressée, ce matin, mais ton dessin m'a détendue et m'a donné la pêche. Je vais l'encadrer et l'afficher dans mon bureau avec ma licence.

– Félicitations ! répondit-il en l'embrassant. Il ne nous reste plus qu'à fêter ça.

Ford savait que ce diplôme était important pour elle. Mais il ne savait pas à quel point.

– J'ai acheté tout ce qu'il faut pour célébrer ce grand événement, dit-elle en prenant Spock dans ses bras et en le couvrant de baisers. Du pain français, du caviar, du poulet rôti, des tartelettes aux fraises, du champagne et encore plein de bonnes choses.

Après avoir déposé le chien par terre, elle sortit une glacière de son coffre.

– Il y avait une circulation monstre. J'ai cru que je n'arriverais jamais. On va faire un pique-nique, d'accord ? Derrière la maison. Et, après, on dansera nus dans l'herbe.

– À croire que tu lis dans ma tête comme dans un livre !

Il étala un plaid sur le gazon et alluma trois torches de bambou, autant pour l'atmosphère que pour chasser les insectes. Cilla déballa le festin. Spock et son ours en peluche furent assignés à une vieille serviette-éponge.

– Caviar, fromage de chèvre, champagne, dit Ford en s'asseyant sur la couverture. Tu as une drôle de conception du pique-nique. Chez moi, c'est plutôt jambon sous vide, salade de patates en barquette et bière à volonté.

– N'oublie pas que j'ai grandi à Hollywood, répondit Cilla en garnissant une assiette.

– Qu'est-ce que c'est ?

– Des blinis pour le caviar. Tu ne connais pas ? Avec un peu de crème fraîche, c'est délicieux.

– Pour tout te dire, je n'ai jamais mangé de caviar. Et j'avoue que ça ne me tente pas vraiment.

– Ne pense pas à ce que c'est. Ouvre la bouche, lui intima-t-elle en approchant un blini de ses lèvres.

Non sans tordre le nez, il en croqua une bouchée. À sa grande surprise, l'association de saveurs lui titilla agréablement les papilles.

– Meilleur que ce à quoi je m'attendais, dit-il, tandis que Cilla confectionnait un nouveau toast. Maintenant que tu as ta licence, comment comptes-tu lancer ton entreprise ?

– Little Farm sera ma carte de visite. La propriété attire l'attention parce que c'était celle de ma grand-mère. Je soigne tout particulièrement les travaux pour que les gens voient de quoi je suis capable. Je table aussi sur ce que les artisans diront de moi, sur le bouche à oreille. Bien sûr, il faudra que je fasse de la pub. Hmm, ce poulet est succulent. J'ai vu qu'il y avait deux maisons à vendre pas très loin d'ici. À mon avis, elles sont un peu surévaluées pour la région, d'autant plus qu'elles nécessitent de gros travaux, mais je vais sûrement faire une offre au moins pour l'une des deux, histoire de voir s'il n'y a pas moyen de faire baisser le prix.

– Avant de finir ici ?

– Ouais. Dans le meilleur des cas, si je tombe rapidement d'accord avec le vendeur, il y en aura ensuite pour trente à quatre-vingt-dix jours de démarches administratives. Plutôt quatre-vingt-dix, d'après mon expérience. Ce qui nous amènera à l'automne. D'ici là, Little Farm sera presque terminé. Les artisans pourront commencer à travailler dans l'autre maison, s'ils sont libres, évidemment. On devrait pouvoir la retaper en une douzaine de semaines.

– Ça te rapportera un profit important, un projet comme ça ?

Cilla procéda à quelques calculs mentaux avant de répondre :

– Quarante mille dollars.

Ford arqua les sourcils.

– Quarante mille dollars en trois mois ?

– Peut-être même quarante-cinq, mais je m'estimerai heureuse avec trente-cinq.

– Joli ! Et si j'achetais l'autre ? Que je t'embauchais pour la rénover ?

– Ford, tu ne l'as même pas vue !

– Je te fais confiance les yeux fermés. J'envisageais de toute façon d'investir. Je serai ton premier client, et j'aurai en prime le facteur fun.

– Il faut au moins que tu voies la propriété, que tu détermines quelle somme tu es prêt à investir et sur combien de temps tu peux te permettre d'amortir cet investissement.

Cilla leva sa coupe de champagne avec un geste de mise en garde.

– Et combien tu peux te permettre de perdre, ajouta-t-elle. Le marché de l'immobilier comporte une part de risques.

– Pas plus que la Bourse. Tu pourras restaurer les deux maisons en même temps ?

– Ça ne me paraît pas impossible, mais…

– Eh bien, lançons-nous dans cette grande aventure. Tu me diras à quel moment nous pouvons aller la visiter ensemble, et nous discuterons concrètement de son potentiel.

– O.K., mais ne t'emballe pas trop vite. Quand tu auras vu la baraque, tu préféreras peut-être acheter des tickets de loterie.

– On verra. Tu as prévu quelque chose pour le 4 Juillet ?

– Seigneur, non ! Dire qu'on est déjà presque en juillet… Je ne vois pas le temps passer. Il y a des feux d'artifice, dans le coin ?

– Un dans chaque bled. Plus ceux que les gens font eux-mêmes dans leurs jardins.

– Je savais bien que la Virginie était un État de dingues!

– Matt organise une petite fête chez lui. Je te rassure, on ne fera pas péter de fusées. Il habite à quelques pas d'un parc où il y aura un orchestre, un concours du plus gros mangeur de tourtes, un spectacle pyrotechnique et toutes sortes d'attractions. En général, on va toujours y faire un tour en fin de journée. Ça te dit de venir avec moi ?

– Oh oui, répondit Cilla en s'étirant au-dessus du pique-nique pour nouer ses bras autour de son cou. Si j'avale une bouchée de plus, je sens que je vais exploser. Dansons.

Là-dessus, elle se leva en lui prenant les mains.

– J'avais plutôt l'intention de m'allonger dans l'herbe et de te regarder danser, comme un centurion romain, protesta-t-il.

– Pas question. Allez ! Debout !

– En fait, il y a un petit problème, c'est que je ne sais pas danser.

– Tout le monde sait danser. Allez, lève-toi, montre-moi.

La gêne se lisait dans le regard pailleté de Ford.

– Si je te montre, tu ne voudras plus jamais faire l'amour avec moi.

– Je te promets que si.

À contrecœur, il se leva avec un profond soupir.

– Un petit boogie, suggéra Cilla en remuant les hanches.

Son ours entre les pattes, Spock manifesta son admiration par une espèce d'ululement guttural.

– Tu l'auras voulu, grommela Ford en s'efforçant tant bien que mal de reproduire les mouvements de Cilla.

Il avait l'impression d'entendre grincer des engrenages rouillés, de ressembler à l'Homme de fer dans *Le Magicien d'Oz*.

– Ce n'est pas si mal, commenta Cilla en laissant malgré elle échapper un petit rire.

Il la fusilla du regard.

– Tu veux que je t'apprenne ? proposa-t-elle pour se racheter.

Spock émit un ricanement moqueur.

– D'autres ont essayé, toutes ont échoué. Je n'ai aucun sens du rythme. Je suis rythmiquement handicapé. Mais je vis très bien avec cette infirmité.

– Ne dis pas de bêtises. Quand on bouge aussi bien que toi horizontalement, on sait forcément bouger à la verticale.

Cilla posa les mains de Ford de part et d'autre de ses hanches et plaça les siennes autour de sa taille.

– Voilà déjà pour commencer. C'est tout bête, il n'y a rien de particulier à faire, laisse-toi juste aller. Bouge un peu ton bassin. Non, ne verrouille pas les genoux. Voilà. Gauche, droite, gauche, droite. Balance un peu ton poids sur le côté.

– J'ai l'air d'un robot.

– Mais non ! Détends-toi, continue à bouger les hanches mais pose tes mains sur mes épaules, maintenant. Tu sens comme elles montent et descendent légèrement ? Relâche tes bras. Tu es trop raide. Voilà, c'est beaucoup mieux. Alors, tu vois que tu sais danser ?

– Je n'appelle pas ça danser.

– Pourtant, ce n'est pas plus compliqué que ça, dit-elle en lui prenant les mains.

– Je me trémousse sur place comme un idiot.

—On s'occupera de tes pieds plus tard. Si tu ne faisais pas ces grimaces, tu serais presque sexy. Ne t'arrête pas !

Elle tournoya sur elle-même et frotta son dos contre le ventre de Ford.

– D'accord, bougonna-t-il, je vois où tu veux en venir.

Elle virevolta de nouveau afin de lui faire face et lui passa les bras autour du cou. Il l'attira contre lui et l'embrassa. Quand il rouvrit les yeux, elle était toujours en train de danser.

– Comment se fait-il que je ne t'aie pas marché sur les pieds ? s'étonna-t-il.

– Tu t'es tout simplement laissé aller, tu as cessé de réfléchir.

Avec un déhanché provocateur, elle lui déboutonna sa chemise.

– J'avais précisé qu'on danserait nus, murmura-t-elle langoureusement.

Ford jeta un regard vers la maison la plus proche. La nuit était presque tombée, mais les torches répandaient leur lueur dans le crépuscule. Assis sur son arrière-train, Spock observait la scène, fasciné.

– On devrait peut-être rentrer, suggéra Ford.

Cilla secoua la tête et se débarrassa de son chemisier en ondulant des épaules.

– J'avais aussi précisé : dans l'herbe.

– Et si Mme Berkowitz…

– Mme Berkowitz n'a pas à épier ses voisins.

Tout en dégrafant sa ceinture, Cilla envoya voler ses chaussures, que Spock alla chercher avec empressement pour les ramener sur sa serviette-éponge. Puis elle ôta son pantalon, sans cesser de danser, et laissa courir ses mains sur son corps de façon suggestive.

Ford oublia le chien, les chaussures, les voisins. Cilla avait ouvert son soutien-gorge et dévoilait délicieusement sa poitrine, centimètre par centimètre. Les flammes des torches jetaient sur sa peau des reflets dorés et se reflétaient dans ses yeux tels les rayons du soleil sur une mer turquoise.

Lorsque son soutien-gorge atterrit au sol, elle glissa une main sous l'élastique de sa petite culotte blanche.

– Tu es toujours habillé ? Tu ne veux pas danser avec moi ?

– Oh si, mais puis-je d'abord dire quelque chose ?

– Je t'en prie, répondit Cilla en ramenant ses cheveux au-dessus de sa tête et en les laissant retomber en cascade.

– Deux choses, en fait. Tu es la créature la plus belle que j'aie jamais vue. Et je suis l'homme le plus heureux de l'univers.

19

Ford se leva encore plus tard que d'habitude le matin du 4 Juillet, considérant qu'il était de son devoir de citoyen américain de faire la grasse matinée le jour de la fête nationale. Manifestement, Cilla ne partageait pas ce sens du patriotisme. Des coups de marteau retentissaient au rez-de-chaussée. Elle était juchée sur un escabeau devant l'une des fenêtres du salon.

– Tu travailles, l'accusa-t-il.

– Juste quelques bricoles. Je voulais voir l'effet des boiseries sur la peinture. Je n'arrive pas à croire que mon père ait fait du si bon boulot en si peu de temps. S'il n'avait pas déjà un emploi, je l'embaucherais.

– Il y a du café ?

– Oui. Spock a fui dans le jardin. Je crois qu'il ne supporte pas le bruit.

En traînant les pieds, Ford alla dans la cuisine tandis que Cilla se remettait à clouer. La cafetière était posée sur un coin de comptoir miraculeusement encore debout. En se protégeant les yeux du soleil qui entrait à flots par la fenêtre, Ford se remplit un mug. Après quelques gorgées de café, la lumière lui parut moins agressive. Il faisait un temps splendide, et ces rayons, d'une incroyable luminosité, n'étaient pas une arme extraterrestre conçue pour aveugler l'humanité. Sa première tasse terminée, il s'en servit une deuxième et retourna dans le living-room, où il observa Cilla un instant en savourant les effets magiques de la caféine. Elle était descendue de son escabeau et fixait à présent les boiseries situées en bas de la fenêtre. Cela fait, à une vitesse qui le laissa pantois, elle recula de quelques pas.

– Parfait, chuchota-t-elle.

– Qu'as-tu fait des anciennes ? lui demanda-t-il.

– Ce sont les anciennes. Il n'y a que l'appui que j'ai fait refaire, le vieux était trop abîmé.

– Il me semblait que les encadrements des fenêtres étaient blancs.

– Ils l'étaient, parce qu'un abruti les avait barbouillés de peinture blanche. J'ai tout décapé, poncé, lasuré, et voilà, j'ai retrouvé l'aspect du noyer.

– Le bois met la couleur des murs en valeur. Je la trouvais un peu terne, mais elle me paraît beaucoup plus chaleureuse, maintenant. Elle me rappelle… une forêt dans la brume.

– Elle s'appelle Shenandoah. Il m'a semblé que c'était la teinte adaptée. Quand tu regardes par les fenêtres de cette pièce, tu vois les montagnes, le ciel, les arbres.

Cilla s'empara d'un autre morceau de bois.

– Tu travailles encore !

Elle consulta sa montre.

– J'ai encore une heure et demie devant moi. Ça me laisse le temps de commencer à poser les plinthes.

– O.K. Dans ce cas, je vais faire un tour chez moi, dit Ford avec une moue boudeuse. Je passerai te prendre dans une heure et demie.

– N'oublie pas de mettre un pantalon avant de sortir ! lui lança-t-elle.

Il ne s'attendait pas à ce qu'elle soit prête. Non pas parce qu'elle était une femme, mais parce qu'il savait ce qui se produisait lorsqu'on s'absorbait dans un travail que l'on aimait. Lui-même était toujours en retard s'il ne faisait pas sonner un réveil.

Il fut donc surpris, quand il monta dans sa voiture, de la voir au bord de la route. Et son apparence le laissa sans voix. Elle avait détaché ses cheveux, ce qu'elle ne faisait que rarement, et elle était vêtue d'une robe à bretelles rouge et blanche.

Spock sortit la tête par la vitre et émit une série de sons que Ford traduisit par un sifflement admiratif. Puis, il descendit de voiture – il s'y sentait obligé.

– Ça te plaît ? lui demanda-t-elle en se retournant afin de lui montrer son dos que laissaient voir de fines lanières entrecroisées.

– J'adore. C'est la première fois que je te vois en robe. Tu es très chic.

– C'est peut-être trop élégant, non, pour des grillades en plein air ? s'inquiéta-t-elle. Je vais me changer ? J'en ai pour cinq minutes.

– Surtout pas, tu es superbe. Demain, je t'invite au restau, juste pour le plaisir de te voir dans une tenue aussi féminine.

– Je crois que je préfère les pique-nique.

Cilla appréhendait l'arrivée à la fête. Les premiers moments étaient toujours embarrassants. Ford allait la présenter à tout le monde, elle se sentirait mal à l'aise… Mais, finalement, elle connaissait déjà pas mal de monde et elle se mêla aisément à l'assemblée qui discutait joyeusement dans le jardin de Matt. Josie, la maîtresse de maison, enceinte jusqu'aux yeux, lui réserva un accueil des plus chaleureux.

– Tiens, dit-elle à Ford en lui tendant une bière. Laisse-nous papoter entre femmes. Je te sers un verre de vin, Cilla, un jus de fruits ?

– Quelque chose sans alcool, pour commencer.

– Goûte à la limonade, elle est délicieuse. J'étais tellement impatiente de faire ta connaissance !

– Tu sais que tu es la bienvenue à Little Farm quand tu veux.

– Viens, allons nous asseoir. Avec mon ventre de baleine, je me fatigue vite. J'essaierai de passer un de ces jours mais, entre le boulot et mon mouflet, je n'ai pas beaucoup de temps à moi. Tu vois le petit garnement, là-bas, près de la balançoire, en short rouge et polo bleu, en train de faire des mamours à Spock ? C'est notre fils. Matt m'a dit que la maison allait être magnifique.

– En partie grâce à lui. Il est formidable.

– Oui. Je l'ai rencontré quand j'avais dix-sept ans, je venais d'arriver dans la région avec mes parents. J'en voulais terriblement à mon père de m'avoir déracinée de Charlotte. J'avais l'impression que je ne retrouverais jamais d'amis, que ma vie était terminée, en somme. Jusqu'à ce que mes parents fassent agrandir la maison. Matt était apprenti charpentier. Je suis tombée sous son charme dès l'instant où je l'ai vu. Mais il a fallu que je lui fasse la cour pendant quatre ans avant de parvenir à mes fins !

Avec un long soupir venant du fond du cœur, Josie se laissa tomber sur une chaise.

– J'adorais Katie, poursuivit-elle, sautant du coq à l'âne. Je dois même encore avoir ma poupée Katie quelque part. Je la donnerai à ma fille, dit-elle en se passant les mains sur le ventre. Et j'ai vu presque tous les films de ta grand-mère. Quand ils ont ressorti *Le Bal dans la grange* en DVD, je l'ai acheté, bien sûr. J'espère que nous nous entendrons bien, parce que j'aime beaucoup Ford. Matt sait d'ailleurs que si je le plaque un jour ce sera pour Ford.

Cilla but une gorgée de limonade.

– Je crois que nous allons bien nous entendre, Josie, la rassura-t-elle avec un sourire amusé.

Cilla estima à une centaine le nombre de personnes rassemblées là – cinq générations réunies. Les adultes étaient assis à des tables de pique-nique, à l'ombre des arbres ou sous des parasols. En dépit de la chaleur, les enfants jouaient et couraient avec une énergie inépuisable.

Installée entre Ford et Brian, après avoir dégusté un hamburger, un hot-dog et un assortiment de salades d'été, Cilla observait Gavin et Patty, à l'autre bout de la table, qui bavardaient avec les parents de Ford. Elle n'entendait pas leur conversation, mais son père dit soudain quelque chose qui provoqua l'hilarité. Patty lui caressa la joue en riant. Il lui prit la main et lui embrassa le bout des doigts.

Ils semblaient s'être si bien trouvés, se dit Cilla avec une pointe d'envie. Leur amour crevait les yeux. Après plus de vingt ans de vie commune, ils avaient encore des gestes si tendres, si attentionnés !

Angie – si jeune, si fraîche, si pétillante – vint se poster derrière eux et leur passa à chacun un bras autour des épaules. Ils formaient une famille unie. À l'automne, Angie retournerait à la fac. Un millier de kilomètres la sépareraient peut-être un jour de ses parents. Néanmoins, ils demeureraient soudés. Gênée, Cilla détourna le regard.

– Je vais me chercher une bière, dit-elle à Ford. Tu en veux une ?

– Je te remercie, je n'ai pas fini la mienne.

Dans le grand seau qui trônait au centre du buffet, rempli de glace, elle pêcha une cannette dont elle n'avait pas vraiment envie, mais qui lui donnait une contenance tandis qu'elle se dirigeait vers Matt, affairé derrière le gril.

– Tu ne fais jamais de pause ?

– Oh si, ne t'inquiète pas. On se relaie, avec les copains.

Son fils vint s'accrocher à ses jambes et babilla dans un langage que Cilla était incapable d'interpréter, mais que Matt semblait maîtriser.

– Montre-moi, dit-il.

Le garçonnet releva son tee-shirt et exhiba un petit ventre rond et blanc que son père tâta du doigt avant de déclarer :

– D'accord, va demander à Mamie. Il a fini son hot-dog, expliqua-t-il à Cilla, et il voudrait une part du gâteau de sa grand-mère.

– J'ignorais que tu étais bilingue.

– Je suis bourré de talents cachés, affirma Matt en retournant trois steaks d'une main experte. Ford m'a dit que tu avais posé les boiseries des fenêtres du salon, ce matin.

– Ouais, elles font super bien. C'est ton atelier ? s'enquit Cilla en désignant de sa cannette l'appentis adossé à l'arrière de la belle maison coloniale.

– Oui, tu veux que je te le montre ?

– Avec plaisir, quand tu auras le temps.

– Et toi, où vas-tu installer le tien ?

– J'hésite : soit je construis une extension, soit je me réserve une partie de la grange à cet usage. La deuxième option serait sans doute plus simple.

– Mais la première plus intéressante, d'un point de vue créatif.

– C'est vrai, je n'ai jamais rien construit à partir de zéro. C'est tentant. Quelle est la surface de ton atelier ?

Quand il s'agissait de parler de ce qu'elle aimait, Cilla était toujours diserte. Rapidement, son malaise se dissipa.

En fin d'après-midi, les convives se rendirent au parc avec leurs chaises pliantes, leurs plaids, leurs glacières et leurs marmots. Cilla tenait Spock en laisse.

– Tu t'amuses ? lui demanda Ford.

– Oui, c'est une belle journée que Matt et Josie ont organisée !

– Tu avais l'air un peu perdue, chez eux, à un moment.

– Ah bon ?

– Oui, quand tu t'es levée pour aller chercher une bière.

– J'avais sans doute mangé trop de salade de pâtes, mais je t'assure que je ne suis pas déçue de mon premier 4 Juillet dans la vallée de Shenandoah.

Le parc s'étendait au pied des montagnes, qui se découpaient dans un halo de chaleur miroitante. Il y régnait une ambiance de fête foraine. Une fanfare jouait des marches. Les gens étaient assis en famille sur les pelouses ou faisaient la queue aux stands où l'on vendait des sandwiches au jambon de campagne, des hamburgers, des beignets et des sodas.

Les haut-parleurs annoncèrent que le concours de tourtes allait commencer dans une demi-heure devant le pavillon nord.

– C'est répugnant, mais il faut absolument que tu voies ça, dit Ford. Tiens, regarde, Brian se dirige par là-bas, lui aussi. La fille qui est avec lui, c'est Missy.

– Je sais, il me l'a présentée.

– Tu as fait connaissance avec la moitié du comté, aujourd'hui. Ne t'inquiète pas, personne ne t'en voudra si tu n'as pas retenu tous les noms.

– Missy Burke, agent d'assurances, divorcée, sans enfant. Elle est en train de discuter avec Tom et Dona Anderson, qui tiennent une galerie d'art. Le type qui fait du gringue à Shanna, c'est Bill – personne ne m'a précisé son nom de famille ; photographe de métier.

– Quelle mémoire !

– J'ai l'habitude des mondanités.

Vingt-cinq candidats, de sept à soixante-dix-sept ans, étaient en place pour le concours, bavette en plastique autour du cou. Au signal du départ, vingt-cinq visages s'empiffrèrent d'une croûte dorée dégoulinante de confiture de myrtilles, sous les applaudissements du public.

– Mon Dieu, c'est vrai que c'est dégoûtant, rigola Cilla.

– Tu vois le gros, là, au centre ? C'est Big John Porter, le champion en titre depuis quatre ans. Regarde-le ! Incroyable ! C'est encore lui qui va gagner. Big John ! Big John ! entonna Ford.

Et la foule scanda avec lui le nom du plus gros mangeur de tourtes de la région, qui décrocha une fois de plus la victoire haut la main.

– Imbattable ! Ce type est le Superman des gloutons, commenta Ford. Viens, allons au pavillon sud acheter des tickets de tombola.

Tous les billets étaient gagnants, ils remportèrent une kitchissime horloge murale en forme de coq que leur remit Cathy Morrow.

– On n'a jamais vendu autant de tickets que cette année, déclara-t-elle. Vous êtes superbe, Cilla. Vous vous amusez bien ?

– Oh oui, beaucoup.

– Nos animations doivent vous paraître un peu ridicules, mais on se divertit comme on peut, à la campagne. Ford, si tu vois ta Maman, dis-lui de venir me voir, s'il te plaît. Il faut que…

Cilla eut l'attention détournée à la vue de M. Hennessy, qui la dévisageait à quelques mètres de distance. Une petite femme aux yeux cernés et au visage las se tenait près de lui. Lorsqu'elle remarqua que

Cilla les regardait, elle le tira discrètement par la manche. Il demeura néanmoins impassible, ses yeux haineux rivés sur Cilla, qui soutint son regard en une attitude de défi, jusqu'à ce qu'il finisse par s'éloigner en entraînant rudement son épouse.

Cilla ne dit rien à Ford. Elle ne voulait pas gâcher la journée et, tandis que le ciel virait à l'indigo, elle oublia elle-même l'incident.

Aux premiers accords du *Star-Spangled Banner*, la foule se leva. Ford hissa Sam, le fils de Matt, sur ses épaules, puis il prit la main de Cilla et la lui tint jusqu'à la fin de l'hymne national. On se rassit. Les premières fusées explosèrent. Terrorisé, Sam descendit des épaules de Ford et se réfugia dans les bras de son père. Spock bondit sur les genoux de son maître. Cilla ferma les yeux. Elle se sentait merveilleusement bien.

— Que vas-tu faire de cette horreur ? lui demanda Ford dans la voiture en regardant l'horloge qu'elle tenait sur ses genoux.

— Je la mettrai dans la grange, en souvenir de mon premier 4 Juillet en Virginie. Je voulais attendre la crémaillère pour inviter du monde chez moi, mais, finalement, je crois que je vais organiser une petite réception avant la fin de l'été. En tout cas, ce soir, je suis vannée. Je vais apprécier le calme, après toute cette agitation. On dort chez moi ou chez toi ?

Ils optèrent pour Little Farm.

— Oh, mon Dieu ! s'écria Cilla lorsque les phares balayèrent l'allée.

Elle dégrafa sa ceinture de sécurité et ouvrit sa portière avant même que la voiture soit à l'arrêt.

Le pare-brise de son pick-up était fêlé en de multiples endroits, les autres vitres en miettes, les phares fracassés, la calandre défoncée. Elle en aurait pleuré.

— Ah, j'ai bien fait de mettre une alarme, maugréa-t-elle amèrement. Vachement dissuasif !

Ford composa le 911 et exposa brièvement les faits à la police.

— Ce type est fou à lier ! s'emporta Cilla. Il faut l'enfermer, c'est un danger public !

— Qui ? Hennessy ? Ça ne peut pas être lui, objecta Ford, puisqu'il n'est pas là.

— Si, il est rentré. Je l'ai vu, tout à l'heure. Si ses yeux étaient des mitraillettes, il m'aurait tuée. Il en avait presque l'écume aux lèvres.

Cilla s'interrompit brusquement en découvrant une poupée accrochée à une branche de l'érable rouge. Elle avait six ans lorsque cette poupée avait été lancée sur le marché. Une poupée en robe vichy rose et blanc, chaussures à brides vernies et socquettes blanches, coiffée de deux couettes blondes attachées par des rubans assortis à sa robe. On lui avait passé un nœud de pendu autour du cou, confectionné avec un bout de corde à linge. Sous la ceinture de sa robe, on avait glissé un morceau de bristol : DÉPRAVÉE.

– Ce modèle de la poupée Katie était mon préféré, murmura Cilla. Il était vendu avec un service à thé miniature.

À ses pieds, Spock gémissait. Elle le souleva dans ses bras.

– Viens, dit-elle à Ford, allons voir dans la maison.

– Donne-moi les clés. Je vais y aller. Tu m'attendras sur la véranda. On ne sait jamais.

Son ton autoritaire glaça Cilla, bien qu'elle fût presque certaine qu'il ne trouverait personne dans la maison. En cajolant le chien, qui tremblait de tous ses membres, elle se tourna vers sa camionnette. Elle était si heureuse le jour où elle l'avait achetée, si impatiente de la charger pour entreprendre la traversée du pays ! Cet achat avait constitué la première étape vers la réalisation de son rêve.

– C'est bon, tout est en ordre, annonça Ford en ressortant de la maison et en lui posant les mains sur les épaules.

– Si on veut, dit-elle sombrement. Tu sais, toute la journée, j'ai eu l'impression d'être dans un film. Un beau film dans lequel je n'avais qu'un petit rôle, mais un rôle que je n'avais aucun mal à jouer parce que ce rôle, c'était le mien. J'étais moi-même, aujourd'hui, naturelle, à l'aise, détendue. Pour une fois, je me sentais bien dans ma peau. Elle prit une longue inspiration, garda un instant le silence, et poursuivit d'une voix tremblante, au bord des larmes : – Et me voici maintenant revenue à la réalité. Une triste réalité où l'on me persécute pour ce que je ne suis pas, où un vieil homme vicieux s'acharne à détruire une image, un mirage…

Cimetière de Forest Lawn, 1972.

Une épaisse brume et une chaleur moite planait au-dessus des stèles. Toute de noir vêtue, Janet se tenait devant le monticule de terre fraîchement retournée sous lequel son fils venait d'être inhumé.

– *La pierre tombale ne sera posée que dans trois mois, dit-elle d'une voix lasse. Il faut attendre que le terrain redevienne stable. Mais tu la vois, n'est-ce pas ? Son nom gravé dans le marbre et, dessous, une inscription toute simple : « Les anges ont pleuré ».*

– *Oui, murmura Cilla. Je suis déjà venue ici.*

– *Je l'aimais plus que tout au monde. Mon bébé... J'aurais dû... Il y a tant de choses que j'aurais dû faire... N'est-ce pas terrible pour une mère que d'enterrer son enfant avec des remords ?*

Cilla garda le silence.

– *Mais, bientôt, je serai de nouveau près de lui, poursuivit Janet. J'ai fait creuser cette tombe pour trois. Il y a aussi une place pour ta mère... Mais elle est encore jeune, elle a toute la vie devant elle. La pauvre... Je ne suis pas une bonne mère, elle doit se sentir si seule... Mais comment pourrais-je la réconforter alors que je ne pense qu'à rejoindre mon bébé le plus vite possible ?*

– *Tu as encore de l'amour en toi.*

– *Aimer, c'est se condamner à souffrir. J'aimais tellement Johnnie. Les mauvaises langues disent que c'est ma faute s'il est mort. On me montre du doigt. On chuchote que j'ai brisé la vie de trois jeunes garçons.*

Janet se couvrit le visage des mains. Un sanglot secoua ses épaules.

– *Tu n'es pas responsable, lui assura Cilla, quoi qu'en disent des gens que la douleur a rendus méchants.*

– *Hennessy a encore son fils, lui, au moins, alors que je n'ai plus qu'un nom gravé dans le marbre. Que veut-il ? Que cherche-t-il ? Du sang ? Encore du sang ?*

Janet se laissa tomber à genoux. Son chapeau noir à large bord roula dans la terre.

– *Il veut se venger sur moi, murmura Cilla.*

Sa grand-mère s'allongea près de la tombe.

– *Dis-lui que ça ne servira à rien, répondit-elle en fermant les yeux. Dis-lui que nous avons tous eu suffisamment de malheur.*

20

Cilla ne dit rien à personne. Pour les ouvriers qui la virent monter dans la voiture prêtée par sa compagnie d'assurances, elle était partie faire une course.

Les Hennessy habitaient un bungalow dans une petite rue ombragée de Front Royal. Une rampe avait été aménagée devant l'entrée. La camionnette blanche était garée à côté.

La porte s'ouvrit avant que Cilla l'atteigne.

– Que voulez-vous ? lui lança froidement la femme qu'elle avait vue la veille avec Hennessy.

– Je souhaiterais parler à votre mari.

– Il n'est pas là.

Le cœur battant de nervosité et de colère, Cilla tourna ostensiblement la tête vers le pick-up blanc puis regarda Mme Hennessy droit dans les yeux.

– Il a emmené ma voiture chez le garagiste. Vous me prenez pour une menteuse ?

– Je ne vous connais pas, pas plus que vous ne me connaissez, ni vous ni votre mari.

– Ce qui ne vous empêche pas de nous envoyer la police à tout bout de champ. Ce matin encore, ils sont venus nous interroger. Allez-vous-en ! Fichez-nous la paix !

La voix de la vieille femme tremblait légèrement. La peur se lisait sur son visage.

– C'est vous qui me dites ça ? riposta Cilla. Que votre mari commence par cesser de me harceler, et je ne serai que trop heureuse de ne plus jamais avoir affaire à vous.

– Mon mari ne vous a rien fait. Vous ne croyez pas que nous avons eu notre lot de souffrances ? Pourquoi nous calomnier ? Vous devriez avoir honte !

Mme Hennessy se tordit les mains et se mordilla nerveusement les lèvres, mais Cilla ne se démonta pas pour autant.

– Tous les jours, votre mari reste garé devant chez moi plus d'une heure. Pouvez-vous m'expliquer pour quelle raison ?

– Ce n'est pas interdit par la loi.

– La violation de domicile est interdite par la loi, les violences sont interdites par la loi, la dégradation des biens d'autrui est interdite par la loi.

– Mon mari n'a rien fait de tout ça, siffla Mme Hennessy. Et vous êtes une menteuse si vous prétendez le contraire.

– Je ne suis pas une menteuse, madame Hennessy, ni une dépravée.

– J'ignore ce que vous êtes.

– À moins que vous ne soyez aussi cinglée que votre mari, vous savez parfaitement que je ne suis pas responsable de ce qui est arrivé à votre fils.

– Ne parlez pas de mon fils. Vous ne le connaissiez pas, vous ne savez rien de lui.

– Absolument. Alors pourquoi me jeter la pierre ?

– Je ne vous jette pas la pierre, répondit Mme Hennessy d'une voix à présent harassée. Comment pourrais-je vous reprocher quelque chose qui est arrivé il y a si longtemps ? Personne n'est responsable de ce drame. Je ne vous blâme que de nous accuser alors que nous ne vous avons rien fait.

– La seule fois où j'ai parlé à votre mari, il m'a traitée de tous les noms et m'a craché dessus.

Les joues de la vieille femme s'empourprèrent. Les lèvres tremblantes, elle détourna le regard.

– C'est vous qui le dites, marmonna-t-elle.

– Ma demi-sœur est témoin. C'est une menteuse, elle aussi ?

– Même si c'est vrai, ce n'est pas une raison pour nous incriminer de tous les maux.

– Votre mari me hait, vous ne pouvez pas le nier. S'il vous reste un minimum de bon sens, empêchez-le de s'approcher de moi et de ma maison, à l'avenir.

Sur ces mots, Cilla tourna les talons. La porte claqua derrière elle et des verrous cliquetèrent. La conversation avait été stérile, mais elle lui avait fait un bien fou. Au moins, elle avait agi, au lieu de compter sur la police, les bras croisés, en attendant la prochaine attaque.

Déterminée à aller de l'avant, elle se rendit ensuite à l'agence immobilière où était en vente la première des deux maisons qu'elle avait repérées et fit une offre largement en dessous de la valeur à laquelle elle estimait la propriété. Les négociations faisaient partie pour elle des joies du métier. Après quoi, de sa voiture, elle téléphona à l'agent qui s'occupait de la deuxième maison et convint avec lui d'un rendez-vous pour une visite. Puis elle fit quelques courses à Morrow Village et reprit le chemin de chez elle.

Elle aperçut la camionnette blanche de loin, sur la route. Hennessy était donc rentré chez lui, entre-temps ; sa femme avait dû lui faire part de la visite de Cilla. Quand leurs véhicules se croisèrent, il la foudroya du regard, les traits déformés par un rictus mauvais.

– Eh ouais, c'est moi, murmura-t-elle. Tu ne m'avais pas reconnue tout de suite, hein, dans ma voiture de prêt ?

Dans le rétroviseur, elle le vit faire demi-tour.

– Ah, tu veux qu'on s'explique ? Pas de problème. Suis-moi jusqu'à la maison, je te dirai…

Le choc à l'arrière de sa voiture la projeta vers l'avant. Elle s'agrippa au volant et pressa instinctivement la pédale de l'accélérateur. Hennessy la percuta une deuxième fois. Elle fit une embardée mais parvint à redresser son véhicule. Il la heurta de nouveau. Elle se déporta dangereusement vers le fossé, redoutant, pendant une fraction de seconde terrifiante, de faire un tonneau. Sa tête cogna contre la vitre latérale. Des étoiles dansèrent devant ses yeux, elle serra les dents. Avec un soubresaut qui déclencha l'ouverture de l'airbag, la voiture s'immobilisa au bord d'un pré.

Sans réfléchir, le cœur battant à tout rompre, folle de rage, elle s'extirpa de l'habitacle et claqua la portière derrière elle. Une femme sortit de sa maison en courant.

– J'ai tout vu ! Je suis témoin ! J'ai appelé la police.

Ni Cilla ni Hennessy ne lui prêtèrent attention. Les poings serrés, les yeux exorbités de fureur, il descendit de sa camionnette et s'avança vers elle d'un pas menaçant.

– Ne mettez plus jamais les pieds chez moi ! aboya-t-il. Et ne parlez plus jamais à ma femme !

– Espèce de malade ! Vous auriez pu me tuer !

Arrivé face à elle, il la poussa violemment.

– Ne me touchez pas ! hurla Cilla.

Il l'empoigna par son tee-shirt et la plaqua contre la carrosserie de sa voiture. Quand il leva le poing, elle lui décocha un coup de pied dans l'entrejambe. Il se tordit de douleur et s'écroula sur les genoux.

La Bonne Samaritaine se précipita vers Cilla, un téléphone dans une main, un piquet de clôture dans l'autre.

– Ça va, mademoiselle ? Vous êtes blessée ?

– Ça va aller, bredouilla Cilla. Je… J'ai juste un peu la tête qui tourne. Vous pourriez passer un coup de fil pour moi, s'il vous plaît ?

Prise de nausée, elle s'assit sur le talus et posa la tête sur ses genoux.

– Oui, bien sûr. Qui dois-je appeler ? Oh, mon Dieu ! Et vous, ne bougez pas ou je vous fracasse le crâne, je vous jure que je le ferai ! proféra la femme à l'attention de Hennessy.

Cilla lui indiqua le numéro de Ford, qui arriva quelques minutes plus tard sur les lieux, aux quatre cents coups. La police n'était pas encore là. Cilla était toujours assise dans l'herbe. Tel un cerbère, la femme armée de son pieu surveillait Hennessy.

– Oh, mais tu saignes ! s'affola Ford. Tu es blessée ?

– Non, je me suis cogné la tête, mais ce n'est pas grave. Il y a eu plus de peur que de mal.

– Je voulais appeler une ambulance, mais elle a refusé. Il a provoqué l'accident, je suis témoin. Je m'appelle Lori Miller, j'habite cette maison.

– Merci, merci infiniment, Lori. Cilla…

– Ne t'inquiète pas, je suis juste un peu secouée. J'ai cru que j'allais vomir, mais c'est passé. Aide-moi à me lever, s'il te plaît.

– Regarde-moi, d'abord.

Ford souleva le menton de Cilla et scruta attentivement le fond de ses yeux, puis il l'aida à se remettre sur ses pieds.

– J'ai les jambes en coton et j'ai un peu mal là, balbutia-t-elle faiblement en se frottant la tempe, mais je suis sûre que je n'ai rien de grave. Lori, je ne sais comment vous remercier.

– Il n'y a pas de quoi me remercier, je vous assure. Vous avez très bien su vous défendre sans moi. Ah, voilà la police. J'ai les jambes qui flageolent, moi aussi, maintenant. Le contrecoup de l'émotion, sans doute.

Tandis que Cilla expliquait ce qui s'était passé à un officier, un autre recueillit la déposition de Lori de l'autre côté de la route. De toute façon, les traces de pneus sur la chaussée étaient éloquentes. Hennessy refusa de parler. Les policiers l'embarquèrent à l'arrière de leur véhicule de patrouille.

– J'ai des affaires dans le coffre, dit Cilla à Ford. Il faut que je les enlève avant que la dépanneuse vienne remorquer la voiture.

– On enverra quelqu'un les chercher. Viens, rentrons.

Cilla était encore titubante. Il l'aida à s'installer dans la voiture.

– J'étais presque arrivée, gémit-elle, j'étais à moins d'un kilomètre de la maison.

– N'y pense plus. Nous allons mettre de la glace sur ta bosse. Si tu as mal ailleurs, il faut me le dire. Tu entends, Cilla ? Il faut me le dire.

– Je n'en sais rien… Je me sens toute courbatue.

Ils furent chez Ford en moins de deux minutes.

– Je crois que je vais rester assise dehors un moment, dit-elle. Tu voudrais bien aller chez moi demander à l'un des gars d'aller chercher mes affaires, s'il te plaît ?

Ford lui passa un bras autour de la taille et la conduisit dans la maison.

– Je vais y aller, ne t'inquiète pas. Lit ou canapé ?

– Un fauteuil m'ira très bien.

– Lit ou canapé ? répéta-t-il.

– Canapé.

Elle s'y allongea sans se faire prier. Tandis que Ford allait chercher de la glace, Spock vint se frotter contre son bras.

– Ne t'en fais pas, lui dit-elle. Je n'ai rien.

Le chien posa ses pattes sur le canapé et lui lécha la joue.

– Descends ! lui ordonna Ford en revenant avec un sachet de petits pois surgelés.

– Laisse-le, il ne me dérange pas, protesta Cilla. En fait, j'aimerais bien qu'il reste un peu avec moi.

Ford tapota le canapé. Spock sauta dessus, se blottit contre Cilla et posa sa grosse tête réconfortante sur sa poitrine. Ford arrangea les coussins sous la tête de Cilla puis lui embrassa le front et lui cala le paquet de pois contre la tempe.

– Je vais passer un coup de fil chez toi. Tu as besoin de quelque chose ?

– Non, j'ai tout ce qu'il me faut. Je me sens déjà beaucoup mieux.

– L'effet pois magiques.

Sur la véranda, le sourire bienveillant de Ford s'effaça comme sous un coup d'éponge tandis qu'il composait le numéro de Matt.

– Je t'expliquerai plus tard, lui dit-il en pianotant furieusement des doigts sur la rambarde. Cilla est chez moi, elle va bien.

– Que s'est-il passé ? s'écria Matt.

– Je t'expliquerai plus tard, répéta Ford. Sa voiture de prêt est à un kilomètre d'ici. Tu peux envoyer quelqu'un chercher ce qu'elle a laissé dans le coffre ? Hennessy lui est rentré dedans, il est chez les flics.

– Oh, p…

– Je te rappellerai.

S'exhortant au calme, il vint au salon. Cilla avait les yeux fermés, un bras autour du chien, elle respirait paisiblement. Tout doucement, il sortit un plaid d'un placard.

– Je ne dors pas, dit-elle lorsqu'il la couvrit. J'essayais de méditer.

– Tu m'avais caché que tu étais une adepte de la méditation.

– Je suis californienne, n'oublie pas. Toute personne qui a vécu en Californie plus d'un an a été initiée à la méditation. J'ai suivi des stages, mais j'ai toujours énormément de mal à me vider l'esprit.

Ford s'assit au bord du canapé et retourna le sac de pois.

– Il voulait me tuer, j'en suis sûre. Il me hait au point de vouloir ma mort, tu te rends compte ? Je n'arrive pas à comprendre.

– Il n'y a rien à comprendre, Cilla. Ce type est dingue. Heureusement que tu as su te défendre.

– J'étais tellement en colère que je n'ai pas réfléchi. J'aurais peut-être mieux fait de m'enfermer dans la voiture et d'appeler la police, ou toi, mais j'étais dans une telle rage que… que je ne sais pas de quoi j'aurais été capable si Lori ne s'en était pas mêlée.

– Si tu m'avais appelé, crois-moi que je l'aurais dérouillé proprement, tout vieux croulant qu'il est. Mais, au moins, je sais que je n'ai pas à me faire de souci pour toi, que tu n'as pas besoin d'un chevalier servant pour voler à ton secours si on te cherche des noises.

Ce que Ford savait aussi, maintenant, c'est qu'il était beaucoup plus sérieusement épris de Cilla qu'il ne le soupçonnait. Il était amoureux. Il en avait brutalement pris conscience en la voyant assise au bord de la route.

– Comment va ta tête ? s'enquit-il en lui caressant les cheveux.

– Comme une tête qui a tapé de toutes ses forces contre une vitre.

– Tu veux une aspirine ?

– Oui, et je crois qu'un bain à remous me ferait du bien. Je me sens toute raide.

– Je te prépare tout ça.

– Merci, lui dit-elle en se redressant pour l'embrasser. Merci surtout de m'avoir aidée à rester calme. Et merci à toi aussi, ajouta-t-elle en déposant un baiser sur la truffe de Spock.

– Tout est compris dans les services post-traumatiques de la clinique Sawyer.

Il l'aida à descendre au sous-sol puis remplit le spa tandis qu'elle enlevait son tee-shirt.

– Tu veux ton i-Pod ?

– Non, je vais refaire une tentative de méditation.

Une grimace déforma le visage de Cilla lorsqu'elle essaya de dégrafer son soutien-gorge.

– Attends.

Une nouvelle vague de colère le submergea quand il découvrit son dos couvert d'hématomes et la marque rouge de la ceinture de sécurité en travers de son épaule.

– Des problèmes de mécanique ? lui demanda-t-elle.

– Non, non. Tu es couverte de bleus.

– C'est ce qu'il me semblait. C'est un moindre mal.

– Tu te rends compte de ce qu'il t'a fait ? explosa-t-il. Tu as vu dans quel état est ta voiture ! Ce type est un fou furieux ! Il aurait pu te tuer !

Cilla se retourna pour lui faire face. Avec des gestes d'une grande douceur, totalement en contraste avec l'expression de son visage, il lui déboutonna son pantalon et s'accroupit pour le lui enlever, ainsi que ses chaussures et ses chaussettes. Cilla était silencieuse.

– Attends que je le chope, cet enfoiré ! Je vais lui faire avaler ses dents, moi ! tempêta Ford.

Puis il la souleva dans ses bras et la déposa dans l'eau bouillonnante.

– Je vais te chercher de l'aspirine et ton peignoir.

Si la méditation n'était pas concluante, les jets hydromassants et l'image de Ford en colère flottant derrière ses paupières closes ne tardèrent pas à dénouer ses muscles crispés et à lui procurer un délicieux sentiment de décontraction. Ford revint un quart d'heure plus tard avec un verre d'eau et deux comprimés effervescents, puis il l'aida à sortir de la baignoire et à enfiler son peignoir.

– Excuse-moi pour tout à l'heure, dit-il. Je me suis emporté. Tu n'as sans doute pas besoin d'entendre un autre dingue hurler.

– Détrompe-toi. En t'énervant à ma place, tu as canalisé toutes mes mauvaises vibrations et ma soif de vengeance. Je connais peu de personnes qui se seraient senties aussi concernées par ce qui m'est arrivé.

– Je t'aime, Cilla, murmura-t-il.

– Oh, Ford, ne put-elle que bredouiller.

Son cœur battait presque aussi fort que lorsque Hennessy l'avait envoyée dans le fossé.

– Ce n'est peut-être pas le moment le mieux choisi pour te faire une déclaration d'amour, mais il fallait que ça sorte. Quand cette femme, Lori, m'a téléphoné pour me dire que tu avais eu un accident, j'ai cru que j'allais m'évanouir. Je n'ai jamais eu aussi peur de ma vie et je n'ai jamais éprouvé un soulagement aussi vif que lorsque je t'ai vue assise au bord de la route, entière, vivante. C'est à ce moment-là que j'ai compris tout ce que tu représentais pour moi.

Les lèvres de Ford frémirent légèrement. Ses yeux étaient emplis d'amour, d'une infinie tendresse. Jamais Cilla n'avait été aussi bouleversée.

– Moi aussi, je t'aime, chuchota-t-elle en fermant les yeux et en l'embrassant.

Il la porta jusqu'au canapé où, comme il s'y attendait, elle sombra rapidement dans le sommeil. Sur la véranda, il tira un fauteuil face à la porte entrebâillée de façon à pouvoir garder un œil sur elle, puis il téléphona à son père. Il appela ensuite une infirmière de sa connaissance, afin de s'assurer que Cilla ne nécessitait pas de soins particuliers. Celle-ci lui conseilla de l'emmener passer des radios. Matt ne tarda pas à le rejoindre. Sans doute le guettait-il. Il lui raconta ce qui s'était passé, ce qui ne manqua pas d'indigner son ami.

– J'ai vu sa voiture et la camionnette de Hennessy. Si je pouvais lui coller mon poing dans la figure, à ce vieux taré !

– Il le mériterait.

– En tout cas, tu diras à Cilla qu'elle ne s'inquiète pas pour les travaux. On a encore bien avancé, aujourd'hui. Si elle dort ici ce soir il faudra que tu passes chez elle régler l'alarme. Je viendrai prendre des nouvelles demain matin.

Deux heures plus tard, Ford allait la réveiller lorsqu'un véhicule de police banalisé se gara dans son allée. Wilson et Urick en descendirent.

– Mlle McGowan est ici ? lui demandèrent-ils.

– Oui, elle se repose. Où est Hennessy ?

– En garde à vue. Nous aimerions prendre la déclaration de Mlle McGowan.

– Elle se repose, répéta Ford. Je crois qu'elle a eu suffisamment de tracas pour aujourd'hui. Si vous aviez arrêté Hennessy plus tôt, cet accident n'aurait pas eu lieu.

– Jusqu'à présent, nous n'avions aucune raison de l'appréhender.

La porte moustiquaire s'entrouvrit pour laisser passer Cilla.

– Je suis réveillée. Je peux faire ma déclaration maintenant, il n'y a pas de problème.

Ouvrant grande la porte, elle invita les inspecteurs à pénétrer dans le séjour.

– Je suis à vous dans deux minutes, leur dit-elle.

Puis elle posa les mains sur les épaules de Ford.

– Je n'ai pas l'habitude d'être surprotégée, lui chuchota-t-elle, mais c'est une sensation merveilleuse. Cela dit, je suis assez grande pour me débrouiller toute seule. Tu peux ranger ton armure au vestiaire.

TROISIÈME PARTIE

FINITIONS

Bien que la maison ne soit qu'un nom, un mot, ce mot-là a tant d'éloquence !
Il a plus de force en vérité que n'en eût jamais la parole d'un magicien ou la réponse de l'esprit évoqué par ses conjurations.

Charles Dickens

21

– Comment vous sentez-vous ? s'enquit Wilson tandis que Cilla et Ford prenaient place sur le canapé, le chien entre eux.

– Encore un peu sonnée, mais je dois m'estimer heureuse de m'en être aussi bien tirée.

– Avez-vous été examinée par un médecin ?

– Non, je n'ai que des bosses et des bleus.

– Il nous faudrait un certificat médical, ainsi que des photos de vos blessures.

– Je n'ai pas encore de médecin traitant, ici, et je ne…

– J'en ai un, moi, intervint Ford. Je vais l'appeler.

– Nous avons interrogé Hennessy, enchaîna Urick. Il reconnaît avoir provoqué la collision. Il prétend que vous avez harcelé son épouse.

– Je suis allée la voir, ce matin, effectivement. Excuse-moi, Ford, j'avais oublié de te le dire. En fait, c'est à lui que je voulais parler. Il n'était soi-disant pas là. J'ai eu une petite conversation avec sa femme à l'entrée de la maison, mais je ne l'ai en aucun cas « harcelée ».

– Quelle heure était-il ?

– 9 heures, environ. Je suis ensuite allée faire quelques achats et quelques démarches à Front Royal et à Morrow Village. Je rentrais chez moi quand j'ai croisé Hennessy sur la route. Il a fait demi-tour et il m'est rentré dedans. Au moins trois ou quatre fois. J'ai perdu le contrôle et j'ai atterri dans le fossé. J'imagine que sans la ceinture de sécurité et l'airbag j'aurais été plus grièvement blessée.

– Vous êtes ensuite sortie de votre véhicule ?

– C'est exact. Passablement énervée. Quand il en est venu aux mains, j'ai riposté par un coup de pied bien placé.

– M. Hennessy a également reconnu avoir levé le poing sur vous. En revanche, il soutient qu'il n'a rien à voir avec l'agression de Steve Chensky ni les actes de vandalisme commis dans votre maison.

– Vous le croyez ?

– Non, mais nous avons du mal à comprendre pourquoi un homme qui avoue un accident volontaire, la mise en danger d'autrui et des voies de fait refuse d'admettre une effraction et des dégradations matérielles. Le fait est, mademoiselle McGowan qu'il semble n'avoir aucun remords de ce qu'il a fait aujourd'hui. Il ne voulait même pas d'avocat ; c'est sa femme qui a insisté pour qu'il en prenne un.

– Que va-t-il se passer, maintenant ?

– Il va être convoqué devant le tribunal. Vu son grand âge, je suppose que son avocat va requérir une mise en liberté sous caution. Mais, compte tenu de la nature du délit, le procureur demandera certainement une peine de détention.

– Mme Hennessy jure que son mari n'a pas quitté leur domicile hier soir, déclara Urick en feuilletant son calepin. D'après elle, ils sont rentrés du parc ensemble et il n'est pas ressorti de la soirée. Elle nous a toutefois précisé qu'il avait dormi dans la chambre de leur fils, où il s'était enfermé à clé, comme il le fait fréquemment. Il n'est donc pas exclu qu'il se soit absenté sans qu'elle s'en aperçoive. Ils seront prochainement soumis tous les deux à de nouveaux interrogatoires. Nous vous tiendrons au courant.

Urick et Wilson étaient à peine partis qu'arrivèrent Gavin, Patty et Angie. La tension émotionnelle atteignait déjà un niveau difficilement tolérable pour Cilla que la mère de Ford déboula à son tour, avec un Tupperware et un bouquet.

– Ne vous dérangez pas, ma pauvre chérie, s'apitoya-t-elle. Je vous ai apporté du bouillon de poulet.

– Oh, Penny, tu es si gentille ! s'exclama Patty en se levant pour prendre les fleurs. Je n'ai même pas pensé à apporter quelque chose.

– Je n'y aurais sûrement pas pensé non plus, à ta place. Tu devais être folle d'inquiétude ! Cilla, je vais tout de suite vous réchauffer un bol de potage. Vous allez voir, ça va vous requinquer. Mon bouillon de poulet est un excellent remède. Il vous guérit de tout : des rhumes, de la grippe, des petits bobos, des chagrins d'amour et du vague à l'âme. Ford, va chercher un vase. Il n'y a rien de tel que les fleurs pour vous remonter le moral.

En les pressant contre sa poitrine, Patty fondit soudain en larmes.

– Allons, allons, la réconforta Penny, l'essentiel, c'est que Cilla n'ait pas été plus grièvement blessée. Viens avec moi, ma chérie. Rendons-nous utiles.

– Tu as vu comme elle a l'air mal en point ? sanglota Patty tandis que Mme Sawyer l'entraînait vers la cuisine.

Angie s'assit à côté de Cilla.

– Elle a été tellement choquée, plaida-t-elle en faveur de sa mère.

– Je sais. Ce n'est pas grave.

– Tu trouves que ce n'est pas grave ? répliqua Gavin en se détournant de la fenêtre. Ce type est complètement cinglé ! Il y a des années que j'aurais dû mettre les choses au point. Or je me suis contenté de l'éviter. De ne pas le regarder parce que c'était plus confortable. Et parce qu'il n'importunait ni Patty ni Angie. Mais il s'en est pris à toi et j'ai continué à l'ignorer.

– Ça n'aurait rien changé, Papa.

– Ce n'est pas dit. J'ai honte de moi, je ne suis pas un bon père.

– Papa…

– Angie, va aider ta mère et Mme Sawyer, tu veux bien ?

– D'accord.

– Ford, ça ne vous ennuie pas de nous laisser seuls un moment ?

Ford s'éclipsa derrière Angie. Une boule se forma dans l'estomac de Cilla.

– Je sais que tu es contrarié. Nous sommes tous contrariés, mais…

– Je t'ai laissée avec Dilly et je me suis lâchement enfui, l'interrompit Gavin.

Cilla scruta un instant le visage de son père puis s'arma de courage pour lui poser la question qu'elle n'avait jamais osé formuler.

– Pourquoi ?

– Je me disais que vous seriez mieux sans moi. J'ai même fini par m'en persuader. Dilly était comme un poisson dans l'eau, à Los Angeles, et je me disais que ta place était avec elle. Moi, j'étais malheureux, là-bas. Je ne sais pas ce qui s'est passé entre ta mère et moi, mais notre relation a fait ressortir ce qu'il y avait de plus mauvais en chacun de nous. Nous nous disputions sans cesse, notamment à propos de ton éducation. Quand je suis parti, je me suis senti… libéré.

– Je n'avais que quelques mois quand tu as déserté le foyer familial, et à peine trois ans lorsque tu t'es exilé à l'autre bout du pays.

– Nous ne pouvions pas nous adresser deux phrases sans nous insulter. À des milliers de kilomètres l'un de l'autre, nos rapports se sont un peu améliorés. Au début, je venais te voir tous les mois, et puis mes visites se sont de plus en plus espacées, je sais. Tu es devenue actrice. Je me disais que tu avais une vie bien remplie, que ça aurait nui à ta carrière de venir passer l'été chez moi.

— Et tu t'es construit une nouvelle vie ici.

— Oui, j'ai tout recommencé de zéro quand j'ai rencontré Patty. Tu n'étais pas vraiment réelle pour moi. Tu n'étais qu'une ravissante petite fille à qui je rendais visite de temps en temps. J'avais l'impression de remplir mon devoir en envoyant mon chèque mensuel et en t'offrant des cadeaux pour Noël et tes anniversaires. Je savais que je me mentais à moi-même, mais j'essayais de me déculpabiliser en me disant que tu pouvais te passer de moi, alors qu'Angie avait besoin de moi.

— Moi aussi, j'avais besoin de toi, murmura Cilla.

— Je sais, et je ne me pardonnerai jamais de t'avoir abandonnée. J'aspirais à une vie tranquille, je t'ai sacrifiée par pur égoïsme. Quand je l'ai compris, tu étais déjà grande.

— Tu m'aimais quand même un peu ? demanda Cilla d'une voix à peine audible.

Gavin se pressa les doigts contre les yeux, puis il s'assit près de sa fille.

— Quand la sage-femme t'a déposée entre mes bras, dans la salle d'accouchement, je débordais d'amour. J'étais à la fois euphorique, fasciné et terrorisé par cet être minuscule que tu étais alors. Je me souviendrai toujours de ce matin, quelques semaines après ta naissance, où je te berçais dans le rocking-chair pour essayer de calmer tes pleurs. Tu as vomi tout ton biberon sur ma chemise. Et puis tu m'as regardée droit dans les yeux. J'ai cru que l'amour allait me suffoquer. Je n'aurais jamais dû te quitter.

Émue, Cilla prit une profonde inspiration.

— Tu m'as aidée à choisir des rosiers et un érable rouge. Tu as peint mon salon. Et tu es là, maintenant.

Il lui passa un bras autour des épaules et l'attira contre lui.

— Le jour où je t'ai vue construire la véranda de tes propres mains, j'ai été submergé par une énorme bouffée d'amour, chuchota-t-il.

Pour la première fois de sa vie, Cilla enfouit son visage contre le torse de son père et laissa libre cours à ses larmes.

Le bouillon de poulet possédait en effet des vertus médicales. Après en avoir dégusté un grand bol en admirant les tourne-sols de Penny Sawyer disposés dans un vase vert, Cilla se sentait suffisamment revigorée pour aller voir chez elle les travaux accomplis dans la journée. Ford n'émit aucune objection. Elle en conclut qu'elle avait meilleure mine.

– Le temps s'est rafraîchi, constata-t-elle tandis qu'ils se dirigeaient main dans la main vers Little Farm. Ça sent la pluie.

– Tu deviens une vraie fille de la campagne.

En souriant, elle leva son visage vers le ciel.

– Peut-être. Mais, comme tout travailleur du bâtiment, j'ai écouté la météo, ce matin. Des orages étaient annoncés en fin de journée. À propos d'orage... tu as remarquablement géré la tempête émotionnelle, tout à l'heure.

– Pas vraiment, non. Si tu avais vu le tableau, dans la cuisine ! À un moment, elles pleuraient toutes les trois comme des Madeleine. Je ne savais plus où me mettre. Un peu plus, je montais m'enfermer dans mon atelier. Et quand j'ai passé la tête dans le salon et que je vous ai vus en larmes, toi et ton père, alors là, j'ai cru que j'allais en verser une, moi aussi.

– En tout cas, merci de nous avoir laissés seuls.

– C'était la moindre des choses de la part d'un homme amoureux.

Sitôt Cilla eut-elle ouvert la porte de la maison que Spock se précipita à l'intérieur, comme s'il était chez lui.

– Tu l'as déjà été ?

– Quoi donc ?

– Amoureux.

– Bien sûr. À huit ans, j'étais fou d'Ivy Lattimer, mais elle me traitait par le mépris. À treize ans, je me suis ensuite épris de Stephanie Provost, qui m'a fait l'insigne honneur de me retourner mon affection pendant six jours avant de me laisser tomber comme une vieille chaussette pour Don Erbe, dont les parents avaient une piscine.

Cilla pressa l'index contre le torse de Ford.

– Je suis sérieuse, lui dit-elle en riant.

– Moi aussi. Ces filles ont eu une très grande importance dans ma vie. Et il y en a eu d'autres. Mais je n'ai jamais éprouvé des sentiments aussi forts que pour toi, si c'est ce que tu veux savoir. Tu es la première. J'ai l'impression que je ne pourrais plus me passer de toi.

Quand il lui prit la main et lui embrassa les articulations, Cilla revit le geste qu'elle avait surpris entre son père et Patty, ce geste qu'elle avait trouvé si tendre, si éloquent.

– Eh bien, on dirait que les ouvriers n'ont pas fichu grand-chose, aujourd'hui, commenta Ford en la suivant dans le living-room.

– C'est parce que tu ne sais pas regarder, répliqua-t-elle. Ils ont fixé les interrupteurs et les cache-prises que j'ai fait réaliser sur mesure en vieux bronze. Ce n'était certes pas une priorité, mais je les soupçonne de les avoir posés pour me faire plaisir. Ils n'ont pas touché aux plinthes parce que Matt sait que je veux m'en occuper moi-même.

Ford sur ses talons, elle ressortit de la pièce et ouvrit la porte des toilettes du rez-de-chaussée.

– Ils ont posé le carrelage, ici, poursuivit-elle en s'accroupissant pour l'examiner. Superbe ! La palette chaude de la mosaïque s'inscrit parfaitement dans la continuité du sol du vestibule. Allons voir s'ils ont fini la cloison sèche de la salle de bains, en haut.

Heureux de la voir de nouveau pleine d'entrain, Ford la suivit.

Le premier coup de tonnerre retentit lorsqu'elle eut terminé sa visite. Avec un gémissement plaintif, Spock accourut aux pieds de son maître. Elle régla l'alarme, verrouilla toutes les portes.

– Le vent se lève, dit-elle en ressortant sur la véranda. J'adore quand la pluie attend le soir pour tomber. Au moins, ça ne te bousille pas une journée de travail. Demain, s'il fait beau, Brian attaque le nettoyage de l'étang et… Oh, mince, j'avais complètement oublié ! J'ai fait une offre pour la maison dont je t'ai parlé. Et j'ai pris rendez-vous pour qu'on aille visiter l'autre. Demain, ça te convient ?

– À quelle heure ?

– 17 heures. Avant, ce n'était pas possible pour moi. J'ai des milliers de choses à faire.

– O.K. Nous irons voir la maison en sortant de chez le médecin. Je t'ai pris un rendez-vous pour 16 heures.

– Mais…

– On ne discute pas. Rendez-vous chez le médecin à 16 heures, ou je ne vais pas visiter la maison.

– Bon, bon, d'accord, maugréa-t-elle.

– Et, maintenant, que dirais-tu d'un apéro dehors en regardant l'orage arriver ?

– Ça me paraît une excellente manière de terminer une journée désastreuse.

Après deux verres de vin et un autre bol de bouillon, Cilla dormit comme un bébé jusqu'à 7 heures le lendemain matin. Sans réveiller Ford, elle descendit dans la salle de gym, où elle prit un bain à remous, effectua quelques mouvements de yoga et termina par une douche brûlante. Elle sentait encore ses muscles un peu ankylosés, mais la douleur était beaucoup moins virulente que la veille.

À quoi bon aller voir un médecin ? se demanda-t-elle en buvant son café. Il lui dirait qu'elle avait été commotionnée, qu'elle serait courbatue et fatiguée pendant deux ou trois jours, et puis quoi d'autre ? Elle doutait cependant que Ford accepte d'annuler le rendez-vous. Mais, au fond, n'était-ce pas merveilleux d'avoir quelqu'un qui se souciait de vous ? Il était si gentil, si prévenant… Non, il ne méritait pas qu'elle le contrarie. Elle irait chez le médecin, cela ne lui demanderait pas un gros effort.

Le cauchemar était enfin terminé. Hennessy était derrière les barreaux, elle allait pouvoir terminer ses travaux en paix. Et entamer bientôt son prochain chantier en savourant pleinement le bonheur d'avoir rencontré un homme aussi génial que Ford, solide, équilibré, sur lequel elle allait pouvoir s'appuyer pour construire une relation stable et durable. Ce à quoi elle aspirait plus que tout au monde.

Elle lui écrivit un petit mot et le posa contre la cafetière.

Je suis en pleine forme. Je vais travailler.

Cilla

« En pleine forme » n'était pas tout à fait le terme exact, mais à quoi bon chipoter sur les détails ? Avec seulement deux heures de retard sur son horaire habituel, elle sortit de chez Ford avec son mug isotherme. Et se figea net en ouvrant la porte. Mme Hennessy se tenait face à elle, la main en suspens au-dessus du bouton de la sonnette.

– J'espérais vous trouver là, mademoiselle McGowan. Il faut que je vous parle.

– Je n'ai rien à vous dire, madame Hennessy.

– S'il vous plaît ! Je comprends que vous soyez remontée contre nous, vous avez de bonnes raisons de….

– Votre mari a essayé de me tuer, la coupa froidement Cilla.

– Non, non, il s'est énervé, et c'est en partie ma faute. Il a eu tort, mais il n'était pas dans son état normal. (Le regard de la vieille femme exprimait la peur, la détresse, le regret.) Il est inexcusable, je suis d'accord avec vous. Mais je vous en prie, ayez pitié de lui. Ouvrez votre cœur et essayez de comprendre sa douleur.

– Il veut me faire payer la tragédie que vous avez vécue il y a plus de trente ans, je l'ai très bien compris, mais son comportement relève de la démence.

– Trente ans, trente minutes… À ses yeux, il n'y a pas de différence. Pour notre petit, notre fils unique, le temps s'est arrêté cette nuit-là. Je ne pouvais pas avoir d'autres enfants, j'avais des problèmes, mais Jim disait que ça ne faisait rien. Nous étions comblés. Nous avions notre Jimmy. Jim l'aimait plus que tout au monde. Trop, peut-être. Mais est-ce un péché ? Est-ce mal d'aimer son fils ? Regardez.

Mme Hennessy sortit un cadre de son sac et le tendit à Cilla.

– C'est Jimmy, notre garçon. Regardez.

– Madame Hennessy…

– Le portrait craché de son Papa. Tout le monde le disait depuis qu'il était tout petit. C'était un si gentil garçon, si intelligent, si gai, si drôle. Il voulait devenir médecin. Jim et moi, nous n'avons pas fait d'études, mais nous avions économisé pour lui payer une bonne université. Nous étions tellement fiers de lui.

– C'était un très beau jeune homme, bredouilla Cilla en rendant la photo. Je suis navrée, madame Hennessy. Je suis sincèrement désolée. Mais je ne suis pas responsable de ce qui s'est passé.

– Bien sûr que non, bien sûr que vous n'êtes pas responsable, murmura Mme Hennessy en serrant le cadre contre son cœur, les yeux brillants de larmes. C'était le destin. Je ne sais pas si je guérirai un jour de mon chagrin. Jimmy n'a plus jamais été le même après l'accident. Non seulement il ne pouvait plus marcher ni se servir de ses bras, mais il a perdu sa lumière, son étincelle. Il était éteint, il s'est laissé mourir à petit feu. Pendant toutes ces années, c'est mon mari qui s'est occupé de lui. Il lui donnait à manger, il lui faisait sa toilette, l'emmenait en promenade. Il ne voulait pas que je l'aide. Il disait que c'était son rôle, à lui et à lui seul. Il n'avait plus de cœur. Et moi je n'avais plus de fils ni de mari. (Mme Hennessy redressa les épaules avant de poursuivre :) Quand mon garçon est mort, je n'ai pas honte de dire que j'ai été soulagée. Là où il est maintenant, je sais qu'il marche, qu'il rit, qu'il a enfin retrouvé la liberté. Mais mon mari ne voit pas les choses comme moi. Jimmy était sa raison de vivre, même si la vie avait un goût amer depuis l'accident. Le décès de notre fils l'a brisé, anéanti. Je vous en supplie, ne l'envoyez pas en prison. Il a besoin d'aide. Il a besoin de temps pour guérir de la maladie qui le ronge. Ne me l'enlevez pas. Je ne sais pas ce que je deviendrai sans lui.

Mme Hennessy se couvrit le visage des mains. Un sanglot agita ses épaules. Du coin de l'œil, Cilla entrevit du mouvement. Ford descendait l'escalier. Elle lui fit signe de ne pas venir se mêler à la discussion.

– Avez-vous conscience de ce que votre mari a fait, hier ? demanda-t-elle à Mme Hennessy.

– Oui, vous auriez pu être grièvement blessée. Mais c'est ma faute, je n'aurais pas dû lui raconter que vous étiez venue. Je lui ai dit qu'il devait vous laisser tranquille parce que je ne supporterais pas que vous vous en preniez à moi. Il est entré dans une colère noire et est parti comme une furie. Mais c'est moi qui l'ai provoqué.

– Et les autres fois ?

Mme Hennessy secoua la tête.

– Quelles autres fois ? Je ne sais pas… Vous ne voyez pas qu'il a besoin d'être soigné ? Vous ne voyez pas que son âme est malade ? J'aime mon mari, j'ai besoin de lui. Si on l'enferme, il mourra. Il se laissera dépérir, en prison. Vous êtes jeune, vous avez toute la vie devant vous. Nous avons perdu ce que nous avions de plus cher. Ayez pitié de nous, laissez-nous essayer de retrouver la paix.

– Que pensez-vous que je puisse faire ?

– Dites à la police que vous ne voulez pas qu'il aille en prison, implora la vieille femme en prenant les mains de Cilla. Notre avocat va demander une hospitalisation psychiatrique. Les médecins lui apporteront l'aide dont il a besoin.

– Je ne…

– Je vendrai la maison, continua Mme Hennessy en serrant désespérément les mains de Cilla. Je vous le jure sur la sainte Bible. Je vendrai la maison, et nous partirons loin d'ici. Quand il ira mieux, nous déménagerons en Floride. Ma sœur et mon beau-frère partent s'installer en Floride à l'automne. Nous trouverons un appartement, là-bas. Il ne vous ennuiera plus jamais. Dites à la police que vous souhaitez qu'il se fasse soigner. Ils vous écouteront.

Cilla garda le silence.

– Je connaissais un peu votre grand-mère, reprit Mme Hennessy. Je sais qu'elle aimait son fils, je sais qu'elle a terriblement souffert, elle aussi. Mais Jim n'a jamais voulu le comprendre. Il s'est mis dans la tête qu'elle était la cause de notre malheur. Il était incapable de pardonner et c'est pour ça qu'il s'est complètement refermé sur lui-même. Mais vous, vous pouvez pardonner, n'est-ce pas ?

Comment demeurer insensible à une telle détresse ?

– Je parlerai à la police, répondit Cilla, mais je ne vous promets rien. Je leur parlerai, c'est tout ce que je peux faire.

– Que Dieu vous bénisse. Je ne viendrai plus vous ennuyer. Et Jim non plus, je vous le jure.

Une fois qu'elle fut partit, Cilla s'assit en soupirant sur les marches de l'escalier, à côté de Ford.

– Il y a toutes sortes d'agressions, dit-il doucement, les agressions physiques, les agressions verbales et les agressions sentimentales.

Elle posa la tête contre son épaule. Il avait compris que cette visite, les supplications, les larmes l'avaient ébranlée.

– Ma grand-mère ne s'est jamais remise de la mort de Johnnie. Et beaucoup pensent que c'est pour ça qu'elle s'est suicidée. Hennessy, lui, n'a pas pu s'offrir ce luxe. Il devait s'occuper de son fils. Il ne pouvait pas le laisser tomber. Il n'avait pas d'autre choix que d'affronter chaque jour la réalité. Et ça l'a brisé.

– Je ne dis pas qu'il n'a pas besoin d'aide, mais je ne suis pas sûr qu'une obligation de soins soit une sanction adaptée. Ce n'est pas lui qui t'a demandé la pitié et le pardon. Ce n'est pas lui qui cherche la rédemption.

Ford avait raison, Cilla en était consciente.

– Non, répondit-elle, et je ne ferai pas ça pour lui, mais pour cette pauvre femme désespérée et terrifiée. Et, surtout, pour Janet.

Depuis qu'elle travaillait dans la rénovation, Cilla ne revendiquait aucun traitement de faveur au seul prétexte qu'elle était une femme. Elle avait ses soucis, ses bons et ses mauvais jours, comme tout le monde ; il n'y avait pas de raison qu'on lui accorde des privilèges qu'on aurait refusés à un homme. Et on ne se gênait pas pour la charrier quand elle était de mauvais poil. Ce qui l'aida grandement à reléguer ses préoccupations personnelles dans un coin de son cerveau afin de se concentrer sur la pose des boiseries.

– Eh, Cilla, lui lança l'un des ouvriers en passant la tête dans le salon. Il y a une certaine Lori, dehors, qui voudrait te voir. Qu'est-ce que je lui dis ?

– Fais-la entrer, répondit-elle en descendant de son escabeau.

– À ta place, avec l'accident que tu as eu hier, je serais resté au lit.

– Le boulot est une thérapie comme une autre, répliqua-t-elle. Bonjour, Lori. J'avais l'intention de passer chez vous dans la journée. Encore merci.

– Vous m'avez déjà remerciée hier.

– Je garderai toujours cette image de vous courant sur la route avec un téléphone dans une main et un piquet dans l'autre.

Lori secoua la tête en riant.

– Mon mari et moi avons pris une semaine de congés pour faire quelques travaux dans la maison et le jardin. Il était parti avec nos deux garçons acheter de la sphaigne et du répulsif pour les daims pendant que je replantais les tomates. Je peux vous dire que s'il avait été là il lui aurait enfoncé ce pieu dans le crâne, à cet abruti.

Avec un sourire sympathique, la jeune femme examina l'hématome sur la tempe de Cilla.

– Ça doit être douloureux.

– Pas trop, ça va.

– Vous l'avez échappé belle, commenta Lori en parcourant la pièce du regard. Je voulais vous voir, mais je dois vous confesser qu'il y a longtemps que je rêvais d'entrer dans cette maison.

– Les travaux sont loin d'être terminés, mais je peux vous faire visiter, si vous voulez.

– Ce sera avec plaisir, mais une autre fois. Je n'ai pas trop le temps, aujourd'hui. Cette pièce est superbe. J'adore la couleur des murs. En fait, je suis venue vous prévenir que deux reporters m'ont téléphoné, ce matin, pour me demander de leur raconter ce qui s'est passé hier. Je leur ai dit que j'avais déjà fait une déclaration à la police, mais ils ont tellement insisté, l'un et l'autre, qu'ils ont fini par me faire parler.

– Je suis désolée qu'ils vous aient importunée.

– Oh, là n'est pas la question. Je voulais juste que vous sachiez d'où les informations ont filtré.

– Je vous remercie. Il faudra sans doute que je fasse un communiqué de presse.

– Bon, je ne vais pas vous ennuyer davantage. Je crois que je vais demander à mon mari de repeindre le living-room de la même couleur que le vôtre.

Cilla la raccompagna à la porte puis remonta sur son escabeau en réfléchissant à ce qu'elle devait dire aux médias. D'expérience, elle savait qu'il ne fallait pas chercher à cacher ses mésaventures. Elle relaterait son accident de façon concise, sans s'appesantir sur les détails, sans se répandre en considérations personnelles. Les amateurs de ragots seraient contents, on lui ficherait la paix. La sonnerie de son portable l'arracha à ses réflexions. Sa mère. Elle prit l'appel, ferma les yeux.

– Cilla, pour l'amour de Dieu, que s'est-il passé ?

– J'ai eu des petits ennuis, mais tout va bien. Dis-moi, pourrais-tu contacter ton attachée de presse ? Tu travailles toujours avec Kim Cohen ?

– Oui.

– Tu voudrais bien lui donner mon numéro de téléphone et lui demander de m'appeler dès que possible ?

– Je ne sais pas si j'ai envie de te rendre service, après la façon dont tu m'as traitée.

– S'il te plaît, Maman.

Il y eut un instant de silence sur la ligne.

– D'accord, acquiesça enfin Bedelia. Je vais essayer de la joindre. Que t'est-il arrivé ? Tu as eu un accident ? Tu es à l'hôpital ? Tu es blessée ? Il paraît qu'un dingue t'a prise pour le fantôme de Maman et a essayé de t'écraser.

– Non, ce n'est pas tout à fait ça. Et je n'ai rien. J'aurais seulement besoin de Kim pour m'aider à rédiger une déclaration publique.

– Je suis si contente que tu n'aies pas de mal, dit Dilly avec un petit reniflement qui amena un sourire sur les lèvres de Cilla. Je suis toujours fâchée contre toi, mais je ne voudrais pas qu'il t'arrive malheur.

– Tu appelles Kim, Maman ? Je compte sur toi.

– Tout de suite, ne t'inquiète pas.

L'attachée de presse rappela Cilla dans le quart d'heure qui suivit, et en moins de vingt minutes elles eurent établi dans les grandes lignes ce que Cilla devait donner en pâture aux journalistes.

– C'est fou ce que les médias aiment la violence et le scandale, dit Cilla à Ford tandis qu'ils se rendaient à leur rendez-vous avec l'agent immobilier en sortant de chez le médecin. J'espère qu'ils se contenteront de ma déclaration et qu'ils ne viendront pas me casser les pieds.

– La presse locale va faire ses choux gras de cette histoire. Tu peux être sûre qu'ils vont en parler pendant plusieurs jours. Surtout si l'affaire est portée devant le tribunal.

– J'espère que non. J'ai téléphoné à Wilson. Il m'a prise pour une folle quand je lui ai dit que, compte tenu de l'état mental et émotionnel de Hennessy, il fallait faire preuve de clémence envers lui. De toute façon, des évaluations psychologiques ont déjà été ordonnées, l'une par la défense, l'autre par le procureur.

– Ça va être un duel de psys. Une chose est sûre, en tout cas, c'est que le jour de la distribution de grains de folie, Hennessy n'a pas donné sa part aux chiens.

– Tiens, regarde la maison, là, sur la gauche.

– Où ?

– Là, la maison basse style Cape Cod. Les propriétaires la louaient jusqu'à présent, mais ils veulent s'en débarrasser.

Ford se pencha vers le pare-brise.

– Tu m'étonnes ! s'exclama-t-il. On dirait une baraque de chantier.

– Parfaite attitude, répliqua Cilla en lui tapotant la main. Surtout, n'en change pas. Mais laisse-moi parler.

22

Ford avait une imagination fertile, mais, même en se forçant, il ne voyait pas ce que Cilla espérait tirer de ce cube de béton entouré d'un morceau de terrain vague. De surcroît, les derniers occupants avaient laissé les lieux dans un état pitoyable. La moquette du minuscule living-room était auréolée de taches douteuses, le plafond cloqué, les plinthes et les boiseries semblaient avoir été grignotées par une armée de rongeurs. Dans la cuisine au linoléum déchiré, on avait abandonné du vieil électroménager sale et dépareillé. Les comptoirs en Formica bleu et blanc portaient des marques de brûlures. La seule chose que Ford parvenait à visualiser, c'étaient des légions de cafards affluant de sous l'évier rouillé avec une artillerie automatique, des tanks et des véhicules blindés, pour livrer l'assaut à des escadrons d'araignées en tenue de combat, bazooka au poing.

Laisser parler Cilla ne l'ennuyait nullement. Il était sans voix.

L'étage se composait de deux chambres jonchées de détritus et d'une salle de bains dans laquelle il n'aurait pas mis les pieds sans une combinaison de protection.

– Comme vous le voyez, il y a de gros travaux à faire, commenta Vicky Fowley, la commerciale de l'agence immobilière, en souriant de toutes ses dents étincelantes. Mais si cela ne vous fait pas peur vous pouvez vous aménager là une ravissante petite maison de poupée. Elle n'est certes pas très grande, mais, pour un jeune couple sans enfant, c'est l'idéal. Je vous laisse faire un tour tous les deux. Prenez tout votre temps. Je sors passer quelques coups de fil.

– Cilla, je crois que ce tas de vêtements a bougé, dit Ford quand ils se retrouvèrent seuls. Il y a peut-être un macchabée dessous. Ou un nid de cancrelats. Allons-nous-en avant d'attraper la typhoïde ou la peste bubonique.

– C'est vrai que le propriétaire aurait pu faire un minimum de ménage, admit-elle. Mais, dans un sens, sa négligence ne peut que jouer en notre faveur.

– Parce que tu penses encore acheter ce taudis ? s'écria Ford en coulant un regard méfiant vers le tas de loques. Franchement, cette baraque n'est bonne qu'à être rasée.

– Non. Tu n'as pas l'œil, c'est tout. Cela dit, je ne te force pas à l'acheter, c'est toi qui voulais investir. Je t'avais dit de ne pas t'emballer trop vite. Mais laisse-moi quand même te montrer ses atouts.

Cilla se baissa pour soulever la carpette.

– Pour commencer, un plancher en bois en très bon état.

– Ouais.

– Des fondations solides, un joli jardinet.

– Un champ de mines, oui. Probablement truffé de pièges par les araignées atomiques.

– Du gazon récent, continua-t-elle sans se laisser désarçonner, quelques arbres en bonne santé et une charmante petite terrasse à l'arrière. Les sanitaires devront, par contre, être entièrement refaits.

– Ce ne serait pas plus judicieux d'y lâcher une bombe ?

– Il faudra également refaire tous les plafonds, repeindre toutes les pièces, changer les portes des placards, ajouter des étagères. Les deux chambres d'enfant ne sont pas en trop mauvais état.

– Et où dormiront les parents ? À mon avis, à l'hôtel, s'ils ont un minimum de bon sens.

– Nous repousserons cette cloison de trois ou quatre mètres, ce qui nous permettra d'aménager une chambre de taille confortable à l'arrière de la maison, avec dressing et salle de bains attenante. La pièce à vivre sera encore assez spacieuse. Je verrais bien une cuisine à l'américaine, ouverte sur la terrasse par un atrium. Un plan de travail qui ferait office de desserte et de table. Un bar avec l'évier dessous.

Ford enfonça les mains dans ses poches. Il commençait à voir les choses à travers l'œil de Cilla.

– Nous repeindrons la façade d'une couleur gaie, dit-elle, nous dallerons les allées. Quelques massifs, quelques arbres d'ornement, et voilà.

– Ça fait un boulot monstre, tout ça.

– Certes, mais il y a moyen de faire quelque chose de bien. Il faudra certainement prévoir seize semaines de chantier plutôt que douze, mais, si j'obtiens la maison à un bon prix, je table sur un profit de quarante à quarante-cinq mille dollars.

— Tu es sérieuse ?

— Absolument. Le quartier est en pleine mutation. Plusieurs jeunes couples y ont emménagé récemment. Les maisons vont être rénovées. Il y a une école et des commerces à dix minutes.

— Bon, eh bien, d'accord. C'est vendu.

— Non, prends le temps de réfléchir. On n'achète pas un bien immobilier sur un coup de tête. De mon côté, je dessinerai des plans.

— C'est tout réfléchi, ma décision est prise. Allons l'annoncer à Vicky, elle va sauter de joie. Et fichons le camp d'ici avant que les cafards et les araignées sortent de leurs trous.

— Non, non, laissons-la mariner un peu. Nous allons lui dire, sur un ton sans conviction, que nous voulons réfléchir. Je la rappellerai dans une dizaine de jours.

— Et si quelqu'un achète la maison entre-temps ?

— Ça fait quatre mois qu'elle est en vente, et le prix a déjà baissé deux fois. Apparemment, elle n'intéresse personne. Décevons Vicky, comme elle s'y attend, et rentrons chez toi. Je meurs d'envie de me prélasser dans ton bain à remous.

La détente n'était cependant pas à l'ordre de la soirée : une demi-douzaine de reporters étaient postés devant l'entrée de Little Farm.

— Rentre chez toi, dit Cilla à Ford. Je m'occupe d'eux.

— Tu vas donner des interviews ?

— Pas vraiment, juste quelques miettes à picorer pour qu'ils me fichent la paix. Ce n'est pas la peine qu'ils te voient avec moi. Ils raconteraient n'importe quoi à ton sujet.

Les flashes se mirent néanmoins à crépiter dès l'instant où ils posèrent le pied hors de la voiture, et, comme un seul homme, le troupeau se rua sur Cilla en l'assaillant de questions.

— Bonjour, Georgia Vassar, de WMWA-TV. Pouvez-vous nous parler de l'altercation que vous avez eue avec James Robert Hennessy ?

— Avez-vous été grièvement blessée ?

— Est-il vrai que Hennessy voit en vous une réincarnation de Janet Hardy ?

— J'ai déjà fait une déclaration à propos de cet incident, répondit Cilla calmement. Je n'ai rien à ajouter.

– Est-il vrai que Jim Hennessy vous avait déjà menacée ? Et qu'il a agressé votre ex-mari, qui était revenu vivre avec vous ? Est-ce pour cette raison que Steve Chensky vous a quittée une deuxième fois ?

– À ma connaissance, M. Hennessy n'a pas été inculpé d'agression sur la personne de Steve, qui était en visite chez moi pour quelques jours. Nous étions amis avant d'être mariés, nous le sommes restés, il n'a jamais été question que nous nous remettions ensemble.

– Parce que vous êtes maintenant avec Ford Sawyer ? Monsieur Sawyer, que pensez-vous des violences dont Mlle McGowan a été victime ?

– Il y avait, paraît-il, une certaine animosité entre vous et Steve Chensky. Qu'avez-vous à dire à ce sujet ?

– Sans commentaire. Eh, les gars, vous savez que vous êtes dans ma propriété, là ? Nous sommes plutôt accueillants, dans la région, mais je vous prierai de bien vouloir sortir.

– Je vous préviens que je serai moins sympathique si vous mettez les pieds chez moi, déclara fermement Cilla de son côté.

– Est-ce vrai que vous êtes venue ici pour communier avec l'esprit de votre grand-mère ?

– Les tabloïds ne savent plus quoi inventer, répliqua-t-elle.

Là-dessus, elle s'engouffra dans la maison de Ford, qui verrouilla la porte derrière eux.

– Ouf ! lâcha-t-il.

– Ça va durer un jour ou deux, et puis ils se lasseront.

– Espérons. Tu veux un verre de vin à siroter dans ton bain ?

– Je veux bien un verre de vin, mais je crois qu'il vaut mieux renoncer au spa pour ce soir. Il y a trop de baies vitrées au sous-sol. Ils ne se gêneraient pas pour prendre des photos au téléobjectif.

– Tu as raison. Mince... Spock est resté dehors. Tu paries que demain il a sa photo dans un torchon de supermarché ? À côté de celle d'un bébé enlevé par des aliens ?

Ford jeta un coup d'œil à son répondeur.

– Quarante-huit messages ! s'exclama-t-il. Quelle popularité, soudain !

Tandis qu'il prononçait ces mots, la sonnerie du téléphone retentit.

– Tu devrais filtrer tes appels. Je pensais qu'en faisant un communiqué j'échapperais à tout ce cirque. Mais non, ils en veulent toujours plus.

Ford décrocha et raccrocha aussitôt, coupant l'appel.

– Ma famille et mes amis ont mon numéro de portable, dit-il. Je vais téléphoner à Brian et lui demander d'emmener Spock chez lui, ce soir. Nous allons monter une bouteille de vin et une pizza dans ma chambre. On tirera les rideaux. Tu vas enfin avoir l'opportunité de passer une soirée entière à regarder des épisodes de *Battlestar Galactica*.

Cilla s'appuya contre le comptoir de la cuisine. Elle ne se sentait ni contrariée ni agacée. Ford était une bénédiction.

– Avec toi, tout paraît si simple, dit-elle.

– Tout est simple, répondit-il, tant que les Cylons n'essaient pas d'exterminer l'espèce humaine.

Cilla se réveilla à 5 heures pile, à la sonnerie de l'horloge interne qu'elle avait réglée au milieu de la nuit, lorsque l'alarme de Little Farm s'était déclenchée. Ne reculant devant rien, deux reporters avaient tenté de s'introduire dans la maison. Après cet incident, une voiture de police était restée stationnée dans l'allée. Elle était toujours là. Les oiseaux pépiaient gaiement. Cilla aperçut trois chevreuils au bord de l'étang. Mais plus un seul journaliste. Au volant de la voiture de Ford, elle se rendit en ville. À 6 h 30, elle était de retour avec une boîte de doughnuts et deux grands gobelets de café.

L'un des deux agents abaissa sa vitre.

– C'est très gentil à vous, mademoiselle McGowan. Le reste de la nuit a été calme.

– Les envahisseurs semblent avoir battu en retraite. Je vais me mettre au travail. Les ouvriers vont commencer à arriver d'ici à une petite demi-heure.

– C'est une belle maison que vous avez là, intervint le deuxième agent. Les salles de bains sont magnifiques. Ma femme veut qu'on refasse la nôtre.

– Passez-moi un coup de fil, un de ces jours. Je vous offrirai une visite conseil gratuite.

– Mon épouse sera ravie. Notre tour de garde se termine bientôt. Souhaitez-vous que des collègues viennent prendre la relève ?

– Je pense que ce ne sera pas utile. Merci d'avoir veillé sur la maison.

À l'intérieur, elle termina de poser les plinthes. À 8 heures, la maison bourdonnait d'activité et les paysagistes s'activaient autour de l'étang. Cilla prenait des mesures dans la troisième chambre lorsque Matt apparut à la porte.

– Cilla, tu devrais aller jeter un œil dehors.

– Il y a un problème ?

– Va voir, tu jugeras par toi-même.

Elle s'approcha de la fenêtre et lâcha un petit cri incrédule. Ce n'étaient plus six, mais soixante reporters qui étaient massés devant l'entrée de Little Farm.

– Ils sont arrivés tous en même temps. Certains essaient de soudoyer les employés de Brian. Il y a aussi des caméras.

– O.K. Laisse-moi réfléchir.

Il y avait au moins une douzaine d'ouvriers dans la maison. Douze personnes qu'elle ne pouvait pas museler.

– Je ne comprends pas, murmura-t-elle.

Pourquoi suscitait-elle tant d'intérêt, tout à coup ? Certes, elle avait eu un accident dans des circonstances obscures, mais il y avait belle lurette qu'elle n'était plus une célébrité en vue. Les amateurs de potins n'avaient-ils donc rien de plus croustillant à se mettre sous la dent ?

– Tu peux essayer d'empêcher les gars de leur parler ? demanda-t-elle à Matt. Je te rejoins dans quelques minutes. Il faut que je passe un coup de téléphone à…

Elle ne termina pas sa phrase. Une limousine noire venait de s'engager dans l'allée.

– Oh non, gémit-elle.

Quand elle arriva sur la véranda, sa mère était accrochée au bras de Mario, le visage incliné à un angle parfait pour que les objectifs puissent saisir son expression poignante d'inquiétude maternelle.

– Ma chérie ! s'écria-t-elle en ouvrant les bras à sa fille.

Juchée sur des talons aiguilles, elle s'avança vers elle, non sans un temps de pause pour les photographes et les cameramen.

– Tu as osé faire ça, lui chuchota Cilla à l'oreille en se laissant embrasser. C'est toi qui as ameuté les journalistes !

– Bien sûr. Toute presse est bonne à prendre.

Dilly s'écarta de sa fille et releva ses lunettes de soleil.

– Oh, mon Dieu, Cilla ! Tu m'avais dit que tu n'étais pas blessée.

– Ce n'est qu'une petite bosse. Je m'en remettrai.

– Tu pourrais au moins cacher ce vilain bleu sous du fond de teint. Enfin, tant pis, nous n'avons plus le temps, maintenant. Et, tout compte fait, c'est peut-être mieux comme ça. Viens, suis-moi. J'ai tout préparé. Ne me contredis pas devant eux, surtout.

– Tu savais très bien, Maman, que je ne voulais pas ça.

Dilly regarda la maison puis détourna la tête. Une ombre de chagrin voila furtivement ses yeux bleus. Cilla aurait juré qu'au moins cela n'était pas calculé.

– Il n'y a pas que toi dans la vie, rétorqua sa mère. J'ai besoin qu'on parle de moi. Toute opportunité est bonne à saisir. Ce qui est arrivé est arrivé. À nous, maintenant, de tourner la situation à notre avantage. Mais qu'est-ce que c'est que ça ?

Cilla suivit son regard. Aux pieds de Bedelia, Spock agitait la patte en la dévisageant patiemment de ses gros yeux globuleux.

– C'est le chien de mon voisin. Il veut que tu lui dises bonjour.

– Hein ? Il ne mord pas, au moins ?

– Non, serre-lui la patte. Il te considère comme une amie parce que tu m'as embrassée.

Bedelia s'exécuta et caressa même la tête du chien, ce qui la fit remonter d'un cran dans l'estime de sa fille.

– Il est vilain mais il a l'air rigolo, dit-elle en souriant.

Là-dessus, elle passa un bras autour de la taille de Cilla et appela Mario, qui était demeuré jusque-là à distance. Il prit la main de son épouse et l'embrassa.

– Nous sommes prêtes, lui dit-elle.

– Tu es superbe. Ce tailleur te va à ravir. Il est du même bleu que tes yeux. Ne reste pas trop longtemps en plein soleil, cette fois. Pas plus de quelques minutes, d'accord ?

– Oui, mon amour. Ne t'éloigne pas trop, s'il te plaît.

– Je suis là, toujours près de toi, ne t'en fais pas.

En serrant tendrement sa fille contre elle, Dilly s'avança vers la horde de journalistes.

– Tes sandales Jimmy Choo sont très belles, Maman, mais tu vas les abîmer, dans le gravier.

– Ne t'inquiète pas. Non, mais… Regarde-moi ce journaliste qui se permet de briser les rangs !

Ford se faufilait entre les photographes et les cameramen.

– Ce n'est pas un journaliste. Ne t'arrête pas, souffla-t-elle à Ford lorsqu'ils se croisèrent. Ce n'est pas la peine que tu sois mêlé à cette mascarade.

– Je suppose que c'est ta mère. Enchanté, madame Hardy, je ne m'attendais pas à vous rencontrer ici.

– La place d'une mère n'est-elle pas auprès de sa fille souffrante ? répliqua Bedelia en dévisageant Ford de la tête aux pieds. C'est donc de vous que Cilla s'est amourachée ? J'ai entendu parler de vous. Comme d'habitude, toi, tu ne m'avais rien dit, ajouta-t-elle à l'intention de Cilla. Nous nous parlerons tout à l'heure, jeune homme. Pour l'instant, restez avec Mario.

– Il fait ce qu'il veut, riposta Cilla. Ford n'est pas Mario. Ce n'est pas un toutou dressé pour obéir à tes ordres. Ne te laisse pas faire, Ford.

– Je vais boire un café, dit-il. Tu veux que j'appelle la police ?

– Non. Merci quand même.

– Plutôt beau gosse, commenta Dilly quand il se fut éloigné. Tes goûts se sont améliorés.

– Ne m'énerve pas plus que je ne le suis déjà, la rabroua Cilla d'une voix vibrante de tension.

– Tu crois que c'était facile, pour moi, de venir ici ? répliqua Bedelia en redressant le menton et en adoptant une attitude de mère courage soutenant sa fille blessée.

Les questions fusaient de toutes parts, mais elle continuait à avancer en les ignorant, petit soldat bravant la salve des premiers tirs.

– S'il vous plaît, je vous en prie, dit-elle enfin d'une voix forte et claire. Je comprends l'intérêt que vous nous portez et je vous en remercie. Je sais que vos lecteurs et vos téléspectateurs se soucient de nous, et cela me touche profondément. Mais vous devez comprendre que notre famille traverse une fois de plus une épreuve difficile. Ma fille a été victime d'un accident éprouvant.

– Quand avez-vous appris son accident ?

– Elle m'a téléphoné dès qu'elle a pu. Même adulte, un enfant a besoin de sa mère quand il souffre. Elle ne voulait pas que j'interrompe les répétitions de mon spectacle ni que je revienne en ce lieu chargé pour moi de douloureux souvenirs, mais je ne pouvais décemment pas la laisser seule.

– Vous n'êtes pas revenue dans cette maison depuis le suicide de Janet Hardy... Qu'éprouvez-vous, aujourd'hui, en revoyant Little Farm ?

– Je m'efforce de ne pas penser au passé. Ma fille a subi un traumatisme, je me dois de lui consacrer toute mon attention. J'analyserai mes sentiments plus tard. Ma mère, dit-elle d'une voix qui se brisa soudain, ma mère n'aurait pas apprécié que je disperse mon énergie au lieu de m'occuper de ma fille, de sa petite-fille.

– Cilla, quels sont vos projets ? Allez-vous ouvrir la ferme au public ? On dit que vous avez l'intention de la transformer en musée.

– Absolument pas. Je restaure cette maison pour y vivre. Elle demeurera propriété privée.

– Est-il vrai que des actes de vandalisme y ont été commis ?

– De petits incidents sans gravité.

– Certains affirment que la maison est hantée par l'esprit de Janet Hardy.

– La présence de ma mère flotte au-dessus de ces lieux, répondit Bedelia avant que Cilla ouvre la bouche. Elle aimait beaucoup cette ferme, et je crois que son âme, sa voix, sa beauté et sa grâce y vibreront à tout jamais. Tout comme son esprit vit à travers nous, en moi, en ma fille. D'une certaine manière, trois générations de Hardy sont aujourd'hui réunies ici. À présent, si vous voulez bien nous excuser, ma fille a besoin de se reposer. En tant que mère, je vous demande de respecter notre intimité. Si vous avez d'autres questions, mon mari tâchera d'y répondre.

Un instant, Dilly demeura la tête contre celle de Cilla, puis elle tourna les talons et l'entraîna vers la maison.

– Tu ne crois pas que tu as un peu forcé le côté mère poule ?

– Non. Qu'est-il arrivé à cet arbre ?

– Quel arbre ?

– Celui-là, avec les feuilles rouges. Il était beaucoup plus gros.

– Ah, l'érable. Il était malade. J'en ai planté un autre.

– Le jardin était plus beau, avant. Il y avait plus de fleurs. Maman adorait les fleurs.

La voix de Dilly tremblait légèrement, et Cilla savait que ce n'était pas de la comédie.

– Il y en aura davantage quand les travaux seront terminés.

Plus elles se rapprochaient de la maison, plus Bedelia ralentissait le pas.

– Tu es prise à ton propre piège, lui dit Cilla.

– Je sais. La véranda était blanche. Pourquoi ne l'est-elle plus ?

– Parce que je l'ai refaite. Elle n'est pas encore peinte.

– Et cette porte… Elle n'est pas du tout dans le style de la maison. Tu as tout changé.

– Pas tout. Seulement ce qui était trop abîmé. Cette maison était à l'abandon depuis dix ans. Quand on néglige les choses, forcément, elles se dégradent.

– Je voulais oublier cet endroit. Mais tu m'en empêches.

Dilly fut parcourue d'un frisson. Néanmoins, elle franchit stoïquement le seuil de la maison.

– Je n'aime pas du tout… C'est idiot d'avoir cassé tous les murs. Tu aurais dû garder le petit salon. Et cette couleur me déplaît.

– J'ai fait quelques transformations.

Bedelia s'immobilisa et se tourna face à sa fille. Ses yeux jetaient des éclairs.

– Tu m'as dit que tu la restaurais.

– J'ai dit que je la rénovais, et c'est ce que je fais. Je me l'approprie, tout en respectant son cachet et son histoire.

– Je ne te l'aurais jamais vendue si j'avais su que tu voulais tout démolir.

– Tu avais besoin d'argent, rétorqua Cilla. Si tu avais voulu la figer dans l'ambre, tu n'avais qu'à le faire plus tôt. Tu détestes cette maison, Maman, avoue-le. Alors que moi, je l'aime.

– Tu ne sais pas ce que je ressens ! C'est ici que j'ai vécu les meilleurs moments avec ma mère. Quand Johnnie n'était pas là, bien sûr. Sinon, je passais toujours après lui. J'ai été heureuse, ici, avec elle. Et, maintenant, tout a changé.

Dilly réprima un sanglot et s'essuya les yeux.

– Pas tout. J'ai fait recrépir le salon comme autrefois. J'ai aussi conservé tous les parquets d'origine. Les parquets sur lesquels elle marchait. Et j'ai fait remettre le fourneau et le réfrigérateur en état, je vais m'en servir.

– Ce vieux fourneau immense ?

– Oui.

– Parfois, elle nous faisait des gâteaux, murmura Dilly en se pressant les doigts contre les lèvres. Elle les laissait toujours brûler et ça la faisait rire. Si tu savais comme je l'aimais, Cilla !

– Je sais.

– Elle devait m'emmener à Paris. Nous devions partir en France toutes les deux, rien que toutes les deux. Elle avait réservé l'avion, l'hôtel. Et puis Johnnie est mort. Il gâchait toujours tout.

– Ne dis pas des choses pareilles.

– C'est ce que je pensais, à l'époque. Mais je l'aimais, lui aussi, même si j'aurais voulu le haïr. J'ai eu beaucoup de chagrin quand il s'est tué. Et puis je lui en ai terriblement voulu lorsque Maman a annulé le voyage. Elle l'aimait plus mort que moi vivante.

Cilla comprenait exactement ce que Bedelia voulait dire. D'une certaine manière, Dilly aimait plus sa mère morte que sa fille vivante.

– Je crois qu'elle t'aimait beaucoup, elle aussi, et que beaucoup de choses se sont cassées lorsque Johnnie a trouvé la mort qu'elle n'a pas eu le temps de réparer. Si elle avait vécu plus longtemps…

– Elle m'a abandonnée, m'a laissée toute seule. Elle ne voulait pas mourir, je suis sûre qu'elle ne s'est pas rendu compte de la quantité de comprimés qu'elle a avalés, mais elle cherchait l'oubli. Alors que nous aurions pu nous consoler mutuellement.

Cilla s'approcha de sa mère et effleura sa joue mouillée de larmes.

– Pourquoi tu ne m'avais jamais dit tout ça, Maman ?

– Parce que je m'étais juré d'oublier. Mais voilà que cette maison fait tout remonter à la surface. Parlons d'autre chose, tu veux bien ? Je ne veux pas remuer le passé.

En reniflant, Bedelia sortit un petit pilulier en argent et un mouchoir de soie de son sac.

– Va me chercher un verre d'eau. De l'eau minérale, s'il te plaît.

Dilly n'avait pas conscience de l'ironie de la situation, se dit Cilla, amère, en allant à la cuisine. Ce qu'elle reprochait à sa mère, elle le reproduisait à l'identique avec sa fille.

À travers la fenêtre, elle regarda Ford et Brian au bord de l'étang.

– Heureusement que je t'ai, murmura-t-elle.

Il était si « normal », si posé, il abordait la vie avec une telle sérénité. Certes, il ne faisait pas la différence entre une clé hexagonale et une clé à molette, mais il créait des superhéros. Et surtout, à son contact, Cilla apprenait peu à peu à reprendre confiance en elle.

23

Après le départ de sa mère, Cilla rejoignit Ford dans la cuisine, où il sirotait un Coca.

– Ça y est, ils sont partis ? lui demanda-t-il.

– Oui, après une dernière effusion d'amour maternel devant les caméras.

– Ils reprennent l'avion aujourd'hui ?

– Non, ils passent la nuit à Washington, au Willard. Comme par hasard, elle tombera peut-être encore sur des journalistes à qui elle pourra faire la promo de son spectacle au National Theater, en septembre. (Elle secoua la tête d'un air consterné.) N'empêche, elle se faisait quand même un peu de souci pour moi, et ça a dû lui coûter énormément de revenir ici, même si elle avait des avantages à en tirer. Jusqu'à aujourd'hui, j'étais persuadée qu'elle en rajoutait un maximum quand elle parlait de Little Farm. Mais non. Cette maison lui évoque vraiment des souvenirs très douloureux. Je lui pardonne de l'avoir négligée, maintenant, et je comprends mieux pourquoi elle a été si dure avec moi quand je lui ai fait une offre qu'elle ne pouvait pas refuser.

– Si elle ne voulait plus de cette maison, si elle ne pouvait pas s'en occuper, pourquoi ne l'a-t-elle pas vendue ?

– Je ne sais pas. Inconsciemment, elle se vengeait peut-être de sa mère en la laissant se délabrer. Elle a le sentiment d'avoir été mal-aimée. Et elle n'a peut-être pas entièrement tort. D'après ce qu'elle m'a dit, Janet préférait Johnnie. À sa mort, elle s'est sentie abandonnée. Ce qui ne justifie pas ce qu'elle a fait aujourd'hui. Elle savait pertinemment que ça me mettrait en colère, mais elle s'est convaincue qu'elle n'agissait pas seulement dans son intérêt mais aussi dans le mien. Elle a toujours fonctionné de cette manière. Elle est si compliquée…

– Bonjour la belle-mère !

– Ne précipite pas les choses. Nous ne sommes pas pressés.

La gorge serrée, elle détourna la tête. Cette allusion au mariage provoquait presque en elle un accès de peur panique.

– Excuse-moi, Cilla, dit Matt en pénétrant dans la cuisine. Le parquet du grenier est arrivé. Tu peux venir voir avant qu'on le décharge du camion ?

– Oui, oui, j'arrive.

– Le parquet du grenier, déjà ? s'étonna Ford.

– Il faut que les lattes reposent à plat quelques jours dans la pièce où il va être posé pour que le bois s'acclimate.

– Ah bon ? Je ne savais pas. Eh bien, je te laisse à ton plancher. Si tu n'as plus besoin de moi, je vais essayer d'aller bosser un peu.

– O.K.

– Au fait, j'ai fini de scanner les photos de ta grand-mère. Fais-moi penser à te les donner ce soir.

– Elles m'étaient complètement sorties de l'esprit. Il faudra que je remercie ton grand-père.

Ils sortirent ensemble de la maison.

– À mon avis, il s'estime amplement rétribué par le quart d'heure qu'il a passé avec toi à demi nue.

– Merci de me rappeler ce grand moment de solitude !

– Allez, je te laisse t'extasier sur ton plancher, dit Ford en lui encadrant le visage des mains et en faisant claquer un baiser sur ses lèvres.

Il demeura quatre heures d'affilée à sa table à dessin sans se lever. Alors que des milliers de choses auraient pu l'empêcher de se concentrer, son crayon courait sur le papier, l'inspiration était au rendez-vous. Son histoire progressait à grands pas. Brid serait terminée à peu près en même temps que la maison de Cilla, pensa-t-il en levant les yeux de ses planches. Si ce n'était pas de la synchronisation suprême !

Avant de s'accorder une pause, il examina longuement son travail d'un œil critique.

– Sawyer, tu es excellent, se félicita-t-il. Si quelqu'un te dit le contraire, c'est un crétin.

Content de lui, il descendit à la cuisine. En face, les journalistes avaient levé le camp. Les ouvriers aussi, ce qui signifiait que Cilla n'allait pas tarder à le rejoindre.

Dans le réfrigérateur, il trouva un petit mot collé sur une cannette de bière.

Tu as fini ? Rendez-vous chez McGowan.

Cilla était assise sur le patio derrière la maison, devant une table en teck, sous un grand parasol bleu électrique. Trois gros pots de fleurs en cuivre égayaient les trois marches de la véranda. Sa casquette sur le crâne, ses longues jambes étendues devant elle, les mains croisées derrière la nuque, elle paraissait merveilleusement détendue. Et elle était merveilleusement belle.

– Je me relaxe, dit-elle à Ford quand il prit place en face d'elle.

– Je vois. Quand as-tu acheté ça ? demanda-t-il en levant l'index vers le parasol.

– On me l'a livré cet après-midi. Je n'ai pas pu résister à l'envie de l'installer. Quand Shanna a vu la table, elle est allée chercher des pots de fleurs à la pépinière. Il faudra que je les déplace lorsqu'on peindra la galerie, mais c'est tellement joli !

Cilla sortit deux bières d'un seau en plastique rempli de glace que Ford décapsula.

– Au premier de nos apéros sous le parasol bleu, dit-il en faisant tinter sa cannette contre celle de Cilla. Je suppose que tu as passé une bonne journée.

– Moyen. On m'a livré du plancher en chêne alors que j'avais commandé du noyer. Il a fallu que j'aille au magasin. Le vendeur m'a soutenu que j'avais modifié ma commande par téléphone. Impossible de trouver d'où venait cette erreur, ce qui m'a fait perdre pas mal de temps et qui va retarder la pose du parquet d'au moins une semaine. À part ça, j'ai fini les placards de la troisième chambre et commencé ceux de la quatrième. J'ai aussi reçu un coup de fil de l'assurance et j'ai dû parlementer pendant des heures pour qu'on me prête une autre voiture. Mais, bon, malgré tout, je suis restée zen.

– C'est bien.

– Il y a toujours des petits contretemps sur un chantier, mais les rosiers sont en fleur et j'ai un beau parasol bleu. Pourquoi se prendre la tête ? Et toi, tu as réussi à travailler ?

– J'ai résolu un problème majeur, ce qui m'a permis de bien avancer.

– Quel problème ?

– Le méchant. Ma première mouture était inspirée de M. Eckley, mon prof de maths au collège, qui m'a fait faire des cauchemars pendant des années. Mais son physique ne collait pas avec le personnage que j'avais en tête. Il était trop gras, trop moche, et surtout, il avait l'air trop plouc. Je voulais que mon méchant ait un peu plus de classe. J'en ai dessiné je ne sais combien de versions mais ils ressemblaient tous à John Carradine ou à Basil Rathbone, ce qui ne me convenait pas non plus.

– Je vois le genre : séducteur aux joues creuses et au regard perçant.

– Ouais, l'air trop méchant. Il me fallait un type à l'allure sophistiquée, mais totalement abject sous ses dehors inoffensifs. Un mec diabolique, au sourire mielleux, capable de tuer froidement en costume Armani. Aujourd'hui, j'ai enfin réussi à le dessiner exactement tel que je le voyais. Tu sais qui m'a servi de modèle ? Numéro Cinq.

Cilla faillit avaler sa gorgée de bière de travers.

– Mario ? Tu es sérieux ?

– Tout ce qu'il y a de plus sérieux. J'ai discuté cinq minutes avec lui, aujourd'hui, et ça m'a crevé les yeux. Il avait toutes les caractéristiques de mon traître : bien foutu, look élégant, mais attitude vulgaire, coupe de cheveux à cinq cents dollars, sourire hypocrite. Je l'avais déjà vu, pourtant. Mais je devais être trop obsédé par M. Eckley.

– Excellent ! rigola Cilla en se levant pour déposer un baiser sonore sur les lèvres de Ford. Au moins, la comédie de ce matin aura servi à quelque chose.

À l'ombre de la grange, Cilla décapait des corniches, une tâche dont elle ne se lassait pas. Il devait y avoir des kilomètres de boiseries dans toute la maison, mais elle tenait à toutes les remettre en état elle-même. Quand elle les regarderait, plus tard, elle pourrait se dire : c'est moi qui en ai poncé et teinté chaque centimètre ; c'est moi qui ai retrouvé le bel aspect du noyer sous ces hideuses peintures blanches ou bleu layette.

La chaleur devenant de plus en plus étouffante, même à l'ombre, elle dézippa son pantalon kaki afin de le transformer en short et se désaltéra d'une longue goulée d'eau fraîche tout en observant les paysagistes qui s'activaient autour de l'étang.

Une fois qu'il serait assaini, elle l'entretiendrait elle-même. Elle achèterait aussi un motoculteur. Mais elle ne pourrait pas s'occuper seule du jardin. De mars à octobre, il lui faudrait quelqu'un au moins une fois par semaine. Elle aurait également besoin de conseils pour démarrer son potager. Et elle devrait se renseigner sur ce qu'il était possible de cultiver dans les champs. Quant au couple de chevaux qu'elle rêvait de prendre, elle avait encore besoin de réfléchir. Les chevaux nécessitaient beaucoup de soins, et elle n'était pas sûre d'avoir le temps de faire tout ce qu'elle aurait voulu faire.

On verra l'année prochaine, se dit-elle en se remettant au travail.

– Tu as presque la même voix que Janet.

Elle était tellement heureuse qu'elle ne s'était pas rendu compte qu'elle fredonnait et que son père était là.

– Moins profonde, je n'ai pas ce vibrato naturel, répondit-elle humblement. Tu as envie de peindre ? La troisième chambre n'attend que toi. J'ai choisi une teinte cognac épicé.

Gavin tenait plusieurs journaux sous le bras.

– Ce n'était pas la peine d'apporter de quoi couvrir le sol, lui dit-elle. J'ai tout ce qu'il faut ici.

Le visage de Gavin était fermé. Il n'était visiblement pas d'humeur à plaisanter.

– J'ai appris que ta mère était venue te voir, dit-il. Par la télé… Et Patty a acheté tous les journaux qui parlent de toi.

– Ils ont dû citer ton nom, je suis désolée.

– Ça n'a pas d'importance. Je voulais juste que tu sois au courant de ce qu'on disait de toi avant que quelqu'un vienne te brandir ces torchons sous le nez.

– Fais voir.

Les gros titres étaient tapageurs, comme toujours dans la presse à scandale, mais, lorsqu'ils parlent de vous, l'effet est encore plus criant.

JANET HARDY HANTE SA PETITE-FILLE
L'ANCIENNE PETITE PRINCESSE D'HOLLYWOOD
VICTIME D'UN ACCIDENT QUI AURAIT PU LUI ÊTRE FATAL !
LA FILLE DE BEDELIA HARDY AGRESSÉE PAR UN FOU FURIEUX !
LA PETITE KATIE SERAIT-ELLE LA RÉINCARNATION DE JANET HARDY ?

Les images étaient laides et voyeuristes. À la une de l'un des tabloïds s'étalait une grande photo de Dilly serrant Cilla contre elle, l'une en tailleur de lin, l'autre en jean maculé de taches de peinture. Une grosse larme roulait sur la joue de Bedelia. Cilla était prise sous un angle qui faisait paraître sa tempe beaucoup plus tuméfiée qu'elle ne l'était en réalité. Un portrait flou de Janet avait été inséré à l'arrière-plan, avec en légende : « *L'esprit de ma mère est resté piégé ici* », *confie Bedelia Hardy*. Sur une autre photo, Cilla sortait des planches de la maison. *Cilla s'efforce d'exorciser la ferme de Janet en Virginie.*

Ford n'avait pas échappé aux objectifs. Cilla parcourut l'encadré qui lui était dédié. Du pur délire.

— C'est pire que ce que j'imaginais, dit-elle sombrement en rendant les journaux à son père. Personnellement, je me fiche de ce qu'on peut raconter de moi, mais ça ne m'amuse pas du tout qu'on salisse le nom de Ford.

— C'est sérieux, entre vous ? lui demanda son père.

— Je crois bien que oui. À moins qu'il n'ait été séduit par l'esprit de ma grand-mère.

Gavin posa une main sur l'épaule de sa fille.

J'ai toujours eu beaucoup de sympathie pour Ford. S'il te rend heureuse, il m'est encore plus sympathique.

— C'est lui qui ne va pas être heureux, quand il verra ça. Et son éditeur ne va sûrement pas sauter de joie, lui non plus. Je savais qu'on parlerait de lui, je l'avais prévenu, mais je ne pensais pas qu'on pouvait écrire des âneries pareilles. Il va être la risée de ses amis, et ses parents seront mortifiés.

— Je comprends que ça te mette en colère. Que vas-tu faire ? Les mettre en demeure de publier des excuses ?

— Ça ne servirait qu'à faire jaser encore plus. Je préfère les ignorer.

— Tu veux que je t'offre un chiot ?

Cilla regarda son père en écarquillant les yeux.

— Hein ? Pourquoi ?

— Tu pourras étaler ces feuilles de chou par terre pour qu'il y fasse ses besoins.

— J'ai très envie d'un chien, dit-elle en esquissant un petit sourire, mais j'attendrai que les travaux soient terminés avant de prendre des animaux.

— Tu as raison. Bon, tu me montres cette chambre que je dois peindre en cognac épicé ?

L'air satisfait, Ford regarda les planches qu'il venait d'encrer – la métamorphose de Cass en Brid. Comme l'Immortel le lui avait prédit à la page soixante et un, elle s'était affranchie de son carcan, elle s'était « réveillée » et marchait à présent sur le chemin de sa destinée, fière, forte, déterminée, abandonnant derrière elle tout un pan de son existence, sa carrière, des êtres qu'elle aimait. Elle avait fait le choix de sa transformation, et consenti pour cela à de lourds sacrifices. Le regretterait-elle ? Comment gérerait-elle son nouveau moi ?

Ford se laissait des portes ouvertes. Si le premier volume avait du succès, il pourrait éventuellement en faire un deuxième. Mais, pour l'instant, il méritait bien une petite pause. Il relevait son courrier électronique lorsqu'on sonna à la porte. Avant de descendre ouvrir, il jeta un coup d'œil par la fenêtre. Depuis l'« Invasion des Reporters », il se méfiait.

– Eh, bonjour, monsieur McGowan.

– J'espère que je ne vous dérange pas.

– Pas du tout. Vous tombez pile à l'heure de la récréation.

– Il faut que je vous parle.

– Entrez, je vous en prie.

Ford se sentait dans ses petits souliers. À croire qu'un prof gardait toujours son aura de prof.

– Je vous offre quelque chose à boire ?

– Avec plaisir. Je viens de passer de la sous-couche chez Cilla et j'ai la gorge horriblement sèche.

– Asseyez-vous, je vous en prie. Qu'est-ce que je vous sers ? Un thé glacé ?

– Parfait.

Gavin attendit que Ford ait rempli deux grands verres avant de déposer les journaux sur le comptoir. Ford souleva le premier pour examiner la photo.

– Je suppose que vous ne les aviez pas encore vus ?

– Non, j'ai passé toute la journée sur la planète Centuria. À travailler, je veux dire. Comment Cilla a-t-elle pris ça ?

– Mal.

Ford tapota le portrait du « fantôme » de Janet.

– Quel mauvais goût... Et quel travail bâclé. N'importe quel gamin de douze ans aurait fait un meilleur montage sur Photoshop, commenta Ford en tournant les pages. Par contre, Cilla est adorable sur cette photo, une vraie petite fille modèle.

Gavin déplia l'un des journaux et montra à Ford sa propre photo.

– Ouh là ! il faut que j'aille chez le coiffeur de toute urgence. Hmm… « L'amant outragé de Cilla vole à sa rescousse ». Je n'ai pas vraiment l'air outragé. Inquiet, plutôt. Ils devraient…

Ford s'interrompit, soudain conscient des explications que M. McGowan attendait peut-être de lui.

– Vous savez, reprit-il en se raclant la gorge, Cilla et moi, c'est… Ce n'est pas… Enfin, si, mais…

– Je ne suis pas choqué par le fait que vous couchiez avec ma fille, Ford.

Avec un petit rire gêné, il but une gorgée de thé. Gavin ouvrit un autre journal.

– Regardez cet article. Selon la très fine analyse du journaliste, vous avez séduit la petite-fille pour vous donner l'illusion d'être l'amant de la grand-mère.

– Ridicule, commenta Ford en riant. S'ils avaient un tant soit peu d'imagination, ils auraient suggéré que j'étais la réincarnation de… je ne sais pas… Bogart ou Gregory Peck se tapant la réincarnation de Janet Hardy à travers Cilla pour compenser le fait qu'ils n'avaient jamais réussi à se la faire de leur vivant.

Son verre à la main, Gavin gardait le silence.

– Excusez-moi, lui dit Ford, je devrais surveiller mon langage.

– Ne vous inquiétez pas, j'en ai entendu d'autres. Vous étiez l'un de mes meilleurs élèves, Ford. Intelligent et créatif. Un peu dissipé mais brillant. Je disais tout à l'heure à Cilla que vous m'aviez toujours été sympathique.

– Heureux de l'entendre. C'est réciproque.

– Quelles sont vos intentions concernant ma fille ?

Ford se pressa une main contre la poitrine.

– Seigneur, monsieur McGowan, vous voulez que j'aie un infarctus ?

– Vous m'avez l'air d'avoir le cœur bien accroché, mais je vous promets d'appeler une ambulance si nécessaire. Quand vous aurez répondu à ma question.

La tête légèrement inclinée sur le côté, Gavin regardait Ford droit dans les yeux.

– Je veux l'épouser. Je ne sais pas ce qu'elle en pense… Nous ne nous connaissons que depuis quelques mois… Mais, en ce qui me concerne, je suis sûr de mes sentiments. Je l'aime. Elle est la femme de ma vie. Dois-je vous demander officiellement sa main ? Pardonnez-moi si je suis un peu gauche, c'est la première fois que je vis ce genre de situation.

– Moi aussi… Vous formez un beau couple.

– Ouf, soupira Ford. Je n'ai plus ce serrement au cœur, tout à coup. Cilla a besoin de quelqu'un qui la comprenne, qui l'apprécie pour ce qu'elle est et ce qu'elle a l'intention de devenir. Et moi j'ai besoin d'elle parce qu'elle est ce qu'elle est et qu'elle deviendra ce qu'elle a l'intention de devenir, c'est-à-dire exactement la femme que j'attends depuis toujours.

– Excellente réponse, apprécia Gavin en se levant. Je vous laisse les journaux, vous verrez avec Cilla quelles mesures il convient de prendre. Sur ce, je retourne à mes pinceaux. (Sur le pas de la porte, il se retourna pour ajouter :) Ford, je ne pourrais pas être plus heureux.

Gonflé de joie, Ford s'installa au bar de la cuisine et lut attentivement tous les articles sans exception, d'un bout à l'autre. Cilla souhaiterait peut-être intenter une action en justice. Pour sa part, il allait gérer la situation autrement. Cela lui prit un temps considérable, mais le résultat en valait la peine. Il l'emballa dans du papier journal, siffla Spock et traversa la route en chantonnant.

La porte de Little Farm était verrouillée. Il l'ouvrit avec la clé que Cilla lui avait remise. Il l'appela. Pas de réponse. Il monta à l'étage. Le bruit de l'eau qui coulait le rassura. Elle était sous la douche. Un instant, il envisagea de l'y rejoindre puis se ravisa. Une femme surprise sous la douche alors que la maison était fermée à clé ne manquerait pas de pousser des hurlements, et la femme en question avait un cri redoutable. Il s'assit donc sur le lit de la chambre d'amis et attendit patiemment.

Elle ne hurla pas en le découvrant, mais le choc lui coupa le souffle pendant quelques secondes.

– Seigneur, Ford, tu m'as fait une de ces frayeurs !

– Désolé. J'ai pensé que je te ferais encore plus peur si j'entrais dans la salle de bains pendant que tu étais sous la douche.

En se levant, il fit semblant de brandir un couteau et mima le tueur de *Psychose*.

– Interprétation très convaincante. Spock n'est pas avec toi ?

– Il chasse les chats invisibles.

– Il faut que je m'habille. Tu descends m'attendre sur le patio ? Je te rejoins dans cinq minutes.

Elle avait l'air de mauvaise humeur, irritée, voire légèrement découragée.

– Je t'ai apporté quelque chose.

– Quoi ? Descends m'attendre en bas, tu veux bien ? Je…

Elle s'interrompit en apercevant le paquet qu'il tenait dans son dos, enveloppé dans des pages de journal.

– Tu les as vus, dit-elle en resserrant sa serviette autour de sa poitrine.

– Ouais. Matt et Brian aussi. Ils sont venus se foutre de moi. Tu les puniras comme tu voudras, mais, en attendant, ouvre ton cadeau.

– Je suis désolée, Ford, vraiment. J'ai sous-estimé l'intérêt que tu pouvais susciter. Je n'ai pas pensé à la façon dont ils pouvaient exploiter ma vie amoureuse. En plus, c'est moi qui ai parlé de toi à l'attachée de presse de ma mère. Je suis trop bête, trop bête !

– O.K., tu mérites par conséquent une récompense trop bête.

Ford tapota le matelas. Quand elle s'assit à côté de lui, il lui déposa le paquet sur les genoux.

– Je n'ai pas utilisé les articles qui parlent de nous. On les collera dans un album.

– Ça ne m'amuse pas, Ford.

– Alors tu ne vas pas aimer ton cadeau. Dans ce cas, je le reprends et je vais l'enterrer dans le jardin.

– Ce n'est vraiment pas drôle. Tu ne te rends pas compte de…

Avec un geste agacé, elle arracha le papier qui enveloppait le présent : un livret relié à la main, à la couverture criarde, sur laquelle Ford l'embrassait à pleine bouche.

Les Aventures amoureuses et les nombreuses vies
de Cilla et Ford

– Tu as fait une BD ?

– Une très courte histoire illustrée, inspirée des événements récents. Vas-y, lis-la.

Cilla parcourut les cinq planches en noir et blanc. Son visage demeurait sans expression. Certains gags auraient pourtant dû la faire rire. Et Ford s'attendait à ce que les scènes pornos suscitent une réaction de sa part.

Quand elle eut terminé, elle tourna les pages dans l'autre sens et pointa l'index sur une vignette la représentant nue entre les bras de Ford en érection, Spock se cachant les yeux derrière ses pattes.

– Ton attribut n'est pas à l'échelle.

– C'est mon attribut et c'est moi l'artiste.

– « Ford, oh, Ford, prends-moi ! » Tu m'as déjà entendue dire des trucs aussi vulgaires ?

– C'est de la fiction.

– En tout cas, j'adore le début, quand les fantômes de Janet et de Steve McQueen flottent au-dessus de nos corps endormis.

– Un clin d'œil à la légende selon laquelle ils auraient fait l'amour au bord de l'étang. Si je devais être possédé par l'esprit de quelqu'un, j'aimerais bien que ce soit par celui d'un mec aussi classe que Steve McQueen.

– Moi aussi, approuva-t-elle en souriant. J'aime bien aussi quand le Paparazzi tombe de l'arbre où il était monté pour voler des photos derrière la fenêtre de la chambre, et les petits *x* dans ses yeux quand Spock le traîne avec les dents pour l'enterrer dans le jardin. Mais le dessin que je préfère, c'est le dernier, où nous fumons tous les quatre au lit avec une expression de pure béatitude sexuelle.

– Je suis pour les happy ends.

Cilla leva les yeux des dessins et les plongea dans ceux de Ford.

– C'est ta façon à toi de me dire de ne pas prendre tout ça trop au sérieux.

– C'est ma façon à moi de te présenter les choses sous un autre angle.

– Nous allons jouer le script, décida-t-elle en s'allongeant sur le lit. Je suis Cilla et Janet, tu es Ford et Steve.

– C'est parti. Action !

24

Chaque jour apportait son lot de visiteurs. Certains étaient accueillis chaleureusement, d'autres ignorés, notamment les curieux qui se garaient au bord de la route pour prendre des photos de la maison ou de Cilla. Les ouvriers s'amusaient parfois à prendre la pose. Elle en avait pris son parti. Après tout, pourquoi n'auraient-ils pas eu droit à leur quart d'heure de gloire ? Tôt ou tard, se disait-elle, l'intérêt qu'elle suscitait finirait par s'émousser. Quand elle voyait des Paparazzi dans les rayons des magasins de bricolage, elle faisait semblant de ne pas les voir. Lorsqu'on lui disait que des photos d'elle ou de Little Farm étaient parues dans tel tabloïd ou tel maga-zine people, elle haussait les épaules. Et quand l'attachée de presse de sa mère lui téléphona pour lui transmettre des propositions d'in-terviews et de séances photos elle lui raccrocha au nez.

Elle poursuivait ses travaux, en priant pour que l'une des nouvelles coqueluches d'Hollywood commette un outrage qui lui volerait la vedette. Tandis que juillet cédait la place à août, elle se concentrait sur sa maison. Elle avait encore du pain sur la planche.

– Pourquoi diable voulez-vous un évier ici alors qu'il y en a déjà un ? lui demanda Buddy.

– Honnêtement, je ne sais pas pourquoi j'en veux un. Mais il y en aura un ici, répondit-elle en tapotant le plan définitif de la cuisine. C'est comme ça, ne vous posez pas de questions. Le lave-vaisselle ira là, le réfrigérateur ici. Et, là, l'îlot central, avec l'évier supplémentaire.

– Comme vous voudrez. À mon avis, si vous mettez un évier sur l'îlot, vous aurez moins de surface de travail.

– Le bac est pourvu d'un couvercle amovible qui fait planche à découper. Ouvert pour laver, fermé pour couper.

– Quoi ?

– À votre avis, Buddy ? Des légumes, pardi !

Il la dévisagea avec son air de bouledogue.

– Et que laverez-vous dans l'autre évier ?

– Le sang que j'aurai sur les mains après vous avoir sauvagement assassiné à coups de tournevis.

– Vous avez de drôles d'idées, tout de même, marmonna-t-il dans sa barbe.

– À propos, je veux aussi un robinet au-dessus de la cuisinière pour remplir les casseroles.

– Mais vous avez déjà deux éviers !

– C'est plus pratique d'avoir un robinet au-dessus de la cuisinière. Pour les très grosses marmites, par exemple. Ça évite de se renverser de l'eau sur les pieds en les transportant. Et puis j'adore les robinets.

Cilla tapa contre le mur, à l'endroit où elle avait tracé une croix entourée d'un cercle.

– Je le veux, exactement ici.

Le vieux plombier leva les yeux au plafond.

– Il va falloir faire des découpes dans le mur pour tirer des tuyaux, bougonna-t-il.

– Je sais.

– Enfin… C'est votre maison.

– Parfaitement.

– J'ai entendu dire que vous en aviez acheté une autre.

– Pas encore, mais c'est tout comme. Je pense que nous commencerons les travaux en octobre. Si vous êtes disponible, nous signerons un nouveau contrat.

– Vous allez encore faire de la fantaisie, là-bas ?

– Rassurez-vous, ce sera beaucoup plus classique.

Cilla faillit pouffer devant la moue déçue de Buddy, qu'elle laissa à ses ronchonnements.

Les placards de la cuisine devaient être livrés dans une quinzaine de jours. Elle les entreposerait dans la grange en attendant que la plomberie et l'électricité soient terminées, les murs peints et le revêtement de sol posé. Si son fourneau et son réfrigérateur arrivaient dans les délais, elle aurait une cuisine fonctionnelle d'ici à la fête du Travail, le premier lundi de septembre. Elle pourrait alors organiser une petite fête.

– Toc, toc ! fit Cathy Morrow en poussant la porte d'entrée. Je ne vous dérange pas, j'espère ?

– Pas du tout. Comment allez-vous, madame Morrow ?

– Très bien, sauf que je mourais de curiosité. Brian n'arrête pas de nous répéter que la maison commence à être magnifique. Tom est avec lui dans le jardin. Oh, Cilla, que c'est beau !

Gonflée de fierté, Cilla regarda sa visiteuse faire le tour du salon.

– Cette pièce est presque terminée, dit-elle. Il faut juste décaper et revernir le parquet. Et la meubler, évidemment.

– Ça vous fera un living-room très chaleureux. Ces médaillons sont du plus bel effet.

– C'est l'œuvre de Dobby.

– J'ai toujours dit que c'était un artiste. Oh ! et la cheminée ! Quelle merveille !

– Ce sera la pièce essentielle du séjour, dit Cilla en caressant le manteau de granit bleu.

– Elle était en brique, non, avant ?

– Oui, mais la suie les avait complètement noircies et le foyer n'était pas conforme aux nouvelles normes de sécurité. Regardez, il y a des marques de brûlures sur le plancher. Les braises sautaient hors de l'âtre.

– C'est marrant, le souvenir le plus clair que j'aie gardé de cette maison, c'est le grand sofa rose bonbon qui trônait là. Je garderai toujours cette image de Janet en robe bleue assise au milieu des coussins en satin blanc. Elle était si belle ! De toute façon, il n'y avait que du beau monde à Little Farm ! ajouta-t-elle en riant. Des gens riches et célèbres. Qu'est-ce que j'étais impressionnée quand je venais là ! Nous avons été invités à trois réceptions, parce que le père de Tom était quelqu'un d'important dans la région. J'étais beaucoup plus jeune que vous, la dernière fois que je suis venue pour un Noël. Il y avait des décorations et des lumières partout, le champagne coulait à flots. Les amis de Janet l'ont suppliée de chanter une chanson. Il y avait un piano à queue près de la fenêtre, un piano blanc. Tout le monde chuchotait qu'elle avait une liaison avec ce compositeur… Comment s'appelait-il déjà ? En fait, il s'est avéré qu'il était homosexuel ; il est mort du sida.

– Lenny Eisner.

– Lenny Eisner, oui ! Un très beau garçon. Il l'a accompagnée au piano. C'était magnifique, magique. Quand j'y repense, j'en ai encore la chair de poule. C'était le dernier Noël avant le décès de votre oncle… Excusez-moi, s'interrompit soudain Cathy. Je rêve à voix haute.

– Je vous en prie, j'adore qu'on me raconte comment c'était, autrefois, ici. J'adore qu'on me parle de ma grand-mère.

– Je peux vous dire que Janet était de loin la plus belle femme de la soirée, poursuivit Mme Morrow en tapotant sa coiffure. Quant à moi, j'étais affreuse, je n'avais pas encore perdu mon ventre ni mon masque de grossesse. Marianna n'avait que quelques semaines. C'était la première fois que je faisais garder les enfants par une baby-sitter, j'étais terriblement anxieuse. Je me souviens, Janet m'a demandé des nouvelles du bébé et m'a dit que j'étais superbe. Elle était si gentille ! J'étais encore grosse comme un hippopotame ! Ma belle-mère me faisait des remarques chaque fois que je prenais un amuse-gueule. Elle me disait que je ne retrouverais jamais la ligne si je mangeais autant. Quelle femme désagréable ! Janet faisait du charme à son mari, Drew. Elle n'osait rien dire, mais elle était furax ! Moi, je jubilais en silence ! (Un sourire flottait sur les lèvres de Cathy. Elle semblait perdue dans ses souvenirs.) Je ne me suis jamais entendue avec la mère de Tom. Heureusement, son père était beaucoup plus sympathique. C'était un très bel homme, lui aussi, costaud, robuste. Vous n'auriez jamais cru que le cancer l'emporterait douze ans plus tard. Il avait une classe folle, ce soir-là. Je le revois encore danser avec Janet. Maintenant, ils sont partis tous les deux. Bon, cette fois, je me tais ! Je ne sais pas comment j'ai dérivé sur un sujet aussi morbide.

– Les vieilles maisons racontent la vie et la mort.

– C'est vrai, mais vous êtes là pour faire revivre Little Farm, maintenant ! Oh, j'allais oublier, je vous ai apporté deux boutures de mimosa. J'ai deux grands arbres superbes dans mon jardin. J'ai fait une douzaine de boutures pour les offrir. Si vous n'en voulez pas, je ne me vexerai pas, vous savez. Elles font à peine une vingtaine de centimètres pour l'instant. Elles ne fleuriront pas avant quelques années.

– J'aime beaucoup le mimosa. C'est très gentil, merci.

– Elles sont dans des pots en plastique, je les ai laissées sur la véranda. Si nous allions demander à Brian où vous pourriez les planter ?

– C'est le premier cadeau qu'on m'offre pour ma maison, dit Cilla en précédant Cathy. J'adore voir les arbres grandir. C'est drôle, vous parliez des fêtes à Little Farm, tout à l'heure, et je pensais justement inviter un peu de monde prochainement, peut-être pour la fête du Travail.

– Excellente idée !

– Le problème, c'est que les travaux ne seront pas tout à fait terminés. La maison ne sera ni meublée ni décorée.

– Qui s'en soucie ? Vous en organiserez une autre quand tout sera fini. Ce sera une sorte de... prélude ! Si vous avez besoin d'aide pour les préparatifs, je serai ravie de vous donner un coup de main. Vous pouvez aussi compter sur Patty et sur la Maman de Ford. On peut même s'occuper de tout, à nous trois, si vous voulez.

– On verra, je vais réfléchir.

Les ouvriers étaient partis, le silence revenu. Assise dans le living-room sur un seau retourné, Cilla pensait au réveillon de Noël évoqué par Cathy Morrow. Elle imaginait sans peine la maison emplie d'invités élégamment vêtus et coiffés, les guirlandes, les flammes dansantes des bougies...

Un sofa rose bonbon garni de coussins en satin blanc.

Janet en robe bleue, une coupe de cristal à la main, papillonnant autour de ses nombreux invités.

Cilla entendait leurs éclats de voix insouciants, le tintement des verres. Elle sentait presque le parfum du sapin.

C'est ainsi que Ford la trouva, perdue dans ses rêves, dans la lumière d'un soir d'été. Elle paraissait si loin, si seule ! Il s'accroupit devant elle. Un instant, elle le regarda d'un air absent avant de revenir à la réalité.

– C'était une fête de Noël, dit-elle, sans doute sa dernière fête de Noël ici. Johnnie est mort quelques mois plus tard. Il y avait de la lumière, de la musique, beaucoup de monde. Du beau monde. Des amuse-gueule et du champagne. Elle a chanté, accompagnée au piano par Lenny Eisner. Elle avait un immense sofa rose vif avec des coussins de satin blanc. C'est Cathy qui me l'a dit. Un canapé rose bonbon, ça devait faire très star. C'est dommage, je ne pourrai pas en mettre un, le rose jurerait avec les murs verts. La maison ne sera jamais aussi élégante qu'elle l'était de son temps, mais j'espère qu'elle lui aurait plu. Tu vas me prendre pour une folle, mais, des fois, avant de faire un choix, je lui demande si elle est d'accord.

– Et ?

En souriant, Cilla appuya son front contre celui de Ford.

– Elle attend de voir le résultat final. Je peux te poser une question ?

– Allons sur la véranda, on sera mieux.

Ils sortirent s'asseoir sur les marches de la galerie. Spock partit batifoler dans le jardin.

– Alors, cette question ?

– Tu as connu le grand-père paternel de Brian ?

– Très peu. J'étais encore gamin quand il est mort. Je me souviens juste que c'était un grand balaise.

– Quel âge avait-il, à peu près, l'année avant la mort de Johnnie ?

– Je ne sais pas… La soixantaine. Pourquoi ?

– Il n'était pas très vieux. Janet avait un faible pour les hommes plus âgés qu'elle. Remarque, elle aimait aussi les jeunes.

– Tu penses que ta grand-mère et le grand-père de Brian… (Ford émit un petit rire.) Ça fait bizarre.

– Pourquoi ?

– Ça fait toujours bizarre d'imaginer des grands-parents au lit.

– Je me demandais s'il ne pouvait pas être l'auteur des lettres.

– Qui ? Mon grand-père ?

– Mais non ! Celui de Brian ! Ça pourrait coller. C'était une personnalité importante, il était marié, il avait une famille.

– Étant donné qu'il est mort depuis un quart de siècle, ce sera difficile à prouver.

– On devrait pouvoir retrouver son écriture quelque part.

– Ouais…

– Si on pouvait se procurer un document écrit de sa main, je le comparerais avec les lettres. On ne dirait rien à personne, bien sûr.

– Mais tu serais fixée.

– Oui, j'aurais les réponses aux questions qui me hantent.

– Et si ce n'est pas la même écriture ?

– Dans ce cas, je continuerai à espérer poser un jour la bonne question à la bonne personne.

– Je vais voir ce que je peux faire.

Ford mit deux jours à élaborer une stratégie. Il ne pouvait pas mentir. Non pas qu'il en fût incapable, mais il mentait beaucoup trop mal. Par conséquent, lorsque la vérité n'était pas bonne à dire, il la présentait à sa façon. Planté à côté de Brian et de Shanna qui déversaient des brouettes de sphaigne derrière une murette, il attendait le moment opportun.

– Au lieu de rester planté là, va chercher une pelle, lui lança son ami.

– Je préfère regarder.

– Je parie que tu mates mes fesses, lui lança Shanna.

– Je ne dis pas le contraire… Qu'est-ce que vous êtes en train de planter ?

Brian se redressa et s'essuya le front de l'avant-bras.

– Tu vois ces pots, là ? Apporte-les-moi, si tu n'as rien de mieux à faire.

– Il est de mauvais poil parce que j'ai pris dix jours de congés, plaisanta Shanna. Je pars voir Steve à Los Angeles.

– Ah ouais ? Tu lui donneras le bonjour de ma part, lui dit Ford en soulevant une azalée.

Quand tous les plants furent en terre, après moult discussions quant à leur disposition, il se permit une petite critique.

– C'est vrai, concéda Shanna. Ce rhodo ira mieux à la place de l'androméda.

– Tu vois, c'est ce que je te disais ! s'exclama Brian. Comme quoi le boss a toujours raison !

– Puisque tu es le boss, tu peux prendre une minute ? lui demanda Ford. Il faut que je te parle d'un truc.

Ils s'éloignèrent de quelques pas.

– Cilla a trouvé des lettres d'un amant de sa grand-mère. Mais que ça reste entre nous, d'accord ?

– O.K., mais je ne vois pas en quoi cela me concerne.

– Ce type était marié. Ils se voyaient en secret. Ils ont rompu avec pertes et fracas peu de temps avant la mort de Janet.

– Ouais, et alors ? Je ne vois toujours pas ce que je viens faire là-dedans.

– Les lettres n'étaient pas signées. Cilla les a découvertes dans le grenier, où elles étaient cachées. Jusqu'à l'accident avec Hennessy, on pensait que les effractions étaient liées à ces lettres.

– Quel âge aurait cet amant mystérieux, aujourd'hui ? Cent ans ?

– Pas nécessairement. Peut-être seulement soixante-dix.

– C'est peut-être bien Hennessy.

– Ça m'étonnerait. Elle était beaucoup trop belle pour lui. Par contre, Janet Hardy connaissait ton grand-père, il était invité à ses soirées. C'était un homme important…

Brian éclata de rire.

– Mon grand-père ? Feu le grand Andrew Morrow trompant sa femme avec une star ?

– C'est du domaine du possible.

– Tu veux rire ! Je ne me souviens pas très bien de lui, mais je sais que c'était quelqu'un de très rigide.

– Justement. Les hommes les plus rigides sont souvent ceux qui vont se faire faire une petite gâterie par leur maîtresse avant de retrouver bobonne et de s'occuper de leurs gosses.

Brian réfléchit un instant en se grattant la tête.

– Tu n'as pas tort, admit-il. Et Dieu sait que Drew ne devait pas rigoler tous les jours, avec ma grand-mère. Toujours en train de rouspéter, cette vieille rombière. L'eau n'était jamais assez mouillée pour elle. Parles-en à ma mère ! Elle lui en a fait voir de toutes les couleurs, jusqu'à sa mort. Ouais… Elle l'aura bien cherché si son mari est allé voir ailleurs.

Ford se garda de mentionner l'éventuelle grossesse de Janet ainsi que la teneur acerbe des dernières lettres. Ce qui n'était pas mentir… ou juste par omission.

– Tu aurais un truc que ton grand-père a écrit ? Une lettre, une carte, n'importe quoi ?

– Moi, non, mais ma mère, sûrement.

– Tu pourrais me dégoter un échantillon de son écriture sans qu'elle le sache ?

– Ça doit être faisable. Elle a gardé tous mes cahiers d'écolier, mes cartes d'anniversaire et ce genre de truc. Ça fait des années qu'elle me serine pour que je les emporte chez moi.

– Super. Merci.

– Eh, bande de pipelettes ! cria Shanna. Vous n'avez pas bientôt fini de papoter ? Tu crois que la terrasse va se faire toute seule, Brian ?

– J'arrive, j'arrive. Qu'est-ce qu'elle peut être pénible, celle-là !

Ford observa un instant la collègue de son ami, la belle Shanna, qui n'avait pas la langue dans sa poche.

– Tu n'as jamais tenté ta chance avec elle ? demanda-t-il à Brian.

– J'ai laissé passer l'opportunité. Maintenant, je la considère comme ma sœur. Mais on a conclu un pacte, tous les deux : si, à quarante ans, on est toujours célibataires, on part une semaine s'envoyer en l'air en Jamaïque.

– Waouh !

– Plus que neuf ans à tirer.

Là-dessus, Brian partit se remettre au travail.

Neuf ans, rêva Ford. Dans neuf ans, il en aurait quarante, lui aussi. L'âge ou jamais de devenir adulte. Le temps filait si vite. En enfonçant les mains dans ses poches, il se dirigea vers la maison. Dans la cuisine, les derniers restes de comptoir avaient été rasés, des tuyaux sortaient du sol et Buddy était en train de découper un trou dans le mur. À l'arrivée de Ford, il se retourna et lui lança :

– Franchement, ça sert à quoi de mettre un robinet au-dessus d'un fourneau ?

– Je n'en sais rien. C'est peut-être au cas où une casserole prendrait feu. Cilla est par là ?

– Montez voir au grenier. Un robinet au-dessus d'une cuisinière ! Vous allez voir que bientôt elle voudra une baignoire dans sa chambre.

– Ça se fait, lança Ford en ressortant de la cuisine.

À l'étage, il jeta un coup d'œil dans chaque pièce. La troisième chambre sentait encore la peinture. Dans celle de Cilla, trois coups de rouleau avaient été donnés sur le plâtre. Apparemment, elle hésitait entre un gris argenté, un gris bleuté et un vieil or. Sous les combles, Cilla et Matt examinaient des échantillons de bois devant la fenêtre.

– Chêne et noyer ? Ouais, pourquoi pas ? disait Matt. Tu sais ce qu'on peut faire ? Eh, Ford !

– Salut.

– Réunion au sommet, décréta Cilla. À l'ordre du jour, placards intégrés.

– Continuez, je vous en prie.

Matt sortit un crayon de sa poche de poitrine. Cilla le suivit jusqu'à une cloison. Ford s'approcha du mur opposé pour examiner les trois échantillons de couleur qui y avaient été appliqués : le même gris argenté que dans la chambre, un jaune gai et chaleureux et un orange qu'il aurait qualifié d'abricot. Puis il ouvrit la porte des toilettes, peintes et carrelées.

Matt et Cilla semblaient être parvenus à un accord.

– Je découperai les étagères dans mon atelier, dit Matt.

– Comment va Josie ?

– Elle a hâte de poser le monstre. La prochaine fois, elle calculera mieux son coup. Être enceinte en plein été, ça a l'air d'être l'enfer.

– Des fleurs, suggéra Ford. Achète-lui des fleurs, ce soir, avant de rentrer. Elle n'aura pas moins chaud, mais ça lui fera plaisir.

– Tu sais que tu n'es pas bête, toi ? Quoi, comme fleurs ? Des roses ?

– Les roses sont adaptées à toutes les circonstances.

– Alors va pour des roses. Par la même occasion, je passerai voir où en est le parquet, Cilla. Allez, à plus.

Lorsque Matt eut disparu dans l'escalier, Ford s'avança vers Cilla et lui souleva le menton pour l'embrasser.

– Gris argenté ici, vieil or dans ta chambre.

Elle inclina la tête.

– Peut-être. Pourquoi ?

– Ça s'accordera mieux avec les salles de bains. Et je trouve que le doré est plus reposant, pour une chambre, l'argent trop froid. Dis-moi, pourquoi Buddy installe-t-il un robinet au-dessus de la cuisinière ?

– Pour remplir les casseroles.

– Ah… D'accord. J'ai parlé à Brian.

– Je ne vois pas ce qu'il y a d'extraordinaire à ça.

– Des lettres. De son grand-père.

Une expression alarmée se peignit sur le visage de Cilla.

– Tu lui as dit que son grand-père avait peut-être enfreint l'un des dix commandements avec ma grand-mère ?

– Je n'ai pas mentionné les dix commandements. Tu voulais un échantillon de l'écriture de son grand-père, non ? Il devrait pouvoir nous en fournir un.

– Tu n'étais pas obligé de tout lui raconter.

– Je ne sais pas mentir. Et même si je savais, je ne mentirais pas à un pote. Il a compris que c'était une confidence. Il ne trahira pas la confiance d'un ami.

Cilla dévisageait Ford avec des yeux incrédules.

– Décidément, vous n'avez pas grandi sur la même planète que moi. Tu es sûr qu'il ne dira rien à son père ? Ce serait très embarrassant.

– Sûr et certain. Il a, par contre, soulevé une hypothèse intéressante. Et si c'était Hennessy, l'auteur de ces lettres ?

– Ce malade mental ? s'écria Cilla.

– S'il a eu une aventure avec la mère du garçon qu'il estime responsable du handicap de son fils, il y a de quoi péter les plombs, non ? À vrai dire, je ne pense pas que ce soit lui, mais on ne sait jamais… Je vais relire les lettres avec cette hypothèse en tête.

– Tu sais quoi ? Si c'était lui, je crois que je préférerais ne pas le savoir. Rien que de l'imaginer avec ma grand-mère… brrr… ça me donne la chair de poule.

En soupirant, Cilla précéda Ford dans l'escalier.

– J'ai téléphoné à la police, aujourd'hui, dit-elle. Il n'y aura pas de procès. Il y a eu négociation entre les parties. Hennessy accepte d'être hospitalisé au moins deux ans dans un service psychiatrique.

– Qu'en penses-tu ?

– Honnêtement, je n'en sais rien. Pour l'instant, je crois que je vais laisser mûrir ça dans un coin de mon cerveau et me concentrer sur le présent.

Elle entra dans sa chambre et étudia les échantillons de couleur.

– Ouais, tu as raison : vieil or ici, argent là-haut.

25

Assise au bar de la cuisine de Ford, Cilla feuilletait des magazines de déco et consultait les sites de vente de meubles en ligne, son occupation favorite le dimanche matin. D'ici à quelques semaines, elle pourrait commencer à meubler la maison. Elle ne parvenait pas à y croire. Bientôt, elle irait chiner chez les antiquaires, au marché aux puces et dans les vide-greniers, à la recherche de lampes, de tapis, de tableaux, de vaisselle, toutes ces petites choses qui apportent de la vie dans une maison.

Rêveuse, elle se tourna vers la fenêtre et contempla Little Farm. Oui, elle en avait fait, du chemin, depuis cette randonnée dans les Blue Ridge Mountains, prétexte à un pèlerinage sur le lieu de villégiature de sa grand-mère, le lieu aussi où son père était né et où il était revenu refaire sa vie. En quelques jours seulement, elle avait compris pourquoi Janet et Gavin aimaient tant cet endroit. Elle aussi, elle était tombée amoureuse des paysages boisés et vallonnés, des montagnes, des petites villes et des gros bourgs ruraux, de leurs maisons et de leurs jardins, des routes et des rivières serpentant à travers champs. Et surtout de cette vieille ferme à l'abandon cachée derrière un mur de pierre.

Le château de la Belle au bois dormant. Peut-être. Néanmoins, dès le premier coup d'œil, elle y avait vu la maison de ses rêves.

À présent, le rêve était devenu réalité.

Elle but une gorgée de café et s'imagina se réveillant dans une chambre aux couleurs d'un crépuscule plein de promesses. Très bientôt, oui, elle vivrait la vie qu'elle avait choisie. Elle en avait fini de suivre des sentiers tracés par des gens qui n'avaient pas la moindre idée de la signification que revêtait pour elle le mot « bonheur ».

Avec un grognement ensommeillé, Ford entra dans la cuisine.

Et elle était tombée amoureuse de son voisin, qui l'observait à travers ses paupières encore lourdes de sommeil, les cheveux en bataille. En boxer bleu et tee-shirt informe à l'effigie de Yoda, n'était-il pas incroyablement craquant ? En bâillant, il se servit une tasse de café, y ajouta du sucre, du lait, puis se cala au comptoir face à Cilla.

– Je hais les matins, bougonna-t-il. Comment tu fais pour avoir l'air si réveillée ?

– Je suis debout depuis trois heures. Il est plus de 10 heures, Ford.

– Tu n'as aucun respect pour le jour du Seigneur.

– C'est vrai. J'ai honte.

– Non, tu n'as même pas honte. Mais tu n'es pas la seule dans ce cas : Vicky Fowley vient de m'appeler sur mon portable et de me tirer d'un rêve érotique où je peignais ton corps avec les doigts. Le vendeur accepte de baisser son prix de cinq mille dollars, ce qui me paraît...

– Non.

– Pfff, souffla Ford avec la mine dépitée d'un enfant à qui l'ont aurait refusé une sucrerie.

– Ça ne fait que dix mille de plus que le prix que tu voulais y mettre, argumenta-t-il.

– Non. Tu me remercieras, plus tard, quand tu auras dix mille dollars supplémentaires à mettre dans les travaux.

– Mais je veux vraiment cette affreuse bicoque, maintenant. Je serais trop déçu qu'elle nous file sous le nez.

– Non. Continuons à tenir bon. Personne d'autre n'a fait d'offre. Le vendeur finira par céder.

– Pas dit. Peut-être qu'il est aussi têtu que toi.

Cilla se renversa en arrière contre le dossier de son tabouret.

– Voici ce qu'on va faire, dit-elle. Si d'ici à deux semaines il n'a toujours pas accepté notre offre tu proposes de couper la poire en deux. Mais pendant encore quatorze jours tu restes sur tes positions.

– O.K. Deux semaines. Il t'arrive de penser à des œufs brouillés ?

– Jamais. Mais je suis en train de penser à quelque chose d'autre, en regardant ce grand canapé moelleux, là. Que se passerait-il si je m'allongeais dessus ?

Langoureusement, elle se laissa glisser au bas de son tabouret et se dirigea vers le canapé d'une démarche chaloupée, en souriant par-dessus son épaule.

– Vais-je m'y allonger toute seule ? Toute seule avec mes désirs inassouvis et mes pensées lascives ?

Ford contourna le comptoir, lui enlaça la taille et s'écroula avec elle sur les coussins. En riant, elle se débattit, se dégagea de sous son poids et s'assit à califourchon sur lui.

Le tee-shirt Yoda vola sur le plancher.

– Dommage qu'on n'ait pas de peinture, murmura Ford en nouant ses bras autour d'elle. Hmm… Tu me manques tellement quand je me réveille et que tu n'es pas à côté de moi.

Elle ôta son caraco blanc, lui prit la tête entre les mains et l'amena à sa poitrine. Un feulement lui échappa lorsque la bouche de Ford se referma sur l'un de ses seins. Impatiente, elle se débarrassa de son short. Ford enleva son boxer. Elle gémit de volupté en sentant son sexe contre son ventre nu. Lentement, elle se frotta contre lui.

– Je t'aime, Cilla, chuchota-t-il en la pénétrant.

Ses cheveux dorés lui balayaient le visage au rythme de ses mouvements ondulants. Il se noyait dans le bleu glacier de ses yeux. Il voguait sur un océan de délices. Sur une mer où les vagues de plaisir grossissaient de seconde en seconde. Jusqu'à ce que la déferlante de l'orgasme leur fasse perdre pied avant de les ramener sur les rivages de la réalité. À bout de souffle, elle nicha son visage au creux de son épaule. Les yeux fermés, il savoura le contact de son corps chaud et souple. Leurs courbes s'épousaient à la perfection.

– Dis-moi, dit-elle soudain en se redressant. Où peut-on se procurer de la peinture pour peindre avec les doigts ?

En souriant, il laissa ses mains descendre paresseusement le long de sa colonne vertébrale.

– J'en trouverai, n'aie crainte.

– Je fournirai de quoi protéger le sol. Et ton canapé, où l'as-tu acheté ?

– Si tu crois que je m'en rappelle ! Dans un magasin de meubles.

– Il a la taille idéale. Je veux le même dans mon salon. Tu viendras le choisir avec moi ? Je n'ai jamais acheté de meubles, je sens que je vais être intimidée.

– Tu n'as jamais acheté de meubles ? Tu n'as pas toujours vécu chez ta mère, pourtant.

– Steve avait déjà un appart' quand on s'est mariés. Ensuite, j'ai habité quelque temps au BHH.

– Au BHH ?

– Le Beverly Hills Hotel. Après, j'ai voyagé pendant quelques mois. Quand je rentrais à Los Angeles, je posais mes valises chez Steve. Et puis je me suis inscrite à la fac, j'ai pris un studio meublé près du campus.

Spock entra dans le séjour, observa un instant le couple enlacé sur le canapé et repartit aussitôt. *Jaloux*, songea Ford.

– Lorsqu'on a retapé la première propriété de Steve, poursuivit Cilla, je campais sur le chantier. C'est devenu une habitude. Ça me permettait de m'imprégner de l'atmosphère des maisons que je rénovais.

Elle a dû se sentir très seule, parfois, pensa Ford. *Comment peut-on vivre sans port d'attache, sans repère, sans un coin familier où se réfugier ?*

– On pourrait transporter mon canapé chez toi, suggéra-t-il, soudain saisi par un violent désir de lui offrir quelque chose. Tu verrais comment il s'inscrit dans l'espace, et tu aurais un siège plus confortable qu'un seau.

– C'est sympa, mais il vaut mieux attendre que les sols soient terminés avant de faire rentrer des meubles, répondit-elle en se levant et en ramassant ses vêtements. Par contre, maintenant que j'ai dit que j'allais organiser une petite réception, il va falloir que j'achète du mobilier de jardin.

– Une petite réception ?

– Je ne t'en ai pas parlé ? J'ai commis l'erreur de dire à Cathy Morrow que j'envisageais d'inviter du monde pour la fête du Travail. Je lui ai bien précisé que rien n'était encore sûr, mais elle s'est empressée de le répéter à Patty et à ta mère, qui m'ont aussitôt téléphoné pour me proposer leur aide. Je suis coincée, maintenant.

– Je parie que ma mère s'est portée volontaire pour préparer des travers de porc marinés.

– Gagné.

– Sa recette est à se damner.

– Je n'en doute pas une seconde. Le problème, c'est qu'il va falloir que je trouve le temps de tout organiser, alors que je dois installer les placards de la cuisine, finir les boiseries, acheter des meubles, et je t'épargne la multitude de choses qu'il me reste à faire.

– Tu achètes un barbecue, de la viande, des boissons, et le tour est joué.

Cilla secoua la tête.

– Ça se voit que tu es un homme.

– Encore heureux. En tout cas, si tu veux mon avis, c'est une très bonne idée de faire une petite fête. Tu vas pouvoir montrer à tes nouveaux amis comment tu as transformé la ferme, partager une journée conviviale avec eux, leur prouver que ta maison est ouverte. C'est pour ça que tu as enlevé les grilles, non ?

– C'est vrai. Quel genre de barbecue faudra-t-il que j'achète ?

– J'irai le choisir avec toi.

D'un geste théâtral, Cilla croisa les mains sur son cœur.

– Voilà ce que toutes les femmes rêvent d'entendre. Bon, je vais m'habiller. Tant que nous serons en ville, j'en profiterai pour acheter de la peinture, faire un saut à la quincaillerie et regarder des luminaires pour la cuisine.

– J'ai gagné ma journée, moi.

En sortant de la pièce, Cilla le gratifia d'un sourire.

– On prendra mon camion.

Ford enfila son boxer mais demeura assis sur le canapé, à penser à ce que Cilla venait de lui confier. Elle lui avait énuméré les lieux où elle avait vécu adulte ; pas une seule fois elle n'avait mentionné le foyer familial. N'était-ce pas révélateur ?

Lui aurait pu décrire dans les moindres détails la maison où il avait grandi : comment le soleil entrait par la fenêtre de sa chambre à telle ou telle heure de la journée ; le lavabo vert de la salle de bains ; le carreau ébréché sur le sol de la cuisine, là où il avait laissé tomber un pichet de jus de pomme.

Il en avait eu gros sur la patate lorsque ses parents avaient vendu la maison, même s'il était déjà parti, même s'ils avaient emménagé seulement quelques kilomètres plus loin. Aujourd'hui encore, il lui arrivait de faire un petit détour nostalgique pour passer devant la maison de son enfance.

Des boiseries restaurées avec amour, des lettres cachées dans un grenier, une vieille grange repeinte en rouge comme autrefois… Elle se forgeait une histoire familiale à travers les vestiges du passé de ses grands-parents. Elle soudait les maillons de la chaîne brisée par ses parents.

Et lui était prêt à tout pour l'aider à se construire une identité, à bâtir son avenir. Même à aller courir les magasins un dimanche après-midi.

– Salut, vieux.

Il n'avait pas entendu arriver Brian, qui prit son tee-shirt et le lui lança à la figure.

– Heureusement que je ne suis pas arrivé cinq minutes plus tôt. J'aurais été gêné d'interrompre vos galipettes.

– Qu'est-ce qui t'amène un dimanche matin ?

Brian ouvrit le réfrigérateur.

– Du Coca light ! s'écria-t-il avec horreur. Ça, c'est un signe que tu es mordu ! Où est Cilla ?

– En haut, elle s'habille. On va aller acheter un barbecue.

– Eh bien, elle t'a joliment mis le grappin dessus. Enfin, je suppose que ça ne me regarde pas. Je suis passé chez ma mère, hier. J'ai récupéré mes vieilles reliques.

Brian jeta une enveloppe sur le comptoir.

– Tiens, je t'ai trouvé la carte de félicitations que mon grand-père a envoyée à ma mère pour ma naissance.

– Merci, t'es un pote.

– Tu me diras si c'est la même écriture que les lettres ? Tu as piqué ma curiosité.

Ford se leva et examina l'enveloppe. Le nom de Cathy y était inscrit d'un trait net et appuyé.

– Je ne te dérange pas plus longtemps, dit Brian en se baissant pour caresser Spock, qui frétillait à ses pieds. Shanna m'attend. Je l'emmène à l'aéroport. Tu diras à Cilla que j'en profiterai pour jeter un coup d'œil à la maison qu'elle veut acheter.

– O.K. Encore merci, Brian.

– Au fait, la carte s'appelle « reviens ». J'y tiens.

– Ne t'inquiète pas, je te la rendrai rapidement.

Dans la chambre, Cilla était en train de s'attacher les cheveux.

– Je suis prête. Pendant que tu te prépares, je vais faire un saut chez moi.

– Brian vient de passer. Il nous a apporté ça.

Ford brandit l'enveloppe.

– Je ne pensais pas qu'il ferait aussi vite. Nous allons peut-être enfin éclaircir le mystère. Ça me rend un peu nerveuse.

– Tu veux que je compare pendant que tu vas chez toi ?

– Tu me prends pour une dégonflée ? rétorqua Cilla.

– Pas du tout.

– Eh bien, allons-y.

– Les lettres sont dans mon bureau.

Cilla suivit Ford dans son atelier et le regarda déloger la boîte d'une étagère.

– Ce n'est pas un hasard si elle a choisi *Gatsby*, dit-elle. Elle devait s'identifier à ce jeune millionnaire romantique qui vivait dans l'opulence et donnait des fêtes éblouissantes, rongé par l'ennui et une passion chimérique qui l'a conduite à une fin tragique. Elle était si malheureuse… J'ai encore rêvé d'elle, il y a quelques jours. Nous étions au cimetière de Forest Lawn où ils sont enterrés tous les deux, Janet et Johnnie. Je n'y suis allée qu'une seule fois. Leur tombe était couverte de fleurs. Ça m'a rendue triste, toutes ces fleurs en train de se flétrir au soleil.

– Celles que tu as plantées ici refleuriront chaque année.

– C'est ma façon de lui rendre hommage. J'espère qu'elle y est sensible.

Cilla ouvrit la boîte et en retira la liasse de lettres. Ford sortit la carte de l'enveloppe, une carte très sobre, couleur crème, embossée des initiales d'Andrew Morrow.

Chère Cathy,
Félicitations pour la naissance de Brian Andrew. Une nouvelle génération de Morrow est née avec votre fils. J'espère que ces quelques roses vous feront plaisir. Elles ne sont qu'un modeste gage de mon immense fierté.
Affectueusement,

Drew

Cilla approcha l'une des lettres de la carte.

Ma chérie, mon amour,
Il n'existe pas de mots pour exprimer ma tristesse, l'immense chagrin que j'éprouve pour toi. J'aimerais pouvoir te serrer dans mes bras, te réconforter autrement que par ces quelques lignes. Sache que je suis de tout cœur avec toi, à chaque instant.
C'est une épreuve injuste pour une mère que de perdre son fils. Elle doit être encore plus dure pour toi, qui dois afficher ta douleur en public.

Je sais que tu aimais Johnnie par-dessus tout. Son existence aura malheureusement été brève mais comblée chaque jour d'un amour sans bornes. Dans ta souffrance, c'est en cela que tu dois essayer de puiser le réconfort.
Bien à toi

— Drôle de coïncidence, murmura Cilla. Des félicitations pour la naissance d'un fils, des condoléances pour la mort d'un autre. Les deux lettres sont gentilles mais distantes, tu ne trouves pas ? Dans de pareilles occasions, on aurait pu s'attendre à des débordements d'émotion. Or il se contente de quelques mots soigneusement choisis. Le ton est un peu froid, il me semble. En tout cas, les deux lettres sont rédigées dans le même style.

— Et c'est la même écriture. Enfin… pas tout à fait. Les *s* sont différents.

— Mais les *t* sont identiques, les *f* aussi. Les deux écritures se ressemblent beaucoup.

— Ouais, mais regarde ce *J* majuscule et celui-ci… Ils ne sont pas calligraphiés de la même manière. Les deux lettres peuvent avoir été écrites par la même personne, mais peut-être pas. Il faudrait les montrer à un graphologue. Qu'en penses-tu ?

— Je ne sais pas.

— Brian est né quelques années avant la mort de Johnnie. L'écriture change. Si on lui demandait d'essayer de nous trouver un document plus récent ?

Cilla replia la lettre et la glissa dans son enveloppe.

— Pour l'instant, laissons tomber, dit-elle. Une chose est sûre, en tout cas, c'est que ce n'est pas Hennessy qui a écrit ces lettres. Même s'il a été un jour fou amoureux de Janet, il n'aurait pas été si compatissant juste après l'accident, quand son fils devait être à l'hôpital.

— Exact.

— On peut donc le rayer de la liste des amants potentiels.

Ford referma la boîte et la remit sur l'étagère.

— On va acheter ce barbecue, alors ?

— Va t'habiller. Je t'attends.

Cilla travaillait devant la grange lorsque Stan, le carreleur, arriva comme une furie.

– Vous vous prenez pour qui ? aboya-t-il. C'est une façon de traiter les gens ?

Une veine palpitait à son front. Une lueur assassine enflammait son regard.

– Il y a un problème, Stan ? bredouilla-t-elle. Je ne vous attendais pas avant jeudi.

– Vous vous croyez supérieure à nous parce que vous avez du pognon et que vous passez à la télé ?

– Que se passe-t-il, Stan ? Je ne comprends pas.

– Quel culot ! tonna-t-il en l'acculant contre le mur de la grange. Vous n'êtes pas contente de mon travail ? Ce n'est pas ma femme qu'il fallait engueuler comme du poisson pourri ! Maintenant, on va s'expliquer entre quat'z'yeux !

– Je n'ai jamais rien dit à votre épouse, Stan. Je ne la connais même pas.

– Vous insinuez que c'est une menteuse ?

– Je n'insinue rien du tout. Je ne l'ai jamais vue, je ne lui ai jamais adressé la parole.

– Vous l'avez fait pleurer ! Une chance pour vous que je n'aie pas voulu la laisser toute seule, dans l'état où elle était, ou je venais tout casser hier soir ! Elle fait de l'hypertension. Elle est montée à dix-neuf parce que vous lui avez dit que j'avais fait un boulot de cochon !

Alarmée, Cilla s'écarta de quelques pas.

– Je n'ai absolument rien à redire sur votre travail, Stan, et je vous répète que je n'ai jamais parlé à votre femme. Si je n'étais pas satisfaite de vous, croyez-vous que je vous aurais demandé de carreler la cuisine ?

– Alors pourquoi lui avez-vous téléphoné ?

– Je vous assure que je n'ai jamais téléphoné chez vous. À quelle heure suis-je censée avoir appelé ?

– Vers 10 heures, hier soir, vous le savez très bien. Je suis rentré à 22 h 30. Ma femme tremblait comme une feuille, elle était au bord de la syncope. Il ne lui faut pas d'émotions, et vous lui avez hurlé dans les oreilles comme une dingue !

– Primo, m'avez-vous déjà entendue hurler comme une dingue, Stan ? On se connaît depuis quelques mois, maintenant. Vous devriez savoir que ce n'est pas mon genre. Deuxio, j'ai passé la soirée chez Ford. À 22 heures, je somnolais devant la télé. Demandez-lui si vous ne me croyez pas.

Le visage de Stan se décrispa un peu. Il semblait perplexe, tout à coup.

— Kay m'a pourtant dit que vous l'aviez traitée de gourde. Que vous lui aviez hurlé que j'étais incompétent et que vous ne me feriez pas de la bonne pub, que vous vouliez même m'intenter un procès pour le tort que je vous avais causé.

— Pas plus tard que la semaine dernière, je vous ai recommandé à ma belle-mère.

— Kay n'a tout de même pas inventé…

Stan avait retrouvé son calme, à présent, au grand soulagement de Cilla.

— Je ne sais pas qui elle a eu au bout du fil, mais elle était si retournée, quand je suis rentré du match, qu'il m'a fallu près d'une heure pour la calmer. J'ai dû lui donner un Tylenol pour qu'elle s'endorme.

— Je suis désolée que quelqu'un se soit fait passer pour moi pour importuner votre épouse. Je ne comprends pas. C'est la deuxième fois qu'il se produit un malentendu de ce genre. Au magasin de bricolage, on m'a affirmé que j'avais modifié une commande par téléphone, ce qui n'était absolument pas le cas. Sur le coup, j'ai pensé qu'il s'agissait d'une erreur, que deux dossiers avaient été mélangés par inadvertance. Je me demande maintenant si quelqu'un ne fait pas cela pour me causer du tort.

Mme Hennessy… Cilla ne voyait pas qui d'autre aurait pu chercher à lui nuire. Elle se garda toutefois de mentionner son nom.

— Je vais aller expliquer à Kay que ce n'était pas vous.

— O.K. Vous êtes toujours disponible, jeudi ?

— Bien sûr. Si jamais vous avez besoin de me joindre, présentez-vous de façon qu'on soit sûr que c'est bien vous.

Le cauchemar n'était donc pas terminé, pensa amèrement Cilla en regardant le carreleur remonter dans sa camionnette. Combien de temps encore devrait-elle payer pour des fautes qu'elle n'avait pas commises ?

26

– C'est un travail de pro, dit Cilla à son père en admirant les murs dorés de sa chambre.

– Merci.

– Tu auras peint presque toute la maison. Tu m'as fait gagner plusieurs semaines. Je ne sais pas comment te remercier.

– Ça me fait plaisir de contribuer à la transformation de Little Farm. Et je suis heureux de passer l'été avec toi.

Cilla ne savait que dire. Pendant un instant, elle se contenta de regarder son père en souriant. Puis elle fit quelque chose qu'elle n'avait jamais fait auparavant, elle s'approcha et l'embrassa chaleureusement.

– Moi aussi, je suis heureuse, murmura-t-elle.

Il la serra contre lui.

– Tu te rappelles la première fois que je suis venu te voir ici ? Tu nettoyais la cuisine, et on a partagé ton casse-croûte sur la véranda.

– Bien sûr que je m'en souviens.

– Nous étions si gênés, l'un et l'autre. Je suis reparti en me disant que nous n'arriverions jamais à communiquer normalement, comme un père et une fille. Je ne croyais pas non plus que tu allais restaurer Little Farm.

Gavin s'écarta de sa fille.

– Je suis si fier de toi, ajouta-t-il, les yeux humides.

– Tu me l'as déjà dit, répondit-elle, elle-même au bord des larmes. Quand tu es venu voir mon spectacle, à Washington. Et la fois où tu as assisté au tournage d'un épisode de *Notre famille*. Mais c'est la première fois que j'y crois. Nous apprenons à nous connaître, petit à petit, grâce aux travaux de peinture.

– Pourquoi nous arrêter là ? Il reste encore l'extérieur à repeindre. Après, nous nous connaîtrons encore mieux.

– Tu ne peux pas ravaler les façades.

– Pourquoi pas ?

– Il faudrait des échafaudages.

– Et alors ? Ça se loue. J'ai un excellent sens de l'équilibre.

– En plein mois d'août, ce serait de la folie. Il fait une chaleur d'enfer.

– Ça ne m'effraie pas.

– Tu ne peux pas faire ça tout seul.

– C'est vrai, j'aurai besoin d'aide. Tu as pensé à une couleur ?

Cilla était une obstinée. Elle savait à présent de qui elle tenait ce trait de caractère.

– Il va falloir d'abord gratter la vieille peinture.

– Bagatelle. Viens, allons jeter un coup d'œil. Tu veux que la maison soit finie pour la fête du Travail ou pas ?

– Pour la fête du Travail ? Tu rigoles ! Le chantier ne sera pas terminé avant fin septembre. D'ici là, espérons qu'il fera un peu plus frais. Les gars qui ont repeint la grange…

– Je me ferai une joie de travailler avec eux.

À court d'arguments, elle mit les mains sur les hanches.

– Écoute, je veux bien que tu peignes les volets et les galeries, mais il est hors de question que tu grimpes sur une échelle ou un échafaudage.

En souriant, Gavin lui passa un bras autour des épaules, comme il le faisait avec Angie, et l'entraîna vers l'escalier.

En bas, elle lui montra la peinture bleue qu'elle avait achetée pour l'extérieur.

– Je pensais peindre les volets et les vérandas en blanc, dit-elle. Ou en crème. Ou en jaune. Ce serait peut-être plus gai. À moins que je ne prenne un bleu plus clair. Comme cette maison était aussi un peu la tienne, je te laisse décider.

– Dans ce cas, je vote pour une autre teinte de bleu.

– Parfait. Quand je fermerai les volets, je penserai à toi, au petit garçon qui courait après les poulets de son grand-père.

Lorsque Ford arriva, en fin de journée, il trouva Gavin sur la véranda, en train de décaper un volet.

– Comment allez-vous, monsieur McGowan ?

– On ne peut mieux. Cilla est à l'intérieur.

– Je viens d'acheter une maison.

– Ah bon ? dit Gavin en fronçant les sourcils. Vous déménagez ?

– Pas du tout. Je suis l'heureux propriétaire de ce taudis que Cilla s'est mis en tête de retaper. Le vendeur vient d'accepter mon offre. Je ne sais pas pourquoi, mais je me sens tout chose. J'avais déjà un crédit, je vais me retrouver criblé de dettes. Excusez-moi, je crois qu'il faut que je m'assoie cinq minutes.

– Prenez ce racloir et donnez-moi un coup de main, ça vous calmera les nerfs.

Ford observa l'objet d'un air sceptique.

– Pour le bien de l'humanité, il vaut mieux que j'évite de toucher ce genre d'outil.

– Ce n'est qu'un racloir, pas une tronçonneuse. Vous raclez bien le pare-brise de votre voiture, en hiver, non ?

– Quand je n'ai pas le choix. Sinon, j'attends chez moi que ça dégèle. Quand je pense que je vais avoir deux prêts à rembourser et bientôt quarante piges…

– On vient de faire un grand bond dans le temps ! Vous avez à peine trente ans, Ford.

– Trente et un. Et j'ai l'impression d'être sorti hier des beaux-arts. À ce rythme, j'aurai quarante barreaux demain.

Gavin se remit au travail. Ford prit le racloir et s'efforça de l'imiter.

– Eh oui, plus on vieillit, plus les années passent vite, soupira Gavin.

– C'est effrayant, non ? On croit avoir le temps, et, un beau jour, on se rend compte qu'il ne nous en reste plus tant que ça. Aïe !

Ford se léchait les jointures quand Cilla apparut sur le seuil de la porte.

– Qu'est-ce que tu fais ? lui lança-t-elle.

– Je me râpe les doigts et je philosophe avec ton père.

– Montre-moi ta main… C'est bon, tu survivras.

– Je n'ai pas le choix. Je vais bientôt avoir deux crédits à rembourser.

– Ça y est ? Ils ont accepté ton offre ?

– Ouais, j'ai rendez-vous demain à la banque pour signer les papiers. Je sens que je vais hyperventiler.

– Tu flippes ? lui demanda-t-elle en lui serrant les doigts.

– Ouille ! Très franchement, je me demande si je ne suis pas en train de faire une grosse bêtise. Tu sais que l'odorat est le plus puissant des cinq sens ? J'ai encore des flashes olfactifs de ce trou à rats.

Cilla lui prit le racloir des mains.

– Pose ça. Tu vas finir par te faire vraiment mal. Et viens avec moi une minute.

Avec un clin d'œil à l'attention de son père, elle l'entraîna dans la maison.

– Tu te souviens comment était la cuisine la première fois que tu l'as vue ?

– Ouais.

– Moche, sale, les sols endommagés, les murs lézardés, des ampoules nues. Tu as cette image en tête ?

– Je l'ai.

– Ferme les yeux.

– Cilla…

– Sérieux, ferme les yeux et garde bien cette image à l'esprit.

Ford secoua la tête mais se plia docilement aux désirs de Cilla.

– Maintenant, ouvre-les et dis-moi ce que tu vois. Ne réfléchis pas, n'analyse pas, ne porte pas de jugement, décris-moi juste ce que tu vois.

– Une pièce spacieuse, vide. Beaucoup de lumière. Des murs de la couleur du pain légèrement grillé. Par terre, de grandes dalles dans les tons miel et crème, avec des tuyaux qui sortent entre les carreaux. Des grandes fenêtres, sans boiseries, qui donnent sur un patio où il y a un parasol bleu, des rosiers. Plus loin, un jardin verdoyant. Encore plus loin, les montagnes, le ciel. Je vois la vision de Cilla.

Il fit un pas en avant.

– Non, lui intima-t-elle en le retenant par le bras. Ne marche pas sur le carrelage. Le mastic n'est pas encore sec, Stan vient juste de terminer. Ce que je voulais te montrer, c'est qu'avec de la volonté et du travail on peut transformer un lieu à l'abandon en une maison confortable. Quand nous aurons rénové le « trou à rats », comme tu dis, nous aurons obtenu quelque chose dont nous pourrons tous les deux être fiers.

Il se tourna vers elle et l'embrassa sur le front.

– O.K., je te fais confiance. Je peux retourner aider ton père à décaper, maintenant ?

Elle ressortit avec lui et s'étonna de le voir saluer son père d'un geste de la main avant de s'engager dans l'allée.

– Où va-t-il ? Il a dit qu'il allait continuer à décaper…

Tandis qu'elle rentrait dans la maison en secouant la tête, Gavin se sourit à lui-même, heureux de savoir que sa fille avait trouvé sa place, sa voie, et un homme qui l'aimait. Heureux aussi de savoir qu'elle était hors de portée de l'homme qui lui voulait du mal.

Une surprise désagréable attendait Cilla le lendemain matin. Ses quatre pneus avaient été crevés dans la nuit. Et, près de la voiture, une poupée Katie gisait face contre terre dans le gravier, un couteau de cuisine planté dans le dos.

— Tu aurais dû venir me chercher tout de suite, la sermonna Ford une heure plus tard. Imagine qu'il – ou elle – ait encore été là…

— La police est arrivée en moins d'un quart d'heure. Ils connaissent le chemin, maintenant. À quoi ça aurait servi que je te réveille ?

Ford marchait nerveusement de long en large au pied des marches de la véranda, où Cilla était assise.

— Tu me considères comme un bon à rien, c'est ça ? Parce que je ne sais pas me servir d'une scie égoïne ?

— Ce n'est pas ce que j'ai voulu dire, tu le sais très bien.

— Cool, Ford, ne t'énerve pas, intervint Matt en s'avançant vers eux.

— Facile à dire. C'est la deuxième fois qu'on la menace explicitement de mort avec ces poupées mutilées, et elle reste là, toute seule, à attendre les flics ! Ne me dis pas que c'est intelligent !

— Tu as raison, mais calme-toi. C'est vrai, il a raison, dit Matt à Cilla. Ce n'était pas malin de rester ici toute seule.

— Toi, personne ne t'a demandé d'aller réveiller Ford pour qu'il me fasse la morale ! s'emporta-t-elle. Je ne suis pas complètement stupide ! Si j'avais eu peur qu'un psychopathe me saute dessus, évidemment que je serais retournée chez Ford en courant ! J'en ai ras-le-bol de ces provocations ! tonna-t-elle en se levant. Ras-le-bol ! Si on me cherche, on va finir par me trouver ! Si j'étais tombée sur ce taré, c'est moi qui lui aurais tranché la gorge !

— Ce qui n'aurait pas été très judicieux, remarqua Ford.

Elle s'apprêtait à riposter mais referma la bouche et se rassit. Il s'assit à côté d'elle. Matt disparut dans la maison.

— Je m'en fiche que tu ne saches pas te servir d'une scie, marmonna-t-elle.

— Je sais, Cilla.

– C'est vrai, j'aurais peut-être dû venir te chercher, admit-elle en posant la tête sur son épaule. Mais j'étais tellement hors de moi que je n'y ai pas pensé. Tu crois que c'est Mme Hennessy qui a fait ça ? Tu crois qu'elle m'en veut parce que son mari va être interné pendant deux ans dans un hôpital psychiatrique ? Tu crois qu'elle est aussi dérangée que lui ?

– Hennessy est responsable de l'accident de voiture, c'est certain. Mais rien ne prouve que c'est lui qui a bousillé tes salles de bains, graffité ton mur et ta camionnette, essayé de t'intimider avec ces poupées…

– Ce qui voudrait dire qu'il y aurait deux personnes qui s'emploient à faire de ma vie un enfer ? Qui aurait intérêt à me faire fuir d'ici ? Quelqu'un qui sait que je suis en possession des lettres ? Supposons que ce soit Andrew Morrow qui les ait écrites. Quelqu'un chercherait à protéger son honneur ?

– Vraisemblablement, ce n'est pas lui. J'ai fait analyser des copies de la carte et d'une lettre par un graphologue.

– Quoi ? s'écria Cilla en se redressant. Quand ?

– Le lendemain du jour où Brian nous a apporté la carte. Désolé d'avoir pris cette initiative sans t'en parler, mais il fallait qu'on soit fixés.

– Tu es complètement inconscient, Ford. Si ça arrive aux oreilles de la presse…

– Aucun risque. Je n'ai envoyé qu'une seule lettre à un graphologue de New York pour qui le nom d'Andrew Morrow ne signifie absolument rien. Et j'ai pris soin d'en choisir une où il est impossible de deviner qu'elle est adressée à Janet Hardy. J'ai été prudent.

– Bon.

– Le type en a conclu que la lettre et la carte n'étaient pas de la même main. Il a toutefois émis quelques réserves parce que je n'avais pu lui fournir que des photocopies et que les deux documents ont été écrits à quelques années d'intervalle. Il m'a dit que les deux écritures présentaient des ressemblances, qu'il était possible qu'elles appartiennent à deux personnes ayant appris à écrire avec le même instituteur.

– L'amant de Janet aurait donc peut-être fréquenté la même école que le grand-père de Brian. Voilà qui réduirait considérablement notre champ d'investigation.

– J'en toucherai un mot à mon grand-père. Andrew aurait à peu près le même âge que lui.

– Bonne idée ! Quand tu cherches des réponses, il faut poser des questions.

Charlie tondait la pelouse lorsque Ford se gara devant le petit pavillon de ses grands-parents. En apercevant son petit-fils, il arrêta sa tondeuse.

– Je ne m'attendais pas à ta visite, dit-il en l'embrassant puis en serrant la patte de Spock.

– Tu ne trouves pas qu'il fait un peu trop chaud pour jardiner, papy ?

– Tu as raison, j'aurais dû me lever plus tôt.

– Je croyais que c'était un gamin du quartier qui tondait ta pelouse.

– J'aime bien le faire moi-même, de temps en temps. Je suis encore vaillant, tu sais.

– C'est sûr, mais tu n'es pas obligé de passer la tondeuse par plus de trente degrés. Je vais finir. Pendant ce temps, si tu servais une gamelle d'eau fraîche à Spock ? Regarde-le, le pauvre, il tire une langue jusque par terre.

Comme Ford s'y attendait, le vieil homme se laissa attendrir par le chien pantelant.

– D'accord. Tu remettras la tondeuse au garage quand tu auras terminé. Fais bien attention aux rosiers.

Il fallut moins de vingt minutes à Ford pour ratiboiser le gazon du jardinet, sous l'œil de faucon de son grand-père, qui le surveillait, accoudé à une fenêtre ouverte, ce qui signifiait que la climatisation n'était pas en marche.

Lorsqu'il le rejoignit dans la maison, il suait à grosses gouttes.

– On est au mois d'août, papy.

– Je sais, je ne suis pas sénile.

– L'air conditionné n'est pas un outil de Satan.

– Bah, il ne fait pas si chaud que ça.

– Tu trouves ? Mes organes internes bouillonnent.

– Il y a un peu d'air qui vient de dehors.

– De l'air chaud.

Ford s'assit à la table de la cuisine et but d'un trait le grand verre de thé glacé que Charlie lui avait servi. Spock ronflait sous une chaise.

– Où est mamie ?

– Avec ta tante, à la réunion du club littéraire de la librairie de ta mère.

– Si elle était là, elle m'aurait offert des cookies.

En riant, Charlie ouvrit une boîte en fer-blanc et disposa un assortiment de biscuits sur une assiette.

– Merci, papy. J'ai acheté une maison.

– Tu en as déjà une.

– C'est un investissement. Cilla va la restaurer, et je la revendrai pour m'enrichir. Ou bien je me retrouverai sur la paille et je viendrai vous demander le gîte et le couvert.

– Ça m'étonnerait, il paraît qu'elle a accompli un miracle à Little Farm. J'ai hâte de voir ça. Ta grand-mère s'est déjà acheté une robe pour la soirée… Ça va faire bizarre de retourner à une réception, là-bas, après toutes ces années.

Parfaite ouverture. Ford se frotta les mains intérieurement.

– Elle a invité pas mal de gens qui ont connu la ferme du temps de Janet Hardy. Maman et Papa, les parents de Brian… Tu connaissais le grand-père de Brian, n'est-ce pas.

– Qui ne connaissait pas le grand Andrew Morrow ?

– Vous étiez amis ?

– Pas vraiment. Il avait six ou sept ans de plus que moi.

– Tu n'es pas allé à l'école avec lui ?

– Il n'y avait qu'une seule école, à l'époque, mais nous n'avons jamais été dans la même classe. Andrew était un élève brillant. Et un beau parleur, déjà quand il était môme. C'est grâce à ça qu'il a fait fortune dans l'immobilier. Quand il s'agissait de se faire prêter de l'argent, il embobinait n'importe qui. Cela dit, beaucoup se sont aussi rempli les poches grâce à lui. Il achetait du terrain, il construisait, il revendait, des maisons, des commerces, des bureaux. En fait, c'est lui qui a construit tout le village, et puis il en est devenu le maire. On disait qu'un jour il serait gouverneur de Virginie. Mais il ne s'est jamais présenté. Il paraît qu'il avait trempé dans quelques magouilles.

– Avec qui était-il copain quand vous étiez jeunes ?

Charlie énuméra plusieurs noms inconnus à Ford.

– Certains sont morts à la guerre, précisa-t-il. Il était aussi ami avec Hennessy, celui qui est maintenant à l'asile de fous.

– Ah bon ?

– Oui, il a fricoté avec sa sœur Margie pendant quelque temps, et puis il l'a quittée pour se marier avec Jane Drake, une fille issue d'une vieille famille bourgeoise, un beau parti.

– Je me souviens un peu d'elle. Qu'est-ce qu'elle avait l'air revêche !

– Elle n'était pas drôle, c'est vrai. Et Andrew ne se gênait pas pour aller voir ailleurs.

– C'est peut-être par peur du scandale qu'il n'a pas osé poursuivre sa carrière politique, suggéra Ford.

– N'empêche qu'il était populaire. Grâce à lui, personne n'était au chômage, dans la vallée. Beaucoup d'artisans se sont mis à leur compte parce qu'ils savaient qu'il aurait toujours du boulot à leur donner. C'est le cas de Buddy et de son père, tiens, par exemple. Buddy travaille chez Cilla, n'est-ce pas ?

– Exact.

– C'est eux qui avaient déjà refait la plomberie quand Janet Hardy a acheté la ferme. Buddy avait encore tous ses cheveux à l'époque. Il devait avoir à peu près ton âge.

Avant que la conversation dévie, Ford se hâta de la ramener sur les rails.

– S'il n'y avait qu'une seule école, tous les gamins de ta génération ont dû avoir les mêmes instituteurs. Comme Alice et moi, par exemple, on a tous les deux eu Mme Yates en cours primaire. Le grand frère de Matt et la petite sœur de Brian aussi. Quelle vieille chouette, celle-là ! Elle était toujours dans mon dos à me dire que j'écrivais comme un cochon. Elle serait sciée de savoir ce que je fais aujourd'hui. Qui t'a appris à écrire, papy ?

– Ouh là ! C'est que ça remonte à loin ! C'est ma mère qui a commencé à m'apprendre. Tous les soirs, on s'asseyait à la table de la cuisine ; elle traçait des lettres au crayon à papier et je les repassais. J'étais fier comme un pou de savoir écrire mon nom en entrant à l'école élémentaire. Mais la maîtresse m'a vite rabattu le clapet. Mme Macey, qu'elle s'appelait. Elle me tapait sur les doigts et me faisait rester après la classe pour que je copie l'alphabet au tableau, parce que je ne formais pas mes lettres comme elle nous l'apprenait.

– Combien de temps a-t-elle enseigné ?

– Elle était à l'école des années avant moi, et elle y est restée des années après. Quand j'avais six ans, j'avais l'impression qu'elle était aussi vieille que les montagnes, alors qu'elle ne devait avoir qu'une quarantaine d'années. Je n'ai jamais eu d'institutrice aussi sévère.

– Elle a réussi à te faire écrire comme elle voulait ?

– Jamais ! répondit Charlie en croquant un palet au citron.

– La génération de nos grands-parents a appris à écrire avec Mme Macey, dit Ford à Cilla, sous le parasol bleu, en sirotant une bière. Andrew Morrow était copain avec Hennessy, tout au moins avant qu'il plaque sa sœur pour cette snobinarde de Jane. Il a aidé pas mal d'artisans à se mettre à leur compte et a eu des aventures extraconjugales. Il avait des relations haut placées et a certainement pistonné quelques-uns de ses amis à de bons postes.

– Me voilà rassurée. Il n'y a donc pas qu'à Hollywood que de telles choses se pratiquent. Tu dis que Buddy a travaillé ici quand il était jeune ?

– Je vois mal Janet tomber amoureuse de lui, si c'est là que tu veux en venir. Et j'imagine encore moins Buddy écrire des phrases du genre : « Je place mon cœur et mon âme entre tes mains délicates. »

– Je ne sais pas si nous parviendrons un jour à savoir qui était cet amant mystérieux.

– Au fait, j'ai vu que la maison des Hennessy était à vendre. Tous les volets étaient fermés. Il y avait une pancarte d'une agence immobilière devant le portail.

– Où est passée Mme Hennessy ?

– Je ne peux pas te le dire.

– Peut-être qu'elle a crevé mes pneus en guise de cadeau d'adieu.

27

Avec un entrain joyeux, Cilla fixait le premier placard de la cuisine.

– Nickel ! commenta Matt avec un hochement de tête approbateur.

– Attends que les portes soient montées. Ce sont des petits bijoux. Ce type est un artiste.

Cilla posa son niveau sur le dessus du placard et rectifia quelque peu sa position.

– Le fourneau et le réfrigérateur arrivent bientôt ?

– Pas avant trois ou quatre semaines, si ce n'est pas six.

– Ta cuisine va être magnifique, quoi qu'en dise Buddy. Excuse-moi.

Matt sortit son téléphone de son étui de ceinture.

– Oui, chérie. Quoi ? Quand ?

À l'urgence qui perçait dans sa voix, Cilla devina tout de suite de quoi il retournait.

– Oui, oui, O.K., j'arrive. Josie a perdu les eaux, dit-il en refermant son portable. Je fonce à l'hôpital.

Cilla descendit de son escabeau. Il la souleva de terre et la fit tournoyer dans les airs.

– Eh bien, c'est comme ça que vous bossez ? lança Angie en entrant dans la pièce.

Matt lui sourit d'un air béat.

– Josie va accoucher.

– Oh ! Qu'est-ce que tu fabriques ici, alors ?

– Je file, répondit-il en reposant Cilla. Passe un coup de fil à Ford, tu veux bien ? Il transmettra la nouvelle. Désolé de te laisser finir seule.

Il fit un geste en direction des placards.

– Ne t'en fais pas pour moi, le rassura Cilla en le poussant vers la porte. Vas-y vite !

– Dans quelques heures, je serai Papa d'une petite fille ! chantonna-t-il en sortant et en embrassant Angie au passage.

– Je vais prévenir Suzanna, la sœur cadette de Josie, dit celle-ci. C'est ma meilleure amie. Ta cuisine commence à ressembler à une cuisine, dis donc !

– Tout doucement, oui. Va faire un tour dans les autres pièces, si tu veux. Je vais appeler Ford.

Tandis que Cilla était au téléphone, Angie examina chaque recoin de la cuisine, puis la buanderie.

– Les hommes sont bizarres, tout de même, lui dit Cilla en raccrochant. Tu sais ce qu'il m'a dit : « Ah, c'est cool. À plus. »

– Il est économe de ses mots.

– Pas d'ordinaire.

– En tout cas, bravo pour ta cuisine. Elle va être fabuleuse. Je suis épatée. Comment tu sais où tu dois fixer tous ces placards ?

– J'ai un schéma.

– Ouais, mais c'est toi qui l'as fait, ce schéma. Au début des vacances, j'ai voulu changer les meubles de place dans ma chambre. Je me suis pris la tête pendant une journée pour savoir où je mettrais l'armoire si je déplaçais le lit de l'autre côté. Finalement, j'ai renoncé.

– Je n'ai pas été fichue de suivre des études universitaires pendant plus d'un semestre. Et je serais incapable de donner des cours, alors que toi tu seras bientôt prof. Chacun son truc.

– C'est vrai, admit Angie.

Elle effectua un salut militaire.

– Le soldat McGowan est prêt à prendre son service.

– Hein ? fit Cilla en la dévisageant avec des yeux ronds.

– Je suis venue peindre.

– Tu n'es pas obligée de…

– Obligée, non, mais ça me fait plaisir. Regarde, je me suis mise en tenue, dit-elle en tiraillant la jambe de son grand pantalon blanc de peintre.

– Profite de tes vacances pour t'amuser.

Le visage d'Angie devint soudain sérieux.

– Me considéreras-tu un jour comme ta sœur ?

– Je… Oui, bien sûr… Nous sommes sœurs, bredouilla Cilla en triturant nerveusement son niveau.

– Dans ce cas, montre-moi ce que je dois faire. Ou je dis à Papa que tu as été méchante avec moi.

– Tu sais que tu tiens drôlement de lui, dit Cilla en riant.

– Je n'ai hérité que de ses qualités. Alors que toi…

– La peinture est dans la grange, suis-moi, l'interrompit Cilla en ouvrant la porte. Alors que moi je suis dégoûtée que ma sœur soit plus jeune que moi et roulée comme une pom-pom girl.

– Et moi, je suis jalouse des jambes interminables de ma grande sœur et de ses super-beaux cheveux longs. Mais j'ai de plus jolies fesses.

– Ça m'étonnerait qu'elles soient plus fermes que les miennes !

– C'est vrai que les tiennes ne sont pas mal non plus. Tu étais fière de les montrer, hein, dans *Terreur sur le lac* ?

– Je n'ai pas montré mes fesses une seule seconde dans ce film ! J'étais toujours en bikini. Oh, mon Dieu !

Angie suivit le regard de Cilla et étouffa un petit cri en découvrant leur père, perché sur un échafaudage, en train de gratter la peinture de la façade à hauteur du grenier.

– Papa ! Descends de là ! crièrent-elles à l'unisson.

Gavin jeta un coup d'œil par-dessus son épaule et leur adressa un signe de la main.

– Je lui avais dit que je ne voulais pas qu'il grimpe sur un échafaudage ou une échelle.

– Il n'écoute pas ce qu'on lui dit, surtout quand il a une idée en tête. Il fait semblant d'écouter, mais il fait ce qu'il veut. Ce n'est pas dangereux ? demanda Angie avec inquiétude en agrippant le bras de sa demi-sœur. L'échafaudage ne risque pas de tomber ?

– Non, mais…

– Tu sais quoi ? Mieux vaut ne pas regarder. Montre-moi où est la peinture. Je travaillerai devant la maison, toi à l'intérieur. Comme ça, on ne le verra pas. Surtout, ne dis rien à ma mère, jamais.

– O.K., opina Cilla en insérant sa clé dans le cadenas de la grange.

Olivia Rose Brewster vint au monde à 14 h 25.

– Matt flotte sur un petit nuage, dit Ford à Cilla tandis qu'ils roulaient vers l'hôpital. Son fils Ethan était chauve comme mon oncle Edgar, mais la petite a plein de cheveux tout noirs.

– Tonton Ford a l'air content, lui aussi.

– Quand mes potes sont heureux, je le suis pour eux. Josie avait une sale tête, par contre, quand je l'ai vue, juste après l'accouchement.

– Tu m'étonnes… Après avoir expulsé un bébé de trois kilos huit cents…

– Épargne-moi les détails, s'il te plaît, lui intima Ford en se garant sur le parking du centre hospitalier.

– Ça fait plaisir de revenir ici pour un heureux événement, dit Cilla en levant les yeux vers l'étage du service de soins intensifs.

– Tu as parlé à Shanna depuis qu'elle est revenue ?

– Non.

Main dans la main, ils franchirent l'entrée de l'hôpital.

– Elle s'est amusée comme une folle à Los Angeles. Steve a bien récupéré, paraît-il. Il a repris tous les kilos qu'il avait perdus et il ne marche plus avec sa canne que quand il est fatigué.

– Je lui ai envoyé des photos de la maison par mail. Il faudra que j'en prenne de la cuisine, ce soir. Ah, voilà la boutique de cadeaux. Je voudrais acheter quelque chose pour Josie et le bébé.

– J'ai déjà apporté un bouquet et un gros nounours rose.

– Et alors ? Moi aussi, je veux leur faire un cadeau.

Les bras chargés de fleurs, de ballons, d'un agneau en peluche musical et d'albums de coloriage, ils pénétrèrent dans la chambre de la jeune Maman.

Calée contre ses oreillers, Josie berçait un ravissant poupon coiffé d'un bonnet rose d'où dépassaient des cheveux d'un noir de jais.

À son chevet, sa jeune sœur s'émerveillait sur une minuscule robe de dentelle blanche tandis que Brian déballait un cigare en chewing-gum et que Matt mitraillait tout le monde de son appareil photo.

– Encore de la visite ! s'exclama Josie avec un sourire rayonnant. Cilla, tu as raté ton père et Patty de quelques minutes.

– C'est vous que je viens voir, corrigea-t-elle en se penchant au-dessus du lit. Bonjour, Olivia. Elle est adorable. Félicitations, Josie. Tu l'as bien réussie.

– Eh, elle a mon menton et mon nez ! intervint Matt.

– Et ta grande bouche ! Tu veux la porter, Cilla ?

– Je n'osais pas te le demander. Tiens, en échange.

Cilla posa le mouton en peluche sur le lit et prit le bébé dans ses bras.

– Qu'est-ce que tu es mignonne ! Tu es belle comme un cœur, gazouilla-t-elle. Comment te sens-tu, Josie ?

– Étonnamment bien, si on considère que je viens de passer sept heures et demie à suer sang et eau. Remarque, pour Ethan, l'accouchement avait duré deux fois plus longtemps.

– On a pensé au grand frère, dit Ford en posant les albums de coloriage sur la table de chevet.

– Oh, c'est gentil ! Mes parents l'ont emmené chez eux pour dîner.

La porte s'entrouvrit. Tout le monde se retourna.

– Que de monde ! s'écria Cathy en entrant dans la chambre, talonnée par Tom, qui tenait gauchement un bouquet de roses roses. Montrez-moi ce beau bébé !

Cilla se tourna vers elle.

– Regardez-moi tous ces cheveux ! On dirait une petite Chinoise. Tu as vu comme elle est belle, Tom ?

– Et sage comme une image, dit-il en déposant les fleurs sur une table qui en était déjà couverte et en donnant un petit coup dans l'épaule de Brian. Alors, quand est-ce que tu t'y mets, fiston ? Matt a déjà deux enfants. Tu es en retard. Toi aussi, Ford, d'ailleurs.

– C'est des feignants, rigola Josie en tendant les bras pour qu'on lui rende sa fille.

– Je suis trop difficile, lança Brian. Je n'arrive pas à trouver une femme aussi parfaite que Maman.

Cathy déposa un baiser sur la joue de son fils puis se tourna vers Matt pour l'embrasser chaleureusement.

– Félicitations !

– Merci. On ne l'attendait que pour la semaine prochaine. Quand Josie m'a téléphoné, ce matin, j'ai cru que c'était pour me demander de lui rapporter un sundae coco-caramel. Elle en a mangé des tonnes pendant sa grossesse.

– Lui aussi ! précisa-t-elle en riant.

– Aux éclats de cacahuètes, admit-il.

– Après la naissance de Brian, je n'ai plus jamais mangé de sundaes, dit Tom. J'en avais fait une overdose !

– Je crois que rien que la vue d'une noix de coco me donnerait la nausée, maintenant, dit Josie en caressant du doigt la joue d'Olivia Rose.

– Vous allez pouvoir présenter le bébé à la fête de Cilla, dit Cathy. Quant à vous, Cilla, j'imagine que votre maison, c'est un peu votre bébé.

– Sans les peluches et les jolies petites robes, concéda-t-elle.

– Je lui ai fait faux bond, aujourd'hui, enchaîna Matt en distribuant des cigares de chewing-gum à la ronde. On commençait juste à installer les placards de la cuisine quand Josie m'a téléphoné. Comment ça s'est passé ?

– Impec. L'un de tes employés m'a donné un coup de main. Ils sont tous fixés. Il ne manque plus que les portes.

– Si vous insistez un peu, Cilla, Tom acceptera peut-être de préparer ses ribs spéciales.

– Qu'ont-elles de spécial ? demanda Cilla en souriant.

– Tout est dans la marinade, répondit Tom. Secret de famille.

– Même à moi il ne veut pas donner la recette !

– Elle se transmet par le sang. Beaucoup ont essayé de percer le secret, personne n'y est arrivé. Bon, Cathy, on ne va pas trop s'attarder, nous.

– Nous sommes invités à dîner chez des amis. Reposez-vous bien, Josie. Je repasserai sans doute demain.

Les visiteurs se succédaient, si bien qu'il fallut un certain temps à Cilla et à Ford pour prendre congé.

– Vous êtes très liés, toi, Matt, Brian et vos parents à tous les trois, dit-elle dans l'ascenseur. C'est chouette. En quelque sorte, vous formez une tribu.

– On a grandi quasiment comme des frères siamois. Shanna aussi faisait partie de la fratrie. Ses parents ont divorcé il y a une dizaine d'années. Ils se sont tous les deux remariés et ils ont quitté la région.

– Matt et Josie ont l'air aux anges. Ils avaient des étoiles plein les yeux. Ils sont mariés depuis longtemps ?

– Six ou sept ans, mais ils vivaient déjà ensemble depuis plusieurs années. Écoute, si tu veux qu'on dîne en ville, pas de problème, mais, personnellement, je préférerais qu'on rentre chez moi.

– Rentrons chez toi. Qu'est-ce que tu as ? Tu ne te sens pas bien ?

– Si, si, très bien.

Juste l'angoisse qui commence à m'étreindre la poitrine, s'abstint-il de préciser. Mais, maintenant que sa décision était prise, il était hors de question de faire machine arrière. Que Cilla soit prête ou non, il allait franchir le pas.

Il servit deux verres de vin et les apporta sur la véranda, où elle caressait distraitement Spock du pied en contemplant sa maison de l'autre côté de la route.

– Ça fait déjà beaucoup plus propre avec la première couche d'apprêt, dit-elle. J'ai passé une drôle de journée, aujourd'hui, tu sais. Mon père qui travaillait derrière la maison, Angie devant… À midi, Patty est venue nous apporter des sandwiches et elle s'est mise à la peinture, elle aussi. Ça me faisait vraiment bizarre de les savoir là, tous les trois.

– La famille a attrapé le virus.

– Ouais. Pendant la première moitié de ma vie, la famille n'était qu'une illusion pour moi. Un plateau de tournage. Quand j'étais gamine, je rêvais de ma mère : j'avais des discussions tout à fait cohérentes avec elle, comme avec ma grand-mère, mais elle était un mélange de Bedelia et de Lydia, l'actrice qui jouait la mère de Katie.

– Ça me paraît plutôt normal, dans des circonstances pareilles.

– Mon psy disait que je les mélangeais parce que je n'étais pas heureuse dans la réalité. En fait, c'était plus compliqué : je voulais le meilleur de chacun de ces deux mondes. Mais j'étais moi dans les deux, et pas Katie. J'étais Cilla. Katie avait sa famille, pour huit saisons tout au moins.

– Et Cilla n'en avait pas.

– C'était une structure différente. Bancale. D'où je me suis échappée dès que j'ai pu. Ça fait drôle d'essayer de rattraper le temps perdu avec une autre famille.

– Sois la mienne.

– Quoi ?

– Ma famille.

Ford posa un écrin sur la table.

– Épouse-moi.

Pendant un instant, Cilla demeura incapable de formuler la moindre parole, incapable de penser. Elle avait l'impression d'avoir reçu un coup sur la tête.

– Oh, Ford, murmura-t-elle enfin.

– Ouvre-le, ça ne va pas te sauter dessus !

– Ford...

Les doigts sur la petite boîte, elle semblait hésiter. Spock lui donna un coup de tête dans le mollet.

– Allez, ouvre !

Elle souleva le couvercle. Une bague scintillait au centre d'un petit coussin de velours bleu.

– Tu ne portes pas souvent de bijoux, et, quand tu en portes, ce sont des choses discrètes. Je n'ai donc pas cherché à t'impressionner avec un gros caillou. En plus, tu travailles avec tes mains, j'en ai tenu compte. C'est pour ça que j'ai choisi des diamants incrustés. Je suis allé l'acheter avec ma mère il y a quelques jours.

Ford avait du mal à s'exprimer. Une mâchoire de fer lui broyait les côtes, son cœur battait la chamade. Cilla, pour sa part, avait la gorge nouée par la panique.

– Avec ta mère, balbutia-t-elle.

– C'est la première fois que j'offre une bague à une femme. J'avais besoin d'une conseillère. J'ai bien aimé le concept de la trilogie de diamants. Elle symbolise le passé, le présent et le futur. Je veux vivre l'avenir avec toi. Je t'aime.

– Elle est magnifique, Ford, elle me plaît beaucoup. Mais je ne sais pas si je ferais une bonne épouse. (Elle lui prit les mains avant de poursuivre :) Rien que l'idée de mariage me terrorise. Je crois que le mariage n'est pas programmé dans mes gènes. Mes parents se sont mariés sept fois à eux deux. Comment veux-tu que je croie au mariage ?

Bizarrement, malgré les craintes, les doutes et la réticence de Cilla, l'angoisse de Ford s'était tout à coup évanouie.

– Je ne vois pas le rapport entre nous et tes parents. Tu m'aimes ?

– Ford…

– La question n'est pas difficile. Tu as juste à me répondre par oui ou par non.

– Bien sûr que je t'aime, là, maintenant, à l'instant présent, et je sais que toi aussi, mais qui nous dit que ça durera toujours ?

– Et qui nous dit le contraire ? Le mariage n'est qu'une formalité, Cilla. Je reconnais que j'ai peut-être un peu précipité les choses, mais je ne suis pas pressé. Je peux t'attendre, s'il le faut.

Il poussa l'écrin devant elle.

– Prends-la, garde-la et réfléchis.

– Tu crois que je ne pourrai pas résister à l'envie de la regarder et que je finirai par me laisser ensorceler par son chatoiement magique ?

Il esquissa un sourire. Lentement, en s'exhortant à respirer calmement, elle referma la main sur la boîte et la glissa dans sa poche.

– Je suis une actrice has-been, dit-elle, avec des antécédents familiaux d'alcoolisme, de toxicomanie et de suicide. Tu es fou de vouloir épouser une fille comme moi.

– Sans doute.

Il lui embrassa la main. Accordé à l'esprit du moment, Spock lécha la cheville de Cilla.

– De temps en temps, je te demanderai : « Alors ? », et tu devras me dire où tu en es de tes réflexions quant à ma proposition.

– « Alors ? » Ce sera le mot-clé ?

– Oui. C'est tout ce que je te demanderai. Je te promets de ne pas aborder le sujet autrement. Ça marche ?

– D'accord, acquiesça-t-elle au bout d'un moment.

– On commande quelque chose chez le traiteur chinois ? suggéra-t-il en faisant tinter son verre contre le sien.

À ses pieds, Spock exécuta sa danse de joie.

Cilla ne comprenait pas comment une chose pareille avait pu se produire. Ford l'avait demandée en mariage. Il lui avait offert une bague parfaitement conforme à ses goûts, un bijou qu'il avait choisi avec soin, en pensant à elle, à ce qu'elle était, à qui elle était. Sa réaction avait dû le blesser, se dit-elle en vissant les boutons de porte cuivrés aux placards.

N'empêche qu'il avait mangé ses beignets de crevettes et son poulet Kung Pao avec un appétit d'ogre, alors qu'elle n'avait quasi-ment rien pu avaler.

Après quoi, ils avaient regardé *Buffy*, et ce n'était que durant le troisième épisode qu'elle avait commencé à se détendre, à penser à autre chose qu'à l'écrin qui pesait dans sa poche. Ils avaient fait l'amour lentement, longuement et tendrement. Et la bague était revenue s'imposer au premier plan de ses pensées.

À présent, douze heures plus tard, elle ne parvenait toujours pas à la chasser de son esprit.

Elle ne croyait pas au mariage. La vie à deux lui semblait semée d'embûches. Il allait beaucoup trop vite. Elle s'était tout juste habi-tuée à s'entendre dire « je t'aime » et à y croire. Elle n'avait pas fini de rénover sa maison, pas encore monté son affaire. Elle était victime de menaces, d'actes d'intimidation. N'avait-elle pas suffi-samment de difficultés ? Était-il vraiment nécessaire d'y rajouter le souci de savoir qu'à tout moment elle devrait peut-être répondre à un « Alors ? » fatidique ?

– Cilla ?

– Hello !

Les voix de Patty et de Penny l'arrachèrent brusquement à ses élucubrations. Elle se cogna la tête contre un placard. Il ne manquait plus qu'elles.

– Ah, tu es là ! En train de travailler, comme d'habitude.

Deux paires d'yeux se posèrent sur l'annulaire de sa main gauche. Et deux paires d'yeux se voilèrent, désappointées.

– Nous espérions que tu aurais quelques minutes pour qu'on discute du menu de la fête, enchaîna Patty. Nous pensions aller faire les courses et tout stocker chez nous, comme tu n'as pas de réfrigérateur.

Vous espériez autre chose, oui, pensa Cilla.

– Si c'est ce que vous voulez savoir : oui, il m'a demandée en mariage, dit-elle. Oui, la bague est superbe, et non, je ne la porte pas. Je ne peux pas.

– Elle n'est pas à ta taille ? demanda Penny.

– Je n'en sais rien, je ne l'ai pas essayée. Je ne veux pas y penser et je ne peux pas m'empêcher d'y penser. C'est un sale tour qu'il m'a joué, ajouta-t-elle avec feu. J'apprécie… Non, je n'apprécie pas que vous débarquiez ici toutes les deux comme des fleurs mais je me mets à votre place. Essayez de me comprendre, vous aussi : le moment était vraiment mal choisi. J'ai des milliers de choses qui m'encombrent l'esprit ; je ne suis pas en état de prendre un engagement aussi important. Je ne sais même pas s'il a écouté ce que je lui ai dit, s'il a compris les raisons…

Elle s'interrompit soudain.

Il n'écoute pas, avait dit Angie de leur père. *Il fait semblant d'écouter mais il fait ce qu'il veut.*

– Mon Dieu, soupira-t-elle. Il est exactement comme mon père. En plus jeune et en plus branché. Solide comme un roc, d'une patience désarmante. Le genre de mec qui fait tomber toutes vos défenses sans même que vous vous en rendiez compte.

– Est-ce que tu l'aimes ? s'enquit Penny.

Prudence, s'exhorta Cilla. Elle avait affaire à la mère de Ford. Elle ne devait pas commettre d'impair.

– Je l'aime suffisamment pour lui laisser le temps de comprendre pourquoi ça ne fonctionnera pas. Je ne veux pas le faire souffrir.

– Tu le feras souffrir, et il te fera souffrir. Quand on s'aime, c'est inéluctable. Je n'aurais pas voulu d'un homme incapable de me faire saigner le cœur ou à qui je n'aurais jamais pu causer de chagrin.

Déroutée, Cilla observa un instant Mme Sawyer.

– Ce que vous dites n'a absolument aucun sens pour moi. Qui a envie de souffrir volontairement ?

– Quand tu comprendras, tu seras prête à essayer la bague. Ces placards me plaisent beaucoup. Ça me donne envie de changer les miens. Si nous allions nous asseoir quelque part pour élaborer le menu ? Nous n'en aurons pas pour longtemps, ne t'inquiète pas. Ensuite, nous te laisserons tranquille.

– Finalement, il vous ressemble peut-être plus qu'à mon père, laissa tomber Cilla.

– Oh non, je suis beaucoup plus sournoise que lui. Allons donc nous asseoir sous ce parasol bleu, proposa Penny en pointant l'index vers la fenêtre.

Patty passa un bras autour de la taille de Cilla.

– Elle aime son fils, elle veut qu'il soit heureux.

– Je sais. Moi aussi.

Peut-être devrais-je faire une liste, se dit Cilla en se servant un bol de Special K. D'un côté, les raisons de sortir la bague de son écrin ; de l'autre, celles de l'y laisser. Elle faisait des listes et des schémas pour tout. Pourquoi ne procéderait-elle pas de la même manière avant de prendre une décision aussi importante ?

L'inventaire des « contre » serait sans doute beaucoup plus long que celui des « pour ». Il occuperait probablement plus d'une page. Elle avait même de quoi écrire un livre entier à charge contre le mariage. Force lui était, néanmoins, d'admettre que la colonne des « pour » ne serait pas vide. *Heureusement*, pensa-t-elle en levant les yeux au ciel.

Elle faillit laisser échapper sa cuillère quand Ford arriva.

– Tu as bu trop de café, toi, lui dit-il en sortant une boîte de Frosted Flakes d'un placard.

Spock fonça vers sa gamelle.

– Comment tu fais pour manger des trucs pareils ? lui demanda-t-il en jetant un coup d'œil dans son bol. On dirait de la nourriture pour oiseaux.

– Ton petit déjeuner à toi est beaucoup trop riche en glucides.

– J'ai besoin de sucre pour démarrer la journée.

Non seulement il était debout à 6 heures du matin, mais de bonne humeur, constata-t-elle. Alors qu'il avait travaillé jusque tard dans la nuit, il avait l'œil vif, le sourire aux lèvres, il était déjà habillé et il semblait tenir absolument à l'accompagner chez elle.

Un tel comportement devait-il être classé dans la liste des « pour » ou dans celle des « contre » ?

– Tu sais, je ne vais pas me faire agresser en traversant la route.

– Il y a peu de risques, en effet.

– Tu t'es couché tard, hier. Comment se fait-il que tu sois déjà réveillé ?

– Je me suis rendu compte qu'en me levant de bonne heure je pouvais abattre vachement plus de boulot en une journée. Cela dit, dès que mon bouquin sera terminé, je reprends mes vieilles habitudes. Mais pour l'instant je suis parti pour donner un bon coup de collier. J'espère avoir dix chapitres complètement encrés ce soir. Et, si tout marche bien, je devrais aussi avoir le temps de mettre quelques planches en ligne pour faire saliver les lecteurs.

– Je suis contente que tu aies adopté mon rythme, mais...

– Mais, mais, mais... Avec toi, il y a toujours des « mais ». J'aime ce que je fais, et c'est avec plaisir que pendant un certain temps je travaille plus que d'habitude. Après, pour nous récompenser de nos durs efforts, nous irons passer une semaine aux Caïmans. En plein milieu du mois de janvier, on ira se prélasser sur la plage pendant qu'ici nos voisins déneigeront la route.

– J'aurai deux chantiers en cours et...

– Il faudra que tu prévoies une semaine de vacances. Si tu veux, on peut repousser ça jusqu'à février. Je suis souple.

– Pas autant que tu le prétends, répliqua Cilla en plaçant son bol, sa cuillère et sa tasse dans le lave-vaisselle. Tu es une fuite insidieuse.

Un sourire dans le regard, il continua à manger ses céréales.

– Ah ouais ? Je suis une fuite insidieuse ?

– Oui, une petite fuite qui ne fait pas de bruit, dont personne ne se soucie, mais qui ronge tout : la pierre, le métal, le bois. Une petite fuite en apparence bénigne, mais quand on s'aperçoit de son action il est trop tard pour la combattre.

– Je prends ça comme un compliment, rétorqua-t-il en agitant sa cuillère. Les comptoirs de la cuisine arrivent aujourd'hui, si je ne m'abuse ?

– Ce matin, et Buddy termine la plomberie cet après-midi.

– Grosse journée. Allez, au boulot !

Ils sortirent de la maison et s'arrêtèrent un instant au bord de la route pour contempler Little Farm.

– Je ne regrette pas de m'être laissé convaincre de ravaler les façades plus tôt que prévu. Je ne me doutais pas que ça m'apporterait autant de plaisir de voir les murs de la maison rafraîchis. Tu sais à quoi elle me fait penser, maintenant ? À une vieille actrice qui aurait subi un lifting et retrouvé sa dignité.

En riant, elle prit la main de Ford et se remit en marche.

– J'espère que tu ne feras jamais de lifting, dit-il.

– Pourquoi pas ? répondit-elle en haussant les épaules. Ma mère a déjà subi plusieurs opérations de chirurgie plastique. Quand tout commence à se casser la figure, il faut bien faire quelque chose.

Ford se tourna vers elle avec des yeux horrifiés.

– Il y a des hommes, aussi, qui se font ravaler la façade.

– Très peu pour moi !

Un drapeau rouge flottait sur la boîte aux lettres.

– Tu as quelque chose à expédier ? demanda-t-il.

– Non, fit-elle en fronçant les sourcils.

– Peut-être que quelqu'un t'a déposé un colis.

Alors qu'il s'apprêtait à soulever le couvercle de la boîte, elle le retint par le bras.

– Non ! Attends !

Alarmé par le ton de sa voix, Spock se mit à grogner. Ford ouvrit néanmoins la boîte, et s'interposa devant Cilla en laissant retomber le couvercle. Une poupée était assise à l'intérieur, les bras en l'air, les yeux grands ouverts, le sourire sinistrement figé, une balle au centre du front.

28

Cette fois, c'en était trop. Puisque la police semblait incapable de mettre un terme à ces agissements, Ford allait prendre les choses en main. Ces poupées ne relevaient pas de la mauvaise plaisanterie ni même du harcèlement. C'étaient des menaces de mort explicites.

Les flics avaient emporté la poupée. Ils allaient y rechercher des empreintes, déterminer le calibre de la balle et tenter de retrouver l'arme dont elle provenait. Mais Ford savait qu'ils ne résoudraient pas le problème. Il y aurait une prochaine fois, il en était certain, et, la prochaine fois, ce serait peut-être Cilla que l'on découvrirait avec du plomb dans le corps. Il fallait faire quelque chose, en premier lieu, retrouver la trace de Mme Hennessy.

Ford se gara devant chez elle et tambourina à sa porte. Dans le jardin voisin, une femme coiffée d'un chapeau de paille taillait ses haies.

– Vous perdez votre temps, lui lança-t-elle. Il n'y a plus personne ici.

– Vous savez où ils sont ?

– Lui, il est chez les fous, répondit-elle en se tapant la tempe de l'index. Il a essayé de tuer une jeune femme sur Meadowbrook Road il y a un mois ou deux, la petite-fille de Janet Hardy, celle qui jouait Katie dans *Notre famille*. Si vous voulez lui parler, adressez-vous au Central State Hospital, à Petersburg.

– Et elle ?

– Je ne l'ai pas vue depuis au moins quinze jours. Elle a mis la maison en vente, comme vous pouvez le constater.

La voisine rangea son sécateur dans une poche de son tablier – une commère qui n'attendait qu'un interlocuteur pour lui raconter tous les potins du quartier. Parfait.

– Elle n'a pas eu la vie rose, poursuivit-elle. Son fils était handicapé suite à un accident de voiture. Il est mort l'année dernière.

Et son mari n'était pas un homme facile. Il ne parlait à personne. Quand ils ont eu ce malheur, je leur ai proposé plusieurs fois de leur rendre des petits services. Il m'a envoyé promener en me disant de me mêler de mes oignons. Les gamins n'osaient plus s'approcher de chez lui. Il les houspillait en brandissant le poing. Moi, un bonhomme pareil, j'aurais demandé le divorce ! Bien sûr, il y avait ce garçon dont il fallait s'occuper. Mais même après sa mort, elle est restée avec son dingue de mari. Peut-être bien qu'elle a pris le large, maintenant qu'il est enfermé. Mais ça m'étonnerait. À mon avis, elle a dû s'installer à Petersburg pour être plus près de l'hôpital. J'espère que nos nouveaux voisins seront plus agréables.

– Vous l'avez vue déménager ? Elle a emporté des meubles, des bagages ?

– Je ne sais pas, je ne passe pas mes journées à la fenêtre. Vous n'êtes pas de la famille, n'est-ce pas ?

– Non, madame.

– Tout ce que je peux vous dire, c'est que la maison est vide depuis au moins deux semaines. Personne ne m'a rien demandé, mais j'arrose les fleurs, de temps en temps. Je ne supporte pas de voir mourir les choses par négligence.

Essayant de s'inspirer de la philosophie de Ford, Cilla s'efforçait de voir le bon côté des choses. On avait placé une poupée défigurée dans sa boîte aux lettres ? Au moins, sa propriété n'avait pas été touchée. Et la police semblait commencer à prendre ces menaces au sérieux. Jusqu'à présent, les enquêteurs n'étaient pas parvenus à déterminer la provenance de ces poupées. Il s'en vendait régulièrement sur eBay et chez les brocanteurs, car elles étaient prisées par les collectionneurs. Ils étaient maintenant en possession d'une balle. Peut-être les aiguillerait-elle sur une piste. En tout cas, Cilla se sentait rassurée de savoir que des moyens allaient être mis en œuvre pour retrouver l'auteur de ces actes. Autre aspect positif, les ouvriers s'indignaient tous en son nom. Leurs marques de sympathie ne changeaient évidemment rien à la situation, mais elles étaient réconfortantes. Et puis les comptoirs et le dosseret de la cuisine étaient arrivés. Il lui suffisait de les regarder pour oublier son stress. Quant aux robinets en cuivre, ils étaient tout simplement sensationnels ! Amoureusement, elle caressa le plan de travail chocolat et ronronna de plaisir.

– Un peu sombre, non ?

– Buddy ! répliqua-t-elle sur le ton qu'elle aurait employé pour s'adresser à un enfant incorrigible.

– Les placards sont jolis, en tout cas, avec ces portes vitrées, dit le plombier en repassant la tête sous l'évier et en se mettant à siffloter.

– *I'll Get By*, reconnut Cilla. Le plus grand tube de ma grand-mère.

– Je pense souvent à elle quand je travaille ici. Vous saviez que c'était moi qui avais installé l'ancien évier ?

– Ah oui ?

– C'est que ça ne me rajeunit pas ! Ça remonte à quarante, quarante-cinq ans. Il était probablement temps de le changer !

– Vous et votre père, vous avez dû faire la plomberie de beaucoup de maisons, à l'époque. Vous travailliez pour Andrew Morrow, je crois ?

– Exact. Nous avions un contrat d'exclusivité avec Skyline Development. Nous avons fait pas moins de trente-trois chantiers pour M. Morrow. C'est grâce à ça que j'ai pu acheter ma maison. En octobre, ça fera trente-sept ans que j'y habite. Beaucoup de gens sont devenus propriétaires grâce à Andrew Morrow. Et leurs W.-C., c'est à moi qu'ils les doivent !

Une fois les deux éviers montés, Cilla rejoignit son père devant la grange. Afin de l'empêcher de monter sur l'échafaudage, au moins pour une journée, elle lui avait demandé comme une faveur de peindre les volets. Il semblait autant s'amuser avec le pistolet à peinture qu'en équilibre à trois étages de hauteur.

– On fait une pause ? suggéra-t-elle en lui tendant une bouteille d'eau.

– Si tu veux, dit-il en lui frictionnant le bras. Comment te sens-tu ?

– Beaucoup mieux depuis que je me suis mise au boulot. Mes comptoirs sont du tonnerre ! Je discutais avec Buddy, à l'instant. Et j'ai pensé à un truc… Il a fait des travaux pour Janet, ici, avec son père. Dobby aussi. Je me demandais si ça ne pouvait pas être un artisan à qui je n'ai pas fait appel qui m'en voudrait. Ce serait complètement absurde, je te l'accorde, mais pas plus que le raisonnement de Hennessy.

Gavin souleva sa casquette et se passa une main dans les cheveux.

– C'est que je ne me souviens pas de tous les gars que ta grand-mère a pu engager. J'étais gamin, à l'époque. Je ne faisais pas attention à ce genre de chose. Elle avait plusieurs jardiniers que tout le monde s'arrachait pour avoir un jardin aussi beau que celui de ta grand-mère. Je demanderai à Charlie s'il se rappelle leurs noms. Elle avait des gardiens, aussi : un couple d'un certain âge, M. et Mme Jorganson, qui faisaient le ménage quand elle n'était pas là. Ils sont morts depuis longtemps.

– Qui a fait la menuiserie, l'électricité, la peinture ?

– Je suis incapable de te le dire. Je me renseignerai. Carl Kroger est sans doute venu faire quelques travaux de bricolage. C'était un type qui savait tout faire. Il a pris sa retraite il y a plusieurs années. Il est parti en Floride, je crois. J'étais à l'école avec sa fille et j'ai eu sa petite-fille comme élève. Adorables, toutes les deux. Je ne les vois pas te chercher des noises.

– Mon idée est probablement stupide. J'essaie juste de tirer tous les fils possibles, d'explorer toutes les pistes.

– Cilla, je ne voudrais pas t'effrayer plus que tu ne l'es déjà, mais t'es-tu demandé si quelqu'un n'avait pas une dent contre toi ? *Toi*, pas la petite-fille de Janet Hardy.

– Pour quelle raison ? À part toi, Patty et Angie, je ne connaissais personne en arrivant ici. J'ai injecté plusieurs centaines de milliers de dollars dans l'économie locale. Pourquoi m'en voudrait-on ?

– Je l'ignore, mais ces poupées incarnent l'enfant star que tu étais. Il me semble qu'à travers elles c'est toi que l'on veut atteindre, toi personnellement.

Cilla scruta le visage de son père.

– Tu es là pour peindre ou pour veiller sur moi ?

– Sans doute un peu des deux. Malheureusement, les vacances touchent à leur fin, la rentrée scolaire approche. Ça va me manquer, tu sais, de ne plus te voir aussi souvent.

– Moi aussi. En dépit de tout, je n'ai jamais passé de meilleur été.

Ford regardait Cilla accrocher les volets repeints par son père. Sur la véranda, l'odeur de la peinture se mêlait dans l'air chaud au parfum que dégageait une belle jardinière bleue garnie d'œillets.

– Je finis juste ça. Tu n'es pas obligé de rester planté à côté de moi.

– J'observe. C'est instructif.

– Si tu veux, je peux t'apprendre à te servir d'un tournevis.

Ford s'assit nonchalamment sur les marches de la galerie.

– Pourquoi aurais-je besoin de savoir visser alors que tu le fais si bien ?

– Vu que tu m'as offert des œillets et que tu as promis de faire griller des steaks – sur le barbecue que j'ai monté –, je m'abstiendrai de commentaire.

– J'ai aussi acheté des épis de maïs et des tomates qui viennent directement de chez le paysan. On va se faire un festin.

À l'aide de son niveau, Cilla vérifia que le volet était d'aplomb avant de passer au suivant.

– Je suis allé chez les Hennessy, ce matin, dit soudain Ford.

Elle se retourna brusquement vers lui.

– Je préfère t'en parler maintenant plutôt que de gâcher le repas. J'ai taillé une bavette avec leur voisine, qui ne demandait que ça, apparemment. Mme Hennessy a disparu depuis une quinzaine de jours. La commère d'à côté ne sait pas où elle est, mais elle a émis l'hypothèse qu'elle s'était installée à Petersburg pour être plus près de l'hôpital. Elle a vu juste.

– Comment le sais-tu ?

– J'ai téléphoné à tous les hôtels et à tous les motels de la ville. Elle a pris une chambre au Hollyday Inn Express.

– Tu es un fin limier.

– C'est moi qui ai tout appris au Justicier. À moins que ce ne soit l'inverse. J'ai failli aller à Petersburg et puis je me suis dit que ce serait une perte de temps. Aller-retour, il y en a pour plus de trois cents kilomètres. Je vois mal Mme Hennessy faire tout ce chemin en pleine nuit pour déposer une poupée dans ta boîte aux lettres. Si elle voulait te pourrir la vie, elle ne serait pas partie si loin alors qu'elle a une maison à vingt minutes d'ici.

– En effet. Donc, ce n'est pas elle. Ce qui signifie que j'ai un autre ennemi. J'ai beaucoup réfléchi, aujourd'hui. À force de me creuser la tête, j'en arrive à soupçonner tout le monde. Buddy sifflotait une chanson de Janet, ce matin. Je me suis demandé : après tout, pourquoi n'aurait-il pas couché avec elle ? Ou bien, peut-être a-t-elle repoussé ses avances, et il se venge sur moi. J'ai pensé à Dobby, aussi, à son fils, à son petit-fils, Jack, aux artisans que je n'ai pas contactés. Mon père pense, quant à lui, que quelqu'un a développé une aversion pathologique pour Katie.

– Tu crois qu'on peut en arriver à ces extrémités parce qu'on déteste un personnage de télé ?

– Non, d'après mon père, c'est à moi qu'on en veut, à moi personnellement, pas à ma grand-mère. Or je ne vois pas ce que j'ai pu faire pour susciter une telle animosité. Alors j'élabore des scénarios tous plus abracadabrants les uns que les autres et ça me prend la tête. Dans quelques jours, je vais avoir des dizaines d'invités. Je suis sûre que je vais tous les regarder d'un œil suspicieux.

Ford se leva et lui posa une main apaisante sur le bras.

– En tout cas, Cilla, moi à tes côtés, personne ne te fera de mal. Personne, tu m'entends ?

– Oui, Ford. Je ne me suis jamais sentie autant en sécurité qu'avec toi.

Il l'embrassa avec une grande douceur puis s'écarta en lui tenant les mains.

– Alors ?

– Oh non ! Je n'aurais jamais dû te dire ça. Écoute, Ford, j'ai eu une journée éprouvante. Ce n'est vraiment pas le moment d'en parler.

Il lui souleva le menton et plongea son regard dans le sien.

– Je ne sais pas, Ford. Franchement, je ne sais pas. Je n'ai pas encore fait mes listes.

– Quelles listes ? demanda-t-il en lui caressant la joue du pouce.

– Les « pour » et les « contre ». Si tu insistes, je te préviens que je peux te débiter cent une bonnes raisons de ne pas t'épouser. Celles que je t'ai déjà citées, plus d'autres.

– Je n'ai donc rien en ma faveur ?

– Si. Tu m'aimes. Je sais que tu es sincère quand tu me le dis. Mais pour l'instant, entre nous, tout est encore tout nouveau, tout beau. Ce qui ne durera peut-être pas toujours. Et si, un jour, on s'aperçoit qu'on ne s'aime plus, ce sera horrible. Le mariage n'est pas une chose à prendre à la légère. Si je te disais : « Oui, partons nous marier à Las Vegas », comme ma grand-mère et ma mère l'ont fait avant moi, qu'est-ce que tu...

– Je te dirais : « Fais tes valises, je réserve les billets d'avion. »

– Ne sois pas ridicule. Tu ne veux pas d'un mariage bidon à la chapelle de l'amour ? Tu es quelqu'un de sérieux. En amitié, dans ton travail, dans les relations que tu entretiens avec ta famille. Tu es sérieux quand tu parles de *La Guerre des étoiles*, tu es sérieux quand tu dis que tu détestes Jar Jar Binks...

– Comment pourrais-je aimer une créature...

– Si on ne te connaît pas, on a l'impression que tu te fiches de tout, mais ce n'est qu'une apparence. Tu as un mode de vie qui peut paraître bohème, mais tu respectes la discipline que tu t'es fixée. Tu es sérieux quand tu dissertes sur les effets des différentes variétés de kryptonite sur Superman…

– La verte est la plus dangereuse. Quoique la dorée…

– Ford !

– Excuse-moi. Tu disais donc… À propos de Vegas ?

– Je disais qu'il était hors de question que nous nous mariions à Vegas. Ford, tu me fais tourner la tête. Tu es complètement en dehors de la réalité. C'est bien beau de vouloir m'épouser, mais est-ce que tu as pensé qu'un mariage entraînerait tout un tas de chamboulements matériels ?

– Lesquels, par exemple ?

– Où habiterions-nous ? On tirerait à pile ou face ? Ou on demanderait à ta boule magique ?

– Où voudrais-tu qu'on habite ? Ici, évidemment, répondit-il en tapant contre le mur de la ferme.

Cilla parut désarçonnée par cette réponse du tac au tac.

– Et ta maison ? Que deviendrait-elle ? Tu l'aimes, tu l'as fait aménager de telle façon qu'elle corresponde parfaitement à tes besoins.

– Qu'importe le flacon, pourvu qu'on ait l'ivresse.

– Où travailleras-tu ?

– Tu m'aménageras un atelier quelque part. Ce n'est pas la place qui manque, ici. Tu peux faire toutes les listes que tu veux, Cilla. L'amour, c'est de la kryptonite verte. L'amour est plus fort que tout. Sur ce, je vais allumer le barbecue.

Son tournevis à la main, Cilla resta plantée sur la véranda, hébétée. Comment comprendre, à plus forte raison épouser, un homme qui ne jurait que par la kryptonite ? Et qui était prêt à abandonner sa maison pour s'installer dans la sienne sans même se soucier de savoir où il travaillerait ? Décidément, il avait un mode de fonctionnement qui la dépassait.

Bien sûr, si elle construisait une extension pour y aménager une salle de gym, comme elle en caressait l'idée, elle pourrait la concevoir à deux niveaux. En bas la salle de gym, en haut l'atelier de Ford, qui communiquerait avec la partie habitation. Et auquel on grimperait par un petit escalier en colimaçon. Dont la réalisation serait sans doute une expérience enrichissante. Les deux espaces de travail seraient ainsi totalement séparés, chacun aurait son coin privé. Exposé plein sud, l'atelier bénéficierait d'une excellente luminosité.

Ayant tué son quota de chats imaginaires, Spock rejoignit Cilla sur la véranda et l'arpenta avec elle de long en large.

Non seulement cette annexe se fondrait dans la structure existante, mais elle la mettrait en valeur. Elle briserait la ligne du toit. Dotée d'un petit balcon, elle s'inscrirait parfaitement dans le style architectural de la ferme. Au rez-de-chaussée, des larges baies vitrées…

Tout d'un coup, la vision fut claire dans son esprit.

Oui, oui ! la suppliait Little Farm.

Spock trottinant gaiement derrière elle, elle rejoignit Ford à l'arrière de la maison. Sur le patio, le barbecue fumait. Cilla enfonça la main dans sa poche. Ses doigts se refermèrent sur l'écrin. Elle en retira la bague et la passa à l'annulaire de sa main gauche. Merveilleux et terrifiant pouvoir de la kryptonite.

Ford attisait le feu avec un journal. Pour des raisons qui échappaient à Cilla, les épis de maïs étaient immergés dans un grand saladier. Une bouteille de vin trônait sur la table. Le parfum capiteux des roses, des pois de senteur et du jasmin embaumait le crépuscule. Les derniers feux du soleil rougeoyaient à travers les arbres. Le rêve qu'elle avait toujours cru inaccessible s'était miraculeusement réalisé.

Elle se servit un verre de vin et se campa près de Ford, la main gauche dans la poche de son jean.

– J'ai quelques questions à te poser. D'abord, pourquoi fais-tu tremper le maïs ?

– Parce que ma mère le fait.

– O.K. Deuxième question : est-ce que tu me laisses toute latitude pour aménager ton atelier ?

Ford esquissa un sourire.

– Je te fais confiance à cent pour cent. Je suis sûr qu'il me plaira.

– Bien. Troisième question : crois-tu que je pourrais te faire souffrir ?

– Tu pourrais me briser le cœur en mille morceaux.

Les paroles de Mme Sawyer avaient fait leur chemin. Cilla les avaient longuement méditées. Et elle comprenait parfaitement, à présent, ce qu'était le miracle de l'amour, aussi effrayant que cela puisse lui paraître.

– Steve n'a jamais eu le cœur brisé à cause de moi. Ni moi à cause de lui. Et nous nous aimons. Et nous nous aimons toujours.

– Cilla…

– Attends. Dernière question : m'as-tu demandé de garder la bague sur moi parce que tu espérais qu'elle agirait comme de la kryptonite, qu'elle m'affaiblirait petit à petit jusqu'à ce que j'accepte de t'épouser ?

Avant que Ford ait pu répondre, Cilla sortit la main de sa poche et examina la bague qui y brillait.

– Eh bien, ça a marché, dit-elle.

Il se tourna vers elle avec un sourire béat.

– Si un jour on se sépare, ajouta-t-elle, on ne restera pas amis. Je te haïrai jusqu'à ma mort.

– Moi encore plus.

– C'est la plus belle chose que tu pouvais me dire.

– Mais nous n'en sommes pas encore là. On se marie où, alors, puisque tu ne veux pas aller à Vegas ? Ici, dans le jardin ?

– Ce serait merveilleux. Je ne comprends pas comment je peux être aussi terrifiée et aussi heureuse à la fois.

– Je crois en nous, murmura-t-il en l'embrassant et en esquissant un pas de danse. Tu es celle avec qui je sais danser.

Cilla ferma les yeux et posa la tête sur son épaule.

Little Farm, 1973.

– Ah, l'amour, soupira Janet en se renversant dans les coussins de soie blanche du canapé rose. L'amour est souvent cruel, mais il n'y a que ça de vrai. Les hommes n'ont cessé de m'enfoncer des couteaux dans le cœur, mais c'était moi qui leur offrais mon cœur. Tu as lu les lettres, tu sais que je me suis jetée à corps perdu dans l'amour jusqu'à la fin.

Assise en tailleur sur le plancher, Cilla triait des photos.

– Regarde. Celle-ci a été prise le jour de ton mariage avec Frankie Bennett. Tu étais jeune et heureuse. Tu as vite déchanté.

– Je n'étais pour lui qu'une pompe à fric. Mais il m'a donné Johnnie. Mon Johnnie adoré. Ça fait un an qu'il est parti, maintenant, et j'ai toujours l'impression qu'il va franchir le seuil d'un instant à l'autre.

Une main sur son ventre arrondi, Janet se pencha vers la table basse pour y prendre son verre de vodka.

– *J'espère que ce sera un garçon*, dit-elle en faisant tourner les glaçons.

– *Tu ne devrais pas boire*.

Janet haussa les épaules.

– *De toute façon, je vais bientôt mourir. Que feras-tu de toutes ces photos ?*

– *J'encadrerai mes préférées.*

– *C'est une bonne idée. J'ai vécu ici les plus beaux moments de ma vie, les plus horribles aussi. C'est dans cette pièce que j'ai rompu avec Carlos Chavez, mon troisième mari. Nous avons eu une violente dispute, si passionnée que j'ai failli revenir sur ma décision de le quitter. Ce type était d'un ennui ! Et il détestait la campagne. « Janet, pourquoi on vient se perdre au milieu de nulle part ? me disait-il avec son accent de toréador. Il n'y a pas un restaurant digne de ce nom à des kilomètres à la ronde. » Carlos faisait l'amour comme un dieu, mais hors du lit il était d'une bêtise affligeante. Mon erreur a été de l'épouser sans le connaître. Le sexe n'est pas une bonne raison de se marier.*

– *Ford ne m'ennuie jamais. Il fait de moi une déesse et, quand il me regarde, c'est moi qu'il voit. Tes amants ne te voyaient pas.*

– *Moi-même, je m'étais perdue de vue.*

– *Mais dans les lettres, dans ces lettres que tu as précieusement gardées, il t'appelait Trudy.*

– *Mon dernier amour, ma dernière chance*, murmura Janet en caressant pensivement un coussin. *Avec lui, oui, j'ai cru que je pouvais redevenir Trudy. Mais il ne valait pas mieux que les autres.*

– *Pourquoi dis-tu que c'était ta dernière chance ? Tu avais Bedelia, tu attendais un bébé. Pourquoi as-tu abandonné ta fille alors qu'elle avait besoin de toi ? Pourquoi as-tu mis fin à ta vie et à celle de l'enfant que tu portais ?*

Janet but une gorgée de vodka.

– *Si tu veux faire quelque chose pour moi, réponds à cette question.*

– *Comment ?*

– *Ouvre les yeux et regarde autour de toi. Ce n'est pas dans les rêves que tu trouveras la vérité.*

29

De la folie ! C'était de la folie d'avoir invité du monde alors qu'elle n'avait ni meubles ni vaisselle, pas même une cuillère de service. Le réfrigérateur et la cuisinière ne seraient pas livrés avant trois semaines. Son matériel de cuisine se limitait à un barbecue, à une plaque chauffante et à un micro-ondes. Elle ne possédait pour sièges que quelques fauteuils de jardin et un assortiment de seaux de tailles variées. En revanche, elle était équipée d'un million d'assiettes, de verres et de couverts en plastique, de centaines de mètres de nappe en papier. Et le frigo de Ford contenait de quoi rassasier tout le comté. Mais où les invités allaient-ils s'installer pour manger ?

— Sur les tables de pique-nique que mon père, ton père et Matt apporteront. Viens te recoucher.

— Et s'il pleut ?

— Et s'il y a une invasion de sauterelles ou un tremblement de terre ? Cilla, il est 6 heures du matin.

— Il faut que je fasse mariner le poulet.

— Maintenant ?

— Non. Je n'en sais rien. Il faut que je regarde ce que j'ai noté sur mes listes. J'ai dit que je préparerais des rillettes de crabe. Je me demande ce qui m'est passé par la tête… Je n'ai jamais fait de rillettes de crabe. Pourquoi je n'en ai pas acheté ? Que voulais-je prouver ? Il faut que je fasse de la salade de pâtes, aussi. J'en ai mangé toute ma vie, mais je n'ai pas la moindre idée de ce que je vais mettre dedans.

Elle se rendait compte que son flot de paroles confinait à la logorrhée, mais elle ne pouvait pas s'arrêter. Ford résista à l'envie de se cacher la tête sous l'oreiller.

— Tu vas devenir hystérique chaque fois que tu inviteras du monde ?

– Oui.

– Ça promet ! Viens te recoucher.

– Tu ne vois pas que je suis habillée et que je n'ose pas descendre affronter le poulet ?

Il se redressa contre les oreillers, se ramena les cheveux en arrière.

– Bon. Tu as accepté de m'épouser, hier soir ? Je n'ai pas rêvé ?

– Non.

– Alors descendons affronter le poulet ensemble.

– C'est vrai ? Tu ferais ça ?

– Je suis prêt aussi à m'attaquer avec toi aux rillettes de crabe et à la salade de pâtes. À 6 heures du matin. J'espère que tu es bien consciente de l'intensité de mon amour.

Spock se leva, bâilla, s'étira.

– Et du sien, ajouta Ford. Si nous empoisonnons nos amis, Cilla, nous le ferons ensemble.

– Je me sens beaucoup mieux, tout d'un coup, dit-elle en l'embrassant. Et j'apprécie la chance que j'ai d'être la future épouse d'un homme qui me soutient jusque dans la préparation des rillettes de crabe.

– Le pire, c'est que j'ai horreur des rillettes de crabe, se plaignit Ford en l'attirant sur le lit. Pourquoi les gens se sentent-ils obligés de servir des trucs infâmes à l'apéro ? Du pâté d'épinards, de la crème d'artichaut… Tu ne t'es jamais posé la question ?

– Jamais.

– Pourquoi ne se contentent-ils pas de crackers et de fromage à tartiner ? Des trucs simples, classiques.

– Il est hors de question que je serve des crackers et du fromage à tartiner à mes invités, rétorqua Cilla en se redressant et en rajustant son tee-shirt. Allez, dépêche-toi. Je descends.

Finalement, ce n'était pas la mer à boire. À deux, c'était même plutôt amusant. Surtout quand votre partenaire est aussi inexpérimenté que vous. Avec de l'entraînement, l'activité pourrait même devenir carrément plaisante.

– J'ai rêvé de Janet, cette nuit, dit Cilla en hachant une gousse d'ail.

– C'est dingue qu'il y ait des tomates aussi grosses et des tomates aussi petites, s'émerveilla Ford en tenant dans une main une énorme tomate et dans l'autre une grappe de tomates cerises. C'est naturel ? Ou c'est un progrès de la science ? Il faudra que j'étudie la question. Que se passait-il dans ton rêve ?

– Je discutais d'amour dans le salon avec Janet. Elle était assise sur le canapé rose, mais les murs étaient verts. Je regardais des vieilles photos. Elle buvait de la vodka. Johnnie était mort depuis un an. Elle espérait que le bébé qu'elle portait serait un garçon. C'était bizarre… Elle savait qu'elle allait bientôt mourir. Je lui ai demandé pourquoi elle s'était tuée.

– Et ?

– Elle m'a dit que si je voulais faire quelque chose pour elle je devais trouver la réponse à cette question. Je ne me rappelle plus exactement comment elle a formulé ça, mais elle m'a fait comprendre que j'étais tout près de la vérité. Et puis je me suis réveillée, terriblement frustrée.

Ford coupa la grosse tomate en petits dés.

– Tu ne veux donc pas admettre qu'elle était profondément dépressive ? Que le décès de Johnnie lui avait porté un coup dont elle ne parvenait pas à se relever et qu'elle a mis fin à ses jours parce qu'elle ne voyait pas d'autre issue que la mort pour abréger ses souffrances ?

– Non. Cette histoire de suicide m'a toujours paru louche, et, depuis que je vis là, j'y crois de moins en moins. Elle avait trouvé quelque chose ici. Elle se lassait très vite de tout. Elle changeait d'amant comme de chemise. Elle achetait des propriétés qu'elle revendait quelques mois plus tard. Mais elle ne s'est jamais séparée de Little Farm, et elle a pris des dispositions testamentaires pour que la ferme demeure dans la famille après sa mort. C'est la preuve que cet endroit lui apportait ce dont elle avait besoin.

Son couteau en l'air, Cilla se tourna vers la fenêtre. Dehors, Spock courait en tous sens comme un dératé.

– Elle avait un chien, ici, et une vieille Jeep. Un fourneau et un réfrigérateur d'un autre temps, déjà à l'époque. Cette maison devait lui paraître réelle, alors que tout le reste n'était que chimères : la gloire, l'argent, le strass, les paillettes…

– Et elle se serait amourachée d'un homme de la région pour s'ancrer dans cette réalité ?

– C'est exactement le raisonnement que j'ai fait. Ça paraît cohérent, non ? Johnnie est mort ici, l'événement le plus traumatisant de sa vie a eu lieu ici, une réalité à laquelle elle ne pouvait pas échapper. Elle aurait pu fermer la maison et ne plus jamais y mettre les pieds. Elle aurait pu la vendre. Mais non, elle revenait quand même ici. Son amant l'appelait Trudy, et elle s'efforçait de croire que c'était Trudy qu'il aimait. Elle s'est raccrochée à lui comme à une bouée. Je crois qu'elle voulait cet enfant, Ford, désespérément. Il représentait sa dernière chance. Pourquoi se serait-elle supprimée alors qu'elle commençait juste à entrevoir une lueur d'espoir ?

– Elle n'a peut-être pas supporté que ce type la délaisse.

– Les hommes allaient et venaient dans sa vie. Elle avait l'habitude des ruptures. Son seul amour, c'était Johnnie, ma mère en a assez souffert. Non, à mon avis, ce n'était pas un drame pour elle que de perdre un amant de plus. Ce qu'elle voulait, c'était cet enfant.

– Tu m'as dit qu'elle buvait, dans ton rêve. De la vodka.

– Sa boisson de prédilection.

Le minuteur sonna. Cilla retira la casserole du feu et la versa dans une écumoire.

– Elle buvait, oui, mais il n'y avait pas de somnifères dans mon rêve.

Devant l'évier, elle regardait les pâtes fumer.

– Tu te rappelles la dernière lettre de son amant ? Il cherchait à lui faire peur, à la faire fuir d'ici. Parce qu'elle représentait une menace pour lui. Une femme enceinte, désespérée, imprévisible… Si elle dévoilait leur liaison, sa vie était ruinée. Alors il l'a éliminée pour se débarrasser d'elle une bonne fois pour toutes. J'en arrive toujours à cette conclusion, c'est la seule hypothèse qui me paraisse probable.

– Si tu as raison, il faudra le prouver. Nous n'avons même pas réussi à identifier l'auteur des lettres.

– J'ai l'impression que nous passons à côté de quelque chose… quelque chose qui nous crève pourtant les yeux. C'est grâce à Janet que j'ai trouvé le bonheur ici. Je lui dois plus que des rosiers et de la peinture fraîche. Je lui dois la vérité.

– Je ferai tout mon possible pour t'aider à la trouver. En tout cas, en rénovant Little Farm, tu as déjà rendu un bel hommage à ta grand-mère.

– Il ne me reste plus qu'à le meubler. J'en parle, j'en parle, mais je ne parviens pas à franchir ce dernier pas.

Un pas à franchir… Ford n'attendait que cela.

– J'ai une maison pleine de meubles, moi. Viens y choisir ce qui te plaît.

Cilla s'approcha de lui et noua les bras autour de son cou.

– Ce qui me plaît, c'est toi, le mec qui coupe des tomates avec moi à 7 heures du matin, le mec qui ne se contente pas de promettre de m'aider mais qui le fait. Celui qui m'a fait comprendre que j'étais la première de trois générations de Hardy à avoir la chance d'être tombée amoureuse d'un homme qui la voit. D'accord, allons tout de suite chez toi et rapportons quelque chose ici qui fera de cette maison *notre* maison. Non plus celle de Janet, non plus celle de sa petite-fille, mais la nôtre.

– Je vote pour le lit.

– Vendu.

C'était ridicule, bien sûr, d'abandonner les préparatifs du repas pour aller charger dans une camionnette un sommier, un matelas, un cadre de lit, des draps, une couette, et tout décharger de l'autre côté.

Mais, pour Cilla, c'était un acte symbolique, thérapeutique.

Ford suggéra qu'ils essaient le lit sur-le-champ, juste pour voir s'il était bien orienté. Elle refusa. Il ne fallait tout de même pas exagérer !

– Ce soir, lui promit-elle.

Voilà, se dit-elle en tapotant les oreillers, ils avaient à présent leur chambre, leur lit, leur maison. Leur vie.

Elle avait bien affiché des photos de Janet dans la maison, comme elle l'avait dit dans le rêve. Bientôt, il y en aurait d'autres. D'elle et de Ford, de leurs amis, de leurs familles. Elle demanderait à son père s'il en avait de ses parents, de ses grands-parents. Elle les ferait reproduire. Elle restaurerait le vieux rocking-chair qu'elle avait trouvé dans le grenier. Elle achèterait de la vaisselle colorée, gaie. Elle mettrait le canapé de Ford dans le salon. Et elle poursuivrait sa quête de la vérité. Pour Janet, pour sa mère, pour elle.

Tandis que Ford regagnait la cuisine, elle sortit dans le jardin afin d'appeler New York.

– Bonjour, Maman.

– Cilla, il n'est même pas 9 heures. Tu ne sais pas que j'ai besoin de sommeil ? J'ai un spectacle, ce soir.

– Je sais. J'ai lu les critiques. « Le retour triomphal de Bedelia Hardy ». Bravo ! Je suis fière de toi et j'ai hâte de te voir sur scène, à Washington, dans quinze jours.

– Merci, Cilla. Je ne sais pas quoi te dire.

Bedelia observa un instant de silence puis se lança dans une tirade sur les répétitions harassantes, les rappels chaleureux du public, les *montagnes* de fleurs qui l'attendaient chaque soir dans sa loge. Cilla l'écoutait en souriant. Dilly ne restait jamais longtemps à court de mots.

– Bien sûr, je suis épuisée. Heureusement, Mario me chouchoute. Dès que le rideau se lève, je retrouve mon énergie.

– Je suis contente pour toi, Maman. Je vais me marier avec Ford.

– Ford… Ton voisin ? Le grand brun que j'ai aperçu l'autre jour ?

– Oui.

– Je ne me souviens de lui que vaguement. Je vois tant de monde, tu sais. Depuis quand sors-tu avec lui ? Quelle drôle d'idée de l'épouser ! Quand tu reviendras à L.A…

– Écoute, Maman, ne m'interromps pas, je n'aurai pas fini de te dire ce que j'ai à te dire, d'accord ? Je ne reviendrai pas à L.A.

– Tu…

– Écoute-moi, s'il te plaît. Je me suis construit une maison et une vie ici. Je suis amoureuse d'un homme formidable qui m'aime autant que je l'aime. Je suis heureuse. Je suis aussi heureuse que tu peux l'être quand les projecteurs se braquent sur toi. Je voudrais que tu fasses quelque chose pour moi. Ce n'est pas grand-chose que je te demande et je ne te le redemanderai plus jamais. Pour une fois, juste pour une fois, est-ce que tu peux me dire : « Cilla, je suis heureuse pour toi » ?

– Je suis heureuse pour toi.

– Merci.

– Sincèrement, je suis heureuse pour toi, mais je ne comprends pas…

– Ne cherche pas à comprendre, Maman. Contente-toi d'être heureuse. On se voit à Washington dans deux semaines.

Les renforts ne tardèrent pas à arriver avec des plats, des saladiers, des tables et des glacières. Penny envoya Ford décharger sa voiture tandis qu'elle se précipitait dans la cuisine, où Patty avait déjà volé au secours de Cilla, désemparée devant son écumoire pleine de pâtes.

– Qui les goûte ? demanda Mme Sawyer.

Patty se dévoua.

– *Al dente*, dit-elle. Parfait.

Mais Penny avait les yeux rivés sur la bague de Cilla.

– Quand ? s'enquit-elle avec un sourire béat.

– Hier soir.

– Hein ? Quoi ? De quoi parlez-vous ? Oh, mon Dieu ! Montre-la-moi, Cilla ! Elle est magnifique ! Absolument magnifique ! Je suis si heureuse ! Je suis si contente pour vous !

Patty jeta ses bras autour du cou de Cilla et l'embrassa à lui faire craquer les vertèbres. Penny ne lui laissa toutefois pas le temps de se répandre en effusions.

– Pousse-toi. Laisse-moi féliciter ma future belle-fille. Ford est un garçon adorable, adorable, tu verras. Et je pense que tu le mérites. J'espère que vous nous donnerez bientôt de beaux petits-enfants.

– Euh…

– Ne l'embête pas avec ça ! lui reprocha Patty. Vous avez fixé la date du mariage ?

– Pas encore. Nous…

– Les mariages d'automne sont merveilleux, mais ça sera trop juste pour tout organiser.

– Nous ferons quelque chose de très simple, dit Cilla. Probablement ici, dans le jardin.

– C'est une très bonne idée, approuva Patty. Mai, début mai, qu'en penses-tu ? C'est un si joli mois, et ça nous laisse une marge confortable. Nous irons choisir ta robe ensemble. La robe, c'est ce qu'il y a de plus important dans un mariage. Tout s'articule autour de la robe.

De nouveau, Patty serra Cilla dans ses bras. Cathy Morrow arriva sur ces entrefaites, encombrée de sacs.

– Que se passe-t-il ? Vous avez épluché des oignons ?

– Cilla et Ford se marient !

– Oh !

Cathy posa ses sacs sur le comptoir.

– Félicitations ! s'exclama-t-elle. Quelle bonne nouvelle ! Vous avez fixé la date ?

– En mai, répondit Patty. Cilla fera une mariée ravissante, non ? Le mariage aura lieu ici. Le jardin sera splendide au printemps.

– Ce sera l'événement de l'année ! renchérit Penny.

Cathy passa un bras autour des épaules de Cilla.

– Regardez la tête qu'elle fait, la pauvre chérie ! Vous lui faites peur. Si vous continuez, elle va s'enfuir en courant.

– Oh non. Vous êtes toutes si gentilles !

– Maintenant, mesdames, intervient Cathy, si nous nous mettions au travail ? Ou tous nos invités vont mourir de faim, et ce sera le désastre de l'année !

Non sans fierté, Cilla regardait les convives réunis autour des tables de pique-nique, accoudés à la rambarde de la véranda ou flânant dans le jardin. L'après-midi se déroulait dans une ambiance chaleureuse et bon enfant.

Gavin faisait cuire des burgers sur le barbecue.

– Ford a déserté son poste ? lui demanda Cilla.

– Je lui ai donné son quart d'heure de pause. C'est une très belle journée, Cilla. Ça me fait chaud au cœur de voir à nouveau du monde à Little Farm.

– L'an prochain, la fête sera encore plus réussie.

– J'aime t'entendre dire des choses pareilles : l'an prochain...

– Je me sens si bien, ici. J'ai enfin trouvé ma place. Au fait, j'ai téléphoné à Maman, ce matin.

– Comment va-t-elle ?

– On ne peut mieux. Les critiques ne tarissent pas d'éloges sur son spectacle. Je vais l'inviter à mon mariage. Ça te pose un problème ?

– Pas du tout.

– Ouf ! Je craignais que sa présence ne te mette mal à l'aise.

Gavin lui confia sur une assiette un monceau de steaks hachés, de hot-dogs et de cuisses de poulet qu'elle fit circuler de table en table. Puis elle rapporta de la vaisselle dans la cuisine.

Un instant, elle resta à la fenêtre. Son père discutait avec Brian et M. Sawyer. Installé dans le fauteuil pliant qu'il avait apporté, Dobby dégustait une assiette de salade de pâtes. Buddy et son épouse étaient attablés avec Tom et Cathy. Matt jouait au ballon avec son fils, sous l'œil attendri de Josie, qui tenait son bébé sur le bras.

Penny avait raison, songea-t-elle, un sourire flottant sur les lèvres. Ford lui donnerait les plus beaux enfants du monde. Cela dit, elle n'était pas pressée...

La sonnerie de son téléphone la tira de ses rêveries.

– Mademoiselle McGowan ?

– Oui.

– Inspecteur Wilson à l'appareil.

Ford la trouva debout devant l'évier.

– Tu vois, lui dit-il en l'embrassant dans le cou, il n'y avait pas de raisons de s'affoler. Tout se passe pour le mieux !

Elle ne répondit pas. Son visage était fermé.

– Qu'est-ce qu'il y a ?

– Hennessy est mort. Il s'est pendu avec sa chemise dans sa chambre d'hôpital.

– Oh, mon Dieu ! souffla-t-il en l'attirant contre lui.

Au creux de ses bras, elle se mit à trembler de tous ses membres.

– Ce n'est pas ta faute, lui assura-t-il. Certaines personnes ne peuvent pas être sauvées.

– Tant que son fils était vivant, murmura-t-elle, il avait une raison de vivre. En le perdant, il a tout perdu. Il ne lui restait plus que l'amertume.

– C'est ce qui l'a tué. C'est la haine qui l'a tué, Cilla.

– Je sais que je ne suis pas responsable. Mais j'ai joué un rôle dans sa triste fin. Et sa femme, que va-t-elle devenir ? Elle n'a plus personne, maintenant, la pauvre. C'est horrible, mais d'une certaine façon, je me sens soulagée.

– Tu n'as pas à culpabiliser. Ce type a essayé de te tuer. Tu veux qu'on monte un moment dans la chambre ?

– Non, nous en reparlerons plus tard. Il ne doit pas nous gâcher cette merveilleuse journée.

– Ah, Ford, mon futur gendre ! s'écria Gavin. Viens donc reprendre ton poste !

– Tu es sûr que la nouvelle génération sait s'occuper d'un barbecue ? plaisanta Tom.

– Vous voulez qu'on fasse un concours de la meilleure saucisse grillée ? répliqua Brian. Quand vous voulez, où vous voulez !

– Pas de problème, répondit Gavin. À part ça, Ford, est-ce que tu accepterais de faire une intervention dans mon atelier d'écriture ?

– Hum…

– On a monté un projet avec la prof d'arts plastiques sur le mot et l'image.

– Ouais…

– Il a peur de retourner à l'école, railla Brian. Vous l'avez traumatisé !

– Pas du tout, protesta Ford.

– Sharon adore ce que tu fais, poursuivit Gavin. C'est elle qui est à l'initiative de ce projet. Passe-lui un coup de fil, un de ces jours, si tu veux. Elle t'expliquera mieux que moi de quoi il retourne. Je vais te donner son numéro.

Gavin fouilla dans ses poches.

– Tu as de quoi écrire ?

– J'ai ce qu'il faut, intervint Tom en sortant un stylo et un petit carnet de sa poche. Sharon, tu disais ?

Gavin lui dicta les coordonnées de sa collègue. Tom déchira la page et la donna à Ford.

Se sentant pris au piège, il la glissa dans sa poche.

– Tu veux épouser ma fille ? lui demanda Gavin devant son air sceptique.

Et, avec un clin d'œil, il s'éloigna en emportant une assiette de viande.

– Eh ouais, mon grand, rigola Tom en posant une main sur l'épaule de Ford, le mariage, c'est aussi les beaux-parents. Il ne reste plus que notre Brian à caser, maintenant, le dernier des trois mousquetaires.

L'intéressé fit semblant de ne pas entendre.

– Tu viens chez moi, ce soir, Ford ? On termine la journée par un poker entre mecs.

– Il faudra que j'aide Cilla à ranger.

– Tu as vu comme elle lui serre déjà la vis ! Tu comprends, Papa, pourquoi je ne suis pas pressé de me marier ? Allez, Ford, ne te laisse pas faire ! 9 heures chez moi. S'il te reste des packs de bière, apporte-les.

Avec l'aide de nombreuses bonnes volontés, le nettoyage fut expédié en un temps record.

– Qu'est-ce que je fais de ces tartes ? demanda Angie. Le réfrigérateur de Ford est déjà plein à craquer.

– Il les emportera chez Brian.

– Je ne crois pas que je vais y aller. Je suis un peu fatigué.

– Vas-y. Sois un homme. Je profiterai de ma soirée en solitaire pour trier les photos que ton grand-père m'a données. Ne t'en fais pas pour moi.

– Tu es sûre que ça ne t'embête pas de rester seule ?

– Les femmes ont parfois besoin de solitude, intervint Patty en entrant dans la cuisine avec un récipient de salade aux trois haricots.

Puis elle vit l'air chagrin de Ford.

– Que se passe-t-il ?

– Hennessy s'est suicidé. Ford craint que je ne le prenne trop à cœur.

– En plus, je n'aime pas te savoir ici toute seule.

– Je peux rester, suggéra Patty.

– Nous allons toutes rester ! décréta Penny. Puisque vous vous faites une soirée entre hommes, nous allons nous en faire une entre femmes !

– Non, répliqua Cilla fermement. Ne le prenez pas mal, mais j'ai besoin de calme après cette journée mouvementée.

– Cilla…

– Va chez Brian, ne t'inquiète pas pour moi. Brid la déesse guerrière n'a pas besoin de gardes du corps.

– Si tu insistes… De toute façon, je suis nul au poker. Ils vont me plumer en moins d'une heure. Je ne rentrerai pas tard.

– Tu rentres quand tu veux.

– Bon, les filles, vous avez récupéré tous vos saladiers ? fit Penny en tapant dans ses mains. Je vous ramène chez vous puisque nos hommes nous ont lâchement abandonnées.

Là-dessus, elle poussa efficacement tout le monde vers la sortie.

– Ne t'inquiète pas, chuchota Cilla à Ford en l'embrassant. Je ne risque rien. J'ai un bon chien de garde.

Spock remua fièrement la queue.

– Ferme quand même toutes les portes à clé.

– D'accord, ne t'en fais pas.

Lorsque toutes les voitures eurent enfin démarré, Cilla poussa un long soupir.

– J'ai cru qu'ils ne partiraient jamais, dit-elle à Spock en lui caressant la tête.

30

Sereine, Cilla triait ses photos. D'un côté, celles qu'elle placerait dans des albums ; de l'autre, celles qu'elle ferait encadrer. Ford désirerait peut-être en choisir quelques-unes... Ce portrait de groupe, par exemple : Gavin, Penny, Johnnie, Janet et ce beau jeune homme qui ne pouvait être que Tom Morrow à l'âge de son fils, Brian.

Elle rangea toutes les photos de sa mère par ordre chronologique : Dilly enfant, adolescente, jeune femme. Avec l'éloignement géographique, leurs relations avaient fait un grand bond en avant. Pourvu que les choses ne se gâtent pas lorsque la tournée de Bedelia prendrait fin !

L'amant de Janet figurait-il sur l'un de ces clichés ? s'interrogeait-elle. De toute façon, tous les hommes qui posaient à ses côtés la regardaient avec des yeux enamourés. En salopette ou en robe haute couture, elle était irrésistible. Flamboyante, dans ce fourreau rouge, accoudée au piano blanc décoré de houx. Cilla leva le tirage vers la lumière. Des bougies se reflétaient dans la fenêtre. Le dernier Noël avant la mort de Johnnie.

D'autres photos avaient été prises ce soir-là : Gavin, Johnnie, Dilly, la mère de Ford, Jimmy Hennessy et le troisième garçon qui avait été de la virée fatale, en rang d'oignons sur le canapé ; Dilly et Gavin devant le sapin ; Johnnie accrochant une couronne de gui à la porte, souriant à l'éternité...

Trop tristes pour être affichées, décida Cilla.

Sur une autre photo, elle mit quelques secondes à reconnaître Cathy Morrow auprès de Tom. Elle était brune, à l'époque, engoncée dans une robe de bal aux manches bouffantes, un rang de perles autour du cou. Elle avait l'air timide, mal à l'aise, elle qui avait aujourd'hui tant d'aplomb. Elle n'avait pas encore perdu les kilos de sa grossesse. Cela lui ferait-il plaisir qu'elle lui fasse faire une copie de cette photo ?

Le carillon de la sonnette retentit. Spock poussa un aboiement terrifié.

Tandis que les hommes discutaient autour du bar, Ford balaya du regard la pièce que Brian appelait sa « garçonnière » : le billard, le grand écran plat, la télé réservée aux jeux vidéo, les fauteuils en cuir, les affiches de sport… Il demanderait peut-être à Cilla de lui aménager un coin rien qu'à lui dans l'extension qu'elle projetait de construire.

Il fallait d'ailleurs qu'il l'appelle. L'heure tournait, et la partie de poker n'avait pas encore débuté. En sortant son portable de sa poche, il fit tomber le papier sur lequel Tom avait noté les coordonnées de la prof d'arts plastiques.

– Halte-là ! lui lança Brian. Pas de femme ici, même pas au téléphone !

– Qu'est-ce que tu peux être pénible, quand tu t'y mets, grommela Ford en se baissant pour ramasser son bout de papier.

– Eh, Matt ! Il n'est même pas 10 heures et Ford veut déjà téléphoner à Cilla ! Il est encore pire que toi ! Donne-moi ton portable, Ford. Tout le monde, d'ailleurs. Pas de téléphone à la table de jeu. Ce sera le règlement de la maison, dorénavant. Posez tous vos portables sur le bar.

Là-dessus, il prit celui de Ford.

– Tu es vraiment une plaie. Tu peux me rappeler pourquoi je suis copain avec toi ?

– Parce que tu me bats à Grand Theft Auto.

– Ah, ouais, c'est vrai.

Avant de ranger le papier dans sa poche, Ford y jeta un coup d'œil. Son cœur se décrocha. Était-ce possible ? Tom avait griffonné ce numéro debout, sans appui. Son écriture devait être déformée. Mais quand même… Non… Non… Le père de Brian… Ce n'était pas possible.

Tom bavardait avec son père et Gavin. Ford se revit faire voler son cerf-volant avec lui à Virginia Beach, où les Morrow l'avaient, une année, emmené en vacances, monter une tente dans leur jardin pour que les enfants y passent la nuit… Puis il repensa à Steve dans le coma. Au carrelage fracassé dans les salles de bains de Little Farm. À la poupée pendue dans l'érable rouge planté par Brian.

Un instant, il envisagea d'esquiver la partie de poker, de rentrer et de comparer l'écriture avec les lettres. Peut-être enverrait-il même ce nouvel échantillon au graphologue. Puis il se ravisa. Il fallait qu'il en ait le cœur net. Tout de suite.

Il s'approcha de Tom et lui tapa sur l'épaule.

– Je peux vous parler deux minutes ?

– Bien sûr. Tu veux que je te donne des tuyaux pour le poker ?

– Allons dehors.

M. Morrow eut l'air étonné.

– J'ai besoin de prendre l'air, ajouta Ford. Mon père nous empeste, avec ses cigares.

Ils sortirent sur la véranda.

– Les nuits sont fraîches, commenta Tom.

– Avez-vous eu une liaison avec Janet Hardy ?

– Pardon ? Pour l'amour de Dieu, Ford !

– Elle a gardé vos lettres. Vous le saviez, n'est-ce pas ? Un ouvrier a surpris une conversation entre Cilla et Gavin. La plupart travaillent aussi pour vous. Ça a dû cancaner, sur les chantiers.

– Voyons, Ford, je connaissais à peine la grand-mère de Cilla. C'est ridicule.

Ford retira le numéro de téléphone de sa poche.

– Je reconnais votre écriture. J'ai l'œil, pour ce genre de chose. Les formes, le style…

Le visage de Tom se durcit. Les rides encadrant sa bouche se creusèrent.

– Je n'aurais jamais cru que tu t'intéressais aux potins de stars, cracha-t-il avec mépris.

– Janet Hardy était la grand-mère de Cilla. Elle veut savoir comment elle est morte. Ce qui la concerne me concerne.

– Janet Hardy s'est suicidée. Tu m'insultes, Ford. Tu me déçois beaucoup.

Avec une expression outrée, Tom se dirigea vers la porte.

– Je vous ai toujours respecté, monsieur Morrow, et Brian est comme un frère. C'est pour ça que je m'adresse d'abord à vous avant de prévenir la police.

Tom se retourna brusquement.

– Que veux-tu prouver à la police, avec des lettres qui datent de plus de trente ans, non signées, par-dessus le marché ?

– Je n'ai pas précisé qu'elles n'étaient pas signées.

Dans un mouvement de panique, Tom saisit Ford par l'épaule.

– Ne dis rien à la police, ce n'est dans l'intérêt de personne. J'ai eu une aventure avec Janet Hardy, oui, c'est vrai. Elle me fascinait. J'ai trompé ma femme et je n'en suis pas fier. Mais que celui qui n'a jamais fauté me jette la première pierre. J'étais comme envoûté. Dès que j'ai repris mes esprits, j'ai mis un terme à cette liaison. Tu n'étais même pas né. Pourquoi vouloir me punir, et faire souffrir Cathy et Brian pour une erreur que j'ai commise alors que j'étais plus jeune que toi aujourd'hui ?

– Vous avez essayé de voler les lettres, vous avez envoyé l'ex-mari de Cilla à l'hôpital.

– Je voulais les détruire, et j'ai paniqué en entendant quelqu'un arriver. Je ne voulais pas le frapper si fort. Mon Dieu, j'ai cru que je l'avais tué.

Une rage glaciale, implacable, montait en Ford.

– Et vous avez poussé la moto sur lui pour vous assurer qu'il ne risquait pas de se relever ?

– J'étais en état de choc. J'étais sûr qu'il était mort. C'est la seule chose qui m'est venue à l'esprit : faire croire à un accident. L'essentiel, c'est qu'il aille bien, maintenant. À quoi bon provoquer un scandale ?

Sidéré, Ford dévisagea un instant cet homme qu'il avait considéré toute sa vie comme un deuxième père.

– Steve a failli mourir.

– Comprends-moi, Ford. Je voulais préserver ma famille.

– Votre réputation, surtout. Et, pour cela, vous étiez prêt à tout, comme vous l'étiez sans doute il y a trente ans pour couvrir votre « erreur de jeunesse »… Avez-vous tué Janet Hardy ?

– N'aie pas peur, Spock, ce n'est que Cathy.

– Excusez-moi de vous déranger, Cilla. Je crois que j'ai oublié mes bagues chez vous. J'espère qu'elles sont chez vous. Je les enlève toujours pour faire la vaisselle. Mon Dieu, pourvu que je ne les aie pas perdues. Je ne me le pardonnerais jamais !

Dans tous ses états, elle se tordait nerveusement les mains.

– Elles sont sûrement chez moi, ne vous inquiétez pas, la rassura Cilla. J'attrape mes clés. Allons voir tout de suite. Viens, Spock, on va se promener.

Le chien tournoya sur lui-même puis franchit la porte comme une flèche.

– Il y a quelques années, j'ai fait tomber mon alliance et ma bague de fiançailles dans le trou du lavabo, expliqua Cathy. J'avais maigri, je ne les avais pas fait ajuster. J'ai appelé Buddy en catastrophe. Heureusement, il les a retrouvées dans le siphon. Depuis, je les enlève toujours avant de me laver les mains, de prendre ma douche ou de faire la vaisselle.

À la lueur de la lune, elles traversèrent la route.

– Ne vous faites pas de souci. Vous avez dû les poser au bord de l'évier.

– Il me semble que je les avais mises dans un petit verre. J'espère que personne…

La voix de Cathy tremblait, elle semblait près d'éclater en sanglots. Cilla lui posa une main sur le bras.

– Vous devez me prendre pour une idiote, bredouilla-t-elle.

– Pas du tout. Si je perdais la bague que Ford m'a offerte, j'en serais malade, moi aussi.

Sitôt Cilla eut-elle ouvert la porte de Little Farm que Cathy se précipita dans la cuisine. Cilla désactiva l'alarme avant de l'y rejoindre. Des larmes de soulagement roulaient sur les joues de Mme Morrow. Spock se frottait contre ses mollets.

– Elles étaient là, soupira-t-elle. Je suis navrée de vous avoir dérangée.

Cilla tira un tabouret.

– Ce n'est rien. Asseyez-vous une minute, je vous en prie, le temps de vous remettre de vos émotions.

– Ça va aller, je vous remercie. Je me sens si bête, à présent… Tous mes bijoux sont assurés, bien sûr, mais…

– Je vous comprends. Ce n'est pas leur valeur matérielle qui compte.

Cathy sortit un mouchoir de son sac et s'essuya les yeux. Puis elle désigna une bouteille de vin entamée qui était restée sur le comptoir.

– Vous pourriez m'en servir un petit verre, Cilla, s'il vous plaît ? Je ne voudrais pas abuser de votre gentillesse, mais si vous aviez une aspirine, aussi…

– Bien sûr. Ma trousse à pharmacie est en haut. Je reviens tout de suite.

Lorsque Cilla redescendit, Mme Morrow était assise au bar, la tête entre les mains. Elle avait servi deux verres de vin.

– Je suis désolée, s'excusa-t-elle encore. Vous qui vouliez passer une soirée tranquille.

– Ce n'est pas grave, lui assura Cilla en posant une boîte de comprimés devant elle.

– Aux alliances, aux bagues de fiançailles et à tout ce qu'elles représentent, dit Cathy en levant son verre.

Cilla trinqua avec elle et porta le sien à ses lèvres.

– Les vôtres sont magnifiques. Je les avais déjà remarquées.

– Tom voulait m'acheter une nouvelle alliance pour nos vingt-cinq ans de mariage. Mais j'ai refusé, je suis si attachée à celle-ci. Alors il m'a offert un bracelet de diamants. J'adore les diamants. Vous ne portez pas beaucoup de bijoux, vous. Votre grand-mère en avait de somptueux.

– Ma mère les a tous gardés, répondit Cilla en buvant une gorgée de vin. Avec le travail que je fais, je ne peux pas porter de bijoux, je les abîmerais.

– Vous êtes si belle, vous n'en avez pas besoin. Ce sont les femmes fades qui se parent d'artifices. Enfin, pas seulement… Janet était superbe.

– J'étais juste en train… de… de regarder des vieilles photos et… et je me disais…

Cilla avait la voix pâteuse, tout à coup, et ses idées se brouillaient. Elle se pressa les doigts contre la tempe.

– Excusez-moi, je… Je ne sais pas ce que j'ai… La fatigue de la journée, plus le vin…

– Finissez votre verre, lui intima Cathy en sortant un petit revolver de son sac.

– Janet s'est suicidée. Si j'y suis pour quelque chose, je le regrette profondément.

– Elle était enceinte.

– C'est ce qu'elle prétendait.

Ford planta son regard dans celui de Tom Morrow, le défiant de mentir.

– Je ne la croyais pas, au début. C'était vrai, pourtant. Le jour où elle est morte, j'ai tout confessé à mon père. Il est entré dans une colère noire. Il ne tolérait pas les écarts, surtout lorsque l'honneur de la famille était en jeu. Néanmoins, il m'a dit qu'il se chargerait de régler cette affaire. Nous n'avons plus jamais abordé le sujet. Je suppose qu'il a versé de l'argent au médecin légiste pour qu'il omette de mentionner la grossesse.

Et il a dit adieu à sa carrière politique, pensa Ford.

– Nous ne pouvions pas faire autrement, poursuivit M. Morrow. Cathy serait morte de chagrin si elle avait appris ça… À plusieurs reprises, j'avais tenté de raisonner Janet, de la convaincre de se faire avorter. Mais elle ne voulait rien entendre. Quelques heures avant de mourir, elle m'a demandé de venir à la ferme. J'y suis allé, j'ai cru qu'elle était enfin revenue à la raison. Elle buvait de la vodka, elle était un peu ivre. Elle venait de recevoir les résultats de ses tests de grossesse.

– Elle vous les a montrés ?

– Oui. Elle était allée chez un médecin qui ne la connaissait pas, avec une perruque, outrageusement maquillée, comme elle le faisait chaque fois que nous sortions ensemble. Elle m'a dit qu'elle garderait le bébé, quoi qu'il arrive, mais qu'elle ne voulait plus jamais me revoir, que je ne les méritais pas, ni elle ni son enfant.

– Je croyais que c'était vous qui aviez rompu, dit Ford en plissant les yeux.

– Je lui avais déjà dit plusieurs fois que tout était fini entre nous. Je suppose qu'elle voulait avoir le dernier mot. Nous nous sommes disputés, je ne le nie pas. Mais elle était vivante quand je suis parti.

– Qu'est-il advenu des résultats du test ?

– Je n'en ai aucune idée.

Tom s'appuya contre la rambarde de la véranda et se passa une main lasse devant les yeux.

– Cathy aussi était enceinte. C'est ce qui m'a aidé à me libérer de l'emprise de Janet. Quand je suis rentré chez moi, ce soir-là, après l'avoir quittée, je me suis allongé par terre dans la chambre de ma fille et j'ai réalisé que j'aurais pu tout perdre à cause d'une stupide passade : Cathy, la femme de ma vie ; Marianna, ma petite fille chérie ; le bébé à naître à l'automne. Et je m'en suis terriblement voulu. Tout cela remonte à trente-cinq ans, Ford. Pourquoi vouloir déterrer le passé ?

– Vous avez terrorisé Cilla, avez failli tuer son ex-mari, saccagé sa maison, écrit des obscénités sur sa voiture et sur son mur, vous l'avez menacée.

– J'avoue que j'ai fracturé la porte de Little Farm dans l'espoir de mettre la main sur ces maudites lettres. Mais je ne les ai pas trouvées. Alors j'ai perdu le contrôle. Sous le coup de la colère, je me suis acharné sur le carrelage des salles de bains je l'avoue. Quant au reste, je vous jure que ce n'est pas moi. C'était Hennessy. Après cet accès de fureur, j'ai réalisé que ces lettres ne pouvaient pas me nuire, que personne ne saurait jamais qu'elles étaient de moi.

– Plusieurs incidents sont survenus alors que Hennessy était déjà enfermé.

– Je t'assure, Ford, que ce n'était pas moi. Pourquoi mentirais-je à propos d'un graffiti ou d'une poupée alors que je t'ai avoué le plus grave ?

– Votre femme savait que vous la trompiez. Janet lui avait téléphoné. Vous l'avez écrit dans votre dernière lettre.

– Janet était soûle quand elle a appelé mon épouse. J'ai réussi à convaincre Cathy qu'elle délirait, qu'elle était sous l'emprise de l'alcool, des drogues, du chagrin. Elle m'a cru.

– Vous dites avoir dormi dans la chambre de votre fille la nuit où Janet est morte ?

– Oui, je… Je me suis assoupi. Je me suis réveillé lorsque Cathy est venue voir la petite. Elle avait l'air exténuée. Je lui ai demandé si ça allait. Elle m'a dit oui, et que, désormais, tout irait bien, que plus rien ne viendrait troubler notre bonheur.

Le visage de Tom devint soudain blême.

– Oh, mon Dieu, murmura-t-il.

Ford n'attendit pas qu'il lui fournisse d'autres explications, d'autres excuses. Il dévala les marches de la véranda, monta dans sa voiture et démarra en trombe. Cilla était seule. Et Cathy Morrow le savait.

– Vous avez mis quelque chose dans le vin.

– Du Seconal. Comme dans la vodka de ta grand-mère.

Cilla avait la tête lourde, les paupières lourdes, mais elle luttait de toutes ses forces contre le vertige.

– La robe n'était pas bleue, articula-t-elle péniblement.

Mme Morrow remplit son verre et y ajouta encore quelques barbituriques.

– Bois ! lui ordonna-t-elle.

Sous la menace du revolver, Cilla trempa les lèvres dans le verre.

– Le… le soir de Noël, bégaya-t-elle. Elle… elle ne portait pas une robe bleue. Ce dont vous… Ce dont vous vous souvenez, c'est de la nuit où vous l'avez… tuée. Tom était… son amant. Le père… de son enfant.

– Tom était mon mari, le père de ma fille et le père du bébé que j'attendais, lui jeta Cathy.

Ce n'était pas de la folie qui luisait dans son regard, comme dans les yeux de Hennessy, mais de la furie pure.

– A-t-elle songé un seul instant à ce que signifiait le mariage et la famille avant de détruire mon couple ? Elle avait tout. Mais ça ne lui suffisait pas. Elle avait presque dix ans de plus que lui. Elle m'a humiliée. Ce soir-là, il a suffi qu'elle le siffle, une fois de plus, pour qu'il me laisse toute seule avec Marianna qui hurlait et le bébé qui donnait des coups de pied dans mon ventre. Buvez votre vin.

– Vous l'avez menacée avec un revolver, elle aussi.

– Cela n'a pas été nécessaire. Elle buvait comme un trou. Je n'ai eu qu'à mettre des somnifères dans son verre. Elle ne s'est aperçue de rien. *Mes* somnifères. Les pilules que je prenais depuis que je savais qu'elle l'avait ensorcelée.

– Depuis… quand… le saviez-vous ?

– Depuis des mois. Il puait son parfum. « Soir de Paris ». Quand il revenait de chez elle, je la voyais dans ses yeux. Il ne me touchait plus, il fallait que je le supplie. C'est un miracle que j'aie réussi à tomber enceinte. Comme je l'espérais, il a essayé de la quitter. Mais elle ne tolérait pas qu'il s'éloigne d'elle. Elle cherchait par tous les moyens à le retenir. Alors elle s'est fait engrosser, elle aussi. C'est la goutte d'eau qui a fait déborder le vase. Je ne voulais pas que l'on ait pitié de moi. Je n'aurais pas supporté qu'on me compare à elle et qu'on se moque de moi. Buvez, ou je tire. Les flics penseront que la personne qui vous harcèle est enfin passée à l'acte.

De son sac à main, Cathy sortit une poupée emballée dans un sachet en plastique transparent.

– Au cas où vous préféreriez une fin brutale à une mort lente, ricana-t-elle. J'en ai acheté un lot, il y a quelques années. Une lubie… Je n'ai pas pu résister, je ne sais pas pourquoi. Finalement, elles m'auront servi à quelque chose.

Cilla souleva son verre et le porta à ses lèvres.

– Vous avez maquillé le crime en suicide.

– Un jeu d'enfant. Elle m'a invitée à la ferme, comme une vieille amie. Elle s'est excusée pour tout le mal qu'elle m'avait fait. Comment aurais-je pu lui pardonner alors qu'elle était déterminée à garder son bâtard ? Cet enfant était sa dernière chance, disait-elle, elle ne révélerait jamais le nom du père.

« Quand elle a commencé à perdre connaissance, je l'ai traînée en haut, dans sa chambre. Je l'ai déshabillée pour qu'on la découvre nue, dans une posture dégradante. Je lui ai fait avaler plus de vodka, plus de pilules. Et je l'ai regardée crever. Je suis restée assise à côté d'elle jusqu'à ce qu'elle rende son dernier souffle. Et puis je suis partie.

Un rictus déformait les traits de Cathy.

– Pendant toutes ces années, j'ai regardé cette maison se délabrer. Pendant que moi je renaissais. J'ai suivi des régimes draconiens, j'ai fait du sport jusqu'à en tomber d'épuisement, j'ai subi une liposuccion, un lifting. Pour que plus jamais il n'en désire une autre que moi. Pour que plus jamais on ne me regarde avec pitié.

– Je ne vous ai rien fait, murmura Cilla.

Cathy ajouta des comprimés dans son verre et le lui colla dans la main.

– Tu n'aurais jamais dû t'installer ici. À la tienne !

– Vous êtes encore plus folle qu'Hennessy.

– Non. Plus déterminée, seulement, et plus courageuse. Cette maison méritait d'être rongée par la pourriture, de s'écrouler misérablement. Mais tu l'as sauvée de la ruine et tu as fait renaître mon déshonneur. Tu as fait planter des roses par mon propre fils, pour elle. Tu as séduit Ford, qui méritait bien mieux que toi. Je t'aurais laissée vivre si tu avais fichu le camp d'ici. Si tu avais laissé mourir cette maudite maison. J'ai essayé de t'avertir, mais tu as continué à me jeter ma honte à la figure.

– Je ne suis pas Janet. Personne ne croira que je me suis suicidée.

– Je ne vois pas ce qu'il y a de si incroyable. Ta grand-mère s'est suicidée, ta mère a fait deux tentatives de suicide, c'est de notoriété publique. Le fruit ne tombe jamais bien loin de l'arbre. Tu étais stressée par les menaces dont tu étais victime, tu te sentais coupable de la mort d'Hennessy, un pauvre homme dont les tiens ont ruiné la vie. J'ai été témoin de l'empressement avec lequel tu as chassé tout le monde de chez toi, ce soir.

– Je ne suis pas Janet, répéta Cilla en jetant le contenu de son verre à la figure de Cathy.

Spock bondit sur ses pattes et se mit à grogner méchamment. Au prix d'un suprême effort, Cilla s'empara de la bouteille. Mais, ralentie par l'effet des somnifères, elle ne parvint qu'à heurter légèrement la tempe de Mme Morrow.

Un coup de feu partit. La balle perfora le plafond. Spock planta ses crocs dans le mollet de Cathy. Les genoux flageolants, Cilla se laissa tomber sur elle et lui laboura le visage de ses ongles. Mme Morrow poussa un hurlement de douleur. Mue par l'énergie du désespoir, elle empoigna les cheveux de Cathy et tira de toutes les forces qui lui restaient. Si elle mourait, on retrouverait des traces d'ADN sous ses ongles.

Ce fut sa dernière pensée consciente. Pendant quelques secondes, elle perçut encore les aboiements de Spock, de plus en plus faibles, de plus en plus lointains. Puis des cris, du fracas. Un autre coup de feu. Ses paupières tressaillirent. Elle sombra dans le néant.

Ford pila derrière la Volvo de Cathy Morrow. Si elle était encore là, il n'était pas trop tard. Pourvu qu'il ne soit pas trop tard ! Il s'élança vers la maison puis fit brusquement demi-tour. Son instinct lui disait qu'elles étaient à la ferme. En se maudissant d'avoir oublié son téléphone sur le bar de Matt, il courut jusqu'à Little Farm.

Un coup de feu retentit. La peur au ventre, il se jeta contre la porte. Spock hurlait sans discontinuer. Quelqu'un poussa un cri animal. Il se rua dans la cuisine. Le spectacle qui s'offrit à sa vue demeurerait à jamais gravé dans sa mémoire. Mme Morrow était étendue sur le carrelage. Cilla la martelait de coups de poings. Mais comme au ralenti, comme si ses poings étaient trop lourds. Cathy avait le visage en sang, les yeux fous de rage et de douleur et un revolver à la main.

Il lui saisit le poignet et repoussa Cilla. Cathy appuya sur la détente. La balle frôla le bras de Ford. À peine conscient de la brûlure qu'il ressentit au biceps, il lui arracha son arme des mains.

– Merci, Ford ! haleta-t-elle. Je ne sais pas ce qui lui a pris. Elle est devenue comme folle, elle a sorti ce pistolet. J'ai essayé de…

– Taisez-vous ! lui intima-t-il froidement. Si vous bougez, je vous jure sur le bon Dieu que pour la première fois de ma vie je n'hésiterai pas à frapper une femme.

Il braqua le revolver sur elle et s'approcha de Cilla, lui souleva la paupière tandis que Spock lui couvrait le visage de coups de langue.

– Un mouvement de plus, Cathy, et je vous tue ! proféra-t-il d'une voix que lui-même ne reconnut pas.

Il secoua Cilla, la gifla. Ses paupières frémirent.

– Réveille-toi, Cilla ! Assieds-toi ! Je vais appeler la police, une ambulance. Ça va aller. Cilla, tu m'entends ?

– Seconal, parvint-elle à articuler en s'enfonçant deux doigts au fond de la gorge.

L'été touchait à sa fin. Cilla était assise sous le parasol bleu. Elle serait là lorsque les arbres se pareraient de leurs couleurs d'automne. Lorsque tomberait la première neige, et la dernière. Lorsque reviendrait le printemps. La roue des saisons tournerait et elle serait toujours là. Avec Ford. Et Spock. Ses héros.

– Tu es encore pâle, lui dit-il.

– Toi aussi.

Il baissa les yeux sur son bras bandé.

– La balle m'a à peine effleuré. Mais je suis fier de moi. Ça me fera une blessure de guerre. Blessé par arme à feu en sauvant l'amour de sa vie.

Il se pencha vers Cilla et lui prit la main.

– Tu peux dessiner tous les héros que tu veux, lui dit-elle. Tu es le mien.

– Héros, déesse et super-chien. Nous avons eu de la chance, Cilla.

– Oui. Malheureusement, Brian ne peut pas en dire autant. J'ai de la peine pour lui.

– Nous l'aiderons dans cette épreuve. Quand je pense que je connais ses parents depuis toujours et que je ne me suis jamais douté de leur véritable personnalité ! Moi qui croyais avoir le sens de l'observation !

– Ils avaient enfermé les cadavres dans leur placard. Ce qui me dépasse, c'est qu'elle ait regardé Janet agoniser. Et qu'elle ait pu vivre ensuite comme si de rien n'était : mincir, élever ses enfants, faire du shopping avec ses amies, préparer des gâteaux, être une bonne ménagère. Et passer là de temps en temps pour voir la ferme se délabrer. Cette maison était un symbole pour elle autant que pour moi.

– Sa soupape de décompression, en quelque sorte.

– Et je la lui ai bouchée. Ma grand-mère ne s'est pas suicidée, et la nouvelle va faire la une des journaux, être le sujet des talk-shows. Les biographes vont réécrire sa vie, et ça ne m'étonnerait pas qu'on en tire un film.

Les yeux de Cilla s'emplirent soudain de larmes.

– Elle n'a pas abandonné ma mère, murmura-t-elle. Bien sûr, Janet n'était pas une sainte : elle fréquentait un homme marié, et elle n'en éprouvait sans doute pas le moindre scrupule, mais au moins, elle n'a pas abandonné sa fille.

– Ce n'est pas non plus la morale qui étouffait Tom. Il a trahi sa femme et sa famille. Et quand Janet lui a annoncé qu'elle était enceinte il s'est défilé. Ce qui ne l'empêchait pas de continuer à coucher avec elle.

– Je me demande si c'est la brutalité de sa dernière lettre qui a fait prendre conscience à Janet de sa vraie personnalité.

– Sûrement. D'après ce qu'il m'a raconté, elle a dû revenir ici, furieuse, et le mettre face à la réalité : « Voilà, j'attends un enfant de toi, un enfant que je désire, mais toi tu n'as plus rien à faire dans ma vie, je n'ai pas besoin de toi. »

– Cathy a détruit les résultats du test de grossesse, mais elle ignorait l'existence des lettres. Janet les a gardées, je crois, pour se rappeler que cet enfant avait été conçu si ce n'était dans l'amour, au moins dans l'illusion de l'amour. Et pour se souvenir qu'il n'appartiendrait jamais qu'à elle. Je pense aussi que si elle a pris ses dispositions pour que Little Farm ne soit pas vendu c'était parce qu'elle voulait que son enfant en hérite un jour. Johnnie était parti, et elle savait que ma mère n'aimait pas cet endroit. Mais cet enfant serait là après elle pour continuer à faire vivre la maison du bonheur. Maintenant que j'ai toutes les réponses aux questions qui me torturaient, je me demande si je rêverai encore d'elle.

– Tu le souhaites ?

– Je souhaite rêver désormais plus à l'avenir qu'au passé.